Sherry Thomas

Sherry Thomas est arrivée sur le territoire américain à l'âge de treize ans. Un an plus tard, grâce aux rudiments d'anglais acquis et à l'aide de son précieux dictionnaire anglais-chinois, elle dévorait des romances historiques. Titulaire d'un diplôme en économie de l'université de Louisiane ainsi que d'un master en comptabilité de l'université d'Austin, elle a reçu de nombreux prix littéraires.

Double assassinat dans Cold Street

DE LA MÊME AUTRICE AUX ÉDITIONS J'AI LU

Arrangements privés
Rendez-vous à Pékin
Mon bel ennemi
Lady Chance
Celle que j'attendais
Nous resterons ensemble
Délicieuse

Lady Sherlock

1 – *Une étude en rose bonbon*
2 – *Conspiration à Belgravia*
3 – *Le mystère de Stern Hollow*
4 – *L'affaire du château français*

La trilogie Fitzhugh

1 – *Beauté fatale*
2 – *Elle, et aucune autre*
3 – *Par orgueil*

Sherry
THOMAS

LADY SHERLOCK – 5

Double assassinat dans Cold Street

Traduit de l'anglais (États-Unis)
par Cécile Desthuilliers

J'AI LU

Si vous souhaitez être informée en avant-première
de nos parutions et tout savoir sur vos autrices préférées,
retrouvez-nous ici :

www.jailu.com

Abonnez-vous à notre newsletter
et rejoignez-nous sur Facebook !

Titre original
MURDER ON COLD STREET

Éditeur original
Berkley,
une marque de Penguin Random House LLC

À toutes les femmes qui ont été UND –
Uniques, Novatrices, Différentes. Merci !

1

Décembre 1886

Le sapin norvégien qui occupait un angle du petit salon chez Mme John Watson répandait un parfum de verdure et de résine. Ses branches étaient festonnées de montgolfières miniatures et de cornes d'abondance faites à la main, et à son faîte trônait un ange légèrement de guingois drapé d'un plaid écossais. Paupières closes, lèvres entrouvertes et visage levé vers le ciel, le chérubin en extase étreignait une grande oie à l'air ébahi.

Ce spectacle saugrenu aurait attiré le regard de n'importe quel visiteur… si Mlle Charlotte Holmes ne s'était pas tenue à côté du sapin, vêtue d'un ensemble encore plus extravagant.

Sa redingote ouverte, rouge en haut et brune en bas, révélait une jupe de dentelle blanche faite de sept volants dont chacun arborait des motifs d'épicéas verts et de bougies dorées. En outre, la partie brune de la redingote avait été taillée pour évoquer une pomme de pin, de sorte que la tenue représentait, littéralement, un sapin de Noël.

La première fois que lord Ingram Ashburton avait vu Holmes ainsi accoutrée, l'un de ses voisins en avait laissé tomber sa tasse de thé. Lui-même avait eu du mal à y croire, car non seulement il connaissait cette femme mais il entretenait une correspondance avec elle. Et il avait été secrètement soulagé qu'elle ne s'approche pas de lui, ce qui l'aurait obligé à la saluer en public.

Lorsqu'il avait revu cette tenue, quatre années s'étaient écoulées – une éternité ! À cette époque, il s'était plus ou moins accoutumé à ses goûts vestimentaires. Une autre qu'elle aurait sans doute été anéantie de porter un accoutrement aussi explosif, mais avec son visage faussement angélique et son flegme quasi indestructible, Holmes parvenait à mater cette insurrection de velours et de dentelle pour n'en faire qu'un article parmi d'autres dans sa garde-robe tapageuse.

Dans les mois qui avaient suivi sa disgrâce – laquelle l'avait contrainte à fuir le foyer familial et à commencer toute seule une nouvelle vie –, lord Ingram avait imaginé plus d'une fois cet ensemble, oublié chez les parents de la jeune femme à la campagne, attendant le jour où il serait de nouveau porté.

Où il rayonnerait dans toute son absurde splendeur.

Lord Ingram avait aussi souvent songé à la surprise et à la joie qu'il ressentirait s'il le voyait de nouveau. Au sourire qu'un tel spectacle éveillerait en lui.

En cet instant, pourtant, il ne souriait pas.

Pas plus que la seconde femme dans la pièce. En d'autres circonstances, Mme Treadles – l'épouse de l'inspecteur Robert Treadles, ami de lord Ingram et collaborateur occasionnel de Holmes – aurait probablement souri avec bienveillance devant un tel tintamarre vestimentaire.

Livide, désespérée, elle serra avec force les mains de Holmes entre les siennes et dit :

— Je vous en prie, mademoiselle Holmes. Je ne sais vers qui d'autre me tourner.

Lord Ingram arrivait tout juste de la propriété de son frère et était en chemin pour rentrer chez lui. Il avait fait étape à Londres pour voir Holmes avec qui il partageait une amitié ancienne, complexe et aux frontières de plus en plus floues – frontières qu'il était prêt à effacer définitivement, comme il était venu en informer la jeune femme. Alors que, s'efforçant de contenir son anxiété et son agitation devant l'énormité de ce qu'il s'apprêtait à faire, il attendait dans le petit salon de Mme Watson que Holmes le rejoigne, Mme Treadles était arrivée et avait annoncé que son mari avait été arrêté, soupçonné de meurtre.

Lord Ingram s'efforçait encore d'assimiler ces paroles et de dépasser sa réaction initiale, qui semblait presque une évidence : il ne pouvait s'agir que d'une erreur, purement et simplement !

Son amitié avec Robert Treadles était née de leur passion commune pour l'archéologie mais, l'été précédent, au grand dam de l'inspecteur, lord Ingram avait continué de manifester son affection à Holmes malgré la perte de son statut de jeune femme respectable. Et pour sa part, il n'avait pas moins été perturbé par la froideur que lui manifestait désormais Robert Treadles.

Toutefois, vers la fin de l'automne, il lui avait semblé que l'inspecteur s'efforçait de voir les choses d'un point de vue moins intransigeant, et que leur amitié renaissait.

Il avait passé l'essentiel des semaines précédentes à l'étranger mais, pendant toute son escapade, il avait attendu avec impatience de rentrer chez lui pour revoir ses enfants et inviter l'inspecteur et Mme Treadles après Noël.

Quand Mme Treadles était apparue dans le salon de Mme Watson, il avait été à la fois surpris et un peu embarrassé – un homme sur le point de faire une confession de nature extrêmement privée ne souhaite pas la présence d'un témoin –, mais sa réserve avait bientôt cédé la place à la joie. Ils ne s'étaient pas croisés depuis longtemps, et elle s'était toujours montrée chaleureuse et bienveillante. Pas un instant il n'avait imaginé la raison de sa visite à l'improviste. À présent la terreur le gagnait, le clouant au sol et lui coupant le souffle.

Holmes serra les mains de la visiteuse.

— Vous devez être Mme Treadles. Ravie de vous rencontrer. L'inspecteur Treadles a été un grand ami et défenseur de mon frère Sherlock. S'il est en difficulté, ses intérêts sont bien sûr notre priorité.

— Oh, merci, mademoiselle Holmes ! s'écria Mme Treadles. Merci !

Puis elle baissa les yeux d'un air gêné, comme si elle s'avisait soudain qu'elle serrait de toutes ses forces les mains d'une personne à qui elle n'avait même pas été convenablement présentée. Avec une petite toux, elle lâcha Holmes et recula.

Holmes, à qui ce faux pas ne pouvait pas avoir échappé, feignit de ne rien avoir remarqué.

— Je m'apprêtais à aller m'occuper de mon frère. Lord Ingram, pourriez-vous accompagner Mme Treadles au 18 Upper Baker Street dans cinq minutes ?

L'inspecteur Treadles savait très bien que « Sherlock Holmes » n'était que le nom d'emprunt de Charlotte Holmes, mais manifestement il n'en avait pas informé son épouse. Mme Treadles croyait donc que, au 18 Upper Baker Street, un grand sage cloué au lit transmettait ses lumières par l'intermédiaire de Mlle Holmes, sa sœur et son oracle.

Et apparemment, Holmes estimait que le moment n'était pas encore venu de renoncer à cette fable.

Après son départ, Mme Treadles se tourna vers lord Ingram.

— Robert a été extrêmement impressionné par ce que Sherlock Holmes et ses amis ont accompli pour vous à Stern Hollow, quand votre nom a été lavé de façon irréfutable. Je puis seulement espérer qu'il pourra en faire autant pour lui.

Lord Ingram s'approcha d'elle et lui prit les mains.

— Chère madame, vous avez frappé à la bonne porte. Holmes ne laissera pas tomber un ami. Vous pouvez compter sur... sur lui.

Elle lui adressa un faible sourire.

— Merci, milord. Merci.

— Y a-t-il quoi que ce soit que je puisse faire pour l'inspecteur Treadles ? Quand j'étais en détention, il s'est assuré qu'on me traiterait avec tout le respect possible. Puis-je en faire autant pour lui ?

Elle secoua la tête.

— Il a des amis dans la police. Je suis certaine qu'ils veilleront à son confort et à sa dignité.

En vérité, elle ne semblait pas si certaine que cela.

— Alors y a-t-il autre chose que je puisse faire pour vous, madame Treadles, en tant qu'ami de l'inspecteur et de vous-même ?

— J'ai le plus grand mal à tenir en place. Cela vous ennuierait-il, milord, que nous fassions quelques pas dehors en attendant ?

Par cette journée grise et froide, l'air était si saturé d'humidité que c'était presque comme s'il pleuvait. Mme Treadles marcha le long des grilles de Regent's Park, tête baissée, ses mains gantées posées sur ses avant-bras. Elle était vêtue de noir. Une tenue de deuil, alors qu'elle n'était pas veuve. Avec un temps de retard, lord Ingram se souvint qu'elle avait perdu son frère l'été dernier, vers la fin de la saison.

Le trottoir grouillait de colporteurs, d'hommes-sandwichs et d'enfants trottant dans le sillage de leur gouvernante. Il la prit par le coude pour qu'elle ne heurte pas une vendeuse de châtaignes grillées. Parvenus au plus proche portail du parc, ils firent demi-tour et se dirigèrent vers le 18 Upper Baker Street. Lord Ingram sonna et déclara :

— Je vais vous laisser ici, madame Treadles. Je présume que vous préférerez discuter en privé avec Mlle Holmes... et son frère.

— Oh non ! S'il vous plaît, ne partez pas. Si je n'avais pas trouvé Mlle Holmes chez elle, c'est chez vous que je serais allée, milord. Et j'aurais envoyé un câble à Stern Hollow si vous n'aviez pas été en ville.

Elle poussa un soupir tremblant.

— J'aimerais avoir plus de fierté et pouvoir me passer de l'aide d'autrui, mais c'est la vie de Robert qui est en jeu, et notre avenir à tous les deux. Et je me sentirais bien mieux si je pouvais bénéficier de vos conseils, en plus de ceux de Sherlock Holmes.

Ces dernières années, lord Ingram avait commencé à s'interroger sur son désir, parfois irrépressible, d'aider les autres. Cet empressement à jouer les sauveurs l'avait non seulement conduit à un mariage désastreux, mais aussi à devenir le jouet de son frère qui avait exploité son point faible. D'ailleurs, quelque temps plus tôt, Holmes avait déclaré en vrillant son regard dans le sien : « Vous n'êtes pas un outil entre les mains d'un maître capricieux. Et vous n'avez pas à démontrer votre valeur en sautant sur toutes les tâches que les autres ont peur d'assumer. »

Pour cette raison, il avait offert son aide à Mme Treadles sans pour autant se précipiter pour tout prendre en charge. Toutefois, il était heureux qu'elle lui demande de l'accompagner, et flatté d'apprendre qu'elle aurait fait appel à lui en cas de besoin.

— Dans ce cas, bien entendu, je vous accompagne.

— Merci. Merci, milord.

Peut-être parce qu'il avait consacré trop de temps dans sa vie à secourir des gens qui ne voulaient pas de son aide – ou la considéraient comme un dû –, les manifestations de gratitude, comme l'émotion qui embuait à présent le regard de Mme Treadles, le prenaient au dépourvu.

Comme si des fleurs s'épanouissaient là où il n'avait même pas semé de graines.

Au 18 Upper Baker Street, Holmes leur ouvrit la porte et les conduisit au salon.

Il était venu plusieurs fois et considérait l'endroit comme le bureau de Holmes, mais la pièce chaleureuse avait été aménagée de façon à donner l'impression qu'un convalescent résidait ici.

L'odeur de tabac qui flottait dans l'air se mêlait aux senteurs herbacées et légèrement alcoolisées de teintures médicinales. Les magazines dans le porte-revues près de l'âtre étaient récents. Les quotidiens bien repassés sur la table d'appoint étaient ceux du matin, sans doute raflés au passage par Holmes en quittant la maison de Mme Watson.

Le seul élément manquant était le bouquet de fleurs fraîches qui trônait d'ordinaire sur le banc ménagé sous la fenêtre donnant sur Upper Baker Street. À la place se trouvait une gerbe de lavande séchée disposée dans une jarre d'un blanc crémeux, qui aurait constitué le point le plus remarquable de la pièce sans Holmes et sa robe sapin de Noël.

Leur hôtesse servit le thé et proposa des biscuits au gingembre et des tranches d'un cake de Noël généreusement garni de fruits séchés et d'écorces confites, puis elle demanda :

— Puis-je vous offrir quelque chose de plus fort, madame Treadles ?

— Je veux bien, merci.

Holmes se leva, s'approcha d'une console et revint avec un verre de whisky. Sans hésiter, Mme Treadles en avala une solide gorgée avant de faire une grimace.

Holmes lui laissa le temps de se ressaisir.

— L'inspecteur Treadles vous a-t-il expliqué, madame Treadles, comment mon frère et moi travaillons ?

— Oui, répondit celle-ci d'une voix légèrement enrouée. Je sais que M. Holmes est derrière cette porte et qu'il peut nous entendre.

— Et nous voir également, grâce à une chambre noire. Cette porte est fermée afin que la lumière n'entre pas et que notre image, renversée verticalement et horizontalement, soit plus nette pour lui.

Mme Treadles darda sur la porte un regard intense, comme si cela pouvait éveiller chez l'invisible sage une acuité mentale inégalée.

— Quand vous serez prête, madame Treadles, nous pourrons commencer, poursuivit Holmes avec douceur.

Mme Treadles prit une profonde inspiration. Alors qu'elle avait répondu avec empressement à la question sur l'organisation des entrevues avec Sherlock Holmes, elle semblait à présent hésiter.

— Je ne sais par où commencer. Quand je regarde les événements des semaines passées, je ne puis m'empêcher de me demander si Robert… si l'inspecteur Treadles était bien où il disait être, et s'il faisait bien ce qu'il disait faire.

Le tremblement dans sa voix semblait trahir plus qu'une inquiétude pour son mari : une crainte de l'incriminer *elle-même*.

Lord Ingram se rappela qu'à Stern Hollow, il n'y avait pas si longtemps que cela, la situation avait semblé aussi désespérée que celle-ci car tout l'accusait. Néanmoins, il était troublé.

— Commençons par les faits établis, proposa calmement Holmes. Ensuite, madame Treadles, vous ajouterez tout ce qui vous semblera utile.

Lord Ingram s'avisa que même s'il était déjà venu ici, c'était la première fois qu'il assistait à un entretien avec un client, si on exceptait sa première visite en compagnie de l'inspecteur Treadles qui avait eu lieu avant que Sherlock Holmes devienne officiellement le seul détective privé au monde.

— Les faits établis, répéta Mme Treadles. Dans ce cas, je suppose que je dois commencer par le moment où le sergent MacDonald s'est présenté chez moi ce matin et a demandé à me parler.

L'inspecteur Treadles travaillait souvent avec le sergent MacDonald, son collègue et apprenti qui l'avait accompagné dans bien des enquêtes.

— Quand le sergent MacDonald est-il arrivé chez vous ?

— Vers 9 h 45 environ.

Lord Ingram consulta l'horloge comtoise qui faisait entendre son léger tic-tac dans un angle du salon. 13 h 20.

— Êtes-vous à la maison à cette heure, d'habitude ? s'enquit Holmes avec douceur. J'ai cru comprendre que vous aviez repris la direction des Industries Cousins à la fin de l'été.

Une expression embarrassée passa sur le visage de Mme Treadles.

— En général, à cette heure-ci je suis au bureau, mais la soirée d'hier a été longue et je ne me sentais pas très bien ce matin. Je venais seulement de me lever.

Holmes l'invita à poursuivre.

Mme Treadles prit une gorgée de whisky plus mesurée.

— J'ai été surprise, et assez alarmée, quand j'ai vu le sergent. Il ne m'est pas du tout inconnu, parce que mon mari adore parler de son travail et que le sergent MacDonald y occupe une place importante, mais je ne l'avais rencontré qu'une seule fois, un jour où l'inspecteur et moi l'avions croisé dans la rue et invité à se joindre à nous dans un restaurant du quartier.

Elle n'expliqua pas pourquoi l'inspecteur et son fidèle acolyte se fréquentaient si peu en dehors de Scotland Yard, mais lord Ingram le savait. Mme Treadles n'était peut-être pas née dans le même milieu social que Holmes et lui-même, mais la fortune de son défunt père – même si elle était récente et le fruit d'un dur labeur – lui valait une position dans le monde bien supérieure à celle de l'homme qu'elle avait épousé, et par conséquent au-dessus de l'immense majorité des collègues de travail de celui-ci.

Lord Ingram s'était déjà rendu à la résidence des Treadles, cadeau de mariage du père de Madame. La demeure n'était ni vaste ni imposante, mais elle se trouvait à une excellente adresse et était superbement meublée. Une telle acquisition aurait été au-dessus des moyens d'un policier, à moins qu'il ne soit le préfet de police en personne.

Et même dans ce cas, pour acheter une telle maison, il aurait sans doute dû économiser sur tout le reste.

Voilà pourquoi il n'était guère surprenant que le sergent MacDonald n'ait jamais été convié à déjeuner le dimanche.

— Le sergent avait l'air grave, et même choqué. Mon cœur s'est mis à battre. Je lui ai demandé si l'inspecteur allait bien. Il m'a assuré que c'était le cas, avant d'ajouter : « Mais malheureusement, il a été arrêté pour meurtre. »

Elle frissonna. Lord Ingram se leva, s'approcha de l'âtre et ajouta du charbon dans le feu.

— J'ai regardé le sergent MacDonald. Je pensais qu'il plaisantait. Après un moment, je me suis entendue demander : « Le meurtre... de qui ? » « Un certain John Longstead », a-t-il répondu. Je commençais à être complètement perdue. « M. Longstead ? Le vieil ami de mon père ? » me suis-je écriée. « Cela, je l'ignore, a-t-il répondu d'un air hésitant. Par contre, je sais qu'il travaillait pour les Industries Cousins. »

Mme Treadles se pinça l'arête du nez, paupières closes. Comprenant les implications de ses paroles, lord Ingram sentit un début de migraine lui oppresser les tempes.

— Ce monsieur faisait bien plus que travailler pour Cousins, murmura Mme Treadles comme pour elle-même. C'est mon père qui avait apporté les fonds et il était doué pour diriger l'entreprise, mais c'est toujours M. Longstead, avec sa perspicacité en ingénierie, qui nous a donné un avantage dans la compétition.

» Pendant vingt-cinq ans, ils ont été amis, collègues et associés. M. Longstead avait quitté Cousins pour raisons de santé – son médecin l'avait averti qu'il ne pouvait plus travailler à un rythme aussi effréné – et s'il est revenu chez Cousins, c'est une faveur personnelle qu'il m'a accordée quand j'ai pris la direction de l'entreprise.

Mme Treadles fit passer son regard de Holmes à lord Ingram et inversement. Elle semblait avoir recouvré sa clarté d'esprit.

— Je l'ai vu hier soir chez lui, en parfaite santé, quelques heures seulement avant que le sergent MacDonald frappe à ma porte. Et pour ce que j'en sais, l'inspecteur Treadles n'était même pas à Londres, mais en déplacement pour son travail. J'ai regardé le sergent MacDonald, totalement désorientée. Qui aurait voulu assassiner ce cher vieux M. Longstead ? Comment mon mari, qui a juré de protéger l'ordre et la loi, pourrait-il être lié à ce décès – et être déjà mis aux arrêts ? « Mais l'inspecteur connaissait à peine M. Longstead ! » me suis-je exclamée.

Il y eut un silence.

Mme Treadles baissa les yeux, comme si elle préférait adresser la suite de son récit à la table.

— Vous aurez probablement deviné, mademoiselle Holmes, que si le sergent MacDonald s'est rendu chez moi plutôt qu'à mon bureau à cette heure-là, c'est parce qu'il ne savait rien de mes nouvelles responsabilités chez Cousins.

» Voyez-vous, au début, l'inspecteur Treadles n'a pas été particulièrement… enthousiaste à l'idée que je m'aventure en dehors de la sphère domestique. C'est seulement à son retour de Stern Hollow qu'il a commencé à s'intéresser à mon travail. Alors j'ai convié M. Longstead et sa nièce à dîner à la maison. Puis ils nous ont retourné l'invitation. À ces deux occasions, l'inspecteur Treadles s'est montré cordial et respectueux envers M. Longstead, exactement comme on se comporte envers un excellent ami de la famille.

» Le second dîner a eu lieu il y a plus de deux semaines. Par la suite, l'inspecteur a exprimé son admiration pour M. Longstead et s'est réjoui que je l'aie comme allié. Pour ce que j'en sais, ils ne se sont jamais revus. Et voilà que j'apprends qu'il serait impliqué dans son décès !

» Je n'ai pas caché ma stupeur ni mon incrédulité au sergent MacDonald. Il a compati, d'autant qu'il n'était pas moins choqué que moi et qu'il était fermement convaincu que Scotland Yard a commis une erreur.

— A-t-il vu lui-même l'inspecteur aujourd'hui ? interrogea Holmes, dont les inflexions ne reflétaient en rien la confusion et le tourment de Mme Treadles.

— Non. Il n'y a pas été autorisé. Et on l'a averti qu'il devait garder pour lui tout ce qu'on lui avait dit, sauf pour m'informer. Il avait tout de même un message de l'inspecteur pour moi. Je l'ai apporté, mais je crains qu'il ne dise pas grand-chose de plus.

Elle sortit de son réticule un feuillet qu'elle tendit à Holmes. Celle-ci le parcourut puis, après avoir demandé d'un regard l'autorisation de Mme Treadles, le passa à lord Ingram.

Ma très chère Alice,

Je suis désolé que le sergent MacDonald soit porteur de mauvaises nouvelles. Je suis désolé de vous causer tant d'inquiétude et de doute. Et je suis désolé car tout risque d'empirer, avant de s'améliorer.

Je devrai compter, comme toujours, sur votre force et votre courage.

Des jours difficiles s'annoncent, mais je reste

Votre époux très dévoué,

Robert

P.-S. Je vous aime de toute mon âme, même si je ne vous mérite pas toujours, ou même pas souvent.

2

Le regard de Mme Treadles s'attarda quelques instants sur la lettre de son mari après que lord Ingram la lui eut rendue.

— Il est vrai qu'il ne proteste pas de son innocence dans ce message, mais puisqu'il semble croire que les choses vont s'améliorer…

— Alors nous devrions tenir compte de son opinion, déclara Holmes.

Sa cliente fit courir sa main sur le bord du feuillet.

— Après le départ du sergent MacDonald, je suis allée à Scotland Yard. Sachant que l'arrestation n'avait pas encore été rendue publique, je me suis fait passer pour une admiratrice de Sherlock Holmes et j'ai demandé à rencontrer l'inspecteur Treadles pour en savoir plus sur le grand détective. On m'a répondu qu'il n'était pas au Yard aujourd'hui.

— Ainsi, murmura lord Ingram, Scotland Yard n'a pas envie qu'on sache que l'un des siens a été arrêté ?

— Scotland Yard a été très embarrassé il y a peu, milord, quand on vous a arrêté avant de devoir vous libérer en vous présentant de plates excuses, lui rappela Holmes. Il est compréhensible que la police souhaite rester discrète sur cette affaire pour l'instant, et aussi longtemps que possible. Certes, cela ne nous aide pas. La première personne à qui je… à qui mon frère souhaitera que je parle est l'inspecteur Treadles lui-même.

— Alors, qu'allez-vous faire ? demanda Mme Treadles, les mains sur les genoux, serrant avec force un mouchoir blanc.

— Nous allons essayer une autre méthode d'investigation, répondit Holmes. Milord, j'entends le vendeur de journaux dans Upper Baker Street. Auriez-vous la bonté d'aller nous en acheter un exemplaire ?

Il s'exécuta et revint deux minutes exactement plus tard en parcourant des yeux le journal – l'édition du début d'après-midi qui avait été imprimée vers midi, peu après que les prévisions météorologiques avaient été reçues.

— Pas d'article à sensation sur un meurtre ni sur l'arrestation d'un inspecteur de Scotland Yard. Et je ne vois aucune mention de M. Longstead des Industries Cousins, ni rien en rapport avec les difficultés actuelles de l'inspecteur Treadles.

Il leva les yeux.

— Attendez… Madame Treadles, quelle est l'adresse de M. Longstead ?

— 31 Cold Street.

À ces mots, quelque chose passa sur le visage de Holmes. Le changement était presque imperceptible mais chez elle, c'était l'équivalent d'une expression de stupeur.

Les doigts de lord Ingram le picotèrent.

— On parle de la maison voisine. « Un incident a eu lieu au 33 Cold Street aux premières heures du jour. La police a été appelée. La demeure semblait inoccupée et la nature des troubles n'a pas encore été divulguée. On ignore si les événements de la nuit ont un quelconque rapport avec les nuisances dues à des feux d'artifice dans le quartier déjà rapportées dans ces pages. »

— Quel type de réunion était-ce hier soir chez M. Longstead ? s'enquit Holmes.

Mme Treadles tordit son mouchoir entre ses doigts.

— Un dîner suivi d'une soirée dansante. Mlle Longstead, sa nièce, fêtait son entrée dans le monde.

La saison londonienne s'étendait de la fin du printemps au milieu de l'été. Si elle n'avait pas de date officielle d'ouverture, elle se terminait impérativement avant le premier jour de la chasse à la grouse. Certes, la saison était surtout destinée au gotha, mais les nouvelles classes aisées imitaient la noblesse et calaient le calendrier de leur vie sociale en conséquence. Sans compter qu'en mai, en juin et en juillet le temps se prêtait plus aux réjouissances.

Alors une soirée de débutante en ville, au mois de décembre... lord Ingram ne serait pas allé jusqu'à affirmer que cela ne se faisait pas du tout, mais cela n'arrivait pas souvent !

Mme Treadles déclara, en écho à ses réflexions :

— C'est un curieux moment pour fêter une entrée dans le monde. Pour ma part, j'aurais organisé un bal de Nouvel An plutôt qu'une soirée dansante quelques jours avant Noël. M. Longstead présentait sa nièce non pas à des rejetons de l'aristocratie, dont le statut de gentlemen suppose une certaine oisiveté, mais à des familles identiques à la sienne, dont les pères et les fils étaient attendus dans leurs entreprises le lendemain.

— Combien de temps a duré la soirée ? demanda Holmes.

— Cela, je n'en sais rien. J'ai commencé à avoir mal à la tête après minuit, et à 1 heure j'étais dans ma voiture pour rentrer. Sur le moment, je n'aurais pas été surprise que la soirée se prolonge jusqu'à l'aube – Mlle Longstead était radieuse et les invités très enthousiastes – mais, alors que j'arrivais à la maison, le brouillard s'est levé. Il est donc possible, voire probable, que la fête se soit terminée peu après mon départ.

— Avez-vous remarqué quoi que ce soit d'inhabituel chez M. Longstead ou dans la maison voisine ?

Mme Treadles baissa les yeux vers son mouchoir et secoua la tête.

— Non.

— Et bien sûr, vous n'avez vu l'inspecteur Treadles à aucun moment ce soir-là ?

— Non.

Lord Ingram regarda Holmes. Il ne possédait pas ses facultés d'observation, mais il n'avait pas besoin d'un talent exceptionnel pour mettre en doute les deux dernières réponses de Mme Treadles.

Il était bien plus difficile de dire quand Holmes mentait, parce que rien ne changeait chez elle lorsqu'elle passait de la vérité à la fiction – ni ses intonations, ni sa posture, pas même un mouvement des yeux ou un tremblement sur son visage. Cela s'expliquait pour une part, il en était certain, par ses colossales capacités mentales, traitant avec aisance la quantité de calculs et d'étalonnages requis pour le mensonge, qui submergeaient rapidement un cerveau ordinaire.

Une autre part – et il se demandait dans quelle proportion au juste – était imputable au fait que Holmes était totalement imperméable aux injonctions morales. De même qu'à la plupart des gens, on lui avait sans doute répété qu'il était mal de mentir... mais, contrairement à eux, cela ne l'avait pas beaucoup marquée et elle considérait la vérité comme un choix stratégique plutôt qu'éthique.

Pour sa part, Mme Treadles ne devait posséder ni le talent de Holmes pour raconter des fables ni sa flexibilité morale, car elle n'était manifestement pas à l'aise avec ses dernières réponses.

— J'ai mentionné que je croyais que mon mari n'était pas en ville et qu'il ne devait pas rentrer tout de suite, poursuivit-elle. Avec le recul, je crois qu'il est revenu à Londres à un moment ou à un autre de la nuit, voire plus tôt. Peut-être est-il entré dans la maison voisine de celle de M. Longstead. Je n'ai aucun moyen de le savoir. Je ne peux rien vous dire de ses déplacements ni de leurs raisons.

Souvent, les gens qui mentaient en disaient trop. L'explication supplémentaire de Mme Treadles ne fit qu'accentuer la conviction de lord Ingram qu'elle aurait pu leur donner des informations décisives si elle l'avait voulu.

Ou si elle y avait été contrainte.

Sans un mot, Holmes prit une gorgée de thé.

Un silence tomba.

Au fil des années, lord Ingram avait connu bien des silences en présence de Holmes. Si un décompte avait été tenu, il aurait sans doute révélé que le temps qu'ils avaient passé ensemble contenait plus de silences que de paroles.

Mais c'était la première fois qu'il la voyait faire usage du silence comme d'une technique d'interrogatoire, comme un signal délibérément appuyé qu'elle ne croyait pas aux affirmations d'un témoin.

Mme Treadles s'agita sur son siège. Elle prit sa tasse de thé, à laquelle elle n'avait pas encore touché, et en but une gorgée. Puis une seconde. Puis une troisième.

— Le fait que le meurtre n'ait pas été rapporté dans la presse est une bénédiction, je n'en doute pas, déclara alors lord Ingram, brisant le silence. Mais pour l'instant, nous avons besoin de plus d'informations.

La tasse de Mme Treadles trembla avec force.

— Je vous en prie, dites-moi en quoi d'autre je puis vous éclairer.

Holmes ne soufflait mot, mais son silence n'était ni tendu ni réprobateur. Lord Ingram s'en était remis à elle pour poser les questions – après tout, c'était son enquête –, mais elle devait s'imaginer qu'il ne laisserait pas trop longtemps Mme Treadles s'agiter inconfortablement.

— M. Longstead se rendait-il à son travail tous les matins ? demanda-t-elle finalement. Son absence a-t-elle déjà été remarquée ?

— Non, il ne venait pas chaque jour, répondit Mme Treadles en posant sa tasse. Dès le début, il avait été convenu qu'il ne serait là qu'au titre de conseiller. Je le voyais le jeudi, parfois le mardi. Il veillait seulement à être présent quand je rencontrais les directeurs lors de réunions. Je lui en suis immensément reconnaissante car, par respect pour lui, ils se montraient moins méprisants envers moi.

Elle laissa échapper un rire sans joie.

Lord Ingram se sentit soudain coupable. Certes, de profonds changements étaient survenus dans sa propre vie à l'époque où Mme Treadles avait hérité des Industries Cousins, mais il aurait pu penser à elle, peut-être lui écrire pour lui demander comment elle s'accommodait de ses nouvelles responsabilités en tant que propriétaire d'une firme florissante.

Il avait été heureux pour elle car il lui avait semblé que la direction d'une grande entreprise, bien qu'exigeante, lui conviendrait étant donné son dynamisme et son intelligence, et qu'après une période d'ajustement elle tiendrait avec fermeté les rênes de sa société.

Toutefois, les accents de tristesse – et même de véritable désespoir – dans ce rire qui n'en était pas un disaient clairement que la période d'ajustement avait été plus mouvementée qu'il ne l'avait supposé, que Mme Treadles n'avait pas encore le contrôle de l'entreprise et qu'elle venait de perdre son meilleur allié.

Voire son unique allié.

— Je suis désolé pour cette perte, dit-il.

Mme Treadles poussa un soupir saccadé.

— Quand vous pensez que les choses ne pourraient pas être plus difficiles, vous découvrez que si, elles le peuvent. Bien plus difficiles...

Un silence tomba de nouveau, jusqu'à ce que Holmes reprenne la parole :

— Madame Treadles, vous êtes venue dans l'espoir que Sherlock Holmes contribue à améliorer la situation, ou du moins à ce qu'elle ne se détériore pas, mais pour vous aider nous devons en savoir beaucoup plus.

Cette fois, c'est Mme Treadles qui se mura dans le silence.

Holmes l'observa un moment.

— Très bien, madame, dit-elle en optant manifestement pour une autre approche. Pouvez-vous me donner un compte rendu de ce qu'a fait l'inspecteur pendant les soixante-douze heures avant cette soirée ?

— Soixante-douze heures..., répéta lentement Mme Treadles. La fête était hier, lundi. Soixante-douze heures, cela remonte à vendredi dernier. Il est parti pour une enquête dans la campagne du Kent cet après-midi-là. Et il n'est pas revenu avant... avant son arrestation, je suppose.

Voilà un « compte rendu d'activités » qui n'apportait pas grand-chose !

— Quelqu'un l'accompagnait-il ?

Mme Treadles hésita.

— Je n'en suis pas certaine. J'avais supposé que le sergent MacDonald serait à ses côtés, mais quand je lui ai parlé ce matin, il m'a assuré qu'il était resté en ville tout ce temps.

Holmes arqua un sourcil – une expression délibérément exagérée de sa part.

— Vous n'aviez pas posé la question à votre mari, madame Treadles ?

Celle-ci lui adressa un sourire gêné.

— Je crains d'avoir été très occupée par mon travail.

Lord Ingram dut se contenir pour ne pas hausser les sourcils lui-même.

Peu de temps auparavant, il avait envié aux Treadles l'harmonie et l'affection de leur union, d'autant qu'il endurait lui-même un mariage plein d'amertume. La dernière fois qu'il les avait vus ensemble, l'été précédent, durant la première enquête majeure de Holmes, ils avaient semblé toujours très épris l'un de l'autre, se lançant des regards affectueux et se soutenant mutuellement comme si cela allait de soi.

Le refroidissement de son amitié avec l'inspecteur Treadles avait plus ou moins coïncidé avec le début d'une période chaotique dans sa propre vie. Il n'avait pas revu l'inspecteur jusqu'à ce que Scotland Yard envoie celui-ci à Stern Hollow alors qu'on l'accusait de meurtre.

De telles circonstances ne se prêtaient guère à des conversations intimes entre celui qui interrogeait et celui qui était interrogé. Vers la fin de l'affaire, quand ils avaient de nouveau pu se parler en amis et qu'il s'était enquis des activités de Mme Treadles, il avait eu la nette impression que l'inspecteur était fier des accomplissements de son épouse.

Pourtant, celle-ci venait de suggérer que son mari n'avait pas apprécié qu'elle s'aventure dans le monde des affaires et de l'industrie.

Du moins dans les premiers mois.

Des paroles que Holmes lui avait dites un jour au sujet de l'inspecteur et de Mme Treadles lui revinrent en mémoire : « J'espère seulement que son épouse se portera mieux si jamais elle brise des règles qu'il estime importantes. »

Il avait la désagréable impression que Mme Treadles ne se portait pas mieux d'avoir passé outre le jugement de son mari. Pourtant ils étaient toujours proches, n'est-ce pas ? Mais si c'était le cas, ne lui aurait-elle pas demandé, ne fût-ce qu'en passant, s'il se faisait accompagner du sergent MacDonald ?

Mme Treadles semblait nerveuse, mais lord Ingram commençait à se demander s'il existait des méthodes d'investigation qui ne l'auraient pas rendue nerveuse.

Peut-être Holmes pensait-elle la même chose, car elle chercha de nouveau une approche différente.

— Savez-vous, madame Treadles, à qui profiterait le plus le décès de M. Longstead ?

Son interlocutrice soupira comme si elle était soulagée qu'on lui pose cette question en particulier.

— Il ne s'est jamais marié et n'a pas d'enfant. Sa nièce vivait avec lui et ils s'adoraient. Je crois savoir qu'il a également une sœur et quelques neveux. Sa sœur et sa nièce seront probablement favorisées par ses dernières volontés. Un jour, je l'ai entendu affirmer que les hommes devaient faire leur chemin dans le monde mais que les femmes, n'étant pas en mesure de travailler et de réussir de la même façon, devaient recevoir le plus de biens possible afin de ne pas se trouver à la merci d'hommes qui ne prendraient pas soin d'elles.

— Ses neveux savaient-ils qu'ils ne devaient pas trop espérer de son testament ?

— Je pense, oui. Rien de plus qu'une modeste rente annuelle.

Si un neveu mécontent savait que l'essentiel de la fortune de son oncle irait à deux femmes, qui pouvait affirmer qu'il ne tuerait pas M. Longstead dans l'espoir de persuader celles-ci de lui céder une partie de leur héritage ?

— À part sa famille, y a-t-il quelqu'un qui aurait pu vouloir sa mort ?

Mme Treadles se mordit les lèvres.

— S'il n'était pas mort mais seulement parti, j'en aurais conclu que les gens qui s'opposent à moi chez Cousins ont finalement réussi à le persuader de me laisser échouer. Mais aussi colossaux que me paraissent mes propres problèmes, je ne crois pas qu'ils soient la raison de son décès.

Lord Ingram, qui avait croisé les mains, serra les doigts avec force. Elle s'exprimait avec réticence et lassitude, comme s'il lui en coûtait de dire la vérité. Manifestement, elle aurait préféré incarner l'image de la confiance et du dynamisme, et présenter sa gestion des Industries Cousins comme une brillante réussite. Mais, dans l'intérêt de l'enquête, elle devait ravaler sa fierté et admettre qu'elle était en difficulté.

— Les investigations ne font que commencer, dit Holmes. Il est trop tôt pour écarter certaines possibilités, même celles qui semblent peu probables. Connaissez-vous une autre raison, madame Treadles, pour laquelle quelqu'un aurait voulu la mort de M. Longstead, ou son départ ?

Elle secoua la tête.

— Il pouvait se montrer très direct, M. Longstead. C'est précisément pour cela que mon père et lui s'entendaient aussi bien. Mon père disait qu'on pouvait toujours compter sur lui pour dire la vérité sans fard, parce qu'il n'avait aucune vanité et, par conséquent, aucun désir d'embellir les faits ou de reporter le blâme sur les autres. Pour la même raison, on pouvait lui dire la vérité sans fard. Jamais il ne se vexait qu'on l'informe que son travail avait besoin d'être amélioré.

» Alors oui, M. Longstead disait la vérité telle qu'il la voyait, mais jamais il n'en faisait une arme, comme certains, ou un quelconque moyen de blesser autrui. Il était profondément honorable et bienveillant.

Lord Ingram commençait à regretter de ne pas avoir rencontré M. Longstead. En mourant, certains hommes ne laissaient pas grand-chose derrière eux, à part des obligations inaccomplies et un encombrant cadavre. D'autres laissaient un vide béant dans le cœur de ceux qui avaient eu la chance de les connaître.

Les yeux de Mme Treadles brillèrent de larmes contenues.

— Mon père aimait M. Longstead comme un frère. Plus qu'un frère, je dirais. Je ne me souviens pas de l'avoir vu aussi heureux de voir mon oncle, qui n'est plus de ce monde, ni l'avoir entendu faire autant de compliments sur lui. Il se plaignait toujours que, depuis le départ de M. Longstead, ce n'était plus pareil chez Cousins. Que, sans son compagnon d'armes, il se sentait seul.

Holmes hocha la tête, comme si elle compatissait… mais pas au point de s'interdire une nouvelle question, qui allait assurément déconcerter sa cliente.

— Puisque vous avez abordé le sujet des personnes qui s'opposent à vous dans votre travail, madame Treadles, puis-je vous demander quelle est la nature exacte de votre désaccord avec vos directeurs ?

Mme Treadles se tamponna les yeux avec son mouchoir. Une tentative de cacher sa réaction au regard pénétrant de Holmes ? se demanda lord Ingram. Il se sentait déloyal de nourrir un tel soupçon, mais rien de ce que Mme Treadles avait dit ou fait depuis le début n'avait chassé sa première impression qu'elle ne leur disait pas tout.

— Je veux bien répondre à cette question mais vous devez savoir, mademoiselle Holmes, que je n'ai jamais mentionné mes difficultés chez Cousins devant mon mari.

— C'est précisément parce que nous essayons de sortir l'inspecteur Treadles de ce mauvais pas que je vous pose des questions qui ne sont pas directement liées à lui, expliqua Holmes. Vous avez affirmé que M. Longstead était un allié. J'en déduis qu'il vous a soutenue contre vos directeurs. Cela pourrait-il être la raison de son assassinat ? Une telle logique exclurait d'emblée l'inspecteur Treadles, qui ignorait la situation chez Cousins.

— Très bien. Si vous voulez le savoir, mademoiselle Holmes...

Mme Treadles prit une grande inspiration.

— Cette confession est mortifiante mais la vérité, c'est que mon plus grand point de désaccord avec les chefs de service est la très faible marge de manœuvre qui m'est accordée dans la direction de ma propre société. J'ai toujours été fascinée par l'usine Cousins et mon père, qui appréciait cela, a nourri ma curiosité sur les aspects techniques et commerciaux de l'entreprise. J'ai appris la comptabilité en partie double quand j'étais petite. On m'a enseigné assez de physique, de mathématiques et même de chimie pour que je comprenne les défis que relevaient les ingénieurs. J'ai toujours lu à la fois les pages financières des quotidiens que mon père recevait, et les journaux scientifiques et de mécanique auxquels M. Longstead était abonné.

» Mais j'ai beau énumérer mes qualifications et leur expliquer que je suis bien mieux préparée à diriger Cousins que mon frère, je parle dans le vide. Apparemment, je ne suis bonne qu'à parapher des documents, mais même cela semble les déranger. Chaque jour, ils insistent pour que je désigne un mandataire, soit l'un d'entre eux, soit quelqu'un qu'ils recommandent. Et ainsi je pourrais retourner à la sphère domestique où je serais plus heureuse – *Vous verrez madame !*

» Je refuse de signer docilement tout ce qu'on pose devant moi, mais quand je demande des clarifications, ou quel est le contexte de telle dépense ou de telle dette, on me répond que cela dépasse mon entendement. Si je refuse d'obéir aveuglément, on m'explique que mes caprices reportent des ventes importantes ou empêchent des livraisons cruciales. Et quand j'exige de savoir pourquoi je n'ai pas été correctement informée dès le départ, on prend ma colère pour un signe de crise d'hystérie imminente.

L'estomac de lord Ingram se noua. Sa vie n'avait pas été facile, et parfois il s'était même demandé s'il n'était pas puni pour des péchés remontant à une lointaine incarnation, mais quelles que soient ses difficultés, il y avait bien des épreuves et des obstacles qu'il ne connaîtrait jamais en raison du simple fait qu'il était né homme.

Mme Treadles esquissa un sourire amer.

— Je me suis souvent demandé si, en effet, je n'étais pas totalement irrationnelle, si mon esprit n'était pas aussi immature que celui d'un enfant, mais jusqu'à présent je ne suis pas retournée à la sphère domestique. Je présume qu'à tout le moins, je peux m'accorder un peu de crédit pour mon entêtement.

» M. Longstead partageait ma frustration. Il ne comprenait pas l'opposition qui se dressait face à moi, mais comme il ne détenait plus de parts dans la société et n'avait aucun pouvoir sur les directeurs, il me conseillait la patience et la persévérance. Il estimait que je finirais par y arriver, et j'avais grand besoin de son réconfort.

— Donc, il n'était pas impliqué personnellement dans le conflit entre les directeurs et vous ?

— Non. Il était de mon côté mais sa santé lui interdisait de me rejoindre sur le champ de bataille, pour ainsi dire.

Holmes acquiesça d'un coup de menton, l'air pensive.

À quoi songeait-elle ? Pour ce que lord Ingram en savait, de telles humiliations lui avaient été épargnées dans son travail, car ses clients ne voyaient en elle qu'une messagère et leur foi reposait sur les capacités quasi mythiques d'un homme.

Toutefois, elle aussi s'était heurtée aux limitations imposées aux femmes sur ce qu'elles pouvaient ou non accomplir, et même sur ce qu'elles avaient ou non le droit de penser. Il était certain qu'elle était navrée pour Mme Treadles. Cependant, elle n'était pas du genre à laisser la sympathie – ou le manque de sympathie – affecter ses enquêtes.

— Y a-t-il autre chose que vous puissiez nous dire avec certitude, madame Treadles ?

Celle-ci secoua la tête.

— Je suis prête à entendre vos hypothèses, dit Holmes sans émotion. Vous avez mentionné tout à l'heure que vous vous étiez demandé si ces derniers jours, l'inspecteur Treadles s'était bien trouvé là où il prétendait être pour y faire ce qu'il prétendait faire. Qu'est-ce qui vous donne à penser que cela n'aurait pas été le cas ?

Lord Ingram se pencha en avant, intrigué. Si leur cliente avait en effet abordé elle-même la question, cela signifiait qu'elle était prête à livrer certaines confessions, du moins à ce sujet.

Mme Treadles porta de nouveau sa tasse à ses lèvres et prit nerveusement quelques gorgées du thé qui devait avoir refroidi.

— Deux raisons. La première, comme je l'ai dit, est qu'il est parti vendredi dernier. Depuis, j'ai reçu deux lettres de lui. Aujourd'hui, j'ai examiné les cachets. Elles ne proviennent d'aucun poste de police du Kent où il était censé séjourner. L'une a été postée à Manchester, l'autre dans un petit village des Cornouailles.

Sa voix s'étrangla.

Lord Ingram arqua les sourcils.

Holmes affichait imperturbablement une expression placide qui devait mettre les nerfs de Mme Treadles à rude épreuve.

— La maison de campagne de M. Longstead se trouve-t-elle dans l'un de ces deux endroits ?

— Non, elle est dans le Berkshire.

Alors pourquoi l'inspecteur Treadles s'était-il ainsi promené à travers tout le pays ?

— Votre époux a-t-il l'habitude de vous induire en erreur sur les lieux où il se rend pour son travail ?

— Après avoir découvert cela, j'ai vérifié les enveloppes de toutes les lettres qu'il m'a écrites quand il partait en mission, y compris à l'époque où il me courtisait. À mon soulagement, dans tous les autres cas, les cachets sur les enveloppes correspondent aux lieux qu'il indiquait dans ses courriers.

Elle poussa un long soupir.

— Bien sûr, cela m'a rassurée, mais le fait qu'il m'ait menti cette fois-ci n'en est que plus troublant.

— Vous avez indiqué qu'il y a deux raisons pour lesquelles vous vous posez des questions, madame Treadles. Quelle est la seconde ?

D'un geste qui ressemblait de plus en plus à un réflexe, Mme Treadles porta de nouveau sa tasse à ses lèvres avant de la reposer en faisant la grimace. La tasse était vide.

— Avant de me rendre à Scotland Yard, j'ai pensé que je devais lui apporter quelques vêtements de rechange. Mais en entrant dans son dressing-room, j'ai vu que son arme de service n'y était pas.

Lord Ingram prit une inspiration saccadée.

Holmes demeura imperturbable.

— La porte-t-il, en général ?

— Non. Il dit que parfois les patrouilles de nuit affrontent des dangers, mais qu'en tant que membre de la Division d'enquête criminelle il n'a pas de raison solide de craindre pour sa sécurité.

Devant l'expression de Mme Treadles – celle d'une femme sur le point de plonger depuis un promontoire dans les vagues en furie –, lord Ingram se prépara au pire.

— Je crains de ne pas avoir donné tout à l'heure un compte rendu complet de ce que j'ai appris lorsque je suis allée à Scotland Yard. Quand le constable à qui j'ai parlé m'a dit que l'inspecteur Treadles ne serait pas là aujourd'hui, j'ai fait semblant d'en être affectée et dit que j'aurais dû venir plus tôt car j'avais raté ma chance. Le constable m'a consolée en affirmant que j'aurais manqué l'inspecteur Treadles de toute façon, car il était en congé depuis une quinzaine de jours.

» Si mon mari était en congé, je n'en ai jamais été informée. Il a souvent été absent ces derniers temps mais quand il n'était pas en déplacement pour son « travail », je lui souhaitais une bonne journée le matin comme je le faisais en temps normal et je le retrouvais le soir comme d'habitude.

» Ce qui m'amène à m'interroger. Et si je n'étais pas la seule à qui il avait menti ? S'il avait aussi dupé Scotland Yard ? Cela pourrait-il expliquer qu'on a été si prompt à l'arrêter, parce qu'il a été pris en flagrant délit de mensonge ?

Devant son expression de douleur et de désarroi d'avoir été ainsi exclue de la vie de son époux, lord Ingram eut le cœur serré.

Holmes, qui ne se laissait pas aussi facilement prendre par les sentiments, demanda juste :

— Y a-t-il autre chose que vous puissiez nous dire ?

— Le sergent MacDonald a dit qu'il passerait dans la journée présenter ses respects à M. Sherlock Holmes et demander si vous pourriez le recevoir. À part cela…

Elle secoua la tête.

— Dans ce cas me permettez-vous, madame Treadles, de vous poser une question ?

— Oui, bien entendu.

Pourtant, elle se tendit. De même que lord Ingram.

Holmes choisit une part de cake de Noël et en prit tranquillement une bouchée.

— Madame Treadles, qu'attendez-vous exactement de Sherlock Holmes ? Qu'est-ce qui vous intéresse le plus : la vérité… ou la libération de l'inspecteur Treadles ?

3

Lord Ingram dévisagea Holmes. La question était si contradictoire dans les termes ! Comme si la vérité et la libération de l'inspecteur Treadles s'excluaient mutuellement !

La visiteuse serra les dents, puis elle carra les épaules.

— Les deux, mademoiselle Holmes. La vérité sur cette affaire permettra à la police d'arrêter le véritable coupable et de libérer mon mari.

Elle avait dit cela avec plus de ferveur que de conviction. Elle *voulait* que l'incontestable Sherlock Holmes disculpe incontestablement son époux.

— Tout ce que vous venez d'énumérer – les mensonges de l'inspecteur concernant les lieux où il se trouvait, son arme de service disparue, le fait qu'il ait omis de dire qu'il était en congé – ne sème-t-il pas le doute sur ce que Sherlock Holmes pourrait découvrir s'il regardait assez attentivement ?

L'incontestable Sherlock Holmes semblait sceptique.

— Tout cela ne fait pas de mon époux un coupable. Cela complique la démonstration de son innocence, déclara Mme Treadles avec un entêtement que lord Ingram trouva touchant. Raison pour laquelle nous avons besoin du génie de M. Holmes pour donner à cette affaire une conclusion satisfaisante.

Lord Ingram jeta un regard vers Holmes. Elle était parvenue à découvrir la vérité dans toutes les affaires qu'on lui avait confiées mais la vérité, en remontant vers la surface, avait une cruelle tendance à tout bousculer sur son passage. Et lui dont la vie avait récemment été ébranlée par une surabondance de vérité, il aurait eu du mal à dire si celle-ci avait laissé une quelconque satisfaction dans son sillage.

— Dans ce cas, si vous voulez bien m'excuser, je vais maintenant aller consulter mon frère.

Elle s'en alla dans une envolée de velours et de dentelle. Lord Ingram regarda quelques instants la porte de la chambre qui se refermait derrière elle, puis il prit une gorgée de son thé, qui bien sûr avait refroidi. Soulagé de disposer d'un prétexte pour ne pas rester sans rien faire, il se saisit de l'occasion pour préparer une nouvelle théière.

Toutefois, un processus aussi peu exigeant que poser une bouilloire sur une lampe à alcool ne vous exonérait pas d'entretenir la conversation. Il fouillait désespérément son esprit en quête d'un sujet de discussion quand Mme Treadles déclara d'une voix lasse :

— C'est un charmant salon.

De fait, le salon *était* charmant. Mme Watson, la bienfaitrice de Holmes, possédait un goût exquis. Toute pièce qu'elle aménageait devait être à la fois jolie et confortable. Il y avait encore à Eastleigh Park, le fief campagnard du duc de Wycliffe, des pièces que l'actuelle duchesse n'avait jamais refaites car Mme Watson, la maîtresse du précédent duc, les avait décorées avec un goût admirable.

En cet instant, il était peu probable que Mme Treadles s'intéresse réellement au choix de couleurs ou de mobilier du 18 Upper Baker Street, mais en dépit de sa catastrophique situation personnelle, elle ne voulait pas que lord Ingram se sente mal à l'aise.

— Oui, répondit-il. On y est très bien. Avez-vous mangé quoi que ce soit depuis la visite du sergent MacDonald ?

Quand elle était arrivée chez Mme Watson, le regard fou et le souffle court, il avait cru qu'elle venait tout juste d'apprendre l'arrestation de son époux et avait quitté précipitamment sa maison, mais en réalité plusieurs heures s'étaient écoulées depuis ce moment dramatique.

Elle secoua la tête.

— Non, mais je n'ai pas faim.

— Je comprends que vous ayez l'appétit coupé, et je comprends aussi que pour l'instant le reste soit plus important que la nourriture, mais je vous en prie, madame Treadles, croyez-moi si je vous dis que les journées à venir compteront parmi les plus épuisantes de votre vie. Et le moins que vous puissiez faire, c'est de vous traiter avec autant de soin et de bienveillance que vous en manifesteriez au cheval qui devrait vous porter pendant un long et pénible voyage.

Il posa devant elle l'assiette de cake de Noël. Elle aimait les gâteaux aux fruits confits, avait-elle un jour dit en sa présence, car leur saveur lui rappelait les heureux Noëls de son enfance.

— Permettez-moi d'être aussi utile qu'une bonne d'enfants, chère madame, puisque pour l'instant c'est tout ce qui est en mon pouvoir.

En la voyant battre des paupières, il s'avisa avec stupeur qu'elle retenait des larmes à cause de son geste, pourtant bien insignifiant. Puis elle lui sourit bravement, choisit une part de cake et en prit une bouchée.

— J'aimerais pouvoir dire que je suis vos sages conseils parce que j'ai recouvré mes esprits, mais je ne fais sans doute qu'obéir aveuglément à votre autorité bienveillante, ne serait-ce que pour ne plus avoir à porter seule le poids de toutes les responsabilités.

Son cœur se serra pour elle. Elle était déjà fatiguée bien avant ce matin et l'arrivée de ces nouvelles désastreuses de son mari.

— La prise de décisions est épuisante, bien plus que je ne le croyais à l'époque où je rêvais d'être celle qui en a la charge.

Elle prit une autre bouchée de cake.

— J'espère que Sherlock Holmes est doué pour prendre les décisions.

Il acquiesça d'un coup de menton enthousiaste.

— Extraordinairement. Tout comme Mlle Holmes, d'ailleurs.

— Avez-vous une idée de ce que M. Holmes nous demandera de faire ?

— Non, mais j'ai appris à m'attendre au plus inattendu.

Elle fit tourner l'assiette entre ses mains, comme si elle hésitait à poser sa question suivante.

— Robert a dit qu'à Stern Hollow votre comportement était resté impeccable mais... aviez-vous seulement peur ?

Il ne répondit pas tout de suite. Ces souvenirs réveillaient en lui une sensation glaciale qui n'avait aucun rapport avec cette froide journée de décembre. Il réprima un frisson.

— Mortellement peur.

— Même si M. Holmes avait envoyé son frère pour vous aider ?

Oui, même si Holmes – sous le déguisement de ce frère – était venue en personne pour lui sauver la vie.

— J'aurais eu toute confiance dans les capacités de Holmes si j'avais été un témoin extérieur mais j'étais le principal suspect, celui que toutes les preuves semblaient désigner, et j'avais l'impression de me noyer. Même la présence de M. Sherrinford Holmes à Stern Hollow ne changeait rien au fait que je parvenais tout juste à sortir la tête de l'eau dans une mer en furie, mais il a été la bouée de sauvetage à laquelle je me suis accroché, et finalement il m'a ramené sur le rivage.

Mme Treadles jeta un coup d'œil vers la porte derrière laquelle Holmes avait disparu.

— Pensez-vous, demanda-t-elle d'une voix hésitante, que Sherlock Holmes pourra en faire autant pour l'inspecteur Treadles ?

Oui, mais vous devrez lui faire une confiance absolue. Tout lui dire. Ne plus dissimuler d'informations cruciales.

Holmes revint avant qu'il puisse répondre.

— Puis-je vous demander quels sont les conseils de M. Holmes ? s'enquit Mme Treadles d'une voix à la fois impatiente et anxieuse.

Holmes s'assit et arrangea ses jupes autour d'elle pour les disposer avec élégance.

— Dans des situations comme celle-ci, il est toujours préférable de connaître tous les faits afin de ne pas perdre de temps dans l'exploration de pistes inutiles. Mon frère recommande une approche sur plusieurs fronts. Nous aurons besoin de tout savoir sur M. Longstead, d'examiner ce qui se passe chez Cousins et d'essayer de communiquer d'une façon ou d'une autre avec l'inspecteur Treadles.

C'était là un ensemble de recommandations de bon sens – et assez banales – que Mme Treadles aurait pu trouver seule.

Celle-ci tenta vaillamment de masquer sa déception.

— Je vois.

— En attendant, puis-je escompter que vous serez chez vous ce soir ?

— Bien entendu, dit Mme Treadles en se levant d'un air accablé. Merci, mademoiselle Holmes. Et s'il vous plaît, veuillez transmettre ma gratitude à M. Holmes.

Lord Ingram se leva également.

— Je vous raccompagne, madame Treadles.

Au pied de l'escalier, il demanda à voix basse :

— Voulez-vous que je vous ramène chez vous, madame ?

— Non, ça va aller, répondit-elle assez rapidement.

— Je suis sûr que l'inspecteur Treadles apprécierait que dans un tel moment vous ayez le soutien de vos amis.

— Et je suis sûre que je me sentirai plus rassurée de savoir que vous êtes à la disposition de Sherlock Holmes, milord, plutôt que de perdre votre temps à m'escorter en ville.

Il avait attribué son premier refus à un désir de ne pas le déranger mais ce second refus, accompagné d'une lueur d'appréhension dans le regard, était plus véhément. Elle ne souhaitait vraiment pas qu'il la raccompagne.

Elle ne voulait pas répondre à d'autres questions, de la part de quiconque.

— Dans ce cas, permettez-moi au moins de vous escorter jusqu'à votre voiture.

Alors qu'il l'aidait à monter à bord, elle se tourna vers lui d'un air choqué.

— Juste ciel, j'ai oublié de m'enquérir des honoraires de M. Holmes ! Aurais-je dû verser une avance pour bénéficier de ses services ?

Il lui adressa un sourire rassurant.

— Ne vous inquiétez pas de cela pour l'instant, madame Treadles. Son intendant vous contactera en temps utile.

Quand lord Ingram revint au salon du 18 Upper Baker Street, il ne fut pas surpris de constater que ledit intendant avait rejoint Holmes à la table du thé. Mme Watson, sa vieille amie, avait dû se tenir dans la chambre pour écouter. Toutefois, il fut surpris – et ravi – de voir également Mlle Pénélope Redmayne à côté d'elle.

En public, Pénélope était toujours présentée comme la nièce de Mme Watson, mais elle était sa fille. Son père naturel était le précédent duc de Wycliffe, le père officiel de lord Ingram. Mais puisque ce dernier était en réalité né des amours clandestines de la défunte duchesse et d'un riche banquier, Pénélope et lui n'avaient aucun lien du sang. Toutefois, il l'avait toujours considérée comme une petite sœur, qu'il ne voyait pas assez souvent.

Il échangea de chaleureuses salutations avec la mère et la fille, sous le regard perplexe de Holmes. Si elle avait été quelqu'un d'autre, il se serait inquiété qu'elle se sente exclue, mais cela n'avait jamais été un problème pour Holmes, qui ne comparait pas l'affection dont elle bénéficiait à celle offerte à quelqu'un d'autre.

— Depuis quand êtes-vous à Londres, mademoiselle Redmayne ? s'enquit-il.

Quand ils étaient seuls ils s'appelaient Pénélope et Ash, mais même devant Mme Watson, il préférait préserver les apparences.

— Je suis arrivée hier, après une traversée mouvementée, dit-elle d'un ton chaleureux. Je crois bien avoir embrassé le sol anglais détrempé avec une fervente gratitude quand nous avons débarqué.

Aujourd'hui, je suis prête à supplier tout le monde de creuser un tunnel sous la Manche aussi vite que possible, et je refuse d'entendre un seul mot sur le risque que le souterrain affaiblisse les défenses de la Grande-Bretagne.

Il sourit.

— Comment vont vos études ?

— Elles sont exigeantes et fascinantes. Je suis devenue un individu encore plus indélicat, à ce propos, puisque désormais j'ai mangé des pâtisseries et des sandwichs au fromage en présence de cadavres ouverts, répondit-elle dans un soupir. Mes amis affirment que je serai définitivement endurcie quand j'aurai pu avaler un plat de rognons à la crème dans les mêmes conditions. Ce qui n'arrivera jamais, pour la bonne raison que je n'aime pas les rognons, qu'il y ait ou non une dépouille humaine dans les parages.

Il éclata de rire. Elle était en seconde année de médecine à la Sorbonne et adorait plaisanter sur ses cours de dissection anatomique.

— Mais assez parlé de moi. Comment avez-vous trouvé Mme Treadles, milord ?

— Oui, ajouta Mme Watson, comment va cette pauvre femme ?

Il se tourna vers Holmes, qui mordit délicatement dans une tranche de cake et déclara :

— Je leur ai dit qu'elle n'allait pas craquer maintenant.

— Non, pas encore, admit-il.

— Mais… ? demanda Pénélope.

— Mais il faut reconnaître que l'inspecteur Treadles est dans de sales draps.

— Tout de même, ça ne peut être qu'un terrible malentendu, murmura Mme Watson d'un ton qui manquait un peu de conviction.

Tout le monde se tourna vers Holmes, qui but son thé sans rien dire.

Elle avait si souvent hérité du rôle de la messagère des mauvaises nouvelles que, cette fois, lord Ingram décida d'assumer cette fonction.

— Nous espérons tous que cela s'avérera une simple méprise. Toutefois, étant donné que l'inspecteur Treadles était, du moins jusqu'à hier soir et pour ce que nous en savons, un policier d'excellente réputation, je ne peux m'empêcher de penser que Scotland Yard ne l'aurait jamais arrêté si on ne l'avait pas trouvé debout devant le corps sans vie de M. Longstead, l'arme à la main.

Mme Watson sursauta.

— C'est aussi terrible que cela ?

— Du moins, c'est ma supposition. Holmes ?

— Oui, le scénario est très probable.

— Y a-t-il la moindre chance qu'il ait vraiment fait cela ? demanda Pénélope, qui n'avait vu l'inspecteur qu'une seule fois.

Lord Ingram secoua la tête.

— Je ne peux pas imaginer qu'il ait assassiné quelqu'un de sang-froid. Ou même par rage. Cela dit, il m'a lui-même déclaré un jour qu'au fil de sa carrière il avait vu les individus les plus improbables se transformer en meurtriers quand l'enjeu était assez puissant.

— Et quelle aurait été *sa* raison de se transformer en meurtrier, si c'est effectivement ce qui est arrivé ? murmura Pénélope comme si elle se posait la question à elle-même.

Son épouse, songea lord Ingram.

Cette fois il ne tourna pas les yeux vers Holmes, de peur que Mme Watson surprenne leur échange de regards et lise dans son esprit. Mme Watson faisait partie intégrante de toutes les enquêtes de Sherlock

Holmes, mais il ne voulait pas révéler la vie privée de son ami devant elle.

Pas encore.

C'est Mme Watson qui brisa le silence.

— Ma chère mademoiselle Charlotte, avez-vous une stratégie pour nous ?

Elle devait songer à l'affaire de Stern Hollow quand Holmes, en apprenant qu'un cadavre avait été découvert dans la glacière, avait élaboré un plan d'action détaillé, dont elle avait confié une bonne part de l'exécution à Mme Watson.

Holmes secoua la tête.

— Pas pour l'instant. Je dois parler à l'inspecteur Treadles avant de savoir sur quel point concentrer nos efforts.

— Quand cela sera-t-il possible ? demanda Pénélope.

— Quand les journaux auront eu vent du meurtre et de l'accusation. À ce moment-là, ce sera de notoriété publique. Scotland Yard devra autoriser Treadles à recevoir des avocats et des visiteurs.

Mme Watson vida sa tasse.

— Et quand la presse parlera-t-elle de l'affaire ?

— Demain matin au plus tard. Si Scotland Yard tentait de l'étouffer trop longtemps, cela donnerait l'impression qu'ils protègent le coupable, surtout si l'unique suspect fait partie de leurs rangs.

Holmes se tourna vers Mme Watson et Pénélope.

— Vous pouvez encore profiter d'une soirée de retrouvailles avant que l'enquête interrompe les vacances de Mlle Redmayne.

Quelques mois auparavant, quand Pénélope était rentrée à la maison pour les vacances d'été, elle s'était montrée très désireuse de participer à n'importe quelle aventure « sherlockienne ». Mais la nature complexe des cas bien réels, ainsi que le poids qu'ils exerçaient sur la vie de chacun, avait refroidi ses ardeurs. La jeune femme hocha la tête, mais elle semblait à présent en proie à une certaine appréhension, comme si elle se préparait déjà à une issue malheureuse.

Mme Watson se leva en entraînant Pénélope.

— Ma chère, rentrons à la maison. M. Mears a obtenu des sacs de branches auprès du vendeur d'arbres de Noël et nous avons des guirlandes à réaliser.

Pénélope lui jeta un regard intrigué, puis elle acquiesça de bon cœur.

— Vous avez bien raison, tante Jo. Et je crois que la journée est assez avancée pour que nous puissions prendre un peu du cherry de Mme Gascoigne tout en travaillant.

Elles étaient parties avec tant de grâce et de légèreté qu'on aurait pu ne pas soupçonner que Mme Watson désirait en fait le laisser en tête à tête avec Holmes, songea lord Ingram.

À présent, ils étaient seuls. Enfin.

Les flammes grésillaient doucement dans l'âtre. Un cheval hennit dans la rue en contrebas. La pluie tombait en un léger crépitement sur le toit. Holmes ajusta les dentelles de ses poignets. Outre tout le reste, sa robe sapin de Noël arborait deux extravagantes avalanches de broderie anglaise qui jaillissaient du milieu de ses avant-bras et rappelaient sa toque de dentelle blanche. Dans son mouvement, les poignets vaporeux émirent un agréable bruissement.

Satisfaite de l'image de tranquillité domestique presque exagérée qu'elle offrait à présent, elle demanda :

— Puis-je supposer que vous envisagez de séjourner à Londres dans l'avenir immédiat, milord ?

Il avait prévu de rester en ville quelques jours, de toute façon. Pour elle. Afin qu'ils puissent passer un peu de temps ensemble, une fois qu'il lui aurait… parlé. Apparemment, le moment n'était pas encore venu. Elle était trop préoccupée par cette nouvelle affaire.

— J'aiderai mieux l'inspecteur Treadles ici que si je suis au loin, répondit-il.

Elle darda sur lui un regard tranquille.

— Parlons de ce que vous n'avez pas souhaité aborder en présence de Mme Watson. J'admire votre désir de préserver la vie privée de votre ami, Ash, mais vous êtes mieux placé que quiconque pour savoir que l'intimité n'est plus qu'une douce illusion dès lors qu'une enquête pour meurtre monte en puissance.

— J'espère pourtant que Mme Treadles et lui parviendront à conserver la plus grande discrétion sur leur vie intime, et que celle-ci ne sera pas totalement jetée en pâture au public.

Une bonne part des moments cruciaux de sa propre existence avaient alimenté les ragots. Il aurait voulu, autant que possible, épargner un tel tourment à ses amis. La vie était déjà assez difficile sans que vos expériences les plus pénibles soient étalées dans les journaux du pays, à seule fin de titiller la curiosité de parfaits étrangers pendant leur petit déjeuner !

— Mme Watson et vous partagez la même délicatesse, répondit Holmes. Toutefois, vous savez aussi bien que moi que Mme Treadles nous cache quelque chose, et qu'elle nous le cache de toutes ses forces.

Il l'avait parfaitement compris, hélas.

Mme Treadles avait confessé bien des choses : qu'elle vivait un enfer chez Cousins, que son mari ne s'était pas trouvé là où il l'avait affirmé, et même que son arme de service avait disparu du dressing-room.

Pourtant, tout ce qu'elle avait avoué, un enquêteur habile l'aurait découvert en un jour ou deux.

Le fait qu'elle peine à diriger Cousins aurait été révélé en interrogeant, sinon les hommes qui s'opposaient à elle, du moins des acteurs secondaires tels que les employés, secrétaires et autres collaborateurs.

Le fait que l'inspecteur Treadles ne se soit pas trouvé là où il l'avait affirmé était probablement déjà connu de la police à présent.

Et la franchise de Mme Treadles quant au revolver disparu ? Lord Ingram faisait le pari que quelqu'un d'autre, une des bonnes de la maison par exemple, avait déjà remarqué son absence, ce qui rendait futile toute tentative de mensonge de la part de Mme Treadles.

— Je sais que vous n'avez pas envie de nourrir de mauvaises pensées sur vos amis, dit Holmes, mais nous devons nous demander pourquoi Mme Treadles s'est montrée aussi suspicieuse envers son époux.

Il ne pouvait contredire cela, ce qui rendait encore plus perturbant le fait d'entendre Holmes exprimer ces doutes à haute voix.

— Pourtant, elle se dit persuadée que la vérité le tirera d'embarras.

— Permettez-moi de reformuler. Il nous incombe de nous demander pourquoi elle était si inquiète que *d'autres* le croient coupable. Après tout, si comme elle l'affirme l'inspecteur Treadles n'a rencontré M. Longstead que deux fois et qu'il le considérait comme un homme bon et un solide allié, même la nouvelle de son arrestation n'aurait pas dû la plonger dans une telle panique.

Ses épaules s'affaissèrent. Holmes avait raison. À la place de Mme Treadles, une autre femme n'aurait pas eu pour première réaction de se demander où son mari se trouvait quand il lui avait écrit ses lettres. Et elle ne serait pas allée fouiller dans son dressing-room.

Une autre femme aurait été abasourdie par la nouvelle et se serait rendue directement dans le bureau du supérieur de son mari pour demander que le malentendu soit levé, au lieu de se faire passer à Scotland Yard pour une visiteuse anonyme qui tend le cou dans l'espoir d'avoir une meilleure vue sur la situation.

— Toutefois, argua-t-il, il n'est pas totalement irrationnel de réagir de façon exagérée quand votre époux est accusé de meurtre. Une erreur judiciaire est toujours possible ; un innocent peut toujours être inculpé pour un crime qu'il n'a pas commis.

Elle se leva et lui apporta un verre de whisky.

— Exact, mais l'inspecteur Treadles est un homme respecté et respectable. On le considère comme l'un des jeunes officiers les plus prometteurs de Scotland Yard. Sans parler du fait qu'il a épousé une femme à la tête d'une fortune considérable. Il est assuré d'avoir les meilleurs avocats pour sa défense. Il a même Sherlock Holmes dans son camp.

» Or, malgré tous ces atouts, elle était terrifiée. Pour l'instant, il serait déraisonnable de ne pas supposer qu'elle cache quelque chose. Quelque chose qui, du moins à ses yeux, est terriblement accablant.

Alors qu'il serrait son verre de whisky entre ses mains, lord Ingram se souvint d'un détail.

— Attendez... Je voulais poser la question, tout à l'heure. Quand elle a mentionné que la maison de M. Longstead était dans Cold Street, vous avez paru connaître l'adresse. Est-ce le cas ?

— Oui, répondit-elle lentement. Vous savez que depuis l'été je garde un œil sur les petites annonces dans la presse.

Il hocha la tête. Les lieutenants de Moriarty – l'effroyable ennemi de Holmes – s'étaient servis des journaux pour communiquer avec leurs subalternes. Ces petites annonces s'étaient interrompues vers la fin de l'été mais elle continuait de les surveiller, à l'affût non seulement du moindre mouvement de la part de Moriarty mais aussi de nouvelles de Myron Finch, le demi-frère de Holmes à présent en fuite pour échapper à Moriarty.

— Je n'ai pas mon carnet sur moi, il est dans l'autre maison, mais hier matin il y avait dans les journaux un message codé disant : « Les roses sont rouges et les violettes sont bleues, dans Cold Street une femme a rompu ses vœux. »

Il ravala un hoquet.

— Pensez-vous que Mme Treadles en soit informée ?

— Elle ne me fait pas l'effet d'une femme qui consacre son temps à déchiffrer les petites annonces dans la presse. En tout cas, pas en ce moment. Et quelque chose me dit que ce n'est pas elle que le message visait, mais plutôt son mari.

— Alors... une jeune femme en détresse, un homme âgé chevaleresque et un mari rendu soupçonneux par un message dans la presse...

Les paroles franchissaient ses lèvres comme à contrecœur, même si ce n'était pas la première fois qu'il les formulait en pensée.

— Elle a admis que son mari n'était pas très enthousiasmé par ses nouvelles responsabilités chez Cousins. Et maintenant, nous savons qu'elle était en difficulté là-bas. Nous avons la certitude qu'elle s'est sentie très seule à son travail et à la maison, mais quant à ce qui s'est passé exactement dans ces circonstances...

Holmes haussa les épaules.

— Peut-être est-ce quelque chose d'aussi simple que son rapprochement avec un homme qui aurait dû rester une figure paternelle. Ou peut-être s'agit-il de tout autre chose.

Le pouls de lord Ingram s'accéléra.

— À savoir ?

Elle prit une gorgée de thé et finit sa part de cake.

— La nature exacte de ce qui s'est passé n'a presque aucune importance. Ce qui compte, c'est qu'elle croit que cela pourrait avoir poussé un homme au meurtre.

Un silence tomba.

Bientôt, l'attention de lord Ingram passa du problème qui les occupait au silence en lui-même.

Leurs interactions avaient toujours été emplies de silences. Le silence paisible, presque opulent, d'après-midi entiers passés ensemble alors qu'ils étaient encore adolescents – lui, absorbé dans ses propres centres d'intérêt, elle dans les siens. Les inexplicables silences gênés après qu'elle lui avait fait des propositions – inexplicables seulement à ses yeux à lui, encore trop immature pour comprendre que s'il avait refusé, ce n'était pas tant par vertu que par peur de tout ce que représentait la jeune femme, ou plutôt de ce que représentait son autonomie farouche.

Puis étaient venues des années de silences extraordinaires par leur complexité. Malheureux en mariage, il était pourtant resté d'une inflexible fidélité à ses vœux, et n'importe quel moment de solitude avec Holmes avait été une joie teintée d'une si sombre et si douce amertume qu'elle en devenait parfois impossible à distinguer de la souffrance.

Par la suite, toutefois, les choses avaient changé. Son mariage, qui s'était brisé cet été, serait officiellement dissous par un divorce que la Haute Cour devait prononcer dans la première moitié de l'année à venir. Et les silences entre Holmes et lui… eh bien, parfois, comme à présent, ils pouvaient presque être qualifiés de « confortables ».

Presque.

S'il n'avait pas éprouvé une conscience aussi aiguë de sa présence, de sa respiration calme et régulière, de la boucle dorée qui s'était échappée de sa coiffe de dentelle, ou de son doigt soulignant d'un geste lent le contour de son assiette à présent vide...

— Allez-vous bien, Ash ? demanda-t-elle.

Il se tendit. Elle ne pouvait pas avoir oublié qu'il s'était présenté chez elle tout à l'heure sans prévenir.

— Assez bien, répondit-il.

Il ne s'était pas écoulé longtemps depuis la dernière fois qu'ils s'étaient vus. Quelques jours tout au plus. De paisibles journées qu'il avait passées en compagnie de ses enfants.

— Et vous ?

— Très bien. Je me prépare pour la salve de pâtisseries de Noël que Mme Gascoigne s'apprête à lancer.

Il sourit. Elle avait récemment repoussé une furieuse attaque du Menton Maximal Tolérable, une conséquence de son appétit généralement robuste, et devait trouver frustrant de devoir de nouveau se contrôler.

Comme par défi, elle posa une autre tranche de cake de Noël sur son assiette.

— Au fait, Ash, vous veniez me voir pour une raison particulière ?

Son cœur se mit à battre de façon erratique.

Lui, Mme Watson, Holmes, sa sœur Mlle Olivia Holmes et l'admirateur de celle-ci, M. Stephen Marbleton, étaient rentrés depuis peu d'un séjour en France, pendant lequel ils avaient dérobé les secrets les mieux cachés d'un château sévèrement gardé. Il s'était passé bien des choses ce soir-là. Il avait le pressentiment que les conséquences s'en feraient sentir longtemps, mais pour M. Marbleton elles avaient été immédiates.

Lord Ingram avait appris ce matin que le jeune homme s'était rendu à Moriarty, alors que lui-même s'apprêtait à rentrer avec ses enfants dans le Derbyshire. Son intention première avait été de prendre une correspondance à Londres afin de poursuivre leur voyage, mais la nouvelle l'avait percuté avec la force d'un attelage lancé à toute vitesse.

M. Marbleton avait été plein d'espoir et de projets d'avenir. Au printemps, il voulait qu'ils fassent un autre voyage ensemble, cette fois vers le climat chaud et ensoleillé de l'Andalousie. Ces vacances seraient un bienfait pour tous les participants, en particulier pour Mlle Olivia, qui aimait les lieux chauds et ensoleillés presque autant qu'elle aimait ses rares moments de liberté, loin de ses parents qui l'enfermaient et la négligeaient tout à la fois.

Et voilà qu'en un clin d'œil M. Marbleton était devenu un prisonnier, peut-être pas derrière des barreaux mais entravé et maintenu captif tout de même.

Lord Ingram comprenait le caractère chaotique et imprévisible de l'existence mais cette fois, alors qu'il se voyait confronté à ce nouveau rappel que l'impermanence était la nature même de l'univers, ses pensées s'étaient aussitôt tournées vers Holmes.

Elle savait déjà qu'il l'aimait – il ne le lui avait jamais dit, mais elle avait été là quand il avait avoué ses sentiments devant deux policiers. Et elle savait également que dans un avenir aussi distant qu'hypothétique, une fois tous les obstacles et complications effacés de leur vie comme par magie, il serait heureux qu'ils... passent plus de temps ensemble.

Ils avaient été trop évasifs. Ils avaient parlé de partir ensemble pour l'Andalousie et d'autres beaux endroits du Sud, peut-être même jusqu'aux fabuleuses montagnes du sous-continent indien, mais jamais ils n'avaient précisé ce qu'ils *entendaient* par là exactement.

Peut-être n'avaient-ils pas eu besoin de plus que cette approche indirecte et floue.

Peut-être n'avaient-ils pas été capables de plus que cela.

Mais ce matin, tandis qu'il relisait avec un atterrement croissant la lettre qu'elle lui avait envoyée au sujet de M. Marbleton, il avait été gagné par un désir urgent de la voir... et de transformer toutes les métaphores charmantes mais un peu abstraites en quelque chose de concret.

— Oui, je suis venu pour vous voir, dit-il en réponse à sa question.

Comme si elle attendait la suite, elle tourna vers lui son regard à la fois limpide et insondable. Elle devait savoir ce qu'il était venu lui dire, mais il ne le savait pas lui-même.

Pas exactement.

Ce n'était pas la première fois qu'il montrait ses sentiments à une femme. Par le passé, quand il avait demandé la main de celle qui s'appelait alors Mlle Alexandra Greville, il avait imaginé, malgré sa ferveur ardente et son idéalisme absolu, que son amour était un fabuleux cadeau et une précieuse bénédiction pour sa future épouse, alors sans le sou.

Tandis que celle-ci l'avait vécu comme un joug aussi pesant que mal venu.

Il n'agirait pas de la même façon avec Holmes en la couvant, même si c'était d'un amour sincère, alors qu'elle préférait rester sans entraves. Ne désirait-elle rien qu'il puisse lui offrir ?

Si. Depuis le tout début, elle avait clairement stipulé ce qu'elle attendait de lui.

Ce qu'il avait été trop fier – et trop effrayé – pour lui donner. Parce que… Et si c'était la seule chose qu'elle voudrait jamais de lui ?

Aujourd'hui, sous son imperturbable regard bleu, il n'était plus aussi fier. Ni aussi effrayé.

Aujourd'hui, il posa son whisky, se leva de son siège et s'approcha d'elle. Aujourd'hui, il mit une main sur le dossier de son fauteuil et l'autre sur sa joue ronde et douce. Et aujourd'hui, il se pencha vers elle pour prendre ses lèvres.

4

La première fois que Charlotte avait embrassé lord Ingram, elle avait treize ans et lui quatorze. Elle l'y avait contraint par le chantage, le menaçant d'attirer une horde de gamins turbulents dans les ruines de la villa romaine qu'il était occupé à fouiller.

Elle se souvenait très peu du baiser en lui-même. Pour une jeune fille dont la mémoire enregistrait pratiquement tout, cela constituait une anomalie majeure. Comme si, pendant le temps qu'avait duré ce baiser, son cerveau avait souffert d'une défaillance mécanique.

Elle se souvenait bien du léger parfum de tabac turc qui flottait autour de lui. Elle se souvenait du regard éberlué qu'il lui avait jeté ensuite, de son expression fermée et fort peu amicale. Et elle se souvenait de l'avoir vu s'éloigner à grands pas rapides tandis que, pour sa part, ses doigts crépitaient encore de chaleur et d'électricité.

Une douzaine d'années avaient passé avant qu'ils s'embrassent de nouveau, l'été dernier. Leur situation avait considérablement changé, de même que leur personnalité, mais le même phénomène s'était produit. Elle était sortie de ce baiser tout aussi étourdie, à peine consciente qu'elle se tenait contre lui, sa joue appuyée sur le revers de sa veste, le cœur de son compagnon battant au même rythme que le sien.

Bien des événements étaient encore survenus dans les mois qui avaient suivi… en particulier, ils avaient couché ensemble, non pas poussés par un désir trop longtemps réprimé – même si elle soupçonnait qu'ils étaient consumés par une telle ardeur qu'ils auraient pu enflammer une bonne dizaine de lits – mais ils avaient alors l'intention de donner une certaine impression au redoutable adversaire qu'ils affrontaient.

Par chance, Charlotte s'en souvenait fort bien. Le très correct et très prude lord Ingram s'était montré aussi audacieux au lit qu'elle l'avait espéré – et elle avait *beaucoup* espéré, ayant disposé de longues années pour envisager, sur un plan théorique, toutes sortes de débauches et de libertinages.

Le lord Ingram d'aujourd'hui se pencha vers elle.

La légère cicatrice à sa tempe, souvenir d'un voyage à l'étranger deux ans auparavant. L'éclat de la minuscule pièce de monnaie antique qui ornait son épingle de cravate préférée. La barbe naissante qui ombrait sa mâchoire pourtant rasée de près ce matin.

La chaleur.

La pression.

L'excitation.

Il se redressa.

Elle était haletante, comme si elle sortait d'une séance d'entraînement à la canne de combat. Son visage était en feu. La plante de ses pieds la picotait. Et *de nouveau*, il ne lui restait que quelques bribes de souvenirs de ce baiser – la texture de ses cheveux entre ses doigts, le lainage un peu rugueux de sa veste sous son autre main, la langue de son compagnon sur sa lèvre supérieure – comme si elle l'avait rêvé et que l'essentiel du rêve s'était évaporé à son réveil.

Silence.

Non pas un de ces silences tendus, pleins de non-dits et qui vous oppressaient la poitrine, mais un silence agréable et paisible. Comme si… Comme s'ils étaient deux voyageurs qui se retrouvaient dans un lieu qu'aucune carte n'indiquait et cherchaient leurs repères.

— Alors voilà pourquoi vous veniez me voir, murmura-t-elle. Y a-t-il un rapport avec le retour involontaire de M. Stephen Marbleton au château Vaudrieu ?

— Oui.

Elle l'observa.

— Vous avez cédé à une impulsion. Cela ne vous ressemble pas, Ash.

Il ne répondit pas.

Bien qu'on la considère souvent comme froide et dénuée d'émotions, elle était plutôt libre avec ses propres impulsions. Chaque fois que possible, elle cédait à la tentation. Lord Ingram, de son côté, ressentait tout avec intensité mais maintenait ses émotions et ses désirs sous contrôle.

— Vous êtes délicieux, dit-elle.

Encore une impulsion qu'elle ne réprimait pas, cette façon d'exprimer une telle pensée à haute voix.

Pesait-il chacune de ses propres paroles avec soin, de peur de répondre dans la fièvre et la précipitation ?

Il l'embrassa de nouveau.

La chaleur de sa paume sur sa joue.

La pression de ses doigts sur son menton, qu'il tenait fermement entre le pouce et l'index.

L'excitation d'être levée de son fauteuil et plaquée contre le mur.

À présent, il ne l'embrassait plus. Son regard était vrillé dans le sien. Une minute entière s'écoula, puis il dit très doucement :

— Je n'ai pas cédé à une impulsion, Holmes. J'ai fait un choix.

Elle avait les yeux immenses, légèrement écartés, ourlés de longs cils sombres aux pointes dorées. Ses iris étaient de ce bleu froid et intense des ciels du Nord en automne, mais parfois ils rappelaient à lord Ingram un ciel transparent et impassible qu'aucun nuage ne voilait.

Aujourd'hui, ils n'étaient plus tout à fait impassibles mais ils restaient d'une trompeuse innocence, comme si jamais elle n'avait embrassé ni même approché un homme avant cet instant.

Elle soupira.

Le silence fut brisé par les appels enthousiastes d'un gamin, quelque peu assourdis par le vent et la pluie.

— Un inspecteur de Scotland Yard accusé de meurtre ! Toute l'information sur l'affaire ! Tout sur le policier assassin !

Ils s'écartèrent l'un de l'autre et coururent à la fenêtre. Elle s'agenouilla sur le banc garni de coussins, ouvrit la croisée et demanda au garçon s'il pouvait lui lancer un journal. Il le fit, avant de saisir au vol la pièce qu'elle lui jetait en retour.

— Garde la monnaie ! dit-elle.

Elle ferma la fenêtre et ouvrit sur le bureau le journal éclaboussé de pluie. Ils se penchèrent dessus, les paumes à plat sur la table, leurs bras se frôlant sans se toucher vraiment.

La police métropolitaine a reconnu que l'inspecteur Robert Treadles, de la Division d'enquête criminelle, avait été arrêté pour soupçon de meurtre.

Il a été trouvé sur la scène du crime au 33 Cold Street. Les deux victimes, M. Longstead et M. Ambrose Sullivan, étaient oncle et neveu. Tous deux étaient apparemment associés de longue date aux Industries

Cousins, propriété de Mme Robert Treadles, l'épouse du suspect.

Ils échangèrent un regard. Ce n'était pas un homme qui avait été tué, mais deux !

L'article donnait quelques détails sur la biographie des deux victimes. Ceux qui concernaient M. Longstead concordaient dans l'ensemble avec ce qu'avait dit Mme Treadles, sauf que l'article oubliait de mentionner qu'il était récemment revenu travailler chez Cousins après une longue absence.

M. Sullivan, le neveu, travaillait depuis dix ans pour cette entreprise. Considéré comme intelligent et compétent, le séduisant directeur général était autant apprécié de ses collègues que de ses subordonnés. Sa mort laissait une veuve éplorée et deux orphelins dont l'un était encore au berceau.

L'inspecteur Treadles avait droit lui aussi à une bonne place dans les colonnes. Rien de ce qui était écrit n'aurait pu être qualifié d'« inexact » en soi, mais à mesure que lord Ingram lisait, ses lèvres se pinçaient.

Ces paragraphes donnaient de l'inspecteur Treadles l'image d'un homme qui, s'étant marié au-dessus de sa condition, était devenu un époux jaloux, surtout depuis que sa femme avait repris l'entreprise paternelle et commencé à fréquenter des gentlemen de son propre milieu, plus éduqués et plus prestigieux que lui.

L'article se concluait ainsi :

L'inspecteur Treadles n'a pas avoué le double meurtre et Scotland Yard n'a pas divulgué d'autres détails sur le crime.

Lord Ingram secouait la tête quand son regard se posa sur un entrefilet juste en dessous de l'article.

Par ce qu'on pourrait considérer comme une très étrange coïncidence, il a été remarqué qu'une petite annonce codée parue hier dans plusieurs éditions du matin de la presse londonienne disait, une fois déchiffrée : « Les roses sont rouges et les violettes sont bleues, dans Cold Street une femme a rompu ses vœux. »

Adieu l'espoir que le message soit passé inaperçu dans le sillage des articles sur les meurtres !

— Cela sent la manipulation, non ? demanda calmement Holmes.

— Manipulation ou non, le public va sauter à la conclusion que redoutait Mme Treadles. Que le motif du crime est la folle jalousie d'un mari possessif. Certains hommes ont tué pour moins que cela.

Holmes passa les doigts dans ses cheveux, qu'elle avait coupés court quelques semaines auparavant afin de porter plus facilement des perruques. Sa coiffe de dentelle gisait sur le plancher au pied du mur, là où ils s'étaient embrassés, et ce simple spectacle éveilla en lord Ingram un frisson d'adolescent éperdu.

— Et d'autres hommes ont supporté bien plus que cela sans tuer personne, répondit-elle d'une voix dénuée de passion. Il est curieux que Mme Treadles n'ait pas mentionné M. Sullivan, qu'elle devait pourtant voir très souvent au bureau.

Lord Ingram s'obligea à ramener ses pensées vers l'ordre du jour.

— Peut-être ignorait-elle qu'il est mort également.

À vrai dire, même lui n'y croyait pas.

Un homme jeune, bien fait de sa personne et compétent… Les soupçons qu'ils avaient nourris un peu plus tôt sur les relations entre Mme Treadles et

M. Longstead semblaient bien plus plausibles s'ils concernaient Sullivan.

Le silence éloquent de Holmes ne fit rien pour dissiper cette hypothèse.

Elle tapota le journal du dos de la main.

— Cet article ne dit pas quel détective sera chargé de l'enquête. Espérons que ce ne sera pas l'inspecteur Fowler.

Ils avaient eu un petit aperçu – et même plus que cela – des méthodes de l'inspecteur en chef Fowler, qui avait mené les investigations à Stern Hollow et s'était montré obstinément convaincu de la culpabilité de lord Ingram.

— Fowler m'a vue en tant que Charlotte Holmes, femme déchue et dame de compagnie de Mme Watson, qu'il a vue également. Si c'est lui qui est désigné, il nous faudra des déguisements.

Elle se tapota la joue d'un geste pensif.

— Et je préférerais ne porter de barbe que si c'est absolument nécessaire. Ma peau n'apprécie pas beaucoup la colle.

— Vous avez souffert pour vos amis, commenta-t-il avec douceur.

— Dans votre cas, je dirais que j'en ai été agréablement récompensée, répondit-elle avec un léger sourire. Très agréablement.

Il ignora la chaleur qui montait en lui, mais l'effort lui prit quelques instants.

— Dois-je aller aux renseignements afin de savoir qui a été nommé pour enquêter sur l'affaire Treadles ?

La sonnette retentit alors.

— Si c'est bien le sergent MacDonald qui est à la porte, le déplacement vous sera épargné.

— Laissez-moi le temps de sortir par la porte de derrière et de revenir par celle de devant, afin qu'il ne se fasse pas d'idées fausses.

Une lueur d'amusement pétilla dans les yeux de Holmes.

— Vous voulez dire, afin qu'il ne se fasse pas d'idées *exactes* ?

— Cela aussi, je suppose.

Elle poussa un léger soupir.

— Il serait souhaitable…

— Qu'il ne tire aucune conclusion ?

— Que quelles que soient les conclusions qu'il tirera en ce qui concerne mes amis du sexe masculin, elles n'affectent pas sa capacité à travailler avec moi.

Lord Ingram n'était pas certain lui-même d'être capable de ne pas tirer de conclusions hâtives. Il commençait déjà à se demander si Mme Treadles était aussi digne de confiance qu'il l'avait d'abord cru.

Alors qu'il n'avait aucune preuve en ce sens.

— Je ferais mieux de me dépêcher, dit-il. Ne faisons pas attendre trop longtemps le sergent MacDonald.

— Vous n'avez besoin d'aller nulle part.

— Je ne…

— Vous craignez qu'il se demande ce que nous faisons en tête à tête, mais vous oubliez que, pour le sergent MacDonald, nous ne serons pas seuls.

Bien sûr ! « Sherlock Holmes » était dans l'autre pièce.

Elle lui effleura brièvement le bras, descendit et revint avec leur visiteur. Alors qu'ils montaient l'escalier, il l'entendit déclarer :

— Au fait, lord Ingram est également ici, sergent, pour discuter des ennuis de l'inspecteur Treadles. Mme Treadles lui a demandé d'apporter son concours.

— J'en aurais fait autant. Dans un moment pareil, on a besoin de tous ses amis, répondit le sergent MacDonald en entrant dans le salon.

Il était assez jeune, à peu près du même âge que Holmes. Quand lord Ingram l'avait rencontré pour la première fois, il avait remarqué aussitôt son attitude souriante et détendue. Aujourd'hui, le sergent MacDonald n'était ni souriant ni détendu, même s'il semblait soulagé de se trouver en compagnie d'alliés.

— Je vais préparer du thé. En attendant, voulez-vous boire quelque chose de plus fort, sergent MacDonald ?

— Je ne devrais sans doute pas mais, pour une fois, je vais accepter. Merci, mademoiselle Holmes.

— Je présume que la journée a été longue pour vous, dit lord Ingram pendant que Holmes plaçait une bouilloire sur la lampe à alcool.

— En effet, milord, hélas. Je n'y comprends plus rien. Au Yard, les rumeurs vont bon train. Je suis effrayé à l'idée que ce soit l'inspecteur qui ait fait le coup. Et encore plus effrayé à l'idée qu'il ne soit pas coupable mais qu'on le condamne quand même.

— Pensez-vous qu'il aurait pu faire cela ? demanda Holmes en s'asseyant.

Le sergent MacDonald, l'air accablé, prit place à son tour.

— Si je m'oblige à l'envisager, c'est pour la seule raison que l'inspecteur m'a enseigné à éliminer les suspects sur des preuves, et non sur des probabilités.

» Cela dit, non, je ne crois vraiment pas que ce soit lui. Nous autres flics ne nous sommes pas engagés dans la police pour les mêmes raisons. Certains veulent juste des revenus réguliers et un travail qui ne soit pas aussi éreintant qu'à l'usine. D'autres aiment un peu plus ce qu'ils font. Je trouve que mon poste à la Division d'enquête criminelle est intéressant, quand les affaires ne sont pas trop macabres. Quant à l'inspecteur... il ne l'a jamais dit expressément mais je crois que, pour lui, c'est une vocation. Il a le plus grand respect pour l'application de la loi, à un point que je trouve parfois...

Le sergent se gratta le menton comme s'il cherchait le mot juste.

— Eh bien, un peu vieux jeu. Les lois sont faites par les hommes, non ? Les hommes ne sont pas parfaits. Même les lois justes ne sont pas appliquées de façon invariable, je vois cela tout le temps. Mais l'inspecteur a beau être un enquêteur acharné, il garde une vision idéaliste, presque romantique, d'une société juste et ce genre de choses.

C'était précisément cette qualité que lord Ingram appréciait chez Treadles. Il était son cadet de quelques années mais quand ils avaient fait connaissance, sa propre vision romantique de la vie avait déjà été notablement érodée. Il avait trouvé encourageante, presque consolatrice, la compagnie de cet homme capable d'affronter les pires éléments de la société sans renoncer à ses idéaux.

Il n'avait pas compris, à l'époque, que les idéaux de l'inspecteur Treadles étaient particulièrement inflexibles concernant les femmes.

Holmes tendit au sergent MacDonald une assiette de cake qu'il accepta avec enthousiasme. Après en avoir dévoré une tranche, il poursuivit :

— Je suppose que l'inspecteur pourrait tuer pour se défendre ou protéger quelqu'un s'il le devait, mais je ne le vois pas assassiner avec préméditation. S'il avait affaire à de la malfaisance, quelle qu'elle soit, il laisserait la loi s'en charger. Après tout, il est là pour la faire respecter. Ses paroles auraient un certain poids.

Très bien, mais qu'en était-il des questions qui échappaient à la loi ? Qu'en était-il des affaires sentimentales et des époux possessifs ?

— Nous venons tout juste de lire un article au sujet d'une petite annonce, déclara Holmes. Il laisse entendre que l'inspecteur Treadles serait arrivé dans Cold Street de très mauvaise humeur.

— J'en ai entendu parler mais, à ma connaissance, l'inspecteur Treadles ne lit pas les petites annonces. Et de toute façon...

Le sergent MacDonald se gratta de nouveau le menton.

— Veuillez m'excuser si j'en dis trop. Je le connais depuis un moment. Je n'affirmerais pas qu'il ne se fâche jamais, mais il n'est pas du genre à laisser sa colère exploser. Il tire sur les rênes, si vous voyez ce que je veux dire.

Lord Ingram voyait. Lui aussi « tirait sur les rênes », pour ainsi dire.

Holmes acquiesça d'un coup de menton et changea de sujet.

— Je crois savoir que l'inspecteur Treadles jouissait d'une immense estime à Scotland Yard. Et malgré son excellente réputation et ses remarquables états de service depuis des années, on l'a arrêté pour meurtre. Devons-nous y voir le signe que sa culpabilité, du moins pour l'instant, semble certaine ?

Le sergent MacDonald poussa un soupir.

— Après avoir vu Mme Treadles, je me suis rendu aux postes de police les plus proches de Cold Street pour en savoir plus sur l'affaire. Peu après 3 heures du matin, m'a-t-on raconté, deux policiers rentraient de patrouille. Comme il y avait beaucoup de brouillard, ils ont changé de trajet et ont pris un raccourci par Cold Street pour retourner au poste.

» C'était une vraie purée de pois, mais grâce à leurs lanternes ils ont tout de même remarqué, en passant devant le 33 Cold Street, que la porte était ouverte. Quand ils sont entrés pour voir ce qui se passait, ils ont constaté que la maison n'était pas habitée – l'intérieur n'était pas chauffé, les meubles étaient couverts, etc. Ils ont d'abord pensé à un cambrioleur, qui était d'ailleurs peut-être encore sur les lieux. En entendant du bruit à l'étage, ils sont montés en croyant prendre le voleur la main dans le sac.

» Ce qu'ils ont trouvé, c'est une pièce fermée à clé de l'intérieur. Ils ont secoué la porte, mais personne ne répondait. Alors ils l'ont ouverte par la force... et ils ont reconnu l'inspecteur Treadles. Il s'était barricadé derrière le lit, son arme de service braquée vers eux. Près de la porte, il y avait deux hommes morts et une mare de sang.

Le sergent avait dressé un compte rendu assez factuel, mais à la fin lord Ingram entendit sa voix s'étrangler. Son estomac se noua. Il pouvait presque sentir l'odeur du sang et percevoir l'effroi de l'inspecteur quand on avait frappé à la porte.

Holmes retira la bouilloire de la lampe à alcool et versa l'eau chaude dans la théière.

— Les victimes avaient-elles reçu des balles ?

Le sergent MacDonald avala une gorgée du whisky qu'elle lui avait offert et prit une profonde inspiration.

— Oui.

— Quelqu'un a-t-il entendu les coups de feu ?

— J'ai posé la même question. Apparemment, il y avait eu un problème avec des gens mal élevés qui avaient allumé un feu d'artifice dans le quartier. Des collègues parlaient d'immigrants italiens ; il paraît que dans certaines villes en Italie, les feux d'artifice de Noël sont une tradition. D'autres affirment qu'autrefois il y avait dans le quartier une taverne qui donnait un feu d'artifice pour Noël, et que les gens sont juste nostalgiques.

Le sergent MacDonald haussa les épaules.

— Quoi qu'il en soit, les voisins ont été ennuyés par un spectacle pyrotechnique en pleine nuit. L'affaire a même été rapportée dans la presse, mais personne n'a été appréhendé.

Holmes lui offrit encore du cake.

— Je vois. Continuez, je vous en prie.

Le sergent accepta le gâteau avec un sourire de gratitude.

— Bien, où en étais-je ? Ah oui, les deux policiers. Ils n'avaient pas d'armes à feu car ils patrouillaient dans un quartier plutôt calme, mais l'un des deux avait combattu en Orient. Il ne s'est pas laissé impressionner par le carnage, ni par la vue d'un homme tenant un revolver. Il a simplement sommé l'inspecteur Treadles de donner son arme et de se rendre aux forces de police.

» Il y a plusieurs versions sur ce qui s'est passé ensuite, mais la plupart de ceux à qui j'ai parlé s'accordent à dire que l'inspecteur Treadles a interrogé en détail les deux hommes sur leur poste de rattachement, leurs supérieurs et leurs missions. Ils ont répondu alors qu'il tenait toujours son arme braquée sur eux. Puis l'inspecteur Treadles leur a indiqué son nom et son rang, il a donné l'arme et s'est rendu.

Lord Ingram et Holmes échangèrent un regard. Quelle que soit la personne que Treadles avait craint de voir faire irruption dans la pièce, elle n'appartenait assurément pas à la police.

— Une fois qu'il a été menotté, poursuivit le sergent MacDonald, l'un des deux policiers est resté pour le surveiller, ainsi que la scène du crime, pendant que l'autre courait au poste chercher des renforts. D'après ce que je sais, Scotland Yard était sur les lieux avant l'aube. Peu après mon arrivée au travail, on m'a pris à part pour me demander d'aller voir Mme Treadles.

— À ce moment-là, vous ne connaissiez pas grand-chose de l'affaire, sinon que l'inspecteur Treadles avait été arrêté pour le meurtre de M. Longstead et de M. Sullivan, résuma Holmes en servant du thé à tout le monde.

— Exact, confirma le sergent.

Il but son thé comme s'il était assoiffé.

— Il est infusé à la perfection, mademoiselle Holmes.

— Merci, sergent. Bien, quand vous avez rendu visite à Mme Treadles, je présume que vous l'avez informée de l'identité des deux victimes ?

— Tout à fait, répondit-il sans l'ombre d'une hésitation.

Donc, Mme Treadles savait que deux hommes avaient trouvé la mort. Pourtant, quand elle était venue voir Sherlock Holmes, elle n'avait pas fait la moindre allusion à M. Sullivan.

Holmes tourna sa cuiller dans sa tasse de thé.

— Comment a-t-elle réagi ?

— Elle semblait totalement effondrée pour le vieux monsieur. Elle a dit qu'elle l'avait connu toute sa vie et qu'il s'était toujours comporté en parfait gentleman.

« Totalement effondrée pour le vieux monsieur. » Et pour le jeune monsieur ?

Lord Ingram se leva. Il n'avait pas encore touché au whisky que Holmes lui avait versé un peu plus tôt, mais soudain il avait besoin de quelque chose de fort.

Holmes lui jeta un regard sans se départir de son expression légèrement intriguée, puis elle reporta son attention sur le sergent MacDonald.

— L'inspecteur Treadles était en congé depuis une quinzaine de jours avant les événements de cette nuit. Vous a-t-il donné la raison de cette absence prolongée ?

Posté à côté de la console, lord Ingram jeta un regard acéré au duo au centre du salon. Vers la fin de son entretien avec Holmes, Mme Treadles avait dit que le sergent MacDonald passerait au 18 Upper Baker Street plus tard dans la journée. En toute logique, le sergent avait dû deviner que Mme Treadles était venue voir Sherlock Holmes.

N'allait-il pas se demander pourquoi Holmes lui posait une question à laquelle Mme Treadles devait déjà avoir répondu ?

Il fronça les sourcils, intrigué, avant de s'aviser que Holmes suivait une procédure rationnelle en collectant ses informations auprès de sources multiples.

— Il a dit que c'était pour raisons familiales, et qu'il devrait s'éloigner de Londres.

— Cela vous a-t-il surpris ?

— Plutôt. Je sais que ses parents sont tous les deux décédés et je ne l'ai jamais entendu parler de frères et sœurs, mais comme l'inspecteur n'est pas du genre à parler de sa vie privée, je n'ai pas pensé que c'était *si* curieux que cela. La famille a le don de savoir vous retrouver, surtout quand vous avez réussi dans la vie.

Le sergent MacDonald hésita.

— En revanche, je me suis posé des questions en voyant qu'il ne revenait pas au bout d'une semaine. Dans un tel délai, une urgence familiale aurait dû être résolue.

— Pourriez-vous faire une supposition sur l'endroit où il a pu aller ces deux dernières semaines ?

Le sergent commença à secouer la tête, puis il s'exclama :

— Attendez ! Je l'ai vu étudier des cartes il y a quelque temps, à son bureau. Du Yorkshire, il me semble. Quand je lui ai demandé si nous devions enquêter là-bas, il a dit que non, sans me donner plus d'explications. Et je n'ai pas posé d'autres questions.

Il eut un sourire navré.

Holmes leva sa tasse.

— Semblait-il différent, les jours précédant ces congés ?

Le sergent MacDonald fronça de nouveau les sourcils.

— Je me suis posé la même question en me demandant s'il y avait un détail qui m'aurait échappé mais, pour tout vous dire, je ne l'ai pas beaucoup vu avant qu'il parte. Il m'avait donné des tâches à accomplir sans lui quand il est parti pour Stern Hollow avec l'inspecteur en chef Fowler. À son retour, il a été satisfait de mon travail et m'a confié d'autres missions. Je lui faisais mon rapport soit le matin, soit le soir, quand nous nous trouvions tous les deux en même temps au Yard.

Mme Treadles avait également affirmé que le jeune homme avait été heureux et fier de se voir accorder une telle autonomie. Toutefois, à la lumière des événements qui avaient suivi, lord Ingram s'interrogeait. L'inspecteur Treadles était-il si content que cela du travail de son subordonné… ou avait-il juste souhaité avoir les mains libres ?

— Très bien, je vous remercie, sergent. Une dernière question : savez-vous qui doit superviser l'enquête sur l'inspecteur Treadles ? Les journaux ne le disent pas.

— Ce devrait être l'inspecteur Brighton. Il est nouveau à Scotland Yard, mais on dit qu'il s'est taillé une remarquable réputation à Manchester.

C'était assez logique, songea lord Ingram, de nommer un enquêteur qui ne soit pas un vieux collègue de l'inspecteur Treadles, quelqu'un dont l'impartialité ne pourrait pas être facilement mise en doute. Et cependant… À l'idée qu'un parfait inconnu allait décider du destin de son ami, il serra la main sur son verre de whisky.

Holmes lui jeta un nouveau coup d'œil.

— Et l'inspecteur en chef Fowler… on l'a envisagé ?

— On aurait pu. Dieu sait qu'il n'a pas d'autre obsession que d'attraper les coupables ! Mais il vient de partir pour le Lincolnshire. En fait, il est allé prendre la relève de l'inspecteur Brighton sur une affaire, pour que celui-ci puisse venir à Londres s'occuper du cas de l'inspecteur Treadles.

— Si l'inspecteur Brighton a reçu son ordre de mission en début de journée et s'est mis en route aussitôt, il doit déjà être en ville et avoir commencé son enquête, murmura Holmes, pensive. Je me demande de quel genre d'homme il s'agit.

— Je ne lui ai dit que « Bonjour, monsieur », « Au revoir, monsieur », mais on affirme qu'il est malin comme un singe.

Le sergent MacDonald parut hésiter. Quand il reprit la parole, sa voix avait baissé d'un ton.

— Et on dit aussi qu'il est absolument impitoyable.

Le cœur de lord Ingram s'emballa douloureusement.

Dans l'angle du salon, l'horloge comtoise sonna le quart d'heure. Le sergent regarda le cadran et se leva sans enthousiasme.

— Je ferais mieux de partir. Une fois que l'inspecteur Brighton aura vu l'inspecteur Treadles – et les corps – il voudra peut-être me parler.

Il semblait que l'inspecteur Brighton allait le soumettre à la torture.

— Avez-vous réfléchi à la façon dont vous allez vous y prendre avec l'inspecteur Brighton, sergent ?

Les intonations de Holmes n'avaient pas varié, mais lord Ingram y discerna de l'inquiétude. En tant que policier ayant prêté serment de faire respecter la loi, le sergent MacDonald serait obligé de dire à l'inspecteur Brighton tout ce qu'il savait. Toutefois, par loyauté envers l'inspecteur Treadles, il devrait en révéler le moins possible, de crainte que l'une de ses paroles n'incrimine un peu plus son supérieur.

S'il penchait trop loin dans un sens, il pourrait faire une croix sur son avancement. Trop loin dans l'autre sens, il mettrait encore plus en danger le mentor qu'il admirait, l'homme qui avait fait plus que n'importe qui pour sa carrière.

Le jeune homme baissa les yeux vers son fond de whisky, comme s'il pouvait y trouver le secret de cet impossible équilibre. Puis il carra les épaules et regarda Holmes.

— Je veillerai sur moi. Et je veillerai également sur l'inspecteur Treadles.

Une immense gratitude submergea lord Ingram.

— Merci.

Le sergent lui adressa un faible sourire.

— Je vous en prie.

Il serra la main de Holmes et de lord Ingram, les remercia, puis il prit une profonde inspiration et s'en alla.

Il laissait derrière lui deux personnes plongées dans le silence.

— Sullivan, dit enfin lord Ingram.

Le spectre du neveu assassiné, dont Mme Treadles s'était refusée à prononcer le nom, occupait tout l'espace.

— Oui, Sullivan, répéta Holmes. C'est à se demander si quelqu'un dans cette histoire veut que la vérité soit connue.

5

Il n'y avait pas un instant à perdre.

Lord Ingram devait se rendre à Scotland Yard pour appuyer la participation de Sherlock Holmes à l'enquête. À quoi bon être un lord, un homme indépendant et fortuné et un membre bien placé de la haute société, si on ne pouvait pas obtenir quelques faveurs pour soi-même et ses amis ?

— Sans parler du fait, dit-il en aidant Charlotte à passer un imperméable d'occasion – elle allait sortir déguisée en blanchisseuse –, que Scotland Yard, après m'avoir injustement arrêté il n'y a pas si longtemps, me doit quelque réparation.

Elle lui jeta un regard prudent en se demandant s'il avait l'intention de se livrer à d'autres touchantes démonstrations. Dans un lointain passé, lors de la première partie de campagne à laquelle son épouse et lui avaient assisté juste après leur mariage, elle l'avait vu boutonner le manteau de lady Ingram avec un empressement éperdu, et même poser un genou à terre pour fermer les boutons du bas.

Toutefois, il la laissa se charger elle-même de cette tâche et, quand elle eut terminé, déposa un baiser léger sur ses lèvres.

— Je vous retrouve pour le dîner.

Holmes se rendit en fiacre chez Mme Treadles. Elle avait quelques questions bien précises à poser à sa cliente mais, tandis que le véhicule rebondissait et se balançait, ses pensées la ramenaient sans cesse à la déclaration douce mais ferme de lord Ingram.

« Je n'ai pas cédé à une impulsion, Holmes. J'ai fait un choix. »

Quel genre de choix ?

Entre les appels du marchand de journaux et l'arrivée du sergent MacDonald, ils n'en avaient plus reparlé, mais elle avait sa petite idée : il était venu lui donner ce qu'elle désirait.

C'était toujours elle qui avait exprimé ses demandes envers lui – envers son corps en particulier. Elle voulait qu'il soit son ami et son amant. Il avait systématiquement refusé, au début parce qu'il n'avait pas le droit de la compromettre, et ensuite parce qu'il était marié, même s'il était malheureux dans sa vie conjugale et ne partageait plus la moindre intimité avec son épouse.

Cela avait été la raison invoquée. Son honneur le lui interdisait.

Elle ne doutait pas de ses valeurs – cet homme était une ode au sens de l'honneur –, mais elle savait que ce n'était pas l'unique raison.

Il avait été… eh bien, non pas effrayé à proprement parler, mais prudent avec elle, en dépit de leur amitié ancienne.

Contrairement à l'inspecteur Treadles, qui avait besoin de croire que la bonne société était juste et légitime, lord Ingram avait toujours été profondément ambivalent par rapport au monde où ils évoluaient. Toutefois, il avait un vif désir d'appartenance, une envie de trouver sa place. Pour être accepté, il ne s'était pas contenté d'être acceptable ; il était devenu l'incarnation du gentleman accompli.

D'une certaine façon, elle avait suivi un chemin identique. Tandis qu'il laissait derrière lui sa période rebelle, elle avait appris à s'exprimer et à agir de façon compatible avec les normes sociales. En revanche, sa transformation n'avait été que superficielle. Et elle avait regardé les profonds changements chez lord Ingram non pas avec admiration ou ravissement, mais avec scepticisme.

Est-ce vraiment ce que vous voulez ? Est-ce vraiment ce que vous êtes ?

Elle n'avait jamais posé ces questions ouvertement, mais au fil des années il avait dû les entendre avec force. S'il s'était rapproché d'une autre femme qu'elle, une certaine proximité physique aurait pu n'être rien de plus que cela. Par contre, une relation avec elle le contraindrait à affronter ses doutes, pour l'instant sévèrement sous contrôle, sur la possibilité d'une autre façon de vivre, qui ne mette pas son âme aux fers.

Et voilà que cet homme – qui, n'ayant pas voulu examiner ses doutes, avait prudemment conservé ses distances – l'embrassait trois fois de suite.

Quel choix avait-il donc fait ? Celui de prendre à contre-pied tous les autres choix qu'il avait faits dans sa vie ?

Mlle Olivia Holmes étira sa main droite en gémissant. Elle avait les doigts raides et glacés, comme souvent en hiver, mais aujourd'hui tous les muscles de sa main étaient douloureux d'avoir été mis au travail depuis l'aube.

Sur le bureau devant elle se trouvaient dix pages supplémentaires pour son manuscrit. Après avoir appliqué un papier buvard sur la dernière, elle fit pivoter ses poignets et rouler ses épaules. Puis elle se leva dans un nouveau gémissement et prit les pages pour les apporter de l'autre côté de la chambre qu'elle avait autrefois partagée avec Charlotte et les cacher dans une malle.

Recopier les cahiers où elle avait rédigé le brouillon des aventures de Sherlock Holmes lui avait semblé une tâche monumentale. Pourtant, après un peu moins de dix-huit heures de travail réparties sur deux journées, elle avait atteint les deux cinquièmes de son… roman.

« Mon *roman,* s'obligea-t-elle à formuler. J'ai écrit un roman. »

Une histoire, cela semblait peu de chose, mais un roman, cela avait un certain poids. À tout le moins, cela témoignait de la volonté de son autrice, de sa détermination à aligner des dizaines de milliers de mots dans l'espoir fervent qu'ils forment un ensemble qui non seulement aurait un sens, mais distrairait le lecteur.

Le passionnerait.

Elle caressa le bord des pages déjà cachées sous les robes d'hiver de Charlotte. C'était rassurant de sentir la liasse épaisse, ferme et dense dans son écrin de laine et de soie. Elle ignorait pourquoi elle s'était jetée tête la première dans la tâche de recopier son roman à la main. Après tout, elle n'était pas pressée de le soumettre à un éditeur… et de le voir rejeté.

Non. Elle était en train de se mentir. Elle savait pourquoi elle passait des heures à son travail de copiste, le dos voûté, touchant à peine au sandwich de son déjeuner. Après une merveilleuse et terrifiante aventure en France en compagnie de Charlotte et de quelques amis, Livia était rentrée à la maison, l'endroit où elle avait le moins envie de se trouver.

Et la veille, juste avant qu'elle quitte Londres, M. Stephen Marbleton, le jeune homme qu'elle aimait et dont elle avait cru être aimée en retour, lui avait annoncé que leur relation était sans espoir. Qu'il ne resterait pas en contact avec elle.

Livia avait senti son cœur se briser, et cependant... elle était restée étrangement calme. Elle avait déclaré à Mme Watson, qui la raccompagnait chez elle déguisée en dame de compagnie, qu'elle estimait M. Marbleton très sage d'avoir agi ainsi. Au lieu de nourrir de vaines espérances et d'être inévitablement blessée et déçue, maintenant qu'il ne la courtisait plus, elle n'avait plus besoin de redouter qu'il lui arrive malheur.

Mme Watson l'avait consolée de son mieux. Quand Livia était arrivée à la maison, personne ne s'était particulièrement ému de son retour, ni de son désarroi évident. Elle était montée dans sa chambre, avait déballé quelques affaires, sorti ses cahiers... et commencé à recopier son histoire.

Pour échapper à sa propre existence de la seule façon qui lui était accessible : en se plongeant dans la vie fictive d'autres personnes.

Elle massa les muscles de son avant-bras droit. Une tasse de thé aurait été la bienvenue, mais sa bouilloire était vide. Dans une autre famille, la fille de la maison se serait contentée de sonner pour qu'on lui apporte de l'eau, mais Livia s'efforçait de ne pas alourdir la charge du personnel qui devait déjà s'occuper de ses parents – des gens fort égoïstes. Et après une journée sur sa chaise, cela lui ferait du bien de descendre chercher un pichet d'eau.

Elle n'avait pas atteint l'escalier que la voix de sa mère retentit avec la force d'un obus :

— Où allez-vous donc ainsi ?

Livia s'immobilisa, incrédule. Allait-elle se faire réprimander juste parce qu'elle descendait chercher de l'eau ?

— Ah, lady Holmes ! fit alors son père. Je venais seulement vous dire au revoir.

Avec un temps de retard, Livia comprit que c'était à son mari et non à elle que sa mère s'était adressée.

— Certainement pas ! ricana lady Holmes. Vous vous apprêtiez à filer sans un mot.

— Et pourriez-vous me le reprocher, madame, vu votre façon hargneuse de me dire au revoir ?

Les dames qui venaient tout juste de rencontrer sir Henry le trouvaient parfois charmant et distingué. Livia, après presque vingt-huit ans passés sous son toit, le trouvait seulement onctueux et mesquin.

— Comment pouvez-vous partir maintenant ? C'est presque Noël, et on devrait passer Noël chez soi !

— Puisque c'est votre avis, madame, restez donc à la maison. Je vous souhaite un très joyeux Noël, festif et chaleureux.

On entendit des pas qui se dirigeaient vers la porte d'entrée.

Livia avança sans un bruit jusqu'au palier, d'où elle pouvait voir le vestibule. Son père, en manteau de voyage, se tenait près du seuil, un grand sac à la main. Sa mère venait de le rattraper, son ample poitrine haletante, son bonnet surchargé tout de travers.

— Même si vous n'avez pas envie de passer Noël à la maison, glapit-elle, ne pouvez-vous pas penser à votre portefeuille ? Vous allez dépenser de l'argent que nous n'avons pas pour vos plaisirs égoïstes !

— Ah, mais pas du tout, rétorqua sir Henry d'un ton dégoulinant de suffisance. Je suis récemment entré en possession d'une centaine de livres sterling.

— Cent livres sterling ? Comment ? D'où viennent-elles ?

Les mêmes questions s'étaient formées dans l'esprit de Livia… jusqu'à ce qu'elle se souvienne que

Charlotte avait pris l'engagement auprès de leur père de lui verser cent livres chaque année.

— Vous n'avez pas à vous inquiéter de cela, madame. Sachez seulement que c'est le cas.

— Alors comment pouvez-vous avoir la cruauté de ne pas m'emmener en vacances, s'il y a de l'argent à dépenser ?

Sir Henry lui décocha un sourire hautain, si dénué de compassion que Livia en eut le cœur serré.

— Voyons, vous venez vous-même de dire qu'à Noël il faut rester à la maison. Qui suis-je pour vous contredire, madame ?

Sur ces paroles, il disparut sous le regard de son épouse qui bafouillait de rage impuissante.

Charlotte avait-elle envisagé que sir Henry dépenserait pour lui seul cette somme tombée du ciel ? Et que Livia se retrouverait en tête à tête avec une lady Holmes écumante de colère et de frustration ?

Elle recula sur la pointe des pieds, mais pas assez vite. Sa mère pivota sur ses talons et l'aperçut.

— Vous voilà, vous ! Encore en train d'épier les gens dans l'ombre ! Vous avez vu quel abominable goujat est votre père ? Et pourquoi êtes-vous encore ici, espèce de vieille fille ? Pourquoi êtes-vous incapable de vous trouver un brave garçon – ou n'importe quel garçon – pour vous épouser et me débarrasser de vous ?

Livia s'enfuit. Elle retourna dans sa chambre, à son bureau, dans une histoire où les méchants n'étaient pas ses propres parents.

6

Malgré la pluie, les reporters et les curieux avaient envahi le trottoir devant la maison des Treadles ; une véritable marée de parapluies noirs occupait la rue. Quand Charlotte s'approcha, un grand panier à linge sous le bras pour compléter son déguisement de blanchisseuse, un murmure d'excitation parcourait la foule.

Arrivée à la limite de la cohue, elle s'arrêta près d'une femme, probablement une bonne d'une maison voisine.

— Pardon, mademoiselle, mais que font tous ces gens ici ? Pourquoi sont-ils si nerveux ?

La femme posa une main sur son cœur.

— Vous ne savez donc pas ? Dieu du ciel ! L'inspecteur qui habite ici s'est fait arrêter pour meurtre. Un *double* meurtre. Et on dit qu'un autre inspecteur de Scotland Yard vient d'entrer pour voir sa dame.

Charlotte était venue aussi vite que possible, dans l'espoir de parler avec Mme Treadles avant la visite de l'inspecteur Brighton. Trop tard, apparemment.

— Saperlipopette ! gémit-elle. Où va le monde ! Et moi qui viens rapporter le linge de mes clients…

Cela lui valut une réponse enthousiaste.

— Alors demandez aux gens de la maison ce qui se passe ! Je veux tout savoir !

Charlotte fendit la foule. Comme dans la plupart des belles demeures, non loin de l'entrée principale se trouvait une grille de fer forgé protégeant un escalier qui menait vers une porte de service en contrebas. Perchés sur cette barrière, des curieux la regardèrent descendre.

Elle frappa avec énergie.

— J'apporte le linge !

Une femme d'une cinquantaine d'années à la mine tendue lui ouvrit.

— Nous avons déjà...

Aussitôt, Charlotte lui tendit un papier où était écrit :

Je suis Mlle Holmes. Mme Treadles m'a demandé de venir.

Le visage de la femme se détendit quelque peu, mais ses inflexions restèrent sévères.

— Ne restez pas sous la pluie. Dépêchez-vous d'entrer et fermez vite derrière vous. Je n'ai jamais vu autant de badauds de toute ma vie.

Une fois la porte rabattue, la femme – qui devait être la gouvernante – salua Charlotte d'un hochement de tête respectueux.

— Madame reçoit l'inspecteur au salon, mademoiselle, mais elle a demandé qu'on vous fasse entrer si jamais vous veniez. Je vous en prie, suivez-moi. Je m'apprêtais justement à apporter le thé.

Elles remontèrent un couloir de service impeccable. La gouvernante prit un plateau déjà chargé pendant que Charlotte ôtait son imperméable et déposait son panier, puis elles gravirent l'escalier de service qui les mena deux étages plus haut.

D'un coup de menton, la gouvernante indiqua à Charlotte une pièce voisine, puis elle se dirigea vers une autre. Charlotte ouvrit la porte que la gouvernante lui avait montrée et se retrouva dans un boudoir faiblement éclairé. L'unique source de lumière provenait d'une porte de communication qu'on avait laissée légèrement entrouverte.

Derrière cette porte, dans une pièce qui devait être le salon, s'éleva le claquement assourdi de tasses et d'une théière de porcelaine qu'on déposait sur une nappe.

— Merci, madame Graycott, dit une voix féminine. Mme Treadles.

La gouvernante s'en alla et referma doucement la porte du salon derrière elle.

On entendit le léger bruit du thé qu'on verse dans des tasses.

Dans le boudoir, le mur qui faisait face à la porte de communication était occupé par un grand miroir. Sur la pointe des pieds, Charlotte s'en approcha afin d'avoir le meilleur reflet de la partie du salon qui se trouvait à proximité immédiate de la porte.

Le miroir lui révéla l'arrière de la tête d'un homme et le visage pâle de Mme Treadles. Celle-ci s'efforçait de sourire et n'y arrivait pas très bien.

— Du lait, du sucre... inspecteur ? sergent ?

— Les deux, s'il vous plaît, dit l'inspecteur Brighton d'une voix claire et nette.

— Ni l'un ni l'autre, merci, répondit un autre homme qui se trouvait plus loin, hors de la vue de Charlotte.

Il devait être chargé de prendre des notes.

— Je vous en prie, dit Mme Treadles après avoir distribué les tasses. Servez-vous en biscuits et en petits sandwichs. La journée a dû être épuisante pour vous.

— Oh, pas plus que pour vous-même, madame Treadles.

L'inspecteur Brighton s'exprimait de façon cordiale, mais Charlotte se figura un serpent tirant sa langue fourchue.

— J'ai rendu visite ce matin à M. Sherlock Holmes et l'ai engagé pour aider mon mari, déclara Mme Treadles.

— Oh.

— Sur le chemin du retour, j'ai entendu un marchand de journaux annoncer les meurtres. J'ai demandé à mon cocher de m'emmener à Scotland Yard dans l'espoir de voir l'inspecteur Treadles.

Avait-elle acheté un exemplaire du journal ? Et celui-ci s'était-il également fait une joie de mentionner la petite annonce destinée à provoquer l'inspecteur Treadles pour qu'il se rue dans Cold Street ?

— Je suis désolé que vous n'ayez pas pu le voir, dit l'inspecteur Brighton. Je lui ai parlé il y a environ une heure et demie. Il tient plutôt bien le coup, si cela vous inquiète.

— Je lui ai apporté à manger et deux tenues de rechange. On m'a promis qu'on les lui donnerait.

— Je veillerai à ce qu'il les reçoive.

— Merci.

Une expression de soulagement et d'épuisement passa sur le visage de Mme Treadles, comme si le mieux qu'elle pouvait espérer de cette entrevue était l'assurance qu'un peu de réconfort parviendrait à son époux. Et maintenant que cette question était réglée…

Personne ne parla pendant un moment, jusqu'à ce que l'inspecteur Brighton déclare :

— Excellents sandwichs, madame Treadles. Mes compliments à votre cuisinière.

Mme Treadles se leva d'un bond, comme si elle était une petite créature qui sentait l'approche d'un prédateur.

— Merci, inspecteur.

— Si vous me permettez de poser la question… L'inspecteur Treadles et vous-même provenez de milieux très différents. Comment vous êtes-vous rencontrés ? demanda Brighton sur le ton de la conversation.

Mme Treadles répondit sobrement :

— À une conférence archéologique de lord Ingram Ashburton.

— Et cela a mené à votre mariage.

— Avec le temps, oui.

— Que genre d'homme diriez-vous qu'est l'inspecteur Treadles ?

— Il est honorable. Consciencieux. Responsable, répondit-elle avec une fierté inquiète. C'est aussi un grand lecteur, très désireux d'élargir ses horizons et de comprendre la marche de l'histoire. Celle de la Grande-Bretagne en particulier.

L'inspecteur Brighton attendit quelques instants.

— Et quel genre de *mari* diriez-vous qu'il est ?

Le fait qu'il ait commencé par évoquer la différence de classe sociale entre les deux époux indiquait clairement où il voulait en venir, selon Charlotte. Pourtant, Mme Treadles parut surprise.

Ou peut-être l'était-elle parce que jamais elle ne serait vraiment prête à répondre à cette question en particulier. Parce que même si elle rassemblait tout son courage, la douleur de devoir y répondre en toute honnêteté la ferait toujours trembler au plus profond de son être.

— C'est… un très bon mari. Comme je l'ai dit, il est honorable, consciencieux et intelligent. Il ne me donne aucun motif de craindre la moindre inconstance de sa part. Comme nous n'avons pas d'enfants, nous passons beaucoup de temps ensemble. Nous lisons l'un à côté de l'autre, quelquefois l'un fait la lecture à l'autre, et nous savourons la quiétude du bonheur domestique.

— La plupart des mariages commencent bien. Toutefois, le passage du temps met à l'épreuve les unions les plus sincères. De quelle façon diriez-vous que votre couple a changé au fil des années ?

Si Livia avait été là, les yeux rivés sur l'arrière de la tête de l'inspecteur Brighton dans le miroir, aurait-elle eu la vision d'un sourire sinistre sur les lèvres de l'homme ? Charlotte ne possédait pas sa vive imagination, mais elle avait la nette impression que l'inspecteur Brighton jouait avec Mme Treadles comme un chat avec une souris.

La malheureuse déglutit.

— Je... Eh bien, il avait déjà été nommé inspecteur au moment de notre mariage. Et j'ai hérité de l'entreprise de mon père après le décès malheureux de mon frère.

— Puisque vous parlez de votre famille, madame Treadles, permettez-moi d'être plus précis. Votre dot, chère madame, pouvait représenter un formidable atout pour la carrière de votre époux. Et vous-même, une femme cultivée, jolie et séduisante, auriez pu également lui apporter un avantage. À votre avis, pourquoi n'a-t-il jamais profité de l'un comme de l'autre ?

En voyant Mme Treadles porter sa tasse à ses lèvres, Charlotte songea à sa façon nerveuse de siroter son thé au 18 Upper Baker Street.

— Je... je présume que c'est la marque de son sens de la justice. Ce ne serait pas équitable envers ses collègues s'il était promu plus rapidement qu'eux parce que son épouse est fortunée.

— Ah oui ? Je crois comprendre que si l'inspecteur Treadles a gravi les échelons aussi vite, c'est parce qu'il a eu la bonne idée de s'associer à M. Sherlock Holmes, dont la perspicacité l'a aidé à résoudre plusieurs cas énigmatiques.

— C'est... exact.

— Et il n'a pas considéré cela comme un privilège injuste ?

— Il n'a pas consulté M. Holmes récemment. Pas depuis l'été dernier.

Pas depuis qu'il avait découvert que Sherlock Holmes n'était qu'une femme déchue, songea Charlotte, narquoise.

— Quoi qu'il en soit, insista l'inspecteur, il n'a eu aucun scrupule à profiter de l'aide d'un homme mais il n'a pas voulu de celle d'une femme, pas même celle de sa propre épouse.

Mme Treadles plongea le regard dans sa tasse.

Charlotte poussa un soupir. Dès l'instant où elle avait appris le décès de M. Sullivan, elle avait eu envie de venir trouver Mme Treadles pour lui poser les mêmes questions, non seulement pour lui arracher la vérité, si cela était possible, mais aussi pour la préparer à un interrogatoire similaire de la part de l'inspecteur Brighton.

Battant le fer tant qu'il était chaud, ce dernier poursuivit :

— Quand avez-vous compris qu'il n'appréciait pas que vous ayez hérité des Industries Cousins, madame Treadles ?

Elle redressa la tête en sursaut.

— Il vous a dit cela ?

— Vous n'avez pas à vous occuper des propos que votre époux pourrait ou non avoir tenus. Répondez à ma question, je vous prie.

Elle détourna les yeux.

— Il est vrai qu'il ne s'en est pas particulièrement réjoui, mais il n'a rien fait pour m'empêcher d'assumer la place qui me revenait de droit à la tête de l'entreprise.

— S'est-il inquiété de savoir comment vous vous en sortiez ?

— Pas au début, admit-elle d'une petite voix.

— Et combien de temps a duré cette période que vous appelez « le début » ?

— Environ trois mois.

Cette fois, la réponse avait été à peine audible.

— Un sacré laps de temps sans poser la moindre question à sa bien-aimée pour savoir comment elle assume une tâche aussi colossale. Diriez-vous que ce manque prolongé de curiosité était une condamnation de votre décision de diriger vous-même votre entreprise ?

Mme Treadles garda le silence.

L'inspecteur Brighton émit un claquement de langue agacé, comme s'il réprimandait une enfant récalcitrante et un peu simplette.

— À ce propos, madame, comment cela se passait-il pour vous aux Industries Cousins ?

Elle demeura silencieuse encore un moment, puis elle redressa le menton.

— Pas aussi bien que je l'aurais voulu.

— Pourquoi ?

— Les lieutenants de mon frère ne m'ont pas très bien accueillie.

— Oh. Et de quelle façon au juste ne vous ont-ils pas très bien accueillie ?

Charlotte n'en doutait pas : il connaissait déjà la réponse et jouait juste avec elle. Mme Treadles devait le savoir également, mais elle n'avait d'autre choix que de décrire sa triste impuissance.

— Ils n'aimaient pas que je sois là, que je pose des questions sur la façon dont ils procédaient. Dont ils avaient toujours procédé. Quand je donnais mon avis, ils faisaient comme s'ils n'avaient pas entendu. Ils ne manquaient aucune occasion d'insinuer… non, d'affirmer haut et fort que je devrais rentrer à la maison, que ma présence chez Cousins était une perte de temps pour moi-même et pour les hommes à qui avait été confiée la tâche de mener cette grande entreprise.

— Ils vous ont donné l'impression d'être une intruse sur votre propre domaine.

— En effet.

L'inspecteur Brighton se passa la main dans les cheveux. Il avait fait le siège, et maintenant il se préparait à attaquer les portes du château.

— Comment votre mari a-t-il réagi en apprenant vos difficultés ?

Mme Treadles posa sa tasse. Était-elle à présent trop tendue pour boire son thé ?

— Je... ne lui en ai jamais parlé.

— Pendant les trois premiers mois, je le conçois, mais quand il vous a finalement demandé comment cela se passait, pourquoi ne pas le lui avoir dit ?

— Il n'aurait rien pu faire pour m'aider. Et je n'ai pas voulu l'inquiéter.

— Peut-être n'aurait-il pas pu prendre de mesures pour changer le comportement de vos subordonnés, mais vous auriez certainement apprécié son soutien moral.

Après une pause, l'inspecteur Brighton ajouta :

— Même cela, vous n'en vouliez pas ?

La question avait été posée avec douceur, comme par sollicitude, mais il n'y avait pas une once de chaleur dans sa voix.

— J'étais trop fière. Je ne voulais pas qu'il sache que j'avais du mal à gérer ma société.

— Un mari qui avait fortement désapprouvé votre décision aurait pu deviner qu'il ne serait pas le seul homme désapprobateur que vous croiseriez sur votre chemin.

— Il l'a compris, mais je n'ai pas insisté sur ce point.

L'inspecteur Brighton changea de position sur son fauteuil. Son mouvement ne semblait nullement nerveux, plutôt délibéré. Il appuya un bras sur un accoudoir et étendit les jambes – l'image même de l'homme à l'aise.

Mme Treadles, par contraste, ramena les bras – et probablement les pieds, s'il fallait en juger au petit frémissement de ses jupes – plus près de son corps.

Cette réaction instinctive parut satisfaire l'inspecteur Brighton. Quand il posa la question suivante, Charlotte perçut son sourire satisfait.

— Aviez-vous des alliés au travail, madame Treadles ?

— Oui, M. Longstead, répondit-elle calmement. Et je déplore grandement son départ.

— M. Longstead n'était pas tout le temps chez Cousins. Il en était parti voilà quelques années, et même s'il était récemment revenu sur votre demande, c'était en tant que conseiller et non en tant qu'acteur à part entière. Seriez-vous d'accord, madame Treadles, pour dire que vous travailliez beaucoup plus avec son neveu, M. Sullivan ?

À la mention de ce nom, Mme Treadles serra les dents, comme pour contenir une nausée.

— En effet, je travaillais plus souvent avec M. Sullivan. Hélas, nous ne nous entendions pas très bien. Il faisait partie de ces hommes qui n'ont cessé de me compliquer la tâche.

Même ses inflexions semblaient indiquer qu'elle avait le cœur au bord des lèvres.

L'inspecteur émit un petit rire narquois.

— Cela a-t-il toujours été votre avis, madame Treadles ?

— Que voulez-vous dire ?

— Scotland Yard va interroger toutes les personnes chez Cousins qui ont été en contact, même de loin, avec l'une ou l'autre des victimes. Ou avec vous-même. Les réponses qu'elles nous donneront seront-elles différentes de la vôtre, madame Treadles ?

— Bien entendu. Je n'ai jamais vu un groupe de gens donner une seule et unique réponse à une question, quelle qu'elle soit.

Même un lapin montrait les dents quand il était pris au piège. Toutefois, les futiles protestations de sa proie ne dérangèrent manifestement pas l'inspecteur Brighton.

— Madame Treadles, je ne parle pas par hypothèse, dit-il d'un ton amusé.

Ou plutôt d'un ton ravi.

— Les employés de chez Cousins que nous interrogerons nous affirmeront-ils que M. Sullivan vous laissait de glace ?

Mme Treadles tira sur son col comme s'il était soudain trop serré.

— Très bien. Au début, j'ai eu une opinion favorable de M. Sullivan. Alors que ses collègues, en général plus âgés et plus ancrés dans leurs habitudes, se montraient ouvertement méprisants envers moi, il semblait bienveillant et d'esprit plus progressiste. Je me trompais. Cet homme était un loup déguisé en agneau. Derrière ses apparences bienveillantes et attentionnées, il en a fait plus que n'importe qui d'autre pour saper mon autorité.

Charlotte, qui n'était guère surprise, secoua la tête. Elle comprenait pourquoi Mme Treadles n'avait pu se résoudre à faire une telle confession devant les amis de son époux. Pour autant, cela n'avait pas été une décision bien avisée.

— Autrement dit, M. Sullivan était le meneur d'une opposition perfide ?

— Rétrospectivement, je dirais que oui.

Avec des inflexions plus détendues, comme si cet interrogatoire n'était qu'une discussion entre amis autour d'un verre, l'inspecteur Brighton demanda :

— Pourquoi ne pas l'avoir congédié ?

— Je les aurais tous mis à la porte si j'avais pu, répondit Mme Treadles avec amertume. Mais ils se seraient fait un plaisir de mettre ma réputation en lambeaux. Et comment être sûre que leurs remplaçants auraient mieux valu ?

D'une pichenette, l'inspecteur Brighton ôta une poussière inexistante sur la manche de sa veste.

— Je ne vous demande pas pourquoi vous ne vous êtes pas débarrassée de tout le monde, madame Treadles. Je vous demande pourquoi vous ne vous êtes pas débarrassée de M. Sullivan, le meneur.

Sa voix était toujours onctueuse, mais ses paroles avaient pris une nuance de menace dénuée de toute ambiguïté.

Mme Treadles tira de nouveau sur son col. Charlotte avait l'impression que si elle avait été seule, elle aurait arraché les boutons pour mieux respirer.

— Je... je ne voulais pas heurter M. Longstead.

— N'avez-vous pas affirmé qu'il était votre allié ?

— Si, mais il était aussi l'oncle de M. Sullivan.

— Avez-vous abordé le problème de M. Sullivan avec M. Longstead ?

— Non.

— Pourquoi ? demanda l'inspecteur Brighton d'un ton suave. Le simple fait d'évoquer la duplicité de M. Sullivan envers vous l'aurait-il offensé ?

L'horreur qui se lisait sur le visage de Mme Treadles céda la place à la terreur. L'inspecteur Brighton approchait du point qu'elle tentait désespérément de cacher.

— On se demande, madame Treadles, poursuivit l'inspecteur Brighton avec des inflexions gourmandes, ce qu'avait M. Sullivan pour vous rendre muette.

Elle enfouit les mains dans les plis de ses jupes.

— Rien. Il n'avait rien contre moi.

— Plus maintenant, à présent qu'il est mort. Mais qu'aurait-il pu dire à l'inspecteur Treadles qui vous faisait peur au point que vous n'avez osé ni le licencier ni confier vos problèmes à votre mari ?

— Je n'ai rien fait d'inapproprié avec lui !

Sa voix haut perchée, tout à la fois dénégation indignée et supplique anxieuse, retentit dans la pièce.

Par contraste, celle de l'inspecteur Brighton se fit plus douce et plus sucrée.

— Je n'affirme pas cela, madame Treadles. Et même, je n'y crois pas un instant... Mais qu'en est-il de M. Sullivan ? A-t-il toujours eu un comportement approprié, lui ?

— Je n'ai aucune envie de parler de M. Sullivan, déclara Mme Treadles avant de pincer les lèvres d'un air résolu.

Charlotte fut désolée d'entendre ces futiles protestations. Mme Treadles aurait dû soit mentir depuis le début de façon convaincante, soit tout dire immédiatement. Le fait qu'on doive lui arracher la vérité bribe par bribe n'aidait ni son propre cas ni celui de son époux.

— Vous n'avez pas le choix, madame Treadles. M. Sullivan est mort et votre mari se trouvait dans la même pièce, une arme à la main. Et vous remarquerez que je n'ai même pas fait mention d'une certaine petite annonce parue dans la presse.

Mme Treadles avait-elle tressailli ?

— Peu importe. Je n'ai rien de plus à dire sur M. Sullivan.

Charlotte fit la grimace. *Armez-vous de courage, très chère. Vous venez d'offrir à votre adversaire l'ouverture qu'il attendait.*

L'inspecteur Brighton se redressa, puis se pencha en avant. Le cobra royal s'apprêtait à frapper.

— Alors je vais vous dire ce que je crois qu'il s'est passé, madame Treadles. Vous aimez votre époux et respectez votre mariage, mais son mépris délibéré envers votre travail chez Cousins vous a blessée. Et comme là-bas vous deviez vous battre bec et ongles pour être seulement entendue, vous vous êtes sentie seule et assiégée.

» Dans ce paysage désolé, M. Sullivan est arrivé, avec toutes les apparences d'un vrai camarade. Ses qualités n'étaient peut-être que superficielles, mais vous ne le saviez pas. Ce que vous avez vu dans votre détresse, c'est une personne sympathique, quelqu'un qui, même s'il ne terrassait pas les dragons pour vous, était au moins disposé à écouter vos problèmes et à vous offrir du réconfort, en disant par exemple : « Je vais parler à M. Untel. Je suis sûr que ce n'était pas son intention. »

Il marqua un silence, comme pour savourer l'expression de panique qui se formait sur les traits de Mme Treadles.

— Vous n'avez pas beaucoup d'amis, poursuivit-il. Les jeunes femmes que vous fréquentiez autrefois, des filles d'industriels, peut-être même des dames de la petite aristocratie terrienne, ont pour la plupart préféré prendre leurs distances. Par ailleurs, comme l'inspecteur Treadles était fort peu désireux de présenter ses collègues à sa riche épouse, vous n'avez pas pu nouer d'amitié avec leurs femmes qui, en d'autres circonstances, auraient formé l'essentiel de votre nouveau cercle de relations.

» Vous manquiez déjà cruellement de liens sociaux, et voilà que les soutiens vous faisaient également défaut. De façon assez compréhensible, vous avez pris l'apparente absence d'hostilité de M. Sullivan pour de l'amitié. Et lui, percevant votre vulnérabilité, l'a exploitée autant que possible.

» Que lui avez-vous dévoilé ? Peut-être pas grand-chose directement. Après tout, vous êtes une femme raisonnable. Mais c'était un homme astucieux et il a déduit le reste par lui-même, n'est-ce pas ? Vous a-t-il fait des avances ? A-t-il exigé une liaison ?

Mme Treadles, qui s'était peu à peu recroquevillée sur son fauteuil, s'agita nerveusement.

— Donc, il l'a bien fait. Et quand vous avez refusé, vous a-t-il menacée de proférer devant votre mari des mensonges qui auraient irrémédiablement abîmé votre couple ?

L'inspecteur Brighton marqua de nouveau une pause, tel un artisan observant son ouvrage – en l'occurrence, la pâleur de cendre sur le visage de Mme Treadles.

— Vous-même, vous n'aimez pas mentir, dit-il d'un ton pensif. Et vous n'êtes pas douée pour cela. Par contre, vous avez compris que M. Sullivan excellait dans cet exercice. Vous l'avez cru quand il a feint l'amitié. Pourquoi votre mari ne le croirait-il pas s'il insinuait que vous étiez devenus plus proches que nécessaire, lui et vous ?

» Voilà pourquoi vous avez été paralysée par la trahison – et les menaces – de M. Sullivan. Votre époux vous reprochait déjà d'avoir tenté de vous tailler une place chez Cousins. Et maintenant, il y avait *cela*. Même si l'inspecteur Treadles avait compati, que vous aurait-il conseillé ? De renoncer à changer la situation chez Cousins et de rentrer à la maison. Ce que vous n'aviez aucune envie de faire.

» En outre, vous craigniez que l'inspecteur Treadles, en bon enquêteur, ne finisse par déterrer le peu de vérité dans les mensonges de M. Sullivan. Certes, vous n'avez rien *fait* avec lui, mais auriez-vous pu nier qu'avant de découvrir sa trahison vous étiez heureuse de le voir ? Qu'il était celui sur qui vous pensiez pouvoir vous appuyer quand tout le monde, même votre propre époux, vous tournait le dos ?

S'il avait été sur scène, l'inspecteur Brighton aurait sans doute salué son public. Assurément, il était très content de lui-même.

— Et qu'aurait ressenti votre mari – lui, un fils d'ouvrier – en découvrant que vous aviez formé un attachement, même innocent, avec un homme de votre classe sociale, le genre d'homme qu'il ne deviendrait jamais, quelle que soit sa réussite professionnelle ?

Mme Treadles se leva brusquement.

— Ce ne sont que de vaines conjectures, inspecteur Brighton. Je n'ai jamais évoqué le nom de M. Sullivan à la maison, et M. Sullivan n'a jamais demandé une audience à l'inspecteur Treadles.

On sonna alors avec force et insistance à la porte d'entrée. L'inspecteur Brighton tourna à demi la tête, révélant un profil acéré... et contrarié. Mme Treadles se laissa retomber en arrière dans son fauteuil, puis elle posa les bras sur les accoudoirs et enfouit son visage entre ses mains.

À peine avait-on ouvert la porte de la maison qu'une voix féminine ordonna :

— Laissez-moi passer !

Des pas montèrent rapidement les marches, puis la porte du salon fut ouverte à la volée.

— Est-ce vrai, Alice, ce qu'on dit sur votre mari ? demanda la femme.

— Eleanor, je vous en prie, ce n'est pas le bon moment...

On aurait dit que Mme Treadles tentait vainement de relever le visage de ses mains. Non seulement elle n'y parvint pas, mais elle se recroquevilla encore plus sur elle-même, telle une femme parvenue à la limite de sa résistance.

— Voulez-vous revenir demain ? reprit-elle. Je dois répondre aux questions de Scotland Yard.

Une très jolie femme, de l'âge approximatif de Mme Treadles, en tenue de deuil, apparut aux côtés de celle-ci et lui posa une main sur l'épaule. Après quelques instants, Mme Treadles tourna le visage pour le presser contre sa taille.

— Madame Treadles, je suis désolée ! s'exclama Mme Graycott qui venait d'arriver. Je n'ai pas eu le temps de dire à Mme Cousins que vous ne receviez personne.

Mme Cousins ? L'épouse du défunt frère de Mme Treadles ?

La nouvelle arrivante fusilla les policiers du regard.

— Et qui êtes-vous, barbares ?

L'inspecteur, qui s'était levé à son entrée, esquissa un léger salut.

— Inspecteur Brighton, de Scotland Yard, à votre service. Et voici le sergent Howe, également de Scotland Yard. Ravi de faire votre connaissance, madame Cousins.

Celle-ci parut choquée qu'il lui adresse ainsi la parole. D'un ton raide, elle déclara :

— Messieurs, en général je ne suis pas aussi directe, mais je crois qu'il est temps que vous partiez. Mme Treadles a eu une journée épouvantable et elle a besoin de repos. Immédiatement.

— Eleanor ! protesta faiblement celle-ci, tout en se serrant un peu plus contre sa belle-sœur. Ces messieurs sont ici pour une affaire officielle.

— Ils pourront revenir demain pour leur affaire officielle. Ils ont déjà l'inspecteur Treadles, n'est-ce pas ? Il ne va pas s'en aller et les morts ne vont pas ressusciter. Il n'y a donc aucune urgence.

Elle se tourna et darda de nouveau un regard furieux sur les policiers.

— Vous n'avez aucun besoin de tourmenter une honnête femme qui traverse la pire journée de sa vie. Vous êtes capable d'un peu de miséricorde, j'espère ?

Il y eut un silence.

Puis l'inspecteur Brighton éclata d'un rire à la douceur fielleuse.

— Vous avez raison, madame Cousins. Bonsoir, mesdames. Madame Treadles, je vous verrai demain matin à la première heure.

— Ils sont partis, dit Mme Cousins, qui avait disparu de la vue de Charlotte et devait écouter à la porte.

Mme Treadles poussa un soupir sonore.

— Merci, Eleanor. Dieu merci, vous êtes venue ! Je crois que je n'aurais pas supporté une minute de plus de cet interrogatoire.

Mme Cousins revint dans l'étroite portion du salon que reflétait le miroir du boudoir.

— Je suis heureuse d'avoir pu faire quelque chose. Au moins, essayez de prendre un peu de repos avant d'affronter de nouveau la police.

Mme Treadles secoua la tête.

— Je ne vois pas comment je pourrais dormir.

— Alors ? Est-ce vrai, ce qui est arrivé ?

— Eleanor, je vous en supplie, ne croyez pas ce que les journaux essaient de faire croire à propos de M. Sullivan et de moi-même.

Mme Cousins émit un claquement de langue agacé.

— Pourquoi le croirais-je ? Je sais quel genre d'homme c'était.

— Je regrette de ne pas vous avoir écoutée, dit faiblement Mme Treadles. Vous ne croyez pas que c'est Robert qui a fait cela, n'est-ce pas ?

Mme Cousins leva les yeux au plafond.

— Non. Même si je continue de croire que vous n'auriez pas dû épouser votre inspecteur Treadles, il ne s'y serait jamais pris d'une façon aussi désastreuse s'il avait voulu se débarrasser de M. Sullivan.

— Merci. Et s'il vous plaît, ne répétez pas cela devant lui – je parle de la première partie.

— Je ne ferai pas de promesse. Dire qu'il ne vous a jamais posé la moindre question sur Cousins pendant si longtemps ! C'est inexcusable !

— Eleanor...

— Je sais. Je sais que ce n'est pas le bon moment pour me fâcher contre votre mari.

Mme Treadles prit les mains de sa belle-sœur entre les siennes.

— Ce n'est pas seulement cela, Eleanor. Si je n'ai pas voulu vous en dire trop, c'est parce que je savais que Robert n'aimerait pas que sa vie privée soit exposée. Mais depuis son retour de Stern Hollow, il a fait des efforts pour s'améliorer. Il a pris en charge les menus de la semaine et s'est occupé de tous les détails quand nous avons invité les Longstead à dîner. Il me préparait un verre de whisky chaque soir quand je rentrais du travail. Il m'a même invitée à assister à la chorale de Noël de la police, cette année. Alors je vous en prie, n'ayez pas une si mauvaise opinion de lui !

» En vérité, si quelqu'un est en faute, c'est plutôt moi. J'aurais dû lui parler de M. Sullivan, mais j'avais trop peur. Alors que tout se passait de nouveau bien à la maison, je craignais de tout briser.

— Cessez de vous blâmer, ou je vais de nouveau le détester.

Mme Treadles s'essuya les yeux du plat de la main.

— S'il vous plaît, ne le haïssez pas. Il a vraiment été adorable.

Mme Cousins soupira.

— Tant mieux s'il a vu la lumière. Même s'il n'aurait jamais dû être aussi aveugle.

Elle aida Mme Treadles à se lever de son fauteuil.

— Et maintenant, venez. On dirait que vous n'avez pas dormi depuis des jours. Je vais vous accompagner jusqu'à votre chambre et demander à Mme Graycott qu'on vous apporte à dîner. Quand vous aurez mangé, nous vous donnerons quelques gouttes de laudanum. N'ayez crainte, je serai prudente. Vous serez parfaitement réveillée demain matin pour votre entretien avec cet épouvantable inspecteur Brighton.

— D'accord. Merci, Eleanor.

— Je vous en prie. Vous en avez fait autant pour moi quand votre frère…

Mme Cousins n'acheva pas sa phrase.

— Peu importe. Allons-y.

Charlotte s'approcha de la porte d'entrée du boudoir. De là où elle se tenait, elle vit les deux femmes gravir un escalier, Mme Treadles appuyée sur sa belle-sœur. Peu après, elle entendit Mme Cousins parler à Mme Graycott, qui devait être montée par l'escalier de service après avoir été appelée.

Mme Cousins demanda qu'on apporte le dîner de Mme Treadles.

— Et veuillez rassembler le personnel dans la salle des domestiques, ajouta-t-elle. Je leur parlerai une fois que je me serai occupée de votre maîtresse.

— Bien, madame, murmura Mme Graycott avant de s'en aller.

Charlotte attendit encore une minute, puis elle descendit furtivement par le même chemin qu'à l'aller. Elle trouva Mme Graycott au sous-sol, occupée à donner des instructions à une bonne.

— Vous apportez l'assiette à Madame et le plateau de thé à Mme Cousins. Et ensuite, vous partez immédiatement. Vous ne regardez rien ni personne, est-ce clair ?

— Oui, madame Graycott.

— C'est bien. Allez-y, maintenant.

Elle pivota sur ses talons et aperçut Charlotte.

— Ah, mademoiselle Holmes ! Je suis désolée que Mme Treadles n'ait pas pu vous recevoir.

— C'est bon, je la verrai demain. En attendant…

Elle jeta un regard en direction de la salle des domestiques, où le personnel prenait le souper.

— ... puis-je parler aux gens de maison ? Cela concerne l'enquête que Mme Treadles a confiée à mon frère.

Mme Graycott hésita un instant.

— Oui, bien sûr. Je vous en prie, entrez et asseyez-vous. Je vais vous apporter une tasse de thé.

Il y avait six domestiques en tout : Mme Graycott, deux femmes de ménage, la cuisinière, une fille de cuisine et un homme qui assurait les fonctions de garçon d'écurie et de cocher.

Mme Graycott confirma l'heure d'arrivée du sergent MacDonald le matin.

— Il est resté vingt ou vingt-cinq minutes. Madame n'était plus elle-même quand il est parti, mais elle ne nous a rien dit. Elle est sortie avec la voiture, et nous avons continué à vaquer à nos occupations. Ce n'est que quand le sergent Howe est venu avec un constable dans l'après-midi pour nous interroger que nous avons compris que quelque chose n'allait pas.

Il était logique que l'inspecteur Brighton ait d'abord envoyé un collègue ou deux chez les Treadles, s'il ne pouvait s'y rendre en personne immédiatement.

— Que vous a dit le sergent Howe ?

— Que les récents déplacements de l'inspecteur Treadles intéressaient la police et que nous devions dire tout ce que nous savions. Nous n'avions pas beaucoup d'informations. Madame prend la voiture quand elle sort, mais Monsieur préfère aller à pied. Une fois qu'il a quitté la maison le matin, nous ne le voyons pas avant le soir, quand il rentre du travail.

— Je crois savoir qu'il a quitté la ville récemment.

— Oui, mais ce n'est pas inhabituel.

— Y a-t-il eu des faits sortant de l'ordinaire ces derniers temps, dans ses allées et venues ?

La question était adressée à Mme Graycott, mais Charlotte regarda tout le monde dans la salle. Chacun secoua la tête négativement.

— La police a-t-elle posé des questions sur les déplacements de Mme Treadles ?

C'était le cas, mais seulement en passant. Sauf à Cockerill, le cocher, qu'on avait interrogé en détail sur la soirée de la veille. Celui-ci n'avait pas vu grand-chose. Apparemment, des résidents de Cold Street s'étaient plaints que les invités de certains voisins bloquent la chaussée avec leurs attelages. Le personnel des Longstead lui avait demandé de stationner la voiture à quelques rues de là, où d'anciens bâtiments avaient été démolis pour construire de nouvelles maisons. Par conséquent, il n'était passé dans Cold Street que pour déposer Madame puis revenir la chercher, mais n'y était pas resté.

— Que la police a-t-elle demandé d'autre ?

La question de Charlotte était destinée à toute l'assemblée. Personne ne dit mot. Après un silence, Mme Graycott prit la parole :

— Ils ont voulu savoir comment s'entendaient Monsieur et Madame. Bien sûr qu'ils s'entendent bien ! Ils sont très épris l'un de l'autre.

— Bien sûr, répéta Charlotte. Ont-ils demandé à visiter la maison, ou certaines pièces en particulier ?

— En effet, mais j'ai répondu qu'il me fallait d'abord l'autorisation de l'inspecteur ou de Mme Treadles.

Alors ils sont partis, mais juste après le retour de Mme Treadles, le sergent Howe est revenu accompagné de l'inspecteur Brighton et cette fois, ils ont inspecté la maison avant de s'asseoir pour prendre le thé avec Madame.

— C'était donc peu de temps avant mon arrivée ?

— Oui, mademoiselle.

— Savez-vous s'ils ont trouvé quoi que ce soit d'intéressant ?

Tout le monde secoua la tête.

Une sonnette retentit. C'était probablement Mme Cousins qui demandait qu'on vienne chercher le plateau du dîner.

Mme Graycott envoya la jeune fille qui l'avait apporté.

Charlotte se leva.

— Je vais vous laisser à votre souper, maintenant.

Comme elle s'y attendait, Mme Graycott la suivit.

— Je vous raccompagne, mademoiselle Holmes.

À la porte de service, hors de portée de voix des autres domestiques, Charlotte déclara :

— Inutile de dire ce soir à Mme Treadles que je suis venue. Laissez-la se reposer. Mais vous pourrez l'en informer demain matin, si vous voulez.

— Bien, mademoiselle.

— J'ai encore une ou deux questions pour vous, madame Graycott. Savez-vous si l'inspecteur a emporté son arme de service, la dernière fois qu'il est parti en voyage ?

— Je l'ignore, mademoiselle. Monsieur n'est pas né dans une grande famille. Il préfère faire lui-même ses bagages. Mais il est toujours impeccable, ajouta Mme Graycott avec une fierté teintée d'une pointe de résignation.

Charlotte hocha la tête. En théorie, tout ce qu'elle avait à faire était d'attendre son rendez-vous avec l'inspecteur Treadles le lendemain matin pour lui poser toutes les questions nécessaires, mais si celui-ci avait pu présenter des preuves à décharge, il n'aurait pas passé la nuit à Scotland Yard.

— Pouvez-vous me dire si quelque chose d'étrange ou d'inhabituel s'est produit dans cette maison récemment, madame Graycott ?

La domestique hocha aussitôt la tête.

— Avant son dernier départ en voyage, l'inspecteur m'a appelée à part et m'a demandé si rien n'avait disparu. La question m'a fait bondir. L'idée qu'un vol ait eu lieu sous ma surveillance... c'était intolérable.

» J'ai voulu savoir ce qui manquait, mais il a refusé de me répondre. Il me demandait juste si j'avais connaissance d'objets qui seraient introuvables. Je lui ai répondu, même si à ce moment-là j'étais assez choquée, que je croyais que toutes les personnes qui travaillaient sous mes ordres étaient honnêtes et pieuses. Quelle autre sorte de gens auraient leur place chez un inspecteur de police ? Il a dit qu'il me faisait confiance, mais il a demandé s'il arrivait parfois qu'il n'y ait personne à la maison. J'ai répondu que c'était possible pendant quelques heures, certaines demi-journées, quand Mme Treadles était chez Cousins et le personnel sorti pour vaquer à ses affaires.

» Ce matin, après le départ du sergent MacDonald, Mme Treadles m'a posé les mêmes questions que vous à l'instant, pour savoir si Monsieur avait pris son revolver pour son voyage. Quand les hommes de l'inspecteur Brighton sont venus cet après-midi, j'ai dit à ce sergent Howe qu'il était possible que l'arme de Monsieur ait disparu avant son départ. C'était peut-être ce qu'il voulait savoir quand il m'a demandé si quelque chose avait disparu et si la maison était restée sans surveillance.

» Le sergent Howe n'a rien dit. J'ai eu l'impression que… à son avis, ce que je disais n'avait pas d'importance. Mais cela doit bien compter, non, que l'inspecteur n'ait jamais eu le revolver ? Sauf si… Juste ciel, sauf si…

Sauf si la police considérait cet épisode comme une mise en scène de la part de l'inspecteur Treadles.

Les yeux écarquillés de peur, Mme Graycott porta une main à ses lèvres. Quand elle se fut ressaisie, elle demanda à voix basse :

— Mademoiselle Holmes, ici nous avons entendu parler de Sherlock Holmes, bien sûr. Pourra-t-il ramener bientôt l'inspecteur Treadles à la maison ?

— Je ne sais pas, répondit Charlotte.

Mme Graycott déglutit.

Charlotte lui posa brièvement la main sur le bras.

— C'est toujours ainsi au début de n'importe quelle nouvelle aventure de Sherlock Holmes et compagnie. Nous ne pouvons pas prédire dès le début que nous allons réussir, mais nous n'avons pas non plus de raisons de nous attendre à un échec. Et nous sommes résolus à être aussi minutieux et intrépides que l'inspecteur et Mme Treadles l'espèrent de notre part, afin de faire la lumière sur cette affaire aussi vite que possible.

Ce qui, naturellement, serait plus facile si Mme Treadles voulait bien dire toute la vérité.

7

— Papa, de quoi sont faites les étoiles ? demanda Carlisle, le fils de lord Ingram.

En général c'était Lucinda, sa sœur aînée, qui restait éveillée tard le soir et posait les questions, mais ce soir elle dormait déjà profondément. Carlisle avait les yeux qui se fermaient, mais sa curiosité ne s'éteignait pas.

— Les étoiles sont essentiellement faites d'hydrogène, répondit lord Ingram.

Carlisle devait avoir une idée assez claire de ce qu'était l'hydrogène. Peu de temps auparavant, Lucinda avait demandé de quoi l'eau était faite, ce qui avait entraîné une exploration des notions élémentaires de chimie.

Lord Ingram se demandait s'il ne ferait pas mieux d'aller chercher un volume de l'*Encyclopædia Britannica,* au cas où ses connaissances en spectroscopie astronomique seraient trop fragiles pour les questions que Carlisle allait poser ensuite, dont l'une serait nécessairement : « Mais comment le sait-on ? »

Carlisle fronça les sourcils.

— Peut-on faire un vœu sur l'hydrogène ?

Lord Ingram faillit éclater de rire.

— Ma foi, pourquoi pas ?

Ce devait être aussi valide que de faire un vœu sur des morceaux de roche et de métal, la composition des étoiles filantes.

— Mais comment sait-on que les étoiles sont faites d'hydrogène ? demanda Carlisle en bâillant.

Pendant que son père lui relatait les expériences de sir Isaac Newton avec des lampes et des prismes, le petit garçon s'endormit. Lord Ingram remonta la couverture sur ses épaules et déposa un baiser sur son front. Puis il se tourna vers l'autre lit et embrassa sa fille sur la joue.

Mlle Potter, qui avait autrefois été sa préceptrice, l'attendait devant la nurserie.

— Ils dorment, murmura-t-il. Je vous les confie.

Elle lui sourit.

— Très bien, milord. Bonne soirée à vous.

Il arriva au petit salon de Mme Watson, dont les fenêtres et le manteau de la cheminée étaient à présent drapés de guirlandes d'épicéa et de houx – Mme Watson et Pénélope avaient travaillé vite –, juste avant que Holmes fasse son entrée, vêtue de sa robe du soir.

Holmes adorait les robes. Lord Ingram n'aurait pas dit qu'elle les aimait autant que les cakes, mais elle leur vouait une affection sincère et enthousiaste. Quant à ses goûts vestimentaires... Eh bien, autrefois il avait vaguement redouté les tenues qu'elle était capable d'arborer, mais à présent il était presque impatient de les voir, un peu comme on est heureux de retrouver de vieux amis.

Si sa rétine n'avait pas déjà été éblouie par la robe sapin de Noël, cette tenue du soir aurait été le spectacle le plus excentrique qu'il ait contemplé de la journée. Elle se composait d'une redingote rouge avec d'énormes pois noirs et d'une jupe noire à petits pois rouges.

— Bonsoir, Ash.

— Bonsoir, Holmes. Nouvelle robe ?

— Tout à fait. La première que j'ai commandée depuis que j'ai quitté la maison – avec de l'argent que j'ai gagné grâce à vous, d'ailleurs.

— Je me félicite que mes livres sterling aient soutenu une aussi noble cause, madame.

Les deux autres dames semblaient tout aussi abasourdies par cette tenue.

— Voilà une création aussi unique que sensationnelle, ma chère, déclara diplomatiquement Mme Watson après un silence.

Quant à Pénélope, elle s'exclama sans cacher sa joie :

— Une robe de coccinelle !

— Plus exactement, c'est une robe de veuve noire – une araignée – si nous devons discuter de son inspiration entomologique. L'aviez-vous deviné, milord ?

Holmes le regarda. Elle était absolument ravissante, mais dénuée de toute ressemblance avec un arachnide.

— Non. Coccinelle pour moi aussi.

— Je vois. Il est clair qu'elle n'est pas assez menaçante. Je me demande si la couturière pourrait arranger ça.

Il ne le pensait pas. Aucun costume, aussi sinistre soit-il en lui-même, n'aurait pu atténuer l'irrésistible candeur qui émanait de Holmes au premier regard. D'un autre côté, aucune de ses tenues, même la plus extravagante, n'aurait pu délivrer ceux qui la connaissaient de la légère appréhension qu'ils éprouvaient en sa présence.

On ne l'en aimait pas moins, mais on l'aimait en sachant qu'on ne pouvait pas lui cacher le moindre secret.

M. Mears, le majordome de Mme Watson, annonça que le dîner était prêt. Ils descendirent ensemble, Mme Watson au bras de lord Ingram et les deux jeunes femmes côte à côte.

Tous les plats avaient été disposés sur la table. M. Mears servit la soupe, remplit les verres de vin, puis s'éclipsa en fermant la porte derrière lui.

— Oh, mademoiselle Charlotte ! s'exclama aussitôt Pénélope. Je vous en prie, racontez-nous cela. Comment se fait-il que l'inspecteur Treadles ait été retrouvé enfermé avec les deux victimes ?

Holmes s'arracha comme à regret à la contemplation du dessert, une charlotte aux pommes encore tiède accompagnée de crème anglaise.

— Ma foi, soit il est entré dans la pièce de sa propre volonté, soit il y a été emmené et abandonné. Quant à la façon dont l'affaire s'est déroulée… Qu'entendez-vous par « cela », mademoiselle Redmayne ? Le fait que la porte ait été fermée de l'intérieur ? La question aurait pu éveiller la curiosité s'il n'y avait eu que les deux corps, mais l'inspecteur Treadles a parfaitement pu verrouiller la porte lui-même.

— Pourquoi aurait-il voulu s'enfermer dans une chambre avec deux morts ? insista Pénélope. Pourquoi n'a-t-il pas ouvert quand la police est arrivée ?

Holmes prit une cuillerée de soupe.

— Je me pose les mêmes questions.

— Et… ?

— Lord Ingram et moi irons le voir demain. Je le lui demanderai directement.

Tout de même, si l'inspecteur Treadles avait donné à la police des réponses satisfaisantes à ces interrogations, son épouse ne se serait pas ruée chez Sherlock Holmes pour demander son aide, n'est-ce pas ?

Puisque Holmes ne semblait pas disposée à parler plus en détail de l'affaire, les questions de Pénélope se reportèrent sur leur récente aventure parisienne, durant laquelle ils avaient cambriolé un château fort qui s'était révélé être un fief de Moriarty.

Sans doute était-ce parce qu'elle avait anticipé ce sujet de conversation que Mme Watson avait demandé un dîner à la française ; tout était disposé sur la table comme pour un buffet, de sorte que la présence d'aucun domestique n'était requise.

— Je n'arrive toujours pas à croire que vous soyez tous venus à Paris et que vous ne m'ayez rien dit, maugréa Pénélope avec une moue un peu exagérée.

— Au début, répondit Mme Watson, c'était pour ne pas vous déranger pendant vos études. À la fin, je me suis félicitée que vous n'ayez pas été impliquée et que, comme il s'agissait d'un bal costumé, nous ayons tous porté un masque ce soir-là.

Elle poussa un soupir.

— Ceux d'entre nous qui sont autour de cette table aujourd'hui – ainsi que Mlle Olivia – ont peut-être encore une chance de vivre le reste de leur vie sans être inquiétés par Moriarty. Pour M. Marbleton, ce n'est plus une option. J'espère qu'il va bien. J'espère que Moriarty montre un peu de compassion envers son propre fils.

— S'il est seulement capable de compassion, dit Holmes.

Un frisson glacé parcourut le dos de lord Ingram.

— Avez-vous des nouvelles de Mlle Olivia ? demanda Pénélope à Holmes après un silence. Je crois comprendre que M. Marbleton lui a donné de fausses raisons pour expliquer son départ. Tient-elle le coup ?

Holmes marqua une pause entre deux cuillerées de soupe. L'intervalle avait été presque imperceptible mais, pour lord Ingram, c'était le signe que cette question préoccupait la jeune femme.

— Je n'ai pas eu de nouvelles de ma sœur depuis qu'elle est rentrée à la maison, mais Mme Watson l'a raccompagnée en train après que M. Marbleton lui a fait ses adieux.

— Ma foi, dit cette dernière, je m'attendais à ce qu'elle s'effondre à un moment ou à un autre pendant le trajet, mais elle n'en a rien fait.

Mme Watson fronça les sourcils avant de s'empresser de lisser son front d'un doigt.

— Elle était... étrangement sereine. Elle répétait qu'elle s'était préparée à ce jour. Qu'elle s'estimait heureuse de la bonne humeur et de la compréhension que M. Marbleton lui avait offertes. Et que le fait de savoir que le temps qui leur était accordé serait limité lui avait permis d'en savourer chaque instant.

— Cela ne ressemble pas à Mlle Olivia, pour moi, dit lord Ingram.

Aussi raisonnable soit-elle par ailleurs, ce rejet – même motivé par les meilleures intentions du monde – devait l'avoir anéantie.

— Je la soupçonne de considérer délibérément cette affaire comme une histoire d'amour qui s'est achevée de façon abrupte, dit Holmes.

Alors que l'enjeu était infiniment plus effrayant.

— Je ne peux pas dire que je la blâme, fit Pénélope, si ce Moriarty est à moitié aussi redoutable que vous l'affirmez.

Un silence tomba, comme si personne autour de la table ne voulait parler plus longtemps de Moriarty. Après avoir mangé sa soupe en silence, Holmes se tourna vers lord Ingram.

— Comment s'est passée votre visite à Scotland Yard, milord ? demanda-t-elle.

— Elle a été fructueuse. Nous n'aurons aucun problème pour voir les corps, les indices qui ont été collectés et même la scène du crime, à condition d'être escortés par Scotland Yard. On nous a également accordé la permission d'avoir un bref entretien avec l'inspecteur Treadles demain matin.

Holmes hocha la tête.

Mme Watson, qui avait dû remarquer la tension inhabituelle sur ses traits, s'adressa à la jeune femme :

— N'espérez-vous donc pas apprendre quoi que ce soit d'utile à Scotland Yard ?

— Si, j'y compte bien, mais pas de la part de l'inspecteur Treadles.

Mme Watson fit rouler la tige de son verre à vin entre ses doigts d'un côté puis de l'autre.

— Je me suis posé la même question. S'il ne peut pas se disculper lui-même alors qu'il est un membre estimé de Scotland Yard...

— Alors nous le ferons pour lui, dit simplement Holmes. Autre chose concernant Scotland Yard, milord ?

— Ils nous autorisent à interroger les témoins, mais nous devrons arranger nous-mêmes nos rendez-vous.

Holmes se tourna vers Pénélope.

— Puis-je vous confier cette tâche, mademoiselle Redmayne ?

— Certainement..., commença Pénélope.

— Mais..., s'exclama Mme Watson en même temps.

— J'ai une mission plus délicate à vous confier, madame Watson, déclara Holmes. Vous irez jeter un œil aux Industries Cousins, qui font le lien entre M. Longstead, M. Sullivan et l'inspecteur Treadles. Nous devons savoir ce qui s'y passe si nous voulons comprendre pourquoi on a retrouvé les deux premiers morts et le troisième enfermé dans la même pièce qu'eux.

La main de Mme Watson s'immobilisa.

— Votre requête m'honore, mademoiselle Charlotte, mais êtes-vous certaine que je possède les compétences requises pour entreprendre une part aussi vaste et probablement aussi exigeante de l'enquête ?

— J'ai toujours été impressionnée par votre perspicacité dans le domaine financier, madame. Je ne me trompe pas en faisant la supposition que vous connaissez la comptabilité en partie double, n'est-ce pas ?

Mme Watson battit des paupières. Lord Ingram avait souvent vu cette expression chez les gens, quand Holmes leur disait sur eux-mêmes un détail qu'ils ne lui avaient jamais révélé. Toutefois, Mme Watson faisait équipe avec Holmes depuis un moment. Il ne lui fallut qu'une fraction de seconde pour se ressaisir.

— J'ai effectivement assuré la comptabilité d'une petite compagnie de théâtre, mais ce n'est pas du tout comparable à celle d'une vaste entreprise.

— Ce n'était peut-être pas à la même échelle mais, dans le principe, ce ne devrait pas être très différent.

— Et que suis-je censée chercher chez Cousins, au juste ? s'enquit Mme Watson d'un air inquiet.

Holmes se servit une part de venaison.

— La presse se délecte du rôle que semble avoir joué l'inspecteur Treadles dans cette affaire – un mari qui tue par jalousie, c'est à la fois excitant et facile à comprendre – mais si nous le retirons de l'équation, il ne nous reste ni suspect ni motif apparent.

Lord Ingram n'avait pas songé à cela – du moins, pas en termes aussi peu équivoques. En regardant les autres femmes autour de la table, il comprit qu'elles non plus.

— Je ne vois pas comment trouver d'emblée un suspect, poursuivit Holmes. Par conséquent, nous devons chercher un motif, une autre raison pour que quelqu'un, n'importe qui, veuille tuer M. Longstead et M. Sullivan. Voici la tâche que je vous confie, madame Watson. Ou, à tout le moins, celle de trouver des indices pouvant mener à ce motif.

Après le repas, ils retournèrent au petit salon pour disputer quelques parties de whist. Puis Mme Watson et Pénélope, plaidant la fatigue, se retirèrent.

Lord Ingram se demanda s'il ne devrait pas espacer ses visites, afin de ne pas obliger ses hôtesses à se réfugier dans leurs chambres au premier prétexte.

Holmes se leva de la table de jeu, prit place sur le canapé et secoua ses jupes. Il soupçonnait que le brocart de satin, rebrodé de minuscules perles de jais, n'avait nul besoin d'être disposé avec un tel soin, mais qu'elle adorait le léger cliquetis des perles quand elles s'entrechoquaient.

En les quittant, les deux autres dames leur avaient dit de continuer à jouer, mais la partie était manifestement finie pour ce soir. Il entreprit de rassembler les cartes et s'apprêtait à prendre des nouvelles de la sœur de Charlotte, Bernardine Holmes, qui vivait à présent ici avec elle, quand la jeune femme leva les yeux et déclara :

— L'inspecteur Brighton était chez Mme Treadles quand je suis allée la voir.

Il sursauta.

— Oh ?

Elle lui relata l'interrogatoire.

Il n'aurait su dire à quel moment il avait renoncé à remettre les cartes dans leur étui. Tout ce qu'il savait, c'est que lorsqu'elle eut terminé son récit, il tenait encore trois cartes dans sa main, qu'il avait pliées tant il les serrait fort.

— Il a été aussi grossier et impitoyable ? Il est allé aussi loin dans ses conjectures ?

— Oui, mais il n'est pas allé plus loin que je l'aurais fait moi-même. Pour tout vous dire, j'aurais encore poussé l'interrogatoire – et je crois que lui aussi, mais Mme Cousins l'a interrompu.

La poitrine oppressée, il lissa de son mieux les cartes pliées. Il détestait songer à la détresse de Mme Treadles, qui était si désespérément seule. Il n'en avait pas voulu à l'inspecteur Treadles de prendre ses distances avec lui. Et il ne lui en avait pas non plus voulu au nom de Holmes. Holmes n'avait besoin de la bonne opinion de personne. La sienne lui suffisait.

En revanche, il était furieux pour Mme Treadles. L'époux qu'elle aimait si profondément, pour qui elle avait tant sacrifié, ne l'avait pas chérie comme il l'aurait dû. Il l'avait abandonnée quand elle avait le plus besoin de chaleur et de soutien sous son propre toit.

Et pourtant, il se souvenait combien l'inspecteur Treadles était fier d'elle la dernière fois qu'ils s'étaient parlé, juste après – s'il ne se trompait pas sur la chronologie des événements – la réconciliation entre les deux époux. Et il ne pouvait chasser d'un revers de la main le point que Holmes venait de relater : les efforts que l'inspecteur Treadles avait fournis depuis son retour de Stern Hollow pour être un meilleur mari.

En fin de compte, ses émotions contradictoires se fondirent en une vive anxiété, un bloc de peur veiné d'espoir – l'espoir que les Treadles disposent de l'atout le plus précieux de tous : le temps. Le temps de guérir les blessures. Le temps de recommencer de zéro. Le temps de retrouver la confiance et de construire ensemble quelque chose de plus solide.

Seulement, rien de tout cela ne serait possible si l'inspecteur Robert Treadles ne recouvrait pas sa liberté.

Lord Ingram s'obligea à prendre une profonde inspiration, à poser les cartes de côté et à ramener ses pensées vers l'ordre du jour. Avant de s'aviser d'un détail qui fit battre son cœur un peu plus fort.

— L'irruption de Mme Cousins ressemble à une très heureuse coïncidence. Quelque chose me dit que vous y voyez plus d'intentionnalité que de hasard ?

Elle l'observa quelques instants de plus que nécessaire, comme pour s'assurer qu'il allait bien, avant de déclarer :

— La première fois que je suis passée devant la salle des domestiques, le cocher ne s'y trouvait pas. La seconde fois, il était présent et ses vêtements étaient légèrement humides aux endroits où un imperméable ne l'aurait pas protégé de la pluie. Le sous-sol d'une maison telle que celle de Mme Treadles, en général, s'étend jusqu'aux écuries. Et même s'il n'y a pas d'escalier descendant des écuries vers le sous-sol, il devrait y avoir des marches juste à l'extérieur.

Avant le départ de Mme Watson et de Pénélope, on leur avait servi du *smoking bishop*[1]. Il prit sa tasse encore chaude.

— Donc… à moins d'avoir effectivement conduit un attelage et d'être revenu des écuries en passant par cet escalier extérieur, il n'avait aucune raison d'être mouillé de la sorte en arrivant dans la salle des domestiques.

— Exactement. Son maître était détenu à Scotland Yard et sa maîtresse se trouvait à la maison. Quelle raison aurait-il eue de sortir ?

Quelle raison, sinon d'aller chercher Mme Cousins sur la demande de sa maîtresse ? Mme Cousins qui, dès son arrivée, mettrait un terme à l'interrogatoire ?

---

1. *Smoking bishop :* vin chaud aux épices traditionnellement servi lors des fêtes de fin d'année à l'époque victorienne, popularisé par les romans de Charles Dickens. *(Toutes les notes sont de la traductrice.)*

Le vin chaud était infusé d'oranges amères rôties et de clou de girofle. En général les clous de girofle ne le dérangeaient pas, mais ce soir il trouvait leur saveur envahissante. Il serra tout de même la tasse entre ses mains.

— Mme Cousins a très bien accompli sa mission.

— Et Mme Treadles en a été tellement soulagée qu'elle a dû cacher son visage soit entre ses mains, soit contre la robe de Mme Cousins pour éviter de le montrer à l'inspecteur Brighton.

— Ce qui signifie que celui-ci, malgré la brutalité de ses arguments, n'était pas encore arrivé au cœur du problème.

La pression sur sa poitrine se fit plus forte. Il posa de nouveau les yeux sur Holmes.

— Était-ce la raison de votre visite là-bas ? Aller au cœur du problème ?

Le canapé était près d'une grande fougère en pot. Elle tendit la main pour en caresser une fronde.

— Je voulais lui parler avant l'inspecteur Brighton. Parce que s'il avait ce que je craignais qu'il ait, alors Mme Treadles… Je ne pense pas qu'elle ait bien mesuré l'aspect inexorable d'une enquête pour meurtre, qui finit toujours par broyer les constructions destinées à protéger la vérité.

À présent, il commençait à manquer d'air.

— Que croyez-vous que l'inspecteur Brighton ait contre elle ?

Elle noua les mains sur ses genoux et se tourna vers lui. Ses yeux étaient limpides, sa voix inflexible.

— Avez-vous remarqué le nombre de choses que Mme Treadles a trouvées ou découvertes après la visite du sergent MacDonald ? Les lettres de l'inspecteur Treadles, récentes ou plus anciennes, l'absence du revolver de service dans son dressing-room, pour ne citer que les points qu'elle a mentionnés devant nous.

» Sur le moment, cela a donné l'impression qu'elle était exclusivement préoccupée de savoir où l'inspecteur Treadles s'était rendu les jours ayant précédé les meurtres, mais si c'était un présupposé erroné ? Si ce n'était pas *pour lui* qu'elle avait fouillé la maison de fond en comble ? Si elle avait fait ces découvertes alors qu'elle cherchait tout autre chose ?

— Quoi donc ?

Il avait posé la question d'une voix à peine audible.

— Il est possible que la nuit dernière, avant de rentrer chez elle après la soirée, elle soit passée au 33 Cold Street où M. Longstead et M. Sullivan ont été trouvés morts par la suite. Il est également possible qu'elle ait laissé derrière elle la preuve qu'elle est allée là-bas.

Ses inflexions s'étaient adoucies, mais rien n'aurait pu atténuer l'impact de ses paroles. Lord Ingram sentit sa gorge se nouer. Si Mme Treadles s'était effectivement trouvée là-bas, dans une maison vide avec l'une ou l'autre des victimes – ou les deux –, la version du mari jaloux devenait bien plus solide.

Infiniment plus solide.

Dès les premiers instants, lord Ingram avait pressenti que Mme Treadles craignait d'impliquer son époux plus qu'il ne l'était déjà. Était-ce pour cette raison ?

— Attendez !

Gagné par un fol espoir, il posa sa tasse, traversa la pièce et s'assit sur le canapé à côté de Holmes.

— Vous avez dit : « Si l'inspecteur Brighton avait ce que je craignais qu'il ait… » Vous pensez qu'il ne l'a pas, finalement ?

Elle poussa un soupir qui fit danser la délicate mousseline qui bordait son col haut.

— Son interrogatoire était assez musclé. Certes, c'était la force de la personnalité et de l'intellect, alliée au pouvoir que lui donne sa position, mais malgré ses tentatives de faire avouer la vérité à Mme Treadles en l'intimidant, il n'avait que la logique et la déduction comme atouts. Il n'a fourni aucune preuve tangible. Ou, du moins, il a choisi de ne pas apporter ni même de mentionner de preuves, telles qu'un objet personnel qui aurait attesté sans le moindre doute de la présence de Mme Treadles au numéro 33 la nuit dernière.

Elle tendit de nouveau la main, cette fois pour souligner la fronde de la fougère sur toute sa longueur.

— Et pour cette raison, aussi effrayée qu'elle ait été, elle s'en est tenue à sa version des événements et n'a pas livré les aveux qu'il espérait.

Envahi par un indicible soulagement, lord Ingram s'adossa au canapé.

Holmes l'observa, un imperceptible sourire aux lèvres.

— Puisque c'était ainsi, j'ai laissé Mme Treadles aux bons soins de sa belle-sœur. Mais la présence de Mme Cousins, et la confiance que Mme Treadles semble placer en elle, m'ont surprise. Il m'avait semblé que l'inspecteur Treadles n'appréciait pas beaucoup Barnaby Cousins et son épouse. Pourtant, les deux femmes ont donné l'impression d'être proches.

Il se leva du canapé, alla se verser un demi-verre de cognac et revint.

— Maintenant que vous en parlez, vous souvenez-vous que j'ai invité l'inspecteur et Mme Treadles à la partie de campagne à Stern Hollow, après Noël ?

Il avait également invité Holmes à se joindre à eux sous son déguisement de Sherrinford Holmes, mais elle avait décliné.

— Juste avant notre départ pour notre aventure française, poursuivit-il, j'ai reçu une lettre de l'inspecteur Treadles demandant s'ils pouvaient venir avec Mme Cousins et lui trouver un hébergement dans les environs. Elle portait toujours le deuil et ne fréquentait pas la société, mais ils pensaient qu'un changement de décor lui serait salutaire.

Holmes hocha la tête tout en faisant glisser la fronde entre ses doigts.

— Vous êtes… intriguée par Mme Cousins, dit-il sur une intuition.

Il ne lisait pas dans l'esprit des gens mais il avait passé la moitié de sa vie à observer Holmes, parfois subrepticement, souvent avec incrédulité, toujours avec acuité. Il devinait donc qu'elle n'était pas frustrée de ne pas avoir accompli ce qu'elle avait espéré aujourd'hui.

Ce qui pouvait ne signifier qu'une chose : elle avait fait une autre découverte de grande valeur.

— Bien vu. Mme Cousins a une opinion particulièrement négative de M. Sullivan. Je veux savoir comment elle en est arrivée là.

Enfin, elle lâcha la fougère et regarda lord Ingram dans les yeux.

— Et maintenant, vous savez exactement où en est la situation concernant cette affaire.

Dehors, le vent mugissait. Des gouttes de pluie sporadiques frappaient aux carreaux. L'homme assis près de Charlotte hocha la tête et prit une gorgée de cognac. Il s'appuya contre le canapé, un bras sur le dossier, ses longues jambes confortablement étendues devant lui.

Il ne semblait pressé d'aller nulle part.

Cela ne lui ressemblait pas.

Cela ne *leur* ressemblait pas.

Leurs modes d'interaction s'étaient organisés très tôt, dès le premier jour, quand elle avait croisé ce garçon de quinze ans aux cheveux et aux yeux sombres qui gravissait l'escalier monumental de la maison de son oncle.

Charlotte, qui avait alors treize ans et était venue assister à une fête enfantine pour laquelle elle était trop âgée, était en train de penser au thé. Celui de la veille avait comporté tout un assortiment de petits cakes glacés au sucre, aussi moelleux que des oreillers, avec des miettes qui collaient délicieusement aux dents.

En le voyant monter les marches deux par deux, avec son visage aux traits acérés qui ne souriait pas et ses bottines un peu trop chargées de poussière, elle avait oublié ce qui avait probablement été le meilleur cake de toute sa vie. Oui, tout était dans son apparence, dans sa façon de se déplacer, dans sa présence physique. Sa gestuelle évoquait irrésistiblement un loup, dont il possédait également la férocité contenue qu'elle avait du mal à décrire… sinon qu'elle était très consciente de la réponse que cela provoquait en elle, très analogue à ce qu'elle ressentait devant un délicieux cake.

Quand il l'avait croisée sans un salut – ce qui n'était pas exactement impardonnable puisqu'ils n'avaient pas été présentés –, elle avait fait halte, s'était retournée et l'avait regardé monter les dernières marches du grand escalier.

Arrivé en haut, il avait dû percevoir son regard car il avait pivoté vers elle. Elle avait continué de l'observer – il lui faudrait des années pour cesser de scruter ouvertement les gens qui piquaient sa curiosité – et ils s'étaient dévisagés, lui en fronçant les sourcils, elle en le dévorant du regard, presque comme un cake.

Il avait fait la grimace et poursuivi son chemin.

Dans les années qui avaient suivi, ils n'avaient jamais vraiment dévié de ce schéma. C'était elle, le prédateur. Elle qui voulait des choses : sa compagnie, ses lettres et, plus tard, son corps. Quant à lui, il avait conservé ses distances et protégé sa vertu, comme s'il était Vienne et elle une horde mongole aux portes de la ville.

Elle n'aurait pas affirmé que c'était un bon modèle de relation, mais il leur était devenu familier. Et ils s'y étaient encore conformés à l'instant. À présent que tout ce qui devait être dit l'avait été, il allait prendre congé.

Pour éviter de lui offrir le genre d'ouverture qu'elle s'empresserait de saisir.

Pourtant, il demeurait où il était. Il se servit même une part du gâteau de Noël de Mme Gascoigne, que M. Mears avait déposé sur une table d'appoint près du canapé.

Elle en fut abasourdie.

— Je croyais que vous n'aimiez pas le cake ?

— Peut-être pas autant que vous, mais je ne déteste pas une petite bouchée à l'occasion. Et celui-là est plutôt réussi.

Il mangeait sans se presser, comme envoûté par les saveurs et la consistance du gâteau.

Comme toujours, elle était très consciente de la vigueur contenue en lui, de cette virilité sous contrôle – la même énergie qui l'avait subjuguée dans cet escalier il y avait bien longtemps, en proie à un appétit différent de ce qu'elle avait connu jusqu'alors.

— Envisagez-vous de m'embrasser de nouveau ?

À ses propres oreilles, sa voix avait des inflexions teintées à la fois de colère et d'impatience.

Il leva les yeux.

— Voulez-vous que je le fasse ?

Oui.

Non.

— Je ne sais pas.

— Je m'en doutais.

Elle battit des paupières.

— Vraiment ? Pourquoi ?

— Parce que je sais ce que vous ressentez.

Comment ? Elle-même parvenait à peine à comprendre ce qu'elle éprouvait.

— Vous êtes désorientée parce que je ne me comporte pas comme d'habitude, dit-il doucement.

Elle garda le silence.

— Vous avez pu compter sur ma retenue – ou plutôt, ma couardise – pendant si longtemps que son absence vous déstabilise. Vous vous avisez que désormais, je n'ai aucune raison de ne pas vous désirer toujours plus, au point que vous ne pourriez plus me repousser sans blesser mes sentiments ou abîmer notre amitié.

Ne serait-ce pas nécessairement le cas ?

Comme s'il avait entendu cette pensée, il poussa un soupir.

— Vous tablez sur un temps infini et des possibilités illimitées, mais ma vision du futur est un peu moins optimiste. Il n'y a pas que M. Marbleton sur qui Moriarty a prise. La mère de mes enfants vient de s'allier avec ceux qui ont juré de le combattre. J'ignore quand je me trouverai de nouveau attiré dans son orbite, si je ne le suis pas déjà.

Il la dévisagea d'un regard calme et résolu.

— Nous vivons dans un présent bien précaire, Holmes.

Elle qui avait mené un cambriolage majeur dans le fief de Moriarty ne pouvait contester ce point. Toutefois, elle demeura silencieuse.

Il posa son assiette et la fit tourner de quelques degrés sur la table d'appoint.

— Vous souvenez-vous de votre première visite à Stern Hollow avec Mme Watson ?

Elle s'en rappelait très bien. Ils ne s'étaient pas vus pendant plusieurs mois avant ce jour-là. Il leur avait montré le parc, puis il l'avait emmenée faire un tour au potager, la partie du domaine qu'elle trouvait la plus intéressante.

— Ce jour-là, pour la première fois depuis longtemps, j'ai ressenti quelque chose qui ressemblait au bonheur.

Soudain, elle s'en souvint avec une surprenante clarté. Elle et lui marchant côte à côte dans la lumière dorée d'un soleil inhabituellement chaud pour la saison, longeant une charmante rangée d'arbres fruitiers en espalier qui promettaient de donner des confitures et des puddings d'anthologie. Elle avait tenté de le convaincre de lui rendre visite au cottage qu'elle louait avec Mme Watson, pendant que cette dernière ferait la sieste. En d'autres termes, elle voulait savoir si, à présent que son épouse avait disparu du tableau, il était plus réceptif à la perspective de coucher avec elle.

« Vous n'écrivez pas pendant trois mois, et vous pensez que je vais me soumettre docilement à vos demandes ? » avait-il répondu d'un ton faussement sévère.

« *Vous* n'écrivez pas pendant trois mois, avait-elle rétorqué. Et vous pensez m'amadouer sans vous soumettre docilement à mes demandes ? »

Il avait souri à ces paroles. Et elle, qui ne l'avait pas vu sourire pour de bon depuis des années, avait été subjuguée par l'éclat de son regard.

Était-ce le moment où il avait enfin compris qu'il n'était plus lié par son mariage et qu'il pouvait de nouveau s'autoriser à être heureux ?

— Pendant longtemps, j'ai craint de trop me rapprocher de vous, dit l'homme qui se tenait face à elle. Maintenant, je veux chasser cette peur. Je ne veux pas regretter un jour d'avoir laissé le bonheur m'échapper par manque de courage.

Il se pencha vers elle et saisit ses doigts entre les siens. Ses mains étaient plus rugueuses que celles de la plupart des gentlemen. C'étaient les mains d'un homme qui n'avait jamais hésité à prendre une pelle pour creuser le sol à la recherche d'objets anciens, d'un homme qui avait approfondi son entraînement à l'autodéfense parce qu'il vivait dans un *présent précaire* dont le vernis de normalité pouvait se briser à tout moment.

À peine consciente de son geste, elle frotta de son pouce les cals dans sa paume et le sentit frissonner.

Il leva une main pour souligner la courbe de son oreille du bout du doigt. Quand une soudaine chaleur monta en elle, elle se mordit l'intérieur de la joue. Il chercha son regard. Son expression était douce, mais résolue.

— Il y a une éternité, dans l'une de vos lettres, vous avez dit que vous ne compreniez pas les gens qui résistent au changement, car tout dans la vie doit invariablement évoluer. Peut-être comprenez-vous mieux à présent cette résistance. Ce n'est pas le changement que nous redoutons, mais la perte.

» Notre amitié n'a jamais été une entité statique. Nous avons changé au fil des années, et elle aussi. Et elle continuera d'évoluer dans les jours et les années à venir.

Il l'embrassa sur le front, sur les lèvres, puis sur les paupières, qu'elle ne se souvenait même pas d'avoir fermées.

— Mais, quoi qu'il arrive, je serai toujours votre ami.

8

Dans la salle austère à la lumière crue, les morts semblaient pesants, comme taillés dans la pierre.

Quant aux vivants, ils étaient scandalisés. Du moins, l'un d'entre eux.

Le médecin légiste, un certain Dr Caulfield, murmurait à l'oreille du sergent MacDonald, manifestement ému par la perspective de laisser une femme voir deux hommes nus sans le consentement préalable de ces derniers. Son souffle jaillissait en petits nuages de vapeur, tel un brouillard de virilité offensée. Le sergent MacDonald, qui ne semblait pas avoir été trop bousculé par son entrevue avec l'inspecteur Brighton, tentait manifestement de convaincre le médecin que les malheureux étant maintenant décédés, ils ne risquaient guère de s'offusquer.

La femme en question était très différente de la beauté fatale en robe de soirée rouge et noir de la veille. Avec sa perruque et son pardessus gris acier dénué de toute fioriture, parfaitement assorti à son apparence austère et à ses manières pragmatiques, elle semblait avoir la quarantaine.

S'il avait lui-même été un homme mort, songea lord Ingram, il n'imaginait pas pouvoir être étudié par une femme plus respectable.

Toutefois, le médecin légiste ne semblait pas de cet avis. Peut-être Holmes aurait-elle dû se grimer en vieille dame toute ridée ? Ou bien se présenter en tant que Sherrinford Holmes ?

Ses joues étaient à présent rougies par le froid. Lord Ingram supposait qu'il aurait dû se féliciter que la chambre mortuaire, qui faisait partie de la morgue de Scotland Yard, ne soit pas chauffée et que l'air hivernal ait ralenti la décomposition des corps. Malgré tout, en plus des relents de formaldéhyde et de désinfectant qui flottaient dans l'air, on sentait une note de putréfaction, une puanteur qui avait imprégné ces murs et ces sols pourtant nus et ne disparaîtrait jamais, à moins de démolir le bâtiment lui-même.

Quand Holmes commença à taper des pieds sur le sol pour tenter de se réchauffer, lord Ingram décida qu'ils avaient assez attendu.

— Docteur Caulfield, dit-il, veuillez cesser de considérer Mlle Holmes avant tout comme une femme. Elle n'est ici que comme les yeux de son frère, puisque M. Sherlock Holmes ne peut pas se déplacer en personne.

— Tout de même, milord, vous pourriez tout aussi bien…

— En aucun cas. Mlle Holmes a été formée tout spécialement, et mes pouvoirs d'observation sont dérisoires en comparaison des siens. Je suis très sensible à votre souci de préserver la modestie de tout le monde, mais je suis certain que ces messieurs…

Il désigna les corps.

— … préféreront bénéficier de la clairvoyance de Sherlock Holmes plutôt que d'ergoter sur l'étiquette, au stade où ils en sont à présent.

Le médecin hésita.

— Nous avons également besoin d'examiner la scène du crime et de nous entretenir avec les membres de la famille, tout cela avant midi. Le temps presse, docteur Caulfield. Ce n'est pas le moment de faire obstruction.

À contrecœur, l'homme acquiesça, non sans jeter un regard désapprobateur en direction de Holmes.

— Comme vous voudrez, milord.

— Mademoiselle Holmes, je vous en prie, dit lord Ingram.

— Merci, milord. Je vous suis très obligée.

Elle observa d'abord M. Longstead. Il avait dû paraître plus jeune, quand il était plein de vitalité, mais dans la mort, avec sa chevelure complètement blanche, il faisait bel et bien ses soixante-sept ans. La plaie lui traversait la poitrine. Sa personne ne portait pas d'autres blessures.

M. Sullivan, au contraire, avait un bleu sur l'avant-bras droit, une coupure à l'arrière de la tête, et il avait reçu une balle dans le front.

Holmes se pencha pour observer le trou qu'elle avait laissé.

Lord Ingram saisit l'occasion pour satisfaire sa propre curiosité.

— Que pensez-vous de la cause du décès, docteur Caulfield ?

Pendant le trajet en voiture jusqu'à Scotland Yard, ils avaient discuté de l'éventualité que, en tant que femme, elle ne soit pas la bienvenue à la morgue.

« Au moins, vous n'aurez pas besoin de poser de questions, avait-il dit. Le médecin légiste ne sera probablement pas capable de vous dire quoi que ce soit que vous n'ayez déjà déduit vous-même. »

Un léger sourire aux lèvres, elle avait répondu :

« Alors vous devriez en poser quelques-unes. Inutile de lui donner l'impression d'être complètement insignifiant. »

De fait, le Dr Caulfield bomba le torse quand on sollicita son expertise.

— Le tir fatal à M. Longstead était à bout portant, expliqua-t-il en se frottant les mains. Ce point a été facile à déterminer au vu de l'état de ses vêtements. Celui qui a tué M. Sullivan, en revanche, n'a pas été tiré d'aussi près. Du moins, il n'y avait aucun résidu de poudre sur son front.

— Quel est votre avis sur les autres blessures de M. Sullivan ?

— Difficile d'établir la cause exacte du bleu sur l'avant-bras. La coupure à l'arrière de la tête s'est sans doute produite quand il est tombé. Il pourrait s'être cogné le crâne contre le rebord de la fenêtre.

— Et l'heure de la mort ?

— Mardi matin entre 1 et 3 heures, je dirais, à en juger par l'évolution de la rigidité cadavérique.

Le Dr Caulfield semblait ravi de livrer cette information, même si lord Ingram était certain que l'enquête aurait mené à la même conclusion.

Il remercia le médecin avec solennité. Holmes lui fit signe qu'elle en avait terminé, puis le sergent MacDonald les conduisit dans la pièce où étaient conservées les pièces à conviction collectées sur la scène du crime.

Une fois qu'ils furent seuls, Holmes s'enquit à mi-voix :

— Comment s'est passé votre entretien avec l'inspecteur Brighton, sergent ?

Lord Ingram s'était posé la même question. C'est d'ailleurs pour cette raison qu'il avait demandé que le sergent MacDonald soit leur intermédiaire avec Scotland Yard. Il espérait que l'inspecteur Brighton ne s'était pas montré trop dur avec un collègue.

Une ombre passa sur le visage du sergent, d'habitude ouvert, mais il répondit d'une voix ferme :

— Il est tenace, cet homme-là, mais je lui ai dit que je ne savais rien. Par chance, c'était vrai dans l'ensemble. Et je n'ai pas dit que j'avais vu l'inspecteur Treadles étudier des cartes du Yorkshire.

Lord Ingram soupira.

— Merci, sergent. J'espère que vous ne paierez pas pour votre loyauté.

Le sergent MacDonald sourit bravement.

— Cela n'arrivera pas si Sherlock Holmes démontre que l'inspecteur est innocent.

Lord Ingram jeta un regard à Holmes. La pression qu'elle endurait devait être colossale – même lui, il avait parfois du mal à respirer quand il envisageait les possibles conséquences si elle ne réussissait pas.

Elle se contenta de hocher calmement la tête.

— Alors nous ferions mieux de nous mettre au travail.

Le sergent acquiesça à son tour, bien que plus sombrement. Il leur montra deux tenues de soirée masculines, ainsi que la canne de M. Longstead. L'une des chemises, ayant également appartenu à ce dernier, comme l'indiquait la déchirure laissée par le projectile, était d'un blanc immaculé, à part la tache rouge sur le devant. L'autre portait très peu de traces de sang.

Holmes inspecta toutes les poches des vêtements. Elles avaient déjà été vidées mais elle en retourna une, puis huma un résidu blanc sur ses doigts. Comme lord Ingram l'interrogeait du regard, elle répondit :

— Je ne vais pas goûter, mais cela sent la menthe poivrée.

— Et voici ce que portait l'inspecteur Treadles cette nuit-là, annonça le sergent MacDonald en montrant d'autres affaires.

Lord Ingram ravala un hoquet de stupeur. Les vêtements de l'inspecteur Treadles étaient couverts de sang. Ses bottes semblaient avoir piétiné dans une flaque d'hémoglobine. Le devant de son pantalon était imbibé de rouge des genoux jusqu'en bas. Sa veste, son gilet et sa chemise étaient tous les trois tailladés et maculés de sang au même emplacement.

— Je pense qu'il pourrait avoir marché et glissé dans le sang de M. Longstead, s'empressa d'expliquer le sergent MacDonald devant la réaction de lord Ingram. Il n'a pas de blessures aux jambes.

Bien, mais cela ne justifiait ni les entailles, ni tout ce sang sur ses vêtements du haut.

— Y avait-il une arme blanche sur la scène du crime ? demanda Holmes en palpant la manche de la veste.

— Non, mademoiselle, répondit le sergent.

En dépit de la gravité de la situation, il semblait fasciné par le déguisement de Holmes. Toutefois, l'intérêt que lord Ingram percevait dans son regard n'était pas tant pour la femme en elle-même que pour sa transformation, particulièrement crédible.

Ensuite, Holmes posa les doigts sur le devant du manteau, là où manquaient deux boutons. Des bouts de fils de longueurs irrégulières y pendaient encore, signe que les boutons avaient été arrachés et non pas coupés.

— Les boutons manquants ont-ils été retrouvés ?

— Non, mademoiselle.

Holmes disposa les trois paires de chaussures côte à côte et, à l'aide de sa loupe, en examina les semelles.

— Il y a des éclats de verre dans les semelles de l'inspecteur Treadles et de M. Sullivan, sergent. Y avait-il du verre brisé sur la scène du crime ?

Le sergent MacDonald consulta le rapport qu'il avait entre les mains.

— Oui, au grenier.

— Mais les hommes ont tous été trouvés dans une chambre, n'est-ce pas ?

— En effet, une pièce située deux étages plus bas que le grenier.

Lord Ingram ravala une grimace. Au vu de ces éléments, difficile de ne pas imaginer une confrontation entre l'inspecteur Treadles et M. Sullivan, l'homme qui avait tenté de s'immiscer dans son mariage. Mais s'ils s'étaient bel et bien battus, pourquoi au grenier ? Comment s'étaient-ils ensuite retrouvés dans une autre pièce ? Et où était M. Longstead pendant ce temps ?

Et Mme Treadles… ?

Holmes revint vers les tenues de soirée des victimes et observa leurs gants.

Les gants de bal blancs de M. Longstead étaient tachés de sang tous les deux.

Ceux de M. Sullivan, en revanche, étaient pratiquement impeccables.

— M. Sullivan portait-il ses gants au moment de son décès, sergent ? demanda-t-elle.

Il consulta de nouveau son rapport.

— Non, mademoiselle Holmes. Ils étaient glissés dans une poche intérieure.

— Soigneusement ?

— Le rapport ne le précise pas.

Elle souleva l'arme à feu retrouvée sur la scène du crime et la fit pivoter sous ses yeux. Ses doigts étaient longs et délicats, mais le dos de ses mains était légèrement potelé, ce qui donnait toujours envie de sourire à lord Ingram. Malgré la gravité de l'instant, il s'autorisa une petite moue attendrie.

— Le modèle réglementaire, je présume ? demanda-t-elle.

Le revolver Webley portait l'emblème de la police métropolitaine. Il arborait également un ornement personnel : les initiales de l'inspecteur Treadles avaient été gravées sous le blason, sans doute un ajout offert par son épouse aimante.

— C'est exact.

Holmes sortit le barillet de l'arme qui, au maximum, contenait cinq munitions.

Il n'en restait qu'une.

— M. Sullivan et M. Longstead ont été tués chacun par une balle, dit-elle, pensive. A-t-on retrouvé d'autres projectiles ou impacts de tir sur la scène ?

— Oui. D'après le rapport, il y a eu deux coups de feu sur la porte du grenier.

En quoi le grenier d'une maison inoccupée était-il intéressant ? Quand ils se rendraient au 33 Cold Street, Holmes pourrait-elle y découvrir les secrets de la nuit ?

Une lanterne de poche avait également été retrouvée, ainsi que trois allumettes noircies. Les victimes et l'inspecteur Treadles avaient tous eu des allumettes sur eux, mais il était assez facile de déterminer, d'après les bouts qui n'avaient pas brûlé, que celles-ci provenaient de la boîte de l'inspecteur. Une quatrième allumette utilisée, de fabrication différente, avait été découverte au pied de l'escalier du numéro 33 mais, comme M. Longstead et M. Sullivan utilisaient la même marque, il était difficile de déterminer lequel des deux avait allumé celle-ci.

Enfin, on leur montra un lambeau d'étoffe noire, un lainage de bonne qualité mais pas luxueux, trouvé accroché à la grille qui protégeait la porte de service, à l'avant de la maison.

— Que pensez-vous de ceci, sergent MacDonald ? s'enquit Holmes.

Celui-ci baissa la voix.

— Pour être honnête, j'essaie de ne pas trop placer d'espoir dans cet élément, mademoiselle Holmes. Le sergent Howe, qui travaille pour l'inspecteur Brighton, affirme que c'est sans doute la veste d'un passant qui s'est accrochée aux pointes, mais je suis allé au numéro 33. La grille sur le devant de la maison est plus haute que mon coude. À moins de marcher avec un bras levé au-dessus de la grille, je ne vois pas comment une veste pourrait s'y prendre. Il est plus probable que quelqu'un – le véritable meurtrier, je dirais – soit sorti du numéro 33 en sautant par-dessus la grille et ait accroché sa queue-de-pie à une pointe.

Le pouls de lord Ingram s'accéléra. Cette information était l'indice le plus rassurant qu'ils aient trouvé pour l'instant.

Holmes laissa retomber le bout d'étoffe.

— À présent, nous avons vu tout ce qui a été recueilli d'intéressant au numéro 33 ?

— Tout, acquiesça le sergent MacDonald.

Tout… sauf l'objet que, selon les déductions de Holmes, Mme Treadles devait avoir laissé derrière elle.

Où était-il passé ?

Et qui l'avait pris ?

Alice Treadles souriait. Elle souriait tellement qu'elle en avait mal aux joues.

— Robert, très cher, allez-vous bien ?

Il lui rendit un sourire aussi tendu que le sien, les mâchoires serrées.

— Ça va aller. Et vous, ma chère Alice ?

Elle se tenait près de la porte de la petite pièce, mais pas dans ses bras, car elle tremblait encore après son second entretien avec l'inspecteur Brighton, qui n'avait pas apprécié d'avoir été chassé de chez elle la veille au soir. Elle aurait préféré voir Robert avant d'affronter de nouveau l'inspecteur, mais celui-ci s'était arrangé pour que ce soit l'inverse.

Il avait préféré que Robert la voie juste après qu'il l'avait martyrisée pendant une heure, la traitant presque comme une prostituée. Sans doute ne pouvait-elle pas l'en blâmer. Elle lui avait menti et il l'avait perçu.

Elle savait qu'il tenterait de la briser. Qu'il la qualifierait de toutes sortes de noms épouvantables que même M. Sullivan n'avait probablement jamais entendus.

Elle s'y était préparée. Du moins, elle avait cru s'y être préparée.

Elle avait surestimé l'étendue du vocabulaire de l'inspecteur Brighton, qui n'avait employé aucun terme inhabituel mais seulement les mots les plus connus. Et elle avait sous-estimé sa propre capacité à endurer une telle rhétorique.

Le mépris contenu dans la voix glaciale et cassante de l'inspecteur, et dans ses mots. Le dégoût brutal qui résonnait dans chaque syllabe.

Elle s'était sentie giflée, jetée à terre, rouée de coups. Alors que le premier quart d'heure de l'interrogatoire s'était à peine écoulé.

Une véritable raclée, non pas sur son corps mais sur sa croyance qu'elle avait le droit d'exister.

Son sourire se raffermit.

— Je vais bien. Tout va bien. Mme Cousins m'a beaucoup aidée. Et Sherlock Holmes est sur l'affaire. Ainsi que lord Ingram.

Il la regarda. Son cher Robert n'était pas entravé, mais il semblait extrêmement pâle et épuisé. Elle aurait voulu se ruer vers lui pour le serrer fort dans ses bras, mais elle n'osait pas. S'il la sentait trembler de la tête aux pieds, il comprendrait qu'elle mentait, que rien n'allait, que la situation avait affreusement mal tourné.

Son sourire forcé devait dire ce qu'il ne fallait pas, car Robert serra les poings et sa pomme d'Adam monta et descendit.

— Je suis désolé, Alice. Je suis terriblement désolé.

— Ce… Ça va aller, répondit-elle d'une voix étranglée.

Elle battit des paupières pour contenir ses larmes.

— Vous traite-t-on correctement ? Avez-vous assez à manger et un endroit correct pour dormir ?

Avec un temps de retard, elle s'avisa qu'il portait les vêtements qu'elle lui avait envoyés. La salle où ils se trouvaient n'était pas une cellule, mais une pièce aux murs couverts de livres et bien rangée. Elle aurait dû en être rassurée. Quiconque n'étant pas informé de l'affaire et passant par là l'aurait pris pour n'importe quel inspecteur de la Division d'enquête criminelle un jour de travail ordinaire… s'il n'avait pas été aussi tendu et agité, le souffle court, les yeux écarquillés par la terreur, tel un chevreuil traqué par une meute de loups.

Elle-même sentait son propre cœur lui marteler furieusement les côtes.

Il leva une main, comme pour la tendre vers elle, avant de la laisser retomber.

— Je suis désolé. Je suis tellement désolé !

— Ça va… Ça va…

Elle aurait voulu le rassurer mais aucun mot ne sortait.

Elle tremblait tant qu'elle n'osait pas s'approcher de lui. Pourquoi ne venait-il pas la prendre dans ses bras ? Il y avait un garde à l'extérieur, mais dans cette pièce ils étaient seuls. Pourquoi était-il figé sur place ?

Gardait-il ses distances parce que… parce que…

— Non ! Je ne les ai pas tués ! Ce n'est pas moi !

Il y avait une telle angoisse dans sa voix qu'elle dut s'appuyer au montant de la porte.

— Je vous crois ! Je suis sûre que ce n'est pas vous ! Sherlock Holmes va trouver l'assassin. Il vous suffit de dire la vérité à l'inspecteur Brighton et vous pourrez rentrer à la maison, Robert. Je vous en supplie, revenez !

Son cher Robert la regarda un long moment puis, d'une voix si douce qu'elle était à peine audible, il murmura :

— Je suis désolé, Alice. Je suis désolé.

Mme Treadles n'avait pas reconnu immédiatement Holmes dans son déguisement, comprit lord Ingram. D'un air incertain, elle fit passer plusieurs fois son regard de Holmes à lui.

Elle-même était si épuisée qu'elle était presque méconnaissable, avec le voile de sueur qui accentuait sa pâleur mortelle.

— Madame Treadles, la salua-t-il rapidement. Mlle Holmes et moi-même sommes venus parler à l'inspecteur Treadles, mais nous sommes ravis de vous voir également.

Elle ouvrit les lèvres, les yeux vitreux. Il craignit un instant que, dans sa confusion, elle ne demande où était Mlle Holmes, mais elle se ressaisit et répondit :

— Oh, quel plaisir de vous revoir tous les deux ! Puis-je vous présenter l'inspecteur Brighton, de Scotland Yard ? Inspecteur, voici lord Ingram Ashburton et Mlle Holmes.

Lord Ingram se tendit aussitôt. Âgé d'une quarantaine d'années, le tortionnaire de Mme Treadles était grand et un peu corpulent, avec des traits solides et une expression narquoise.

Après avoir échangé quelques amabilités d'usage, il déclara d'un ton navré :

— Je dois admettre qu'en venant à Londres pour faire respecter la justice et la vérité, je n'avais pas imaginé que je devrais commencer par enquêter sur l'un de mes collègues.

Si Mme Treadles n'avait pas paru si accablée – et s'il n'avait pas lui-même fait l'objet d'une enquête –, lord Ingram aurait pu être enclin à apprécier l'inspecteur Brighton. Mais à présent, cette façade affable lui nouait l'estomac. Il était bien plus difficile d'évaluer la cruauté dont un homme était capable quand celui-ci se montrait charmant.

— Je suis sûr qu'en ce qui concerne l'inspecteur Treadles, tout cela se révélera être un malentendu et que vous pourrez exercer votre métier comme vous l'escomptiez, répondit-il.

— C'est aussi ce que j'espérais, mais hélas, l'inspecteur Treadles ne nous a pas appris grand-chose.

Une expression calculatrice passa sur le visage de l'inspecteur Brighton.

— Cela dit, puisque Sherlock Holmes est son grand allié, peut-être aurez-vous plus de chance que moi, tous les deux.

— La première loyauté de mon frère va à la vérité, rappela Holmes. Et moi qui suis son émissaire, j'espère ne pas le décevoir.

— Nous avons entendu parler de ses prouesses de détective jusque dans la lointaine Manchester, déclara l'inspecteur Brighton avec une jovialité un peu caustique. Ce sera un honneur d'assister à son travail.

— Je lui transmettrai vos compliments. Je suis sûre que Sherlock sera ravi de cette gloire naissante, répliqua Holmes. D'ailleurs, je vais faire plus que cela. Vous devez être extrêmement occupé en ce moment, inspecteur. Si vous me laissiez raccompagner Mme Treadles ? Je suis sûre que la présence d'une femme lui ferait le plus grand bien.

— Tout à fait, répondit Mme Treadles, un peu trop vite. Vous êtes infiniment généreuse, mademoiselle Holmes.

Mme Treadles prit à peine le temps de saluer l'inspecteur Brighton avant de s'en aller rapidement au côté de Holmes, sans rien cacher de son impatience de se débarrasser de lui. Il regarda les deux femmes qui s'éloignaient, puis se tourna vers lord Ingram.

— Milord, si je puis le dire, l'inspecteur Treadles est en fâcheuse posture. S'il est accusé de meurtre et présenté devant la justice, il risque fort d'être condamné. Il doit le savoir. Par conséquent, il est d'autant plus incompréhensible qu'il préfère garder le silence sur ce qui s'est passé la nuit du meurtre, ainsi que sur ses déplacements dans les jours et les semaines précédentes.

» Je ne le connais pas très bien – ce qui est précisément la raison pour laquelle on m'a nommé sur cette affaire, je suppose – mais ici, à Scotland Yard, il a une réputation irréprochable. On dit de lui que c'est un homme intelligent et travailleur, et qu'il est resté humble malgré son ascension dans la hiérarchie. Je détesterais que tout cela soit anéanti.

Lord Ingram avait la nette impression que l'inspecteur Brighton ne détesterait pas du tout cela... et même qu'il pourrait prendre un certain plaisir à la chute de l'inspecteur Treadles. Sa main se serra sur le pommeau de sa canne.

— J'aimerais qu'il ne s'agisse que de sa carrière, poursuivit l'inspecteur Brighton, mais c'est sa vie qui est en jeu. Et malgré cela, je ne puis prolonger indéfiniment cette enquête. Toutes les preuves démontrent sa culpabilité – je parle de preuves directes, pas de simples présomptions.

L'inspecteur Brighton marqua une pause éloquente.

Lord Ingram retint son souffle en attendant la suite.

— S'il refuse de se défendre, je ne vois aucune raison de ne pas l'inculper officiellement avant Noël et de ne pas envoyer l'affaire devant les tribunaux.

Un fin sourire aux lèvres, l'inspecteur désigna la porte par laquelle Mme Treadles était sortie une minute plus tôt.

— Comme il ne pense pas à son propre salut, je vous saurais gré de lui demander de songer à son épouse. Elle est déjà très affaiblie. Elle le sera infiniment plus s'il est envoyé à la potence.

Alice Treadles se laissa tomber sur la banquette de sa voiture.

— Tenez, dit Mlle Holmes en lui mettant une petite flasque entre les mains.

Alice prit une gorgée, toussa, et en reprit une autre plus généreuse. Le whisky la brûla comme du soufre, ses yeux s'embuèrent, mais au moins elle ne tremblait plus.

— Mme Graycott vous a-t-elle informée que j'étais passée chez vous hier soir ? demanda Mlle Holmes d'une voix très calme depuis la banquette d'en face.

— Oui, ce matin.

— J'ai préféré ne pas contrarier l'inspecteur Brighton en interrompant son interrogatoire.

— Je vois.

Alice avait le souffle court à cause de la brûlure du whisky… et du souvenir de la façon dont l'inspecteur Brighton l'avait étranglée avec son imparable logique. Elle rendit la flasque.

— Il n'a rien obtenu de moi, cependant. Pas plus qu'hier soir.

— Cela a dû être un énorme soulagement pour vous, fit remarquer Mlle Holmes sans émotion, de comprendre qu'il n'était pas en possession de l'objet que vous avez laissé tomber au numéro 33.

Alice enfonça les doigts dans le coussin matelassé. Elle ne se serait pas sentie plus vulnérable si elle avait dû se dévêtir en public.

— Je… Vous…

— Vous avez cherché trop de choses à trop d'endroits, madame Treadles, après avoir appris le double meurtre du 33 Cold Street. Qu'avez-vous laissé là-bas ? Une boucle d'oreille ? Une épingle à cheveux ?

Alice recula sur son siège par réflexe, comme pour se recroqueviller dans un angle de l'habitacle.

— C'est bien ce que je pensais, dit Mlle Holmes d'une voix froide et implacable. Quelque chose dont l'absence a aisément pu passer inaperçue jusqu'au lendemain, quand vous avez fait l'inventaire des accessoires que vous portiez la veille. Donc, c'était un ornement pour les cheveux ?

— Un peigne avec un bijou, s'entendit répondre Alice.

— Vous ne vous inquiétez pas que quelqu'un d'autre le détienne, maintenant ? Quelqu'un qui pourrait ne pas vous vouloir du bien ?

Même si elle s'était donné une apparence plus terne et plus âgée avec son déguisement, l'oracle de Sherlock Holmes n'avait rien perdu de son aura et occupait son siège comme un trône.

Alice réprima un frisson.

— Peu m'importe, maintenant. Si quelqu'un d'autre que la police le détient, alors cette personne se trouvait également dans la maison l'autre nuit. Qu'elle vienne donc expliquer ce qu'elle y faisait, pour commencer !

— L'inspecteur Brighton sait que vous mentez.

— Possible, mais ce n'est pas la même chose qu'obtenir des aveux.

Elle se raccrochait à cela. Comme l'inspecteur Brighton n'avait reçu aucune confession de sa part, elle ne pouvait pas avoir réduit les chances… de survie de Robert.

— Que faisiez-vous dans cette maison ce soir-là ? demanda paisiblement Mlle Holmes.

Alice serra les dents. Lord Ingram avait-il dû accepter d'être broyé de la sorte pour recevoir de l'aide ?

— M. Sherlock Holmes ne le sait-il pas déjà, lui qui comprend tout dès le premier coup d'œil ?

Le regard de Mlle Holmes se vrilla dans le sien, et Alice regretta aussitôt sa question.

— Il a une petite idée, répondit tranquillement Mlle Holmes. Vous avez été élevée comme une dame et vous êtes une femme séduisante. Vous n'aviez aucune raison de quitter une maison sûre et bien éclairée pour vous aventurer dans une autre, sombre et déserte, en pleine nuit. D'après lui, il est probable que vous ne soyez allée au numéro 33 que parce que vous avez vu votre époux y entrer.

Alice serra fort ses mains pour les empêcher de trembler.

— Pas étonnant que mon mari ait eu des scrupules à travailler avec Sherlock Holmes. Il est réellement effrayant.

Aucune réaction ne passa sur le visage de Mlle Holmes à ces mots.

— Pourquoi nous avoir engagés pour découvrir la vérité si vous ne voulez même pas nous dire les faits dont vous avez connaissance ?

— Parce que ce que je pourrais dire n'a pas d'importance et ne ferait que compliquer l'affaire. Mon mari n'a pas tué ces hommes. Par conséquent, quoi que vous appreniez sur moi, ce ne serait que des détails secondaires. De la poudre aux yeux. Des paillettes qui vous feraient croire que vous avez quelque chose de solide alors que cela ne vaut absolument rien !

Alice avait de nouveau le souffle court.

Elle espérait avoir raison, concernant Robert. Parfois, elle ne savait plus. Elle le défendait de toutes ses forces, et elle continuerait aussi longtemps qu'il lui resterait une once d'énergie, mais si elle se trompait ?

Si elle avait tort et si l'inspecteur Brighton avait raison ?

Cette idée la rendait malade et lui brouillait l'esprit. La confiance était une chose terriblement fragile. Jamais Alice n'aurait imaginé que Robert l'abandonnerait alors qu'ils étaient mariés mais c'était ce qu'il avait fait, pendant des mois, comme si elle était devenue une parfaite étrangère.

Le connaissait-elle vraiment ?

L'avait-elle jamais connu ?

Mlle Holmes l'observait toujours, sans la pitié qu'Alice redoutait ni la compréhension qu'elle aurait tant voulu lire dans son regard. Elle l'observait juste, comme si ses yeux étaient ceux de Dieu.

— Par bonheur, madame Treadles, il se trouve que je partage votre avis.

Alice en demeura saisie de stupeur. Soudain, ses yeux s'emplirent de larmes de gratitude.

— Vraiment ?

— Oui. Je suis d'accord que le rôle que vous avez joué l'autre nuit était mineur. Raison pour laquelle, au lieu de vous réprimander, je vais vous présenter à une autre des associées de Sherlock Holmes. Ensemble, vous allez vous rendre chez Cousins.

Ces instructions étaient inattendues, se dit Alice en s'essuyant les yeux.

— Oh ?

— Vous suspectez depuis un moment que quelque chose aux Industries Cousins n'est pas clair, n'est-ce pas ? demanda Mlle Holmes sans se départir de sa flegmatique neutralité. Au début, vous avez expliqué la résistance de vos directeurs et de vos chefs de service par le fait que vous êtes une femme. Puis vous avez commencé à comprendre qu'elle était trop forte et trop persistante, mais vous ne trouviez rien puisque ces hommes vous faisaient barrage à chaque occasion. Aujourd'hui, vous avez la possibilité de faire la lumière sur tout ce qu'ils vous ont caché.

Alice se sentit soudain faible. Cousins avait été une porte verrouillée qu'elle avait désespérément tenté d'ouvrir, mais à présent qu'on lui mettait entre les mains une solide pince-monseigneur, avait-elle réellement envie de savoir ce qu'il y avait derrière ?

— En outre, poursuivit Mlle Holmes, si vous voulez que Sherlock aide l'inspecteur Treadles, mon frère a besoin d'un motif pour les meurtres – pas la jalousie, réelle ou supposée, de votre mari. Les Industries Cousins, qui sont le point commun entre vous tous, sont le meilleur endroit où chercher ce motif.

Les doigts d'Alice se mirent à trembler. Mais elle releva le menton et regarda son interlocutrice droit dans les yeux.

— Dans ce cas, très bien.

— Parfait, conclut la magistrale Mlle Holmes. Voilà longtemps que vous vouliez prendre la situation en main. Maintenant, c'est possible.

Holmes ne revint pas avant l'heure exacte de leur rendez-vous avec l'inspecteur Treadles. Au regard interrogateur de lord Ingram, elle répondit seulement par un léger hochement de tête.

On les emmena dans une salle qui ressemblait à une petite bibliothèque, avec des rayonnages d'ouvrages de droit et de rapports annuels de police. Vêtu d'une élégante veste Newmarket en lainage gris, longue et cintrée, l'inspecteur Treadles était assis d'un côté d'un grand bureau.

Lord Ingram n'avait pas oublié les observations de Holmes sur les vêtements de l'inspecteur Treadles après la première visite que celui-ci avait effectuée au 18 Upper Baker Street : étoffes de qualité, coupes impeccables, mais deux ans de retard sur la mode, des boutons remplacés et des poignets reprisés.

De cela, elle avait inféré que les revenus de Mme Treadles avaient baissé. Un généreux papa avait été remplacé par un frère à la limite de la pingrerie. En outre, elle avait déduit que Mme Treadles faisait alors tout ce qui était en son pouvoir pour que son mari ait toujours des tenues irréprochables et soit aussi peu affecté que possible par la réduction de leur train de vie.

La veste Newmarket qu'il portait à présent, à la coupe parfaite et discrètement à la mode, était sans nul doute une acquisition récente. Malgré le déplaisir de son époux à la voir reprendre les rênes des Industries Cousins, Mme Treadles avait puisé dans l'argent dont elle venait d'hériter pour lui offrir une nouvelle garde-robe.

Et l'inspecteur avait continué de ne pas s'intéresser à elle ou à son travail.

Lord Ingram aurait aimé se dire que lui-même se serait satisfait de bien moins que cela de la part de sa propre épouse, mais il savait que cela n'avait pas été le cas. Lui aussi, il avait voulu être tout pour elle. Lui non plus, il n'avait pas estimé que c'était trop demander, même si jamais il n'aurait osé le formuler à haute voix.

Peut-être un autre homme aurait-il plus de facilité à condamner l'inspecteur Treadles, mais pas lui.

Le policier s'était levé, mais il cligna plusieurs fois des yeux avant de reconnaître Holmes.

— Mademoiselle Holmes, milord, merci d'être venus.

L'inspecteur Treadles que lord Ingram avait connu était plein d'énergie et d'assurance. Il rayonnait d'une présence autoritaire et imposante.

L'homme en face de lui, en revanche, semblait vouloir occuper le moins de place possible. Certes, il n'était pas voûté ni recroquevillé sur lui-même, mais on aurait dit qu'il tentait de se faire tout petit.

Voire invisible.

— Comment allez-vous ? s'enquit Holmes. S'est-on occupé de votre bras ?

— Bien, et oui. Merci, répondit l'inspecteur Treadles d'une voix si douce qu'elle en était... indéchiffrable.

— Je suis heureux que vous ne soyez pas dans une cellule.

— J'en ai une, mais comme l'inspecteur Brighton préfère un environnement plus élégant pour lui-même, on m'a emmené ici pour qu'il m'interroge.

Lord Ingram se souvint de ce que lui avait dit l'inspecteur Brighton. Après que Holmes et lui seraient partis, Treadles serait-il soumis à un nouvel interrogatoire ?

— Je vous en prie, asseyez-vous, dit celui-ci. Je suis désolé de ne pas avoir de thé et de biscuits à vous offrir.

Savait-il que l'inspecteur Brighton était décidé à l'inculper officiellement au plus tôt ? Lord Ingram ne pouvait imaginer que l'enquêteur n'ait pas déjà brandi cette menace. Alors à quel prix l'inspecteur Treadles parvenait-il à se montrer aussi calme, presque détaché ?

Ou alors était-il, en réalité, totalement résigné ?

Tout le monde s'assit. Lord Ingram observa la pièce. Ils étaient seuls, mais il n'aurait pas juré qu'on ne les écoutait pas.

Il se tourna vers l'inspecteur Treadles en espérant qu'il pourrait leur faire savoir si ces murs avaient des oreilles, mais l'autre avait les yeux baissés et les mains sur ses genoux, cachées sous le bureau.

Un silence tomba.

Lord Ingram jeta un regard à Holmes. Celle-ci dévisagea l'inspecteur Treadles pendant une minute, puis elle demanda d'un ton direct :

— Inspecteur, Mme Treadles vous avait-elle déjà parlé de l'une ou l'autre des victimes ?

Avait-il été surpris par cette soudaine question ? Le débit de sa voix demeura sans inflexions.

— M. Longstead, oui. M. Sullivan, non.

— À votre avis, pourquoi n'a-t-elle jamais mentionné M. Sullivan ?

L'inspecteur Brighton n'avait sans doute pas exprimé son idée seulement devant Mme Treadles. Même si l'inspecteur Treadles n'avait rien soupçonné avant la nuit fatidique, à présent on lui avait probablement fait savoir qu'à un moment ou à un autre son épouse isolée et harcelée avait plus dépendu de M. Sullivan que de lui.

— Je ne vois aucune raison, répondit l'inspecteur Treadles.

Lord Ingram savait à présent sans l'ombre d'un doute que son ami, n'ayant aucune assurance que les paroles échangées dans cette pièce ne seraient pas épiées, leur tenait exactement le même discours qu'à l'inspecteur Brighton. Mais avec Mme Treadles ? S'était-il montré aussi distant et peu loquace avec sa propre épouse ?

— Mme Treadles pensait que vous meniez une enquête dans la campagne du Kent, alors que pendant la quinzaine de jours qui a précédé les meurtres, vous étiez en congé de Scotland Yard. Pourquoi avoir menti à votre femme, inspecteur ?

Malgré son ton très mesuré, Holmes menait un interrogatoire aussi inflexible que n'importe quel inspecteur de police.

L'inspecteur Treadles fronça les sourcils mais ne montra ni colère ni contrariété, juste une patience résignée.

— Je préfère ne pas discuter de ce point.

Mais nous sommes amis ! Si vous ne nous dites rien, comment pourrons-nous vous aider ?

Holmes demeura imperturbable.

— Où étiez-vous vraiment quand elle vous croyait parti pour votre travail ?

— J'aimerais mieux ne pas aborder cela non plus.

— Quand êtes-vous revenu à Londres ?

Un muscle de la mâchoire de l'inspecteur tressaillit, signe qu'il n'était pas aussi calme qu'il voulait le montrer.

— Je ne peux pas vous le dire.

— Parce que vous l'ignorez, ou parce que vous ne souhaitez pas partager cette information avec nous ?

Lord Ingram n'avait pas pu s'empêcher de poser la question.

L'inspecteur Treadles ferma les yeux un instant.

— Je préfère ne pas répondre.

Ne voyez-vous donc pas dans quelle position intenable se trouve votre épouse ? Ne comprenez-vous pas que votre propre vie est en jeu ?

Lord Ingram passa les mains dans ses cheveux pour s'interdire de hurler ces questions.

Sans se laisser démonter, Holmes poursuivit :

— Que faisiez-vous au 33 Cold Street la nuit des meurtres, inspecteur ?

— Je n'ai rien à dire sur cela.

— Y a-t-il quoi que ce soit à propos de quoi vous auriez quelque chose à dire, inspecteur ? Votre blessure, par exemple ?

De la part de n'importe qui d'autre, la question aurait dégouliné de sarcasme… ou crépité de frustration. Holmes, toutefois, était parvenue à ne rien y mettre de plus que de la curiosité professionnelle.

Pour la première fois, l'inspecteur Treadles releva la tête.

— Je puis vous assurer que je n'ai tué ni M. Longstead ni M. Sullivan.

Holmes hocha la tête.

— Merci. Je n'ai pas d'autre question. Milord ?

Lord Ingram se massa la tempe.

— Je me dois de vous informer que l'inspecteur Brighton n'a pas l'intention de patienter longtemps, inspecteur, même si je ne doute pas qu'il vous l'ait déjà dit lui-même.

— Il a en effet déclaré qu'il avait l'intention de m'inculper le soir de Noël, mais je vous remercie néanmoins, milord, répondit calmement Treadles.

Holmes, qui n'avait pourtant pas assisté à la conversation entre lord Ingram et l'inspecteur Brighton, ne manifesta pas la moindre surprise.

Lord Ingram observa son ami muré dans sa calme obstination.

— J'espère de tout cœur que Mme Treadles et vous-même pourrez vous joindre à la partie de campagne à Stern Hollow, inspecteur.

— Rien ne me ferait plus plaisir.

— S'il y a quoi que ce soit que Sherlock Holmes ou moi puissions faire…

— Ce que Sherlock Holmes fait typiquement serait parfait pour moi. Merci de lui transmettre ma profonde gratitude, dit l'inspecteur en regardant Holmes droit dans les yeux.

Celle-ci acquiesça d'un coup de menton et se leva.

— Bonne journée, inspecteur.

À son tour, Treadles se mit debout.

— À vous aussi, mademoiselle Holmes. Bonne journée, milord. Et merci. Vous êtes les meilleurs des amis, tous les deux.

La rue de Scotland Yard s'éloignait derrière la fenêtre de la voiture quand lord Ingram demanda :

— Vous ne croyez pas que l'inspecteur Treadles ait transmis un message par code, n'est-ce pas, Holmes ?

Charlotte, qui tapotait sa perruque d'un geste absent tout en songeant que cette chevelure à la texture inhabituelle avait autrefois été la fierté d'une autre femme, secoua négativement la tête.

— Non, du moins pas par des clignements d'yeux ou des mouvements du visage.

— Pensiez-vous qu'il le ferait ?

Elle secoua de nouveau la tête.

— Il n'est pas habitué à cela et n'aurait rien pu tenter de plus complexe qu'une variante du code Morse. Si le secret qu'il a besoin de protéger est si important, il a été bien avisé de ne pas parier sur un code simpliste que d'autres auraient pu remarquer et déchiffrer.

— À votre avis, pourquoi préfère-t-il garder le silence, alors qu'il sait très bien que cela plonge son épouse dans une effroyable incertitude ?

— Vous avez une petite idée, non ?

Il poussa un soupir.

— Je préférerais ne pas en avoir.

Une hypothèse était que l'inspecteur Treadles ait commis de telles atrocités qu'il s'en tirerait à bon compte s'il n'était accusé que de ce double meurtre. Toutefois, puisqu'ils avaient éliminé cette hypothèse dès le début, ils devaient affronter la possibilité qu'il *savait* quelque chose. Et que ce quelque chose était si dangereux qu'il préférait risquer un procès – et la potence – plutôt que d'admettre en avoir connaissance.

Lord Ingram pianota sur le pommeau de sa canne sans essayer de cacher son agitation.

— Il est persuadé que ce qu'il sait pourrait mettre en danger non seulement lui-même mais aussi son épouse, n'est-ce pas ?

Ils en auraient peut-être appris plus long sur les ennuis de l'inspecteur Treadles s'ils ne s'étaient pas trouvés en France pendant les semaines passées, songeait Charlotte. Ils ne pouvaient qu'émettre des suppositions sur ce que Treadles avait découvert.

La pluie tambourinait avec force sur le toit de la voiture. Il avait neigé la semaine précédente et on avait espéré un Noël blanc, mais à présent la perspective d'un Noël pluvieux était plus probable. Au demeurant, cela ne semblait pas doucher l'enthousiasme des trois musiciens des rues qu'ils venaient de dépasser, qui exécutaient une version énergique de *Joie dans le monde* avec deux accordéons et un violon.

— Seriez-vous en train de penser à une tasse de chocolat chaud et à une tranche de cake aux fruits confits ? s'enquit lord Ingram.

Il portait un manteau bleu nuit. Elle se souvenait de ce vêtement. Lors d'une partie de campagne hivernale quelques années auparavant, alors qu'elle sortait de la bibliothèque, elle l'avait vu traverser à grands pas l'entrée de l'imposante demeure dans laquelle elle se trouvait.

Il avait toujours eu une présence physique impressionnante, mais ce n'était pas une question de taille, de corpulence ou de musculature. Cela tenait à sa manière de se tenir, à une heureuse combinaison de prestance et de fluidité par laquelle il était droit mais souple quand il était debout, et se déplaçait avec la grâce et la puissance d'un pur-sang.

Depuis l'ombre d'une rangée de hauts piliers, elle avait observé, fascinée, l'équilibre et le jeu de sa démarche, cette façon spectaculaire qu'il avait de faire quelque chose d'aussi banal que traverser un vestibule. Il ne l'avait pas vue. Au début, elle s'était réjouie de pouvoir le regarder à loisir en imaginant qu'elle faisait courir ses mains sur ce manteau, mais une fois qu'il avait franchi la grande porte, elle avait passé le reste de la journée dans un état d'apathie et de découragement, persuadée que cet homme resterait toujours hors de sa portée.

Alors était-elle sage... ou complètement folle de ne pas se jeter sur lui aujourd'hui avec le même appétit qu'elle aurait eu pour une assiette de cake après avoir triomphé du Menton Maximal Tolérable ? Le ciel savait combien elle avait envie de toucher ce manteau, ce vêtement autrefois interdit !

Elle s'avisa alors qu'il attendait toujours qu'elle réponde à sa question sur le chocolat chaud et le cake aux fruits confits.

— Je pensais à vos enfants.

Ce n'était pas tout à fait un mensonge. Elle *avait* pensé à ses enfants plusieurs fois depuis la veille au soir.

— Ils ne sont pas contrariés de rester plus longtemps à Londres ?

— Ils adorent Londres. Ils n'étaient jamais venus en ville à l'approche de Noël et sont encore ravis d'apercevoir un sapin décoré derrière une fenêtre, répondit-il, un léger sourire aux lèvres.

Elle aimait tant ce sourire qu'elle faillit ne pas poser la question suivante.

— Je suppose que vous ne leur avez pas encore parlé de la procédure de divorce ?

Il secoua la tête, et son sourire s'effaça.

— Non. J'ai décidé d'en discuter avec eux après le Nouvel An.

— Comment pensez-vous qu'ils réagiront ?

— Comme des enfants, j'espère, avec beaucoup de chagrin et d'indignation.

Il la regarda.

— En général, vous ne manifestez pas un tel intérêt pour ma progéniture.

Au lieu de tapoter le pommeau de sa canne, il le faisait à présent passer d'une main à l'autre comme s'il jonglait avec une balle. Il effectuait ce geste avec la paisible dextérité d'un prestidigitateur, mais chez lui c'était un signe d'agitation.

— Parce que je me demande si vous attendez de moi que je prenne plus de place dans leur vie, je présume.

Il se figea.

— Ce que j'ai dit hier soir vous aurait-il donné cette impression ?

— Non, mais souvenez-vous qu'à Stern Hollow, nous sommes devenus amants par nécessité.

Un demi-sourire étira ses lèvres.

— Comment pourrais-je l'oublier ?

Le cœur de Charlotte battit plus fort. Elle poursuivit :

— À la fin de l'enquête, quand je vous ai demandé pourquoi cette liaison devait cesser, vous avez répondu que je me contentais peut-être de votre corps dans un lit, mais que l'inverse n'était pas vrai. Que vous aviez déjà été malheureux pendant des années parce que vous désiriez plus que ce qu'une femme pouvait vous offrir. Et que vous ne vouliez plus vous infliger cela, surtout avec moi. C'était encore votre position il n'y a pas si longtemps. Et maintenant, vous voulez vous infliger exactement cela ?

Il la regarda dans les yeux et répondit d'un ton ferme, comme s'il négociait en affaires :

— Souvenez-vous qu'à Stern Hollow j'ai été forcé d'avouer mes sentiments pour vous devant deux enquêteurs de police alors que vous étiez là, même si vous étiez déguisée. Je n'ai pas apprécié de devoir faire cette confession et n'y aurais jamais consenti si je n'avais pas subi une telle contrainte. Par la suite, je n'ai plus voulu accepter la moindre concession.

Si vous ne m'aimiez pas comme je vous aimais, je préférais que nous ne soyons pas amants. Mais aujourd'hui...

Sa voix s'adoucit.

— Aujourd'hui, je suppose que je suis moins exigeant sur ce point. Je serais heureux que vous m'aimiez à votre façon, quelle qu'elle soit.

Charlotte eut soudain l'impression qu'on venait de frapper sur un gong immense et que tous ses organes étaient déplacés par la puissance de l'impact.

— Vous supposez beaucoup ! Vous supposez que je vous aime.

— N'est-ce pas le cas ? rétorqua-t-il calmement.

Elle baissa les yeux vers ses mains sans répondre.

Reprenant sa canne, il frappa doucement le plancher de la voiture.

— Comme je l'ai dit, quelle que soit votre façon de m'aimer, elle me conviendra très bien.

9

Cold Street était située dans un quartier relativement nouveau. Une trentaine d'années auparavant, ce n'étaient encore que des terres agricoles. À présent, son emplacement au sud de Hyde Park était considéré comme un atout. Et ses maisons de pierre et d'enduit blanc, avec leurs façades soigneusement entretenues pour les protéger de l'air crasseux de Londres, étaient assez élégantes.

Leur intérêt ne tenait pas seulement au fait que ces demeures étaient plus grandes, mais aussi à une caractéristique que ne possédaient pas les résidences plus anciennes des quartiers aristocratiques. Comme bien d'autres dans Belgravia, l'hôtel particulier de lord Ingram faisait partie d'un ensemble de résidences bâties autour d'un parc qui offrait un panorama verdoyant depuis les fenêtres situées en façade.

À l'inverse, les maisons de Cold Street et des rues adjacentes avaient été construites le dos appuyé contre un espace vert tout en longueur, qu'elles protégeaient telle une barrière. Et quand un espace était resté libre entre deux maisons, un portail en fer forgé avait été installé, de sorte que ce grand jardin restait privé.

C'est devant l'un de ces portails qu'ils descendirent de voiture. Un jeune policier dénommé Lamb, qui montait la garde, lut la lettre de Scotland Yard que lui montra lord Ingram. Il s'apprêtait à leur ouvrir le portail quand Holmes déclara :

— Lord Ingram et moi allons d'abord faire quelques pas à l'extérieur.

Pour l'instant, il ne pleuvait pas dans cette partie de Londres. La température avait monté de quelques degrés mais le vent avait forci. Lord Ingram dut poser une main sur son chapeau pour l'empêcher de s'envoler.

— Hier, j'espérais que la Serpentine gèlerait bientôt, mais aujourd'hui cela semble peu probable.

Elle observa les alentours.

— Vos enfants aiment patiner sur la glace, n'est-ce pas ?

Il la regarda quelques instants en savourant le spectacle qu'elle offrait quand elle suivait une piste. Autrefois, il aurait trouvé intolérable de lui déclarer ses sentiments et d'attendre son verdict. À présent qu'il avait franchi ce pas, il se sentait étrangement allégé. Il avait posé ses cartes sur la table et n'avait plus besoin de s'inquiéter de savoir s'il allait jouer ou comment.

— Ils adorent le patin à glace. Ainsi que Mlle Olivia, si ma mémoire est bonne.

— Livia est une excellente patineuse. Elle a essayé de m'apprendre, mais sur des patins j'ai la prestance d'un sac de farine.

Il rit doucement.

— Avec le recul, poursuivit-elle, je m'émerveille de la patience qu'elle a eue avec moi. Je n'aimais rien de ce qu'elle voulait me faire essayer et elle ne s'intéressait pas aux cakes.

Parce qu'elle était certaine de votre amour. Parce qu'elle savait que, avec vous, elle était en sécurité.

Pendant une éternité, je n'ai pas compris que, avec vous, moi aussi j'étais en sécurité.

Ils s'arrêtèrent presque en même temps, elle penchée vers le pied d'un petit buisson non loin d'une maison et lui au bord du trottoir. Des boutons. Des boutons qui ressemblaient à s'y méprendre à ceux qui restaient sur le manteau de l'inspecteur Treadles.

La longueur du jardin clos, d'environ sept cents pieds, était bien plus grande que sa largeur, d'à peu près cent cinquante pieds. Les numéros 31 et 33 étaient situés vers le milieu de son long côté ouest. Lord Ingram et Holmes se tenaient à présent sur le trottoir qui longeait son petit côté sud, juste devant un autre portail. Si c'était bien là que l'inspecteur Treadles avait été attaqué, il y avait sûrement eu des taches de sang sur le sol dans les instants qui avaient suivi, mais il avait assez plu depuis pour en laver toute trace, de sorte qu'il ne restait plus que les boutons.

Holmes sortit une pincette de sa sacoche, ramassa les boutons et les emballa dans un mouchoir. Ils continuèrent de marcher et bouclèrent le tour, mais ne virent rien d'autre de remarquable.

De retour entre le 31 et le 33 Cold Street, le policier Lamb leur ouvrit le portail et les laissa passer. À l'intérieur, ils trouvèrent une vaste pelouse bien taillée, dont l'herbe était encore verte bien que d'une nuance jaune pâle. L'endroit était ponctué de grands platanes dont la silhouette nue était un peu triste. Ici et là, on voyait des bosquets de petits arbres ou de grands buissons. On aurait pu se croire dans le parc d'une propriété à la campagne, à condition d'oublier les maisons qui longeaient les limites de ce vaste jardin boisé.

Un sentier de gravier serpentait à travers la pelouse. Holmes s'y engagea et le remonta sur une trentaine de pieds avant de se tourner pour observer les deux maisons en question.

— En fait, on peut voir à l'intérieur du numéro 31 depuis le numéro 33 et inversement, dit-elle.

Cela à cause de l'espace qui séparait les deux demeures… et parce que les architectes de chacune avaient placé des fenêtres sur les côtés.

Le policier, qui était parti ouvrir le numéro 33 et se tenait près de la porte arrière de cette maison, les invita à entrer.

— Constable Lamb, cette porte était-elle ouverte quand la police est arrivée ici ? s'enquit Holmes.

— Non, mademoiselle. Seulement celle de devant.

Elle inspecta l'entrée de derrière.

— Cette maison est inhabitée, si je comprends bien ?

— Pas de locataires en ce moment, mademoiselle, confirma le jeune policier. Personne depuis l'été.

Elle arqua un sourcil.

— Ce paillasson semble assez neuf, pourtant.

Quand elle voulait encourager quelqu'un à parler, avait remarqué lord Ingram, son expression s'animait. À l'inverse, quand elle désirait qu'un interlocuteur cesse de mentir, son visage se faisait de plus en plus opaque.

Après avoir quitté Scotland Yard, elle s'était débarrassée du maquillage et des accessoires qui l'avaient fait paraître différente et plus âgée. Il aimait voir son vrai visage plein de vivacité ; le changement était presque aussi saisissant qu'une coupe de cheveux radicale.

Le zélé constable Lamb ne la déçut pas.

— C'est parce que Mlle Longstead, du numéro 31, se rend régulièrement dans la maison.

— Le numéro 33 appartenait aussi à M. Longstead ?

— Oui, mademoiselle.

Cela n'avait rien d'exceptionnel. Mme Watson, par exemple, possédait plusieurs maisons près de la sienne, dont celle du 18 Upper Baker Street. Quand on habitait un quartier, on en comprenait les particularités et on repérait vite les bonnes affaires. Sans compter qu'il était plus facile de garder un œil sur ses biens s'ils étaient proches.

Elle se tapota le menton de son doigt ganté.

— Pourquoi Mlle Longstead utilise-t-elle le numéro 33 ?

— Le grenier avait été transformé en atelier de peintre par les occupants précédents. Je crois que Mlle Longstead s'en sert pour réaliser des extraits et autres essences de plantes.

Lamb secoua la tête.

— C'est une honte que la maison ait été saccagée. Les domestiques du 31 ont tout nettoyé après le passage de l'inspecteur Brighton et du photographe, mais avant c'était plein de choses brisées.

Et on avait fait feu sur la porte à deux reprises.

Les doigts de lord Ingram frémirent. Holmes émit un claquement de langue désapprobateur.

Ils entrèrent dans la maison par la salle à manger, qui se trouvait comme souvent au rez-de-chaussée, sur l'arrière. Les meubles étaient protégés par de grandes housses, la table et les chaises formant un ensemble et les buffets un autre. Le plancher était également couvert de draps de protection.

— Je crois comprendre que les agents qui ont découvert les corps en premier sont entrés par la porte de devant. Et ceux qui sont venus ensuite ?

— Par la porte principale également, mademoiselle, pour ce que j'en sais.

Le constable Lamb s'engagea plus loin dans la maison d'un pas tranquille, s'attendant sans doute à ce qu'ils le suivent. Holmes, toutefois, s'agenouilla pour examiner les draps de protection.

La salle à manger disposait de trois fenêtres, deux donnant sur le jardin et une vers le numéro 31. Seuls les rideaux de celle-ci avaient été ouverts, laissant entrer la pâle lumière d'un matin pluvieux et offrant un aperçu du numéro 31, une maison en deuil aux volets soigneusement clos.

Lord Ingram ouvrit les rideaux des autres fenêtres.

À présent, il y avait assez de lumière pour qu'il remarque tout un réseau d'empreintes de pas. Si aucune n'était particulièrement boueuse ou prononcée, on voyait que la plupart avaient été laissées par des bottes masculines – celles des policiers sortant par la porte de derrière pour jeter un coup d'œil au jardin, puis revenant à l'intérieur.

Il retint son souffle en priant pour ne pas y reconnaître les traces de délicates chaussures du soir d'une dame – de Mme Treadles. Il n'en vit pas, mais il remarqua quelques gouttes rouge sombre dessinant une ligne droite en direction de l'intérieur de la maison.

Le passage de l'inspecteur Treadles ?

Holmes s'accroupit près d'une tache non loin de la table et des chaises. Elle sortit sa loupe – qu'il lui avait offerte quelques années plus tôt pour son anniversaire – puis la lui tendit quand il s'assit sur ses talons à côté d'elle.

Un premier regard à la housse de protection ne lui révéla rien sortant de l'ordinaire, et même à l'aide de la loupe il ne remarqua aucun détail inhabituel. C'est seulement quand il approcha son visage du plancher, en veillant à ne pas bloquer la lumière, qu'il vit ce qu'elle voulait qu'il voie.

De longs cheveux châtain clair, presque invisibles contre la housse gris-brun.

Mme Treadles avait les cheveux châtain clair.

Ils se relevèrent en échangeant un regard entendu, puis elle lui reprit la loupe et s'approcha de taches qu'il supposa être du sang. Suivant les traces, ils quittèrent la salle à manger et s'approchèrent de la cage d'escalier, où ils aperçurent des empreintes de bottes ensanglantées qui descendaient.

Il songea aux bottes éclaboussées de sang de l'inspecteur Treadles.

— C'est un peu comme ça jusqu'au grenier – les taches de sang, pas tellement les traces de bottes, je veux dire, les prévint Lamb depuis le palier supérieur. Voulez-vous d'abord voir la scène du crime ?

Deux étages plus haut, dans la chambre à coucher où les meurtres s'étaient déroulés, Holmes passa un moment à étudier la porte, qui montrait des traces de violents coups de pied, puis elle porta son attention sur les silhouettes tracées à la craie sur les draps de protection.

— Ces marques... indiquent-elles la position des victimes ?

— Tout à fait, mademoiselle Holmes. M. Longstead ici, et M. Sullivan là.

La silhouette de M. Longstead était la plus proche de la porte. Une grande flaque de sang teintait le drap à cet endroit. Une plus petite se trouvait là où M. Sullivan avait reçu une balle dans le front, au pied du lit couvert d'une housse, la tête sous une fenêtre qui ouvrait vers le numéro 31.

Une ligne d'empreintes de bottes rouges menait à deux fenêtres de l'autre côté du lit, donnant sur la rue. De nouveau, l'image des semelles imbibées de sang de l'inspecteur Treadles lui vint à l'esprit.

— Par hasard, constable Lamb, étiez-vous ici hier ?

— Oui, mademoiselle. Je n'ai pas découvert les corps, mais j'étais avec les hommes que le constable Wells a fait venir du poste.

Holmes posa son menton dans l'espace entre le pouce et l'index de sa main droite – ses gestes aussi se faisaient plus nombreux quand elle était d'humeur à encourager les confidences.

— Donc, vous avez vu comment étaient étendues les victimes avant qu'on les déplace ?

— J'ai aussi aidé à les emmener après le passage du photographe.

Elle demanda au constable Lamb de leur montrer dans quelle position se trouvaient les hommes. Il s'exécuta en s'étendant sur les draps – mais pas sur les silhouettes, de peur que le sang n'ait pas encore totalement séché.

Sa représentation de la posture de M. Longstead dans la mort montra celui-ci couché sur le dos, un bras étendu, l'autre recouvrant la blessure à sa poitrine. M. Sullivan, à quelques pas de là, était recroquevillé sur lui-même, jambes pliées, un bras pris sous son corps, le visage presque enfoui sous un drap de protection.

— Une lanterne de poche se trouvait juste là, expliqua le policier en tapotant le rebord de la fenêtre sous laquelle M. Sullivan avait été étendu, celle qui donnait vers le numéro 31.

Lord Ingram trouvait tout cela assez inexplicable. S'il en jugeait à la façon dont M. Longstead était tombé, l'assassin devait s'être trouvé face à la porte. Mais s'il en croyait le médecin légiste, pour que M. Sullivan ait reculé en vacillant et heurté l'arrière de sa tête contre le rebord de la fenêtre en tombant, il fallait que le tir qui lui avait été fatal ait été tiré *depuis* la direction de la porte.

Si M. Longstead avait été tué le premier et que M. Sullivan s'était trouvé dans la pièce à ce moment-là, celui-ci n'aurait-il pas couru vers la porte et reçu la balle dans le dos plutôt que dans le front ?

Si c'était sur M. Sullivan qu'on avait tiré d'abord, pourquoi M. Longstead avait-il laissé ensuite le meurtrier s'approcher de lui et poser son arme contre son torse ? Ou M. Longstead était-il arrivé trop tard pour assister à la mort de son neveu ?

— Où était l'inspecteur Treadles ? demanda Holmes.

Le policier désigna les fenêtres côté rue.

— Ils ont dit qu'il était accroupi derrière le lit, son arme à la main.

Holmes contourna le lit et souleva le châssis de l'une des fenêtres à guillotine. Les mains sur le rebord, elle se pencha pour regarder dehors.

— Vous qui êtes un peu plus agile que moi, milord, dit-elle en cédant sa place à lord Ingram, pensez-vous que vous auriez pu quitter la maison par cette fenêtre ?

Ils étaient au deuxième étage, mais la façade était ornée ; en dessous et au-dessus des fenêtres dépassaient des corniches qui couraient le long de toutes les maisons de la rue.

Il aurait pu sans trop de difficulté se tenir à l'architrave, juste en dessous de cette fenêtre, et se laisser tomber sur l'étroit balcon de l'étage inférieur. De là, pour atteindre le trottoir, il lui aurait encore fallu sauter en évitant la grille de fer forgé devant la maison, qui protégeait l'escalier menant à la porte de service en sous-sol, mais le défi n'était pas insurmontable.

Dans des circonstances normales.

— Si je pouvais y voir, pas de problème, mais n'y avait-il pas un épais brouillard cette nuit-là ?

Était-ce pour cette raison que l'inspecteur Treadles s'était tenu à la fenêtre sans l'enjamber ? Parce que la nuit sombre et brumeuse l'empêchait d'y voir suffisamment pour descendre ?

Quand lord Ingram pivota sur ses talons, Holmes inspectait la housse qui couvrait le lit.

— Auriez-vous l'obligeance, messieurs, de soulever ce drap pour que je jette un coup d'œil en dessous ?

Ils s'exécutèrent.

Lord Ingram ne put qu'admirer Holmes. Elle avait placé le jeune policier de l'autre côté du lit, tenant la housse avec ses deux bras au-dessus de sa tête, de sorte qu'il ne pouvait voir qu'elle inspectait le matelas avec sa loupe.

Quand les deux hommes remirent le drap en place, il s'interdit de lui demander ce qu'elle avait cherché.

Ou si elle l'avait trouvé.

— Puis-je effectuer un rapide croquis de cette pièce ? demanda-t-elle à Lamb.

— Je ne vois pas pourquoi vous ne pourriez pas, mademoiselle.

Holmes n'était pas exactement une artiste accomplie. À un âge où la plupart des dames pouvaient réaliser *quelque chose* à l'aquarelle, jamais il ne l'avait vue esquisser quoi que ce soit, même un motif aussi rudimentaire qu'un bouquet de fleurs ou un paysage de campagne.

En revanche, elle avait des talents pour le dessin technique. Quand les touristes à la plage peignaient des marines, elle représentait des vaisseaux ou des cabines de bain aux airs de plans d'architecte. Un jour, elle lui avait envoyé le croquis d'un nautile vu en coupe, une superbe image, à la fois organique et très architecturale. Il l'avait toujours dans un carton à dessin au fond de son dressing-room à Stern Hollow, avec la plupart des lettres qu'il avait reçues d'elle.

En quelques minutes, elle réalisa un plan vraisemblable de la pièce, avec l'emplacement des fenêtres et la position des victimes. Elle rangea son carnet de croquis dans sa sacoche, puis ils quittèrent la chambre et Lamb commença à descendre l'escalier.

— Et le grenier, constable ?

— Oh, il a été refermé à clé. Mme Coltrane, la gouvernante du numéro 31, a demandé à l'inspecteur Brighton qu'on verrouille l'accès. Elle a dit qu'elle se sentait trop mal à l'aise s'il restait ouvert, et qu'elle était sûre que ce serait encore pire pour Mlle Longstead. Et l'inspecteur Brighton a accepté.

— Très bien, dit Holmes. Alors je pense qu'il est temps maintenant que lord Ingram et moi rendions visite au numéro 31.

La femme qui les accueillit au numéro 31 était d'une beauté exceptionnelle.

Son teint cuivré et la texture de ses cheveux témoignaient de son héritage africain, ses yeux vert doré de ses origines européennes.

Des yeux à présent gonflés et rougis par les larmes.

— Veuillez nous pardonner de vous déranger dans votre chagrin, mademoiselle Longstead, dit lord Ingram.

Elle serra son mouchoir bordé de noir, mais dont l'impeccable blancheur ressortait contre sa robe de deuil en sergé de soie.

— Je préférerais maîtriser un peu mieux mes émotions, mais le choc de la disparition de mon oncle a été terrible. Je n'arrive pas à croire qu'il est parti.

— Nous sommes tout à fait désolés, fit Holmes.

— Aujourd'hui, je suis allée jusqu'à la porte de son bureau pour lui dire quelque chose, avant de me souvenir qu'il n'est plus avec nous. Même maintenant, je m'attends à ce qu'il entre dans la pièce et demande à quoi riment ces absurdités.

Par « absurdités », elle faisait sans doute référence aux draps noirs qui couvraient à présent fenêtres et miroirs, assombrissant le salon et lui conférant une atmosphère un peu macabre. Les senteurs boisées de conifère fraîchement coupé flottaient encore dans l'air mais le sapin, ainsi que toutes les décorations installées soit pour Noël, soit pour la fête d'entrée dans le monde de la jeune femme, avaient disparu.

Mlle Longstead essuya de nouvelles larmes.

— Je suis désolée. En général, je suis un peu plus alerte.

— Je vous en prie, mademoiselle Longstead, vous n'avez pas à vous excuser pour votre chagrin, répondit Holmes. Un être cher vous a été cruellement enlevé, et votre réaction est tout à fait naturelle.

— Merci, mademoiselle Holmes.

Un domestique apporta un plateau de thé, et Mlle Longstead servit tout le monde.

Pendant que Holmes ajoutait lait et sucre dans sa tasse, Mlle Longstead glissa son mouchoir dans sa manche.

— Si j'ai accepté de vous recevoir dans un tel moment, mademoiselle Holmes, c'est à cause du nom de Sherlock Holmes, déclara-t-elle. Je suis en ville depuis l'été et j'ai été absolument fascinée par ses brillantes déductions dans l'affaire Sackville – alors qu'il n'était pas sur les lieux ! Même si en ce moment je ne devrais recevoir personne, je suis très désireuse d'entendre l'avis du grand sage sur ce qui a bien pu se passer.

Lord Ingram fut reconnaissant à Mlle Longstead d'avoir le tact de ne pas mentionner l'affaire de Stern Hollow, qui avait également beaucoup fait pour le prestige de Sherlock Holmes.

— Vous souhaiterez peut-être savoir, mademoiselle Longstead, que c'est Mme Treadles qui a engagé le « grand sage », comme vous l'appelez, pour découvrir la vérité sur ces événements, déclara Holmes.

— On m'en a informée, mais j'ai confiance : si Sherlock Holmes s'engage à découvrir la vérité, c'est bien la vérité qu'il exhumera. Sa réputation le précède.

— Sherlock sera flatté de savoir que vous appréciez autant sa renommée professionnelle, mademoiselle Longstead, dit Holmes que l'admiration sincère de la jeune femme faisait sourire. Je crois savoir que ces événements malheureux ont eu lieu la nuit de la fête de votre entrée dans le monde ?

Mlle Longstead poussa un soupir.

— Au début, je n'étais pas favorable à cette soirée. Avec mon physique, on me regarde dès que je sors de la maison, alors supporter toute une soirée que des gens me dévisagent à loisir… rien ne me déplaisait autant.

» Mais Oncle John n'a rien voulu entendre. J'ai été surprise par son insistance. Si nous cohabitions dans une telle harmonie, c'était en partie parce que nous préférions l'un comme l'autre une vie paisible, consacrée à la recherche de la connaissance et du progrès plutôt qu'aux mondanités. Et il a organisé cette fête du jour au lendemain. Cela non plus ne lui ressemblait pas. Il n'était pas de tempérament autoritaire et me demandait souvent mon avis, mais cette fois il avait pris sa décision et ce n'était pas négociable.

Mlle Longstead saisit la pince à sucre, qu'elle regarda d'un air perdu.

— Vous avez déjà mis deux sucres dans votre thé, lui rappela Holmes.

— Merci, c'est bon à savoir, répondit Mlle Longstead avec un petit sourire embarrassé avant de reposer la pince. Où en étais-je ? Ah oui. Cette précipitation m'a déstabilisée également. Si je devais être sous les regards pendant une soirée entière, il aurait été logique que j'aie du temps pour me préparer, acheter une robe assez élégante et, tout aussi important, prendre quelques leçons de danse.

— Je me suis laissé dire que vous aviez été éblouissante.

L'expression de Mlle Longstead tenait le milieu entre le sourire et la grimace. Le souvenir de ses glorieux débuts serait terni à jamais par ces meurtres.

— Nous avons pu commander une jolie robe. Et Oncle John m'a appris lui-même à danser.

Une lueur nostalgique passa dans son regard.

— Je ne le savais pas aussi bon danseur. Il m'a dit qu'il avait appris à danser pour séduire une jeune dame qui adorait les soirées. Et qu'il avait gagné sa main. Mais elle est morte de maladie avant qu'ils aient le temps de se marier. Il a dit qu'il avait été profondément affecté de voir une personne si pleine de vitalité emportée aussi jeune.

» Je regrette de ne pas avoir plus profité de ces quelques heures. Je veux dire, je l'ai fait mais je craignais que la soirée se passe mal et que je ne supporte pas la curiosité des gens, ou au contraire que les invités ne viennent pas ou qu'aucun gentleman ne m'invite à danser.

Elle prit une gorgée de thé et secoua la tête.

— Avec le recul, je vois que mes inquiétudes n'avaient aucun fondement, mais sur le moment elles étaient aussi terribles qu'une avalanche imminente. Si j'avais su qu'il disparaîtrait aussi vite... Je pensais que nous mènerions encore longtemps une existence paisible et sans histoires, jusqu'à ce qu'il parvienne à un âge avancé.

Holmes laissa passer quelques secondes.

— À part sa soudaine insistance pour fêter vos débuts, y a-t-il eu des changements chez lui durant les jours et les semaines qui ont précédé la soirée ?

Mlle Longstead fit la grimace.

— Je ne l'ai pas beaucoup vu pendant cette période, mademoiselle Holmes.

— Ah non ?

— Mon oncle avait déposé un certain nombre de brevets à son nom. Depuis des années il m'enseignait les mathématiques, la physique, en particulier la thermodynamique, des principes d'ingénierie, entre autres, mais ma vraie passion a toujours été la chimie. Il le déplorait, parce qu'il n'aimait pas l'odeur des expériences chimiques. Chez nous à la campagne, il avait fait convertir une dépendance en laboratoire pour moi. Ici, en ville, je me suis mise à l'élaboration d'huiles essentielles et autres extraits, et je me suis découvert une passion pour cette branche de la chimie liée aux parfums. Récemment, j'ai envisagé de faire passer ma production à l'échelon supérieur, dans l'atelier de l'autre maison…

— Vous voulez parler du numéro 33 ? murmura Holmes.

— Oui, du numéro 33. C'était une autre raison de mon refus de faire mes débuts dans le monde. Tout ce qui m'intéressait, c'était de concevoir de nouveaux équipements et de réaliser des essais.

Sous son chagrin, lord Ingram décelait un écho de l'excitation qu'elle avait dû ressentir pour son activité et de sa fierté de faire évoluer celle-ci.

— En vérité, l'approche de la soirée me donnait encore plus envie de me réfugier dans l'atelier du numéro 33. Résultat, je n'ai pas beaucoup vu mon oncle ces derniers jours, sauf pour nos entraînements de danse, et même alors je n'étais pas très attentive.

Des larmes jaillirent de nouveau des yeux de Mlle Longstead. Elle les essuya du bout des doigts.

— Je suis désolée.

— Je vous en prie, ne vous excusez pas, dit Holmes avec plus de gentillesse que lord Ingram n'avait coutume d'en voir chez elle. S'il vous est impossible de nous parler des journées qui ont précédé la fête, pouvez-nous nous dire si vous avez remarqué quoi que ce soit d'inhabituel au cours de la soirée ?

— Malheureusement, je suis presque aveugle sans mes lunettes. Vous auriez dû me voir avec aujourd'hui mais j'ai tant pleuré que je n'ai cessé de les mettre et de les enlever, si bien que désormais je ne sais même plus où elles sont.

Mlle Longstead esquissa un sourire navré.

— Et, bien entendu, toutes les femmes de la maison m'ont fermement déconseillé de porter mes lunettes pour la fête. Même mon oncle estimait préférable que je m'en passe.

» Je peux voir le visage de quelqu'un qui se tient juste devant moi, mais à cinq pieds, ses traits deviennent flous. À dix pieds, je peux distinguer un homme d'une femme à sa tenue et à sa coiffure. Et si j'ai fait attention auparavant, je reconnais une femme en particulier à la couleur ou à la coupe de sa robe, mais à cette distance je ne peux pas distinguer les hommes les uns des autres, surtout s'ils ont à peu près la même taille ou la même tenue – en général, ils sont tous habillés à l'identique dans les occasions mondaines.

— Les faits et gestes de votre oncle, de M. Sullivan ou de Mme Treadles vous ont donc totalement échappé ?

— Quelquefois, je reconnaissais mon oncle à sa crinière blanche. Et à son tour de taille – il s'était un peu arrondi, ces dernières années. Mme Treadles avait une robe modeste, toute noire à part une bordure lavande aux poignets, je crois. Elle porte toujours le deuil de son frère et ne serait sans doute pas sortie ce soir-là si ce n'était pour nous soutenir, mon oncle et moi, car elle savait que je craignais que les gens ne viennent pas.

» Tous les deux jetaient de temps en temps un coup d'œil sur moi, ou du moins Mme Treadles l'a-t-elle fait jusqu'à ce qu'elle parte à cause d'une migraine aggravée par la lumière de toutes les bougies. Quant à M. Sullivan, nous nous sommes très peu croisés. Il n'était pas assis près de moi à table, et ne m'a pas invitée à danser. Et quelle que soit la distance, je ne l'aurais pas distingué des autres messieurs, donc je ne sais vraiment rien de ce qu'il a fait ce soir-là.

Sa voix s'était faite plus froide tandis qu'elle parlait de son cousin. Lord Ingram se demanda comment M. Sullivan s'y était pris pour s'attirer son mépris. Sûrement pas de la même façon qu'il avait retourné l'opinion de Mme Treadles contre lui.

Le changement dans les intonations de Mlle Longstead ne pouvait avoir échappé à Holmes, mais celle-ci se contenta de demander :

— Comment votre oncle vous semblait-il ?

— À la fois inquiet et excité. Exactement comme moi.

Mlle Longstead fit passer son pouce sur l'anse délicate de sa tasse de porcelaine.

— Les messieurs de Scotland Yard m'ont posé les mêmes questions hier ; ils voulaient savoir s'il s'était passé quelque chose de particulier pendant la soirée. Le seul événement notable auquel j'ai pensé alors, et le seul auquel je pense aujourd'hui, c'est que j'ai vu quelqu'un entrer au numéro 33 par l'arrière.

Holmes, qui étudiait l'assortiment de biscuits proposés, leva les yeux.

— Je vous en prie, poursuivez. Avez-vous noté l'heure, par hasard ?

Mlle Longstead secoua la tête.

— Je n'avais pas de montre sur moi et je ne voyais pas le cadran de l'horloge comtoise dans l'angle de la salle.

— Et votre carnet de danse ? Si nous savions quelle danse correspondait à ce moment, nous pourrions estimer l'heure.

— Nous n'en avions pas fait imprimer. Nous recevons si rarement que lorsque nous y avons pensé, il était trop tard. Mme Treadles nous a assuré que pour une petite réception, ce n'était pas absolument indispensable. Elle a dit que les musiciens décideraient de ce qu'ils joueraient au fur et à mesure. De cette façon, sans carnet rempli à l'avance, je n'ai pas eu à craindre de manquer une danse promise. À un moment, je me suis juste excusée et suis sortie au jardin pour prendre l'air.

— Vous souvenez-vous du morceau qu'on jouait quand vous étiez dehors ?

— Non, je suis désolée. Je n'ai pas une bonne mémoire pour la musique.

Les grands bals suivaient souvent un ordre précis pour les danses – tant de quadrilles, tant de valses, quelques galops et polkas –, mais dans la mesure où cela avait été laissé à l'appréciation de l'orchestre, même si Mlle Longstead avait gardé en mémoire la mélodie qu'on jouait dans la maison à ce moment-là, les musiciens ne se seraient sans doute pas rappelé à quelle heure ils l'avaient exécutée.

Holmes ne sembla pas s'émouvoir de cette difficulté supplémentaire.

— Ne faisait-il pas froid, au jardin ?

— Assez, mais il faisait très chaud dedans, et j'avais besoin d'un peu d'air frais quelques instants.

Je me tenais quelque part au milieu de la pelouse pour regarder le ciel. Soudain, en me retournant, j'ai vu quelqu'un s'introduire dans l'autre maison.

— En étiez-vous éloignée ?

— D'une quarantaine de pieds.

— À cette distance, que pouvez-vous voir ?

— Les mouvements, ce genre de choses. Ma vision nocturne n'est pas mauvaise et ces maisons sont couvertes d'enduit blanc. Une silhouette sombre qui se découpe contre un mur blanc, je peux la voir.

— Savez-vous de qui il s'agissait ?

— Pas du tout, mais j'ai eu l'impression que c'était une femme. Il y avait quelque chose dans sa silhouette…

— N'avez-vous pas trouvé alarmant que quelqu'un s'introduise au numéro 33 ?

Mlle Longstead toussa pour éclaircir sa voix.

— J'ai vingt-quatre ans, mademoiselle Holmes. Je ne suis plus exactement de toute première jeunesse. Mme Coltrane m'avait prévenue qu'il se passe parfois certaines choses dans les réunions festives, même si les comportements douteux sont plus fréquents dans les maisons de campagne, où les gens séjournent plusieurs jours, que dans les soirées dansantes en ville. Cela dit, avant le début du bal nous avons fermé à clé les chambres de la maison – au numéro 31 – précisément pour cette raison.

» Alors, quand j'ai vu cette femme s'introduire au numéro 33, c'est ce que j'ai pensé : c'était illicite, mais pas criminel. Il n'y avait rien à voler à l'intérieur, rien du moins qui soit facile à emporter. À l'exception de la porte entre la salle à manger et le vestibule qui donne sur l'escalier, ouverte pour que je puisse monter au grenier, toutes les pièces de la maison étaient verrouillées. Et le grenier l'était à double tour.

Raison pour laquelle on avait tiré à deux reprises sur la porte qui y menait ?

— En fait, quand j'ai vu la femme entrer au numéro 33, j'ai surtout pensé qu'il valait mieux ne pas attirer l'attention sur elle, de crainte de mettre tout le monde dans l'embarras, voire de créer un scandale. Dans ce but, je suis immédiatement retournée à la fête, au cas où quelqu'un sortirait pour me chercher et en verrait plus que nécessaire.

» Tout de même, je voulais qu'au moins une personne en soit informée. J'ai cherché mon oncle mais, avant de le trouver, j'ai de nouveau été invitée à danser à plusieurs reprises. Enfin, j'ai pu échanger quelques mots avec mon amie, Mlle Yates, et c'est seulement ensuite que j'ai réussi à trouver mon oncle et à lui parler de la personne qui était entrée dans la maison d'à côté.

— La personne ? Pas la femme ?

— J'avais peur d'être calomnieuse en affirmant que c'était une femme, même si j'en étais certaine.

— Comment M. Longstead a-t-il réagi ?

— Il a… Il n'a pas paru aussi alarmé que je m'y étais attendue. Il m'a dit de ne pas m'inquiéter de ce que j'avais vu, de retourner jouer les reines de la soirée et de le laisser s'occuper de ce détail sans importance. Et je n'y ai plus pensé jusqu'à ce que… tout le reste arrive.

Elle baissa les yeux vers ses mains, serrées sur ses genoux. Holmes prit une assiette de biscuits et la lui tendit. À la surprise de lord Ingram – pour sa part, les émotions douloureuses lui coupaient l'appétit –, Mlle Longstead en prit un, le mangea et parut se ressaisir.

— Merci, mademoiselle Holmes, dit-elle.

— Rien de tel qu'un bon rocher à la noix de coco pour tenir le coup.

Holmes choisit un biscuit à son tour et en croqua une bouchée.

— Quand vous êtes revenue dans la maison, avez-vous vu Mme Treadles ou M. Sullivan ?

— Ni l'un ni l'autre. J'ai tout de suite été invitée à danser.

Mlle Longstead esquissa un petit sourire.

— C'était plutôt amusant de danser, à condition que votre cavalier ne vous fasse pas vous cogner contre les autres couples. Et de toute façon, je n'y voyais rien au-delà de mon périmètre immédiat.

— À votre avis, combien de temps s'est-il passé entre le moment où vous avez vu cette femme entrer au numéro 33, et celui où les invités ont commencé à partir parce que le brouillard tombait ?

Mlle Longstead fronça les sourcils d'un air pensif.

— Je suis désolée, je ne suis pas douée pour estimer les durées. Quand je m'ennuie, vingt minutes me semblent aussi longues qu'une heure, et inversement quand je suis très concentrée.

— Je vous en prie, ne vous inquiétez pas pour cela, répondit Holmes d'un ton très rassurant. Parlez-moi plutôt de ce que faisait M. Sullivan la dernière fois que vous l'avez vu, et votre oncle également.

— Je crois avoir vu M. Sullivan parler avec Mme Treadles à un moment, avant une danse. Mais à la fin de cette danse, quand j'ai de nouveau aperçu Mme Treadles, elle était en compagnie d'une autre dame.

» La dernière fois que j'ai vu mon oncle, c'est quand je l'ai informé que quelqu'un s'était introduit au numéro 33. Il m'a demandé si je passais une bonne soirée et j'ai répondu que oui, bien plus que je ne m'y étais attendue. Alors il m'a adressé un sourire joyeux et m'a dit : « Vous voyez, je vous avais promis que tout se passerait à merveille. » Et... et c'est la dernière fois que je l'ai vu vivant.

— Vous n'avez pas eu besoin de lui par la suite ?

— Avant le début de la fête, il nous avait prévenues, Mme Coltrane et moi, qu'il resterait aussi longtemps que possible mais ne tiendrait peut-être pas jusqu'à la fin de la soirée. En ne le voyant plus, j'ai simplement supposé qu'il était monté se coucher.

Holmes laissa passer quelques instants avant de demander très doucement :

— Et c'est alors qu'on a frappé à la porte ?

Mlle Longstead porta la main à sa tempe, comme pour rajuster ses lunettes, et dut se souvenir avec un temps de retard qu'elle ne les portait pas car elle la laissa retomber.

— J'étais au lit, mais je ne pouvais pas dormir. La soirée avait été excitante. Surprenante. Tout s'était si bien passé que j'en étais encore stupéfaite. Je me sentais... Je suis sûre que c'est terriblement superficiel, mais je me sentais... peut-être pas acceptée à proprement parler, mais j'avais l'impression d'avoir fait un grand pas.

» Il n'y avait sans doute pas de quoi être aussi enthousiaste, mais si jusqu'à présent j'avais préféré ne pas avoir de vie sociale, c'était en partie parce que je savais que j'étais à l'abri, que dans cette maison j'étais protégée par le fait que mon oncle m'acceptait. Je ne savais pas comment je me débrouillerais ailleurs qu'ici. Après cette fête, pour la première fois, j'ai pensé que j'étais peut-être capable d'interagir seule avec le monde extérieur, sans me ridiculiser.

Ce désir de trouver sa place fit vibrer une corde en lord Ingram. Il avait fait tant de mauvais choix dans la vie parce qu'il cherchait à se faire accepter ! Et les obstacles que cette jeune femme avait dû écarter étaient bien plus lourds que les siens.

— Finalement, poursuivit-elle, je me suis endormie et il m'a semblé que le vacarme à la porte s'élevait juste à cet instant-là. Quand j'ai ouvert les yeux et vu qu'il faisait nuit noire, j'étais confuse et désorientée. Mme Coltrane, notre gouvernante, était à mon chevet et me disait des choses que je n'arrivais pas à croire, et qu'aujourd'hui encore j'ai du mal à croire.

» Je l'ai regardée un moment sans comprendre quand elle a dit que la police demandait que quelqu'un de la maisonnée vienne identifier les victimes à côté. Elle a proposé d'y aller mais je lui ai répondu que non, que si quelqu'un devait s'en charger c'était moi. Ensuite, je suis allée à la chambre de mon oncle et j'ai frappé à la porte, mais en l'ouvrant j'ai vu que son lit était vide… et n'avait jamais été défait.

Lord Ingram pouvait imaginer la scène : la jeune femme avait été certaine que M. Longstead dormait dans son lit et allait parfaitement bien. Que tout allait parfaitement bien dans ce petit monde paisible dont il avait été le gardien.

— Je suis revenue dans ma chambre, me suis habillée et ai pris mes clés, sans penser que je n'en aurais pas besoin puisque les portes qu'elles ouvraient n'étaient plus fermées, poursuivit la jeune femme, le visage inexpressif et la voix monocorde, comme si elle racontait l'expérience d'un parfait étranger.

Comme si c'était sa seule façon d'aller au bout de son compte rendu.

— Ensuite, Mme Coltrane et moi sommes allées ensemble au numéro 33. Quand nous sommes arrivées, on nous a demandé si nous savions quoi que ce soit sur le grenier de cette maison. Je leur ai expliqué que c'était mon atelier. On m'a répondu qu'il avait été détruit. Je…

Elle se passa une main sur le visage.

— Je me moquais éperdument de l'atelier. Puis quelqu'un a désigné l'inspecteur Treadles et m'a demandé si je le connaissais. J'ai hoché la tête. J'étais dans un tel état de choc que je ne me suis pas demandé ce qu'il faisait là. Même après avoir identifié mon oncle et M. Sullivan pour la police, puis être redescendue et l'avoir de nouveau vu, il ne m'est pas venu à l'esprit qu'il puisse avoir un quelconque rapport avec tout ceci. Je lui ai même demandé s'il savait ce qui s'était passé. Il a secoué la tête.

Holmes lui laissa le temps de prendre du thé et de manger un demi-biscuit.

— D'après vous, pourquoi quelqu'un en aurait-il voulu à la vie de votre oncle ?

— Cela m'échappe. Mon oncle est… était un homme merveilleux, une âme bienveillante, aimante et généreuse. Je ne peux même pas envisager que l'inspecteur Treadles – lui entre tous ! – ait pu faire cela.

Elle se pencha en avant.

— Voyez-vous, mon oncle avait très envie que Mme Treadles réussisse. Il trouvait terriblement injuste que les chefs de service et les directeurs lui fassent obstruction. Leur rôle aurait dû être de l'aider, pas de la tenir à l'écart de l'entreprise qui était la sienne de plein droit.

— Il vous parlait de ce qui se passait aux Industries Cousins ?

— Pas beaucoup, mais parfois il sortait d'une réunion assez découragé. Quand je l'interrogeais, voilà ce qu'il me disait, qu'il n'aimait pas ce qui arrivait à Mme Treadles.

— Est-il plausible qu'il ait fait semblant d'être son allié, mais qu'en réalité il ait été opposé à sa présence ?

Une expression de complète incrédulité se peignit sur les traits de Mlle Longstead.

— Non, cela ne lui ressemble pas du tout ! S'il avait estimé que la place de Mme Treadles n'était pas chez Cousins, il le lui aurait dit franchement.

Au moins, Mme Treadles ne s'était pas trompée en le considérant comme un allié.

Lord Ingram soupira. Son soulagement semblait hors de proportion avec la confirmation qu'ils venaient de recevoir, mais Mme Treadles avait déjà été cruellement déçue par les hommes dans sa vie et il avait eu envie que M. Longstead ne soit pas de ceux-là.

— Il retrouvait chez elle quelque chose de son père, poursuivit Mlle Longstead avec une ferme conviction. Même si M. Cousins était un homme d'affaires, mon oncle avait une immense estime pour lui et une grande admiration pour sa générosité d'esprit. D'après lui, son fils n'avait pas hérité de ses qualités, mais Mme Treadles possédait en abondance l'intelligence, la sensibilité et la noblesse de caractère, tout ce qui permet de réussir dans les affaires sans y laisser son âme.

» Il avait été très heureux qu'elle lui demande d'être son conseiller. Il la considérait comme la véritable héritière de son ami et espérait une renaissance pour Cousins.

De nouveau, des larmes emplirent ses yeux.

— Peut-être est-ce encore possible. Peut-être y assisterai-je en mémoire de lui.

Mme Coltrane, la gouvernante des Longstead, montra à Holmes et lord Ingram le reste du 33 Cold Street, le constable Lamb dans leur sillage mais à distance respectueuse.

Comme l'avait dit Mlle Longstead, toutes les autres pièces avaient été fermées à clé la nuit du double meurtre. C'était Mme Coltrane elle-même qui les avait ouvertes quand l'inspecteur Brighton était venu inspecter la maison de fond en comble.

— Sauriez-vous par hasard, madame Coltrane, qui a toutes les clés du numéro 33 ? demanda Holmes.

— C'est moi, répondit celle-ci en agitant le trousseau dans un cliquetis métallique. Mlle Longstead a les clés des portes de devant, de derrière et de l'atelier. M. Longstead les avait aussi.

Holmes visita toutes les pièces afin de s'assurer que la police n'avait laissé passer aucun détail important. Comme elles étaient nombreuses, cela prit un certain temps. Parfois lord Ingram la regardait travailler, parfois il discutait avec les deux autres personnes présentes. Le constable Lamb exprima sa gratitude que les gens du numéro 31 lui apportent régulièrement du thé, des biscuits et des sandwichs. Mme Coltrane informa lord Ingram que malgré le chagrin qui la frappait, Mlle Longstead avait rassemblé les domestiques pour les réconforter et leur promettre qu'ils n'avaient pas à craindre de perdre leur emploi.

Quand Holmes en eut terminé avec la dernière chambre du dernier étage avant le grenier, elle dit à Mme Coltrane :

— Je crois savoir que la police a trouvé la porte de devant ouverte. Et que Mlle Longstead a vu quelqu'un entrer dans la maison par l'arrière, pendant la fête.

Mme Coltrane gémit.

— Bonté divine. Je peux bien l'admettre, mademoiselle Holmes, tout cela est mortifiant. *Mortifiant*. Je ne sais pas comment c'est possible, dans un cas comme dans l'autre. Au numéro 33, je vérifie les portes tous les jours avant le dîner, une fois que Mademoiselle est rentrée à la maison. Le jour de la fête, elle n'est pas sortie parce qu'il y avait trop à faire, mais tout de même, vers 18 h 30, je suis venue ici. Les portes étaient toutes fermées à clé – devant, derrière, et l'entrée de service aussi.

— Vous-même, Mlle et M. Longstead étiez les seuls à avoir les clés du numéro 33 ?

— Oui, les seuls.

— Avez-vous une hypothèse expliquant que la porte de la chambre principale ait été ouverte, alors que les autres étaient fermées ?

C'était dans la chambre principale que les meurtres avaient eu lieu. Si Mme Coltrane était la seule à avoir la clé des chambres, même M. Longstead n'aurait pas dû être en mesure d'entrer dans celle-ci.

La gouvernante émit un nouveau gémissement.

— C'est un mystère absolu pour moi, mademoiselle Holmes. Mlle Longstead passait devant cette chambre chaque fois qu'elle se rendait au dernier étage, et elle a dit que la porte lui avait toujours paru correctement fermée. Je viens vérifier toute la maison une fois par semaine, et je peux attester que chaque fois j'ai dû ouvrir cette porte avec la clé.

Holmes hocha la tête. Elle n'était pas la personne la plus énergique qui soit, mais elle pouvait faire preuve d'une grande endurance si nécessaire. Toutefois, lord Ingram craignait qu'elle n'ait pratiquement pris aucun repos depuis leur retour de France.

Même un Holmes devait se fatiguer de temps en temps.

L'escalier qui menait au dernier étage était étroit et raide.

— Oh, je vieillis ! marmonna Mme Coltrane, qui le gravissait pourtant d'un pas aisé.

Ici, l'air était saturé d'une senteur d'huiles essentielles. Romarin, rose, lavande : la quintessence de l'Angleterre ! Mais aussi armoise, nard et myrrhe, une version olfactive du Cantique des cantiques.

Et un peu plus qu'un soupçon d'alcool.

La porte basse et étroite du grenier aurait probablement pu être défoncée d'un coup de pied si le palier n'avait pas été trop petit pour une telle manœuvre. Au lieu de cela, il y avait un trou irrégulier là où s'était autrefois trouvé le verrou intérieur. Ce qui restait du verrou – autrefois fermé par un cadenas qui avait volé en éclats – avait été noirci et tordu par la force de l'impact, et le bois en dessous était brisé et charbonneux.

Un nouveau verrou avait été installé pour un nouveau cadenas. Mme Coltrane ouvrit la porte délabrée.

Un espace étonnamment vaste apparut devant eux.

Il pleuvait de nouveau, mais l'atelier n'était pas sombre grâce aux lucarnes et à plusieurs grands miroirs. Mme Coltrane leur expliqua que la maison n'était pas actuellement reliée au gaz de ville, puis elle alluma plusieurs bougies qu'elle plaça dans des appliques disposées devant ces grands miroirs. En un instant, l'espace fut baigné d'une douce lumière dorée.

Le grenier avait un peu la forme d'un haltère ; la partie où donnait la porte, devant s'adapter à l'espace occupé par la cage d'escalier, était la plus étroite, tel un couloir reliant deux salles plus vastes, de chaque côté de l'entrée.

Plusieurs tables de travail étaient alignées le long de ce couloir. Elles devaient avoir servi à poser l'équipement de Mlle Longstead, mais à présent elles étaient tristement vides.

Holmes s'approcha du grand espace côté jardin, aménagé en salon. Peu de temps auparavant, cela avait sans doute été un endroit confortable, avec des livres sur des étagères basses et un secrétaire qui devait offrir une agréable vue sur le jardin.

Lord Ingram imagina ses enfants dans cet atelier. L'été venu, quand les arbres dehors avaient tout leur feuillage, on devait avoir l'impression d'être perché très haut au cœur d'une forêt.

À présent, les étagères étaient en morceaux. Les ouvrages, dont la plupart, très abîmés, semblaient avoir été projetés au sol, gisaient en piles ici et là. Quant au secrétaire, il était marqué de profondes entailles – quelqu'un l'avait violemment cogné avec un tisonnier.

— C'était un endroit si charmant ! se lamenta Mme Coltrane. Je crains que Mlle Longstead ne puisse comprendre ce qui s'est passé ici, et moi non plus. Vous n'imaginez pas la quantité de verre brisé que nous avons balayé.

À l'intérieur, l'odeur était moins forte que dans la cage d'escalier, sans doute parce que les fenêtres avaient été ouvertes. L'atelier était aussi froid qu'une glacière, si bien que l'haleine de chacun formait de la vapeur.

— Les précédents occupants n'ont pas laissé leurs meubles en partant, n'est-ce pas ? s'enquit Holmes tout en évaluant du bout du doigt la profondeur d'une entaille sur le secrétaire.

— Non, en effet. Quand il a été décidé de ne pas remettre la maison en location, Mlle Longstead a fait apporter des affaires du numéro 31.

Lord Ingram se rendit à l'autre extrémité du grenier, dont les fenêtres donnaient sur la rue. Ici, un espace de travail avait été aménagé, avec une planche à repasser près d'une chaise. Mme Coltrane expliqua que cet espace était destiné à la bonne de Mlle Longstead, qui restait avec elle pendant qu'elle travaillait et profitait de ce temps pour accomplir une partie de ses propres tâches. Il y avait eu aussi une boîte à couture et un panier à tricot, mais ils avaient été détruits et leur contenu mélangé à trop de débris pour être sauvé.

— Mlle Longstead n'avait pas besoin de compagnie mais la maison était vide, tout de même. M. Longstead et moi avions insisté pour qu'elle ne reste pas seule ici.

L'atelier avait été installé en abattant les cloisons qui avaient séparé l'espace en chambres de bonnes. On n'en avait laissé qu'une seule, près du poste de travail de la domestique.

— Cette pièce servait de cagibi au dernier locataire, dit Mme Coltrane. Je crois même qu'il y a laissé quelques casiers de vieux magazines d'art. Hier matin, ils jonchaient le sol et les casiers avaient été jetés contre les murs.

Elle ouvrit le cabinet pour montrer l'intérieur, vide.

— Le cadeau de Noël de M. Longstead à sa nièce aussi était en pièces. Un magnifique collier de perles ! Avec son teint, il aurait été superbe.

Holmes se tourna vers elle, une main sur le cœur, les sourcils arqués.

— M. Longstead avait déjà offert à Mlle Longstead son cadeau de Noël ?

Son expression et son geste étaient remarquables – pour ne pas dire exagérés. Holmes ne voulait pas seulement faire parler la gouvernante ; sa curiosité était réellement piquée.

— C'était une tradition entre M. Longstead et elle, vous comprenez ? Chacun cachait le cadeau de l'autre dans la maison, en général dans un coin des pièces que l'autre occupait. Et ils changeaient de place chaque année ; ils ne réutilisaient pas le même endroit. Mlle Longstead commence souvent à chercher son cadeau vers la mi-décembre, mais cette année sa soirée a occupé toute son attention.

» Alors venir ici, découvrir le carnage et retrouver les fragments du collier un peu partout, ce même matin où elle a dû identifier le corps de son oncle... Mlle Longstead a été admirable. Elle n'a pas versé une seule larme devant la police. Moi, si. J'étais avec elle et je n'ai pas pu m'empêcher de pleurer.

Mme Coltrane se tamponna de nouveau les yeux. Lord Ingram lui-même avait les paupières qui le piquaient.

Holmes jeta un nouveau regard au cabinet vide.

— Puis-je vous demander quelle est cette odeur d'alcool ?

— Oh, ça..., dit Mme Coltrane en souriant tristement. M. Longstead appréciait un bon brandy, et Mlle Longstead voulait voir si elle pouvait lui distiller elle-même quelque chose de convenable. Tout a été détruit, bien sûr.

Deux cadeaux de Noël anéantis dans un unique paroxysme de violence. Pour Mlle Longstead, il y aurait d'autres Noëls et d'autres présents, mais pour son oncle, déposé dans une morgue qui sentait le formaldéhyde et la décomposition, il n'y aurait plus jamais rien.

Devant le numéro 33, lord Ingram promit à Charlotte de la retrouver plus tard pour leur entretien avec Mme Cousins et souhaita une bonne journée à tout le monde. Il devait à présent aller interroger les invités présents à la fête. Il partit d'un bon pas, son manteau claquant dans le vent.

— Ma foi, voilà un homme qui sait traverser une rue, fit remarquer Mme Coltrane, manifestement pas indifférente à l'allure de lord Ingram.

Charlotte était bien de cet avis.

— Vous devriez le voir traverser un hall dallé de marbre !

Et il est à moi ! Les mots jaillirent spontanément dans son esprit.

Il était à elle – cela, ils le savaient tous les deux –, mais était-elle tout autant à lui ?

Elle le dévora encore du regard quelques instants, puis revint avec Mme Coltrane au numéro 31.

Et à l'enquête en cours.

— Vous connaissez sans doute mieux que quiconque les habitudes quotidiennes de M. Longstead, madame Coltrane. Pourriez-vous m'en donner une petite idée ?

La gouvernante entraîna Charlotte à travers le rez-de-chaussée, où la soirée avait été organisée. Elle ouvrit une porte donnant sur un petit bureau aux murs tapissés de livres, qui ne semblait pas souvent utilisée.

— Je sais que cela semblera étrange, mais M. Longstead n'était pas une personne aux habitudes régulières. Il se levait entre 6 et 9 heures, selon l'heure à laquelle il s'était couché la veille. Souvent, il ne décidait de son emploi du temps qu'une fois debout. Il pouvait proposer à Mlle Longstead une leçon ou une promenade. Parfois elle acceptait, parfois elle avait déjà d'autres projets pour la journée.

De l'avis de Charlotte, c'était une charmante façon de vivre, mais...

— Cela ne compliquait-il pas le travail du personnel ?

— Non. Nous n'avions pas besoin de lui apporter de l'eau chaude pour se raser dès son réveil, ni rien de la sorte.

Mme Coltrane la mena ensuite de l'autre côté du vestibule où se trouvait l'escalier, jusqu'à la salle à manger située sur l'arrière de la maison. La disposition du rez-de-chaussée du numéro 31 était remarquablement similaire à celle du numéro 33. Il était même possible que toutes les maisons de cette rangée soient bâties sur le même plan.

— Cela ne le dérangeait pas d'attendre ou de faire les choses dans le désordre. Et comme son petit déjeuner était souvent simple, ce n'était pas un problème en cuisine de lui préparer ses œufs frits à 7 heures un jour et à 8 h 30 le lendemain. Le dîner était toujours servi à 20 heures en ville et à 19 heures à la campagne - il ne compliquait jamais le travail de personne s'il pouvait l'éviter.

Charlotte regarda les fenêtres de la salle à manger drapées de noir et sentit son cœur se serrer pour cet homme qui avait été tant aimé.

— Donc, il se levait quand cela lui convenait et prenait son dîner à 20 heures. Entre-temps, il allait se promener ou donnait des leçons de thermodynamique à Mlle Longstead. Autre chose ?

Mme Coltrane remit en place des chaises qui, aux yeux de Charlotte, étaient déjà parfaitement alignées.

— Il lisait. Il consultait les petites annonces. Depuis qu'il avait fait la connaissance de M. Charles Babbage, l'inventeur, il y a une bonne vingtaine d'années, il s'était pris de passion pour les messages codés. Parfois, il se rendait à la salle de lecture du British Museum. Mlle Longstead et lui assistaient à des conférences et visitaient des expositions. De temps en temps, ils sortaient au théâtre. Il allait dans différents magasins en ville pour voir ce qu'on y vendait de nouveau et d'intéressant. Parfois, il retrouvait de vieux amis.

Elle avait parlé de plus en plus lentement, comme si à chaque souvenir, la disparition du vieil homme se faisait un peu plus douloureuse.

Par discrétion, Charlotte s'approcha de la fenêtre qui donnait sur le numéro 33 et souleva le rideau, comme pour observer la vue entre les salles à manger des deux maisons, alors qu'elle avait déjà regardé par chaque fenêtre du numéro 33.

— Et il a observé ce rythme irrégulier jusqu'à sa mort ?

— Eh bien, répondit Mme Coltrane après un moment, c'est justement ce qui est un peu étrange. Au cours des dernières semaines, ses habitudes sont devenues assez constantes. Nous avons été surpris quand, du jour au lendemain, il s'est réveillé chaque matin à 6 h 30.

Parcourue d'un frisson d'excitation, Charlotte laissa retomber le rideau et pivota sur ses talons.

— Avez-vous une idée de la raison de ce changement ?

Mme Coltrane, qui s'était approchée du manteau de la cheminée pour arranger quelques bibelots, fronça les sourcils.

— Pas vraiment. C'est juste arrivé un jour, puis cela a continué. Il prenait son petit déjeuner, se préparait et se rendait à pied à la salle de lecture du British Museum. Chaque fois qu'il y allait, il ne rentrait qu'à l'heure du thé. Après les deux premiers jours, nous avons pensé que jamais il n'en ferait une habitude, mais cela a été le cas pendant trois semaines et demie au moins.

— Jusqu'à sa mort prématurée.

— Oui.

Charlotte frissonna de plus belle.

— Avait-il un agenda ?

— Il est à Scotland Yard, à présent. Ils nous ont dit qu'ils le rendraient quand ils l'auraient étudié.

Sapristi ! Charlotte aurait préféré pouvoir le consulter maintenant.

— Dès que vous l'aurez récupéré, faites-le-moi savoir, je vous prie.

Elles poursuivirent leur tour de la maison. Après le rez-de-chaussée, elles montèrent au premier étage, qui avait également été utilisé le soir de la fête. Puis elles parvinrent au véritable objectif de cette visite : les appartements de M. Longstead qui, d'après Mme Coltrane, avaient été laissés tels qu'ils étaient quand il était descendu au rez-de-chaussée pour la fête en l'honneur de sa nièce.

Le maître de maison disposait d'un étage pour lui seul – tout comme Mlle Longstead, qui occupait le niveau suivant. Sa chambre était à peu près en ordre, mais son bureau…

Charlotte n'était pas particulièrement organisée avec ses affaires personnelles. Souvent, un jupon ou une chemise était jeté sur les barres supérieures de son lit à baldaquin. Une ou deux assiettes vides traînaient sur son bureau, car une femme qui travaille a besoin de se sustenter. Et sa table de chevet était invariablement encombrée de tout un bric-à-brac : une fois qu'elle était confortablement installée dans son lit le soir, elle n'avait pas envie de se relever pour aller chercher un dictionnaire, une paire de ciseaux ou les délicieux bonbons que Mlle Redmayne lui avait rapportés de Paris.

Le bureau de M. Longstead, toutefois, donnait à Charlotte l'impression d'être aussi méticuleuse que ces domestiques qui se servent d'un mètre ruban pour s'assurer d'avoir toujours la même distance entre l'assiette et le verre à eau.

Dans la bibliothèque, l'espace entre le dessus des livres et le rayonnage supérieur était comblé par d'autres ouvrages. Les emplacements restants étaient pleins à craquer de carnets et de dossiers. Et cette impression générale de désordre ne se limitait pas à un ou deux endroits ; des murs entiers d'étagères étaient surchargés de la même façon.

Du moins, ces étagères avaient gardé leur configuration générale. Le bureau, pour sa part, semblait avoir été… *dévoré*.

En tout cas, cela aurait pu expliquer l'impression qu'une gigantesque créature occupait le centre de la pièce, avec ses dents faites de courriers officiels et ses pattes d'épais volumes d'ornithologie et autres rapports d'analyses chimiques.

— M. Longstead avait sa façon personnelle d'organiser ses affaires, s'empressa d'expliquer Mme Coltrane. Il savait ce qu'il avait et où le trouver.

Tous les cerveaux ne fonctionnaient pas de la même façon, Charlotte le savait mieux que quiconque, mais elle avait du mal à croire la gouvernante. Elle toussa pour éclaircir sa voix.

— Sauriez-vous retrouver quoi que ce soit ici, madame Coltrane ?

— Je crains que non, répondit celle-ci d'un ton navré. Personne ne devait toucher à rien, ni sur le bureau ni autour. Même si quelque chose était tombé, nous ne devions pas le ramasser.

Et tant de choses étaient tombées qu'elles cachaient le bureau entièrement.

— Bien, dit Charlotte, mais il n'est plus là et je dois fouiller.

Elle roula ses manches. Mme Coltrane demeura paralysée de stupeur quelques instants, puis elle vint lui prêter main-forte.

Il y avait des journaux, certains récents, d'autres remontant à l'été. Il y avait des courriers de notaires et d'avocats. De la correspondance personnelle. Un certain nombre de livres. Il y avait même un album de photographies où un M. Longstead bien moins âgé posait devant une usine à divers stades de construction, souvent en compagnie d'un autre jeune homme dont Mme Coltrane confirma qu'il s'agissait de Mortimer Cousins, le défunt père de Mme Treadles.

— S'agit-il des objets qu'on trouvait sur son bureau en temps normal ? s'enquit Charlotte en désignant la masse hétéroclite à présent étalée sur le plancher, et qui le recouvrait presque complètement.

Mme Coltrane avait le regard un peu vide, après tous ces efforts.

— Je crains de ne pouvoir l'affirmer. Nous n'avions pas l'autorisation de nettoyer le bureau. Et il y avait toujours plusieurs épaisseurs de toutes sortes de choses, si bien que je n'ai pas la moindre idée de ce qui se trouvait dans... les couches inférieures.

— Et s'il avait laissé des assiettes qu'il n'avait pas terminées sur sa table de travail ? Cela non plus, personne ne pouvait y toucher ?

— Oh, jamais Monsieur ne nous aurait fait cela ! s'exclama Mme Coltrane avec ferveur. Il ne mangeait pas ici.

Ce qui n'était pas une mince bénédiction, songea Charlotte.

Le premier tiroir qu'elle ouvrit était tout aussi rempli que le reste. Papier à lettres, stylos gravés, crayons, encore des lettres, pièces et billets...

— Bonté divine ! s'écria Mme Coltrane. Encore heureux que je n'aie jamais vu l'intérieur de ces tiroirs. Cela m'aurait donné des palpitations.

Même Charlotte avait envie de prendre la fuite. Elle avait vu les appartements privés de lord Ingram quand elle avait mené l'enquête à Stern Hollow : ils étaient dégagés et tenus avec une exceptionnelle méticulosité. Elle aurait pu rester une bonne douzaine d'heures étendue sur le tapis de son dressing-room sans rien faire d'autre que savourer cet ordre impeccable.

Du tiroir suivant, Charlotte exhuma quelques écrous, une poignée de glands dans une enveloppe jaunie, et un sac en soie fermé par un cordon empli de petits cristaux d'agate et de tourmaline.

Parmi les pierres roulées semi-précieuses, elle trouva une broche faite de jais poli et étincelant monté sur un support en or. Au centre, un petit creux fermé par une minuscule vitre contenait une mèche de cheveux reliés par un lien doré.

Un bijou de deuil.

Le dos de la broche, qui aurait dû porter le nom et les dates de naissance et de décès du cher disparu, ou du moins ses initiales et la date de son départ, avait été limé pour effacer ces informations.

Charlotte tendit le bijou à la gouvernante.

— Avez-vous déjà vu ceci, madame Coltrane ?

Celle-ci le fit tourner entre ses doigts.

— Non, jamais. J'avais seulement remarqué cette poche de pierres roulées ; je crois que c'est Mlle Longstead qui la lui avait offerte il y a longtemps.

Sur la demande de Charlotte, Mme Coltrane apporta la broche de deuil à Mlle Longstead, puis revint en secouant la tête.

— Mlle Longstead dit que c'est la première fois qu'elle voit ce bijou.

— Savez-vous de qui il pourrait garder le souvenir ?

Mme Coltrane secoua de nouveau la tête.

— Les cheveux à l'intérieur sont blond foncé. Parmi les personnes assez proches de M. Longstead pour qu'il ait eu envie de conserver une mèche de leurs cheveux après leur décès, je ne vois que le vieux M. Cousins qui ait eu de tels cheveux, mais c'était dans sa jeunesse. Sa chevelure, ou ce qu'il en restait, avait blanchi bien avant sa mort.

Elles poursuivirent leur exploration des tiroirs jusqu'au dernier. Puis, quittant l'espace de travail de M. Longstead avec plus de rapidité que de dignité, Charlotte demanda à Mme Coltrane si elle savait où son maître rangeait ses clés du numéro 33, qu'elle n'avait vues ni dans son bureau ni parmi les pièces à conviction rassemblées par la police. Mme Coltrane l'ignorait.

Elle ignorait également si Mlle Longstead le savait, mais elle implora Charlotte de ne pas déranger sa maîtresse une fois de plus.

— S'il vous plaît, accordez-lui un peu de répit avec toutes ces histoires de meurtres.

Charlotte estimait peu probable que Mlle Longstead pense à autre chose qu'aux meurtres, mais elle accéda à la demande de la gouvernante et suivit celle-ci jusqu'à son bureau au sous-sol, petit mais bien tenu, pour prendre du thé et des biscuits à la noix de coco et entendre son compte rendu du soir de la fête.

En tant que première domestique de la maison, Mme Coltrane avait été extrêmement occupée afin de s'assurer que tout se passe bien et que les valets de pied engagés pour l'occasion exécutent leurs tâches. De même que Mlle Longstead, elle avait cru M. Longstead parti se coucher – il l'avait avertie qu'il ne tiendrait peut-être pas toute la soirée.

— Ce dont je me souviens surtout, après le départ des invités, c'est que j'étais à la fois soulagée que le brouillard soit tombé, obligeant tout le monde à s'en aller, et un peu déçue. Cela aurait pu être une de ces soirées inoubliables où tout le monde danse jusqu'à 5 heures du matin. Tout cela aurait représenté une charge de travail pour le personnel, car nous devons quand même nous lever le matin pour assurer nos tâches, mais j'aurais aimé cela, pour Mlle Longstead. J'aurais aimé que chacun se souvienne que lors de son entrée dans le monde, les invités étaient tellement sous son charme qu'ils avaient fait la fête comme si demain n'arriverait jamais.

Charlotte l'observa un moment. Mme Coltrane n'était pas une beauté, mais sa bonté la rendait jolie. Comme elle se serait sentie plus tranquille si Livia, coincée à la maison, avait eu une Mme Coltrane pour veiller sur elle !

— Alors vous avez à peine dormi cette nuit-là, dit-elle doucement.

— En fait, je venais de me coucher quand j'ai entendu sonner à la porte. Lorsque je suis allée ouvrir, j'étais irritée et n'ai pas cru un mot de ce que racontait le policier. Je suis montée directement à la chambre de M. Longstead et j'ai frappé, persuadée qu'il serait furieux d'être réveillé.

» Personne n'a répondu. Et quand j'ai ouvert la porte et vu la chambre vide, mon sang s'est glacé. Mlle Longstead a eu exactement la même réaction lorsque je suis allée la chercher. Elle a refusé de me croire et s'est ruée dans la chambre de son oncle. Finalement, nous sommes allées ensemble à la maison d'à côté. Cette horreur ! Ce carnage !

Mme Coltrane prit une profonde inspiration.

— Plus tard, dans le vestibule du numéro 33, j'ai croisé l'inspecteur Treadles. J'ai presque bondi sur lui. Nous l'avions accueilli, nous le respections. Je ne pouvais pas croire qu'il ait fait cela à M. Longstead...

Après son entretien avec Mme Coltrane, Charlotte parla aux autres domestiques, un par un, dans la salle du personnel. Tout le monde avait été débordé de travail le soir de la fête, et personne n'avait eu assez d'interactions avec le maître de maison pour savoir quoi que ce soit d'utile.

La seule exception était la bonne de Mlle Longstead, Owens. Elle était également métisse mais, contrairement à sa spectaculaire maîtresse, elle avait un physique ordinaire et un comportement effacé. Toutefois, elle déclara avec fermeté que les jours ayant précédé le bal, M. Longstead avait été plus taiseux que d'habitude.

Il avait été nerveux, d'après elle.

— Ce n'était pas un monsieur hautain, dit Owens en levant les yeux du bas qu'elle reprisait et qui devait appartenir à sa maîtresse. Il ne nous demandait pas à nous autres domestiques de baisser la tête et de nous faire aussi discrets que des fantômes. Quand il vous voyait, il prenait des nouvelles de votre famille ou voulait savoir si vous aviez fait quelque chose d'intéressant pendant votre demi-journée de congé. Comme il savait que je tenais compagnie à Mademoiselle dans son atelier et qu'elle me donnait des cours d'algèbre, il me demandait par exemple si j'arrivais à résoudre une équation à deux inconnues. Un jour, nous avons parlé de la factorisation des polynômes. Je lui ai dit que je ne détestais pas ça et que j'aimais bien quand je tombais juste mais que, bonté divine, je ne comprendrais jamais à quoi ça pouvait bien servir. Il a ri de bon cœur.

» Et puis, ces dernières semaines, c'est comme s'il ne me voyait plus. Comme s'il devait même faire un effort pour remarquer Mademoiselle. Lui qui avait toujours été si gentil avec elle !

— Je vois, murmura Charlotte.

Que faisait M. Longstead dans sa nouvelle routine, au juste, pour qu'il soit distrait au point de ne plus prêter attention à sa nièce bien-aimée ?

Owens se mordit les lèvres.

— S'il vous plaît, ne répétez pas à Mme Coltrane que j'ai dit ça. Elle n'apprécierait pas qu'on s'interroge sur Monsieur.

— Vous a-t-elle dit cela après son décès ?

— Oh non, pas du tout. C'est juste qu'elle n'aime pas qu'on colporte des ragots.

— Je ne lui dirai rien, promit Charlotte. Et vous avez bien fait de me parler. Si personne ne nous donnait aucune information, mon frère et moi ne servirions à rien, puisque nous sommes étrangers aux familles et n'arrivons qu'après la survenue des drames.

— Vous allez...

Owens parut hésiter.

— M. Sherlock Holmes pourra vraiment découvrir qui a tué Monsieur, si ce n'est pas l'inspecteur Treadles ?

Mme Graycott, la gouvernante des Treadles, avait demandé si Sherlock Holmes pourrait bientôt ramener l'inspecteur Treadles à la maison. Charlotte lui avait fait une réponse évasive car, en toute franchise, elle ignorait absolument si elle pouvait quoi que ce soit pour lui.

Toutefois, la question d'Owens était différente.

— Oui, répondit Charlotte. Sherlock Holmes va découvrir qui a tué M. Longstead. Et ce sera en partie grâce à votre aide, mademoiselle Owens.

10

Plus tôt, ce même jour

Alice Treadles avait peur de Mlle Holmes, et plus qu'un peu. Même si cette jeune femme n'était que la messagère des brillantes déductions de son frère, son regard faussement naïf lui nouait l'estomac. Alice l'aurait juré : non seulement Mlle Holmes détectait les mensonges et les oublis, mais elle percevait le moindre petit arrangement avec la vérité.

Voilà pourquoi, méfiante et épuisée, elle s'attendait au pire de la part de l'autre associée de Sherlock Holmes.

Ce serait sans doute une personne tout aussi omnisciente, glaciale et distante !

Mlle Holmes était partie chercher cette fameuse Mme Watson, qui devait arriver avec sa propre voiture. Assise sur la banquette, Alice enfouit son visage entre ses mains. Malgré une nuit de sommeil ininterrompu, elle était de nouveau accablée de désespoir devant l'impasse où elle se trouvait. Certes, elle parvenait encore à mettre un pied devant l'autre, mais pour aller où ?

Mlle Holmes revint, accompagnée d'une femme en cape bleu clair. Quand celle-ci monta dans la voiture, l'intérieur de la cabine s'éclaira, comme illuminé d'un halo.

— Madame Treadles, dit Mlle Holmes, puis-je vous présenter ma collègue, Mme Watson ? Madame Watson, voici Mme Treadles, notre cliente. Je dois maintenant me rendre auprès de l'inspecteur Treadles et vous laisser faire plus ample connaissance, mesdames. Bonne journée, madame Treadles. Bonne journée, madame Watson.

Après le départ de Mlle Holmes, Mme Watson poussa un petit soupir et se tourna vers Alice.

— Les derniers jours ont été épouvantables, n'est-ce pas, très chère ?

Avec Mlle Holmes, Alice avait l'impression que les erreurs et les défauts, jusqu'au plus minime, qu'elle avait accumulés au fil de ses vingt-huit années sur cette terre, étaient révélés ; elle n'avait nulle part où se cacher et toutes ses défenses s'effondraient.

Face à Mme Watson au contraire, sa confusion, sa solitude, sa souffrance… tout son être était vu. Non seulement vu, mais accueilli avec douceur, et même avec une grande bonté.

Aussitôt, des larmes lui brûlèrent les yeux. Elle couvrit ses lèvres de son mouchoir, comme si cela pouvait endiguer le flot de détresse.

— Je suis… tellement impuissante.

Une onde de sympathie parut émaner de son aînée.

— Naturellement, ma chère. Vous vous êtes retrouvée seule, absolument seule pour protéger votre mariage, diriger une grande entreprise… et à présent sauver la vie de votre époux. Ne désespérez pas, vous n'êtes plus seule. Nous sommes là pour vous aider. Et au risque de me vanter, madame Treadles, nous sommes de *redoutables* alliés.

Ce n'était pas seulement de la sympathie. Mme Watson rayonnait d'assurance.

Alice n'avait jamais douté que Mlle Holmes… que Sherlock Holmes était un redoutable allié, mais pour la première fois une vague de soulagement la submergea ; c'était une véritable avalanche, mais elle était heureuse de s'y noyer.

Malgré elle, les mots jaillirent de ses lèvres :

— Depuis que le sergent MacDonald a sonné à la maison, j'ai l'impression de marcher sur une corde tendue au-dessus d'un abîme sans fond. Un seul faux pas, et c'est la chute fatale.

Mme Watson prit ses mains entre les siennes. Elles portaient des gants toutes les deux, mais aussitôt les doigts glacés d'Alice se réchauffèrent.

— Tout va bien maintenant, ma chère. Nous sommes votre filet de sécurité. Même si vous faites un faux pas, nous vous rattraperons. Nous ne vous laisserons pas tomber.

Personne ne l'avait rassurée ainsi depuis très longtemps.

Ces derniers jours, sa vie avait été un cauchemardesque numéro de corde raide. Et avant cela, depuis l'été dernier, elle avait eu l'impression d'être enfermée dans un immense labyrinthe aux couloirs si étroits qu'elle devait se plaquer aux parois pour avancer et où elle était si serrée qu'elle pouvait à peine respirer. Et pendant tout ce temps, elle avait été consciente que malgré tous les efforts que lui coûtait chacun de ses pas, elle ne se rapprochait jamais du moment où le combat serait derrière elle.

Sa voix se brisa.

— Je ne sais plus que faire.

— Vous n'avez pas besoin de tout savoir, ma chère. Nous trouverons la solution ensemble.

Mme Watson vint s'asseoir sur la banquette d'Alice et passa un bras autour de ses épaules. Aussitôt, les larmes qu'elle avait contenues ce jour-là, la veille et depuis des mois, roulèrent sur ses joues et sur la cape de Mme Watson douce comme du velours.

— L'inspecteur Brighton ne nous aidera pas. Il est persuadé que j'ai eu une conduite condamnable avec M. Sullivan et que je me trouvais au numéro 33 la nuit du double meurtre.

— Moi, je crois qu'il n'y a rien eu entre M. Sullivan et vous.

La conscience d'Alice l'assaillit.

— Je ne peux pas affirmer qu'il ne s'est rien *passé* entre M. Sullivan et moi.

Mme Watson lui frotta le dos d'un geste léger mais réconfortant.

— Ma chère enfant, votre mari s'est comporté comme un idiot pendant très longtemps. Il s'est tellement laissé accaparer par sa propre fierté blessée qu'il n'a même pas remarqué que vous subissiez ce harcèlement chez Cousins – lui, un enquêteur de métier ! Comment s'étonner que, même si cela n'a pas duré, vous ayez préféré voir M. Sullivan ? Comment s'étonner que vous ayez parfois imaginé combien votre vie aurait été différente si vous aviez épousé un homme à l'esprit plus ouvert, comme M. Sullivan semblait l'être ?

Les larmes d'Alice coulèrent de plus belle sur la cape de Mme Watson – oh, si elle avait pu garder ce merveilleux vêtement et le tenir contre elle quand elle avait besoin de réconfort !

— Ce n'était peut-être pas étonnant, mais je me suis sentie profondément déloyale de nourrir de telles pensées.

Mme Watson soupira.

— Et vous croyez que pendant tout le temps où votre mari a boudé dans son coin, il n'a jamais regardé l'épouse d'un autre en regrettant de ne pas avoir choisi une femme plus docile et effacée ?

— C'est bien possible, mais...

Mme Watson prit Alice par les bras pour la redresser et chercha son regard.

— Mais vous ne trouvez pas que c'était déloyal de sa part. Vous vous réjouissez même qu'il se soit contenté d'y penser et n'ait rien *fait* avec une autre. Pourtant, il n'y a rien de particulièrement noble à ne pas faire ce qu'on n'est pas censé faire. Et vous, ma chère, vous n'êtes pas déloyale d'avoir eu des idées que vous n'avez jamais concrétisées. Si vous pouvez comprendre qu'il ait eu de telles pensées, je vous en prie, accordez-vous la même indulgence.

Hélas, Alice ne voyait pas comment ! Elle n'avait même pas eu conscience, jusqu'à ce que Mme Watson lui fasse remarquer ce décalage, qu'elle s'était imposé des critères infiniment plus sévères qu'à son époux.

— J'aimerais vous avoir connue plus tôt.

— Ma foi, je n'arrive pas trop tard, il me semble. J'arrive quand c'est le moment.

Mme Watson tamponna le visage encore humide d'Alice avec un mouchoir qui embaumait la fleur d'oranger.

— Et maintenant, parlez-moi de la nuit de la fête. Dites-moi ce qui s'est réellement passé.

En toute logique Alice savait que, quoi qu'elle dise à Mme Watson, Mlle Holmes en serait informée, mais ce n'était pas la même chose d'avouer une faute à une maîtresse sévère et d'avouer cette même faute à une mère aimante dont elle n'avait pas à craindre les remontrances.

Mme Watson avait placé son mouchoir dans la paume d'Alice. Celle-ci finit de s'essuyer le visage. Déjà, elle se sentait plus forte et plus courageuse.

— Cette soirée a été épouvantable. Je porte encore le deuil de mon frère et je ne suis allée là-bas que parce que Mlle Longstead craignait que ses invités ne snobent sa fête. Elle n'avait pas besoin de s'inquiéter : tout le monde s'est montré charmant. Dans cette foule, je n'arrivais pas à me libérer de M. Sullivan, qui apparaissait sans cesse près de moi, l'air plein de sollicitude mais toujours une remarque sournoise aux lèvres. Vers minuit et demi, je n'en pouvais plus. Je suis sortie dans le jardin derrière la maison.

» Là, j'ai vu un homme entrer dans la demeure d'à côté. De dos, il ressemblait beaucoup à mon mari – qui n'était pas censé se trouver à Londres. Il y avait beaucoup de lumière chez M. Longstead mais très peu à côté. Et j'étais trop éloignée pour être certaine que mes yeux ne me jouaient pas un tour.

» Puis une idée affreuse m'est venue. M. Sullivan m'avait menacée d'aller trouver mon mari pour lui raconter des mensonges. Et s'il l'avait fait, après tout ? Si mon mari avait prétendu qu'il quittait Londres pour pouvoir m'épier en secret ? Était-ce pour cela que M. Sullivan me suivait comme une ombre, pour faire croire à une intimité entre nous ?

» Sans réfléchir davantage, j'ai couru jusqu'au numéro 33. Pas un instant il ne m'est venu à l'esprit que c'était de la folie. Ce qui comptait le plus, la seule chose qui comptait vraiment, c'était que mon mariage ne soit pas brisé par d'odieux mensonges.

» C'est seulement en entrant au numéro 33 que j'ai commencé à être inquiète. Et si la personne que j'avais vue n'était pas mon mari, mais un clochard ou un cambrioleur ? La maison était froide et silencieuse. Je suis restée là où j'étais, sans oser m'aventurer plus loin à l'intérieur. J'y voyais un peu – la personne entrée avant moi avait ouvert les rideaux donnant chez M. Longstead – mais c'était le genre d'éclairage qui rend les coins sombres encore plus obscurs. Il m'a semblé entendre du bruit à l'étage. Mon cœur battait fort. Maintenant, je regrettais de m'être précipitée dans la maison. J'ai commencé à revenir vers la porte de derrière.

» C'est à ce moment-là que M. Sullivan est entré. Il s'est mis à ricaner. « Tiens, tiens ! Nous aurions pu nous retrouver dans un bon lit dans une chambre chauffée, chère madame Treadles, mais vous préférez les plaisirs pervers. Cela vous ressemble bien ! » J'ai dû bafouiller avant de réussir à protester : « Monsieur Sullivan, sachez que… »

Elle s'interrompit et enfouit son visage entre ses mains. Elle aurait voulu relater les faits avec calme mais le souvenir lui soulevait le cœur, et un mélange de rage et de honte lui brûlait la gorge.

Mme Watson lui glissa une petite flasque entre les mains.

— Tenez, buvez un peu.

Alice prit une solide gorgée, respira avec force quelques instants, puis s'obligea à poursuivre :

— Je n'ai pas eu le temps d'achever ma phrase qu'il m'avait saisie de force pour m'embrasser. Je me suis débattue. J'étais submergée par le dégoût et la panique. C'est alors qu'il y a eu un énorme fracas, comme quelque chose qui s'écrasait. Surpris, M. Sullivan m'a lâchée. Je me suis enfuie et suis revenue en courant chez M. Longstead. Là, j'ai pu me cacher dans le vestiaire des dames. J'étais secouée de nausée.

» Vous ne pouvez même pas imaginer ce que je ressentais. J'étais horrifiée. Soulagée. Furieuse. Dégoûtée de moi-même. Je me souviens vaguement d'avoir vérifié dans un miroir que je n'étais pas trop décoiffée. J'ai peut-être rajusté mes épingles à cheveux sans réfléchir.

» Quand je suis enfin sortie du vestiaire, j'ai compris que je ne pourrais pas rester un instant de plus à cette fête. De toute façon, tout se passait très bien, et ma présence n'était plus requise. Je suis partie dès que j'ai pu.

Mme Watson lui tapota le dos d'un geste rassurant, comme si elle avait du mérite d'être simplement parvenue à ce point de son récit.

Peut-être était-ce le cas. Peut-être, d'une certaine façon, avait-elle le mérite d'être encore debout, mais ces derniers temps elle avait plutôt eu l'impression d'avancer péniblement dans la boue et de s'y enfoncer de plus en plus. Comme elle aurait voulu s'envoler dans le ciel, ses ailes déployées, toujours plus haut !

Elle secoua la tête et poursuivit :

— De retour à la maison, je n'ai pas pu trouver le sommeil. J'ai commencé à me demander de nouveau si c'était vraiment mon mari que j'avais vu entrer au numéro 33. Que ferait-il à Londres, alors qu'il était censé se trouver au fin fond du Kent ? Et pourquoi, s'il était revenu, ne m'en avait-il rien dit ?

» C'est sur ce point que Mlle Holmes – ou plutôt, devrais-je dire, M. Holmes – n'a pas tout à fait raison. J'ai sorti les dernières lettres de mon mari à ce moment-là. Pas après avoir été informée des meurtres, mais dès cet instant. Ce qui m'a attirée vers son dressing-room, c'est le décalage entre l'endroit où il était supposé se trouver et ce qui était inscrit sur le cachet de la poste, ainsi que l'éventualité qu'il soit à Londres sans l'avoir annoncé. Je ne savais pas vraiment que chercher, alors j'ai fouillé dans ses vêtements pendant un petit moment, puis je suis retournée me coucher.

» Ce n'est qu'au matin que je me suis aperçue que mon peigne orné de pierres avait disparu. Presque au même instant, le sergent MacDonald a été annoncé. Après son départ, je me suis dit que si le bijou était tombé au numéro 33, il me serait presque impossible de convaincre quiconque que mon mari n'avait pas assassiné M. Sullivan dans un accès de jalousie.

» J'ai couru partout dans la maison en priant pour avoir perdu le peigne après mon retour, pendant que je tournais en rond, encore sous le choc des événements de la soirée. C'est à ce moment-là que je me suis aperçue que l'arme de service de mon mari ne se trouvait plus dans son dressing-room.

Au souvenir de la peur panique qui l'avait submergée, ses doigts tremblaient, sa gorge se nouait et son cœur lui martelait les côtes.

Elle s'obligea à regarder Mme Watson dans les yeux.

— Et maintenant, je vous ai dit tout ce que je sais sur cette nuit-là.

Quelque part, un joueur d'orgue de Barbarie exécutait une version aigrelette de *Hark ! The Herald Angels Sing*. Deux passants se plaignirent qu'il y avait trop de joueurs d'orgue de Barbarie à Londres. Et la pluie qui tombait de nouveau frappait régulièrement le toit de la voiture, toujours garée à deux rues de Scotland Yard.

Alice était épuisée. Certes, elle n'avait plus rien à cacher aux personnes à qui elle pensait pouvoir se fier, mais que penseraient-elles maintenant que...

— Souvenez-vous que vous n'avez rien fait de mal, madame Treadles, lui rappela Mme Watson avec fermeté.

C'étaient exactement les mots qu'elle avait espéré entendre, pourtant elle s'entendit protester :

— Tout de même, je...

— Cessez de vous reprocher de ne pas avoir tout réussi à la perfection. Vous n'avez rien fait de mal. Répétez-le.

Jamais Alice n'aurait cru la fabuleusement bienveillante Mme Watson capable d'une telle autorité.

Avec sa cape bleu clair, son regard serein et son dos bien droit, elle n'était pas moins majestueuse que Mlle Holmes.

— Je... je n'ai rien fait de mal.

— Exactement. Et Mlle Holmes aurait été la première à vous le dire, si vous lui aviez fait confiance plus tôt.

Les joues en feu, Alice murmura :

— Je suis désolée.

— Sur ce point, vous lui devez des excuses. En gardant pour vous des informations capitales, vous nous empêchez de vous aider. Mais tout cela est derrière nous à présent, et nous devons tourner notre attention vers l'enquête. Mlle Holmes m'a confié la tâche d'aller voir ce qui se passe aux Industries Cousins, et j'aimerais beaucoup entendre ce que vous avez à en dire.

Alice poussa un soupir.

— J'adorerais pouvoir vous dire exactement ce qui s'y passe mais tout ce que j'ai, ce sont des informations incomplètes et des preuves indirectes.

— C'est souvent ainsi au début d'une enquête, répondit Mme Watson en lui adressant un sourire encourageant. Je vous en prie, continuez.

Il fallut quelques instants à Alice pour rassembler ses idées et détourner ses pensées du péril où se trouvait Robert, pour les concentrer sur un sujet qui avait pris une importance secondaire depuis son arrestation.

— Mon frère a dirigé Cousins pendant quatre ans. Il a pris son poste quand notre père était encore de ce monde. Il ne s'était jamais particulièrement intéressé aux activités quotidiennes de l'entreprise, et père préférait qu'il s'y habitue au fil du temps plutôt que de lui confier toutes les responsabilités du jour au lendemain.

» J'ai essayé de ne pas m'occuper de ce qui se passait chez Cousins – père ne voulait pas que je m'en mêle et Barnaby n'aurait pas du tout apprécié que je donne mon avis sans qu'il l'ait demandé –, mais parfois je ressentais un certain malaise. Barnaby n'aimait pas apprendre. Il détestait qu'on le corrige et ne supportait pas qu'on insinue qu'il n'était pas à la hauteur de père. Et il adorait les flatteries. Il fallait qu'on lui dise qu'il était extrêmement intelligent et perspicace.

— En d'autres termes, dit Mme Watson, pensive, il n'en aurait pas fallu beaucoup pour lui faire croire ce qu'on voulait.

— Hélas, non. Et ce qui ne me rassurait pas, c'est qu'il ne se vantait jamais de ses succès. Barnaby adorait se sentir supérieur. Si l'entreprise avait autant prospéré sous sa direction que sous celle de père, nous l'aurions su. Le fait qu'il n'ait jamais rien dit dans ce sens ne pouvait signifier qu'une chose : ce n'était pas le cas.

— Vous vous attendiez donc à rencontrer des difficultés, fit Mme Watson d'un ton approbateur.

Alice savoura cet instant. Elle avait l'impression d'être une enfant qui vient de recevoir un bonbon convoité et se régale de sa saveur sucrée.

Toutefois, elle était une grande personne et savait que même les meilleures friandises ne vous nourrissent pas.

Oui, elle avait eu assez de perspicacité pour anticiper les problèmes… mais qu'avait-elle fait, une fois qu'elle les avait effectivement rencontrés ?

— J'ai demandé à voir les comptes. J'ai demandé à visiter les chaînes de production. J'ai demandé à parler aux fournisseurs et aux clients. J'ai demandé qu'on procède au plus vite à une étude complète de l'entreprise. Et au lieu de cela, j'ai eu une salle entière de messieurs qui, quand ils ne me traitaient pas comme une gamine qui s'est échappée de son berceau, se vexaient que j'ose sous-entendre qu'ils n'avaient pas assumé leur mission avec panache. Ils ont même essayé de persuader mes notaires qu'il serait de leur intérêt de me convaincre de renoncer, parce que ainsi ils auraient plus de travail et gagneraient plus d'argent. Et je ne jurerais pas qu'ils n'y sont pas parvenus, du moins en partie.

Elle ne pouvait plus regarder Mme Watson dans les yeux. Ou peut-être était-ce la toute jeune femme en elle qu'elle ne supportait plus d'affronter, la fille d'autrefois dont le seul rêve avait été de participer à cette grande entreprise qui fabriquait des locomotives – des locomotives ! Comme elle aurait été déçue d'apprendre que la version plus âgée d'elle-même avait laissé le rêve tourner au cauchemar !

— Tout ce que j'ai pu obtenir, ce sont des synthèses trouvées dans le bureau de mon frère ainsi que des relevés de comptes bancaires faisant état de mouvements de fonds, mais indiqués sans le détail, si bien que je n'ai aucune vision précise de ce qui se passe dans la société. Cela dit, il me semble que la trésorerie est défaillante.

Tandis qu'elle prononçait ces mots à haute voix, elle fut de nouveau gagnée par l'anxiété qui l'avait assaillie le jour où elle avait compris cela. La trésorerie était vitale, c'était le sang d'une entreprise. Une société en manque chronique de fonds était aussi malade qu'un homme souffrant du cœur.

L'expression de Mme Watson s'était assombrie.

— Mon frère avait acheté un certain nombre d'anciennes usines pour les moderniser et les adapter à nos spécificités. J'en ai conclu que trop d'argent avait été dépensé sans retour sur investissement digne de ce nom. Inutile de dire que les responsables de ces acquisitions et rénovations ont fermement contesté mes conclusions. Ils se sont réfugiés derrière toutes sortes d'arguments comptables, frais d'amortissement et autres pour justifier la stagnation des revenus.

» Je sais ce que sont les frais d'amortissement. J'ai appris comment on estime la perte de valeur d'un bien au fil du temps et je comprends aussi l'intérêt de cette pratique pour réduire la fiscalité, mais la marge brute d'autofinancement affecte le fonctionnement dans le moment présent, et c'est un problème qu'aucun tour de passe-passe comptable ne peut effacer.

» Ce qui est ironique, c'est que j'avais été prudente dans mes conclusions, puisque je disposais de peu d'éléments. J'aurais été très contente qu'on me démontre le contraire, mais au lieu de preuves concrètes je n'ai eu que de l'obstruction, des protestations et des crises de colère. À présent, je suis convaincue que quelque chose ne va pas. Pas du tout. Si ce n'était pas le cas, mes chefs de service se seraient tout de même montrés condescendants et paternalistes, je n'en doute pas, mais pas à un point aussi invraisemblable.

Ce n'est qu'après avoir fini de parler qu'elle s'avisa qu'elle avait écrasé le délicat mouchoir de Mme Watson dans son poing.

Sa propriétaire ne parut pas s'en formaliser.

— Et si nous mettions un terme à cette invraisemblable condescendance ?

Mlle Holmes avait également affirmé qu'il était temps de prendre les choses en main. Alice l'aurait bien voulu. Oh, comme elle l'aurait voulu ! Mais…

— Co… comment ? balbutia-t-elle.

— Quelle autre façon de procéder, ma chère ? Vous devez vous rendre chez Cousins et mettre un terme à ces absurdités.

L'estomac d'Alice se serra. Plus d'un matin, en se regardant dans le miroir, elle avait annoncé à son reflet que ce jour-là elle allait « mettre un terme à ces absurdités ». Que ce jour-là elle allait devenir pour de bon la propriétaire de Cousins.

Et *ce jour-là* avait sans cesse été reporté.

— Eh bien... demain ?

— Non, pas demain, répondit Mme Watson d'un ton ferme. Aujourd'hui. Maintenant.

— Mais j'ai une mine épouvantable !

— Au vu des événements récents, personne ne s'attend à vous voir en beauté.

Comment faire comprendre le problème à Mme Watson ?

— Ils verront que j'ai pleuré.

Ses chefs de service la méprisaient déjà quand elle arborait une attitude posée. Comment se montrer devant eux avec les yeux gonflés et les joues rougies par les larmes ?

Mme Watson pencha la tête de côté.

— Cela vous a-t-il jamais servi d'avoir l'air parfaitement sereine ?

Cela l'avait-il *desservie* ?

— Je ne crois pas avoir jamais eu l'air parfaitement sereine. J'étais nerveuse, impatiente et frustrée.

— Et pourquoi une parfaite sérénité est-elle si importante maintenant ?

— Sinon, comment me prendraient-ils au sérieux ?

Mme Watson arqua un sourcil.

— Votre père ne s'est jamais montré impatient ou frustré quand il présidait la société ?

Alice était abasourdie. Mais pourquoi était-elle aussi surprise par cette question tout à fait rationnelle ?

— Eh bien... si, il l'était quelquefois.

— Vous voulez dire qu'il n'avait aucune patience avec les imbéciles.

— Il n'a jamais été cruel ou grossier, mais il disait ce qu'il avait à dire.

— Et pourquoi serait-ce normal qu'il ait dit ce qu'il avait à dire, mais pas vous ?

Au moins, elle avait une réponse facile à cette question.

— Il avait fondé l'entreprise à partir de rien. Bien sûr qu'il avait le droit de dire ce qu'il avait à dire à ses employés !

— Et votre frère ? Ce n'est pas lui qui a fondé la société. Était-il un modèle de tact ou de diplomatie ?

De nouveau, Alice fut stupéfaite. Si stupéfaite qu'elle recula sur la banquette.

— Non, mais...

Elle n'acheva pas sa phrase.

Mme Watson se pencha vers elle.

— Il avait été placé là selon les termes du testament de votre père. Vous avez également été placée là selon les termes du testament de votre père. Estimez-vous que vous avez moins le droit d'y être que votre frère ?

— Bien sûr que non.

Mme Watson posa sur Alice un regard à la fois bienveillant et pénétrant.

— Puis-je vous parler sans détour, madame Treadles ?

Parce qu'elle avait pris des détours pour lui parler jusqu'à présent ? se demanda Alice, l'estomac noué.

— Je vous en prie.

— Vous pouvez nier, ma chère, et vous pouvez même croire sincèrement à vos dénis, mais vos appréhensions me disent tout autre chose. Elles me disent qu'on vous a répété depuis votre tout jeune âge que vous n'aviez pas votre place chez Cousins, et vous avez fini par adopter ce jugement vous-même.

Il sembla à Alice qu'un sifflement assourdissant s'éteignait dans sa tête, avant que se fasse un silence effroyable. Elle avait déjà ressenti cela, très longtemps auparavant, quand elle avait appris que sa mère avait une tumeur fatale.

Cette fois, le diagnostic la concernait personnellement.

— Mais je n'ai jamais été d'accord ! protesta-t-elle d'un ton implorant.

Ce ne pouvait pas être vrai ! Diriger Cousins avait toujours été son *rêve*.

— Peu de gens sont réellement imperméables aux opinions des autres, et encore moins les femmes. Mlle Holmes, peut-être, mais la plupart d'entre nous doivent fournir un effort de volonté pour ne pas laisser des forces extérieures prendre le pas sur leur propre jugement.

Alice avait toujours été fière de suivre son propre jugement, mais si Mme Watson avait raison, de qui avait-elle suivi le jugement ?

— Vous souvenez-vous que je vous ai dit que vous n'aviez rien fait de mal par rapport à votre mari ? Malheureusement, en ce qui concerne Cousins, vous *avez* commis une faute, ma chère.

Le cœur d'Alice frémit de terreur. Pourtant, elle était impatiente d'entendre son aînée lui dire en quoi elle s'était trompée. Elle n'avait personne d'autre pour la guider.

— Je vous en prie, je vous écoute.

Mme Watson esquissa un léger sourire, comme soulagée qu'Alice n'ait pas pris ombrage de ses paroles.

— Dans ce monde, la plupart des gens ont très peu de pouvoir, voire pas du tout. Ce n'est pas votre cas. Votre situation personnelle vous a donné du pouvoir. Votre naissance vous a donné du pouvoir.

Et vous vous êtes comportée, ma chère, comme une mendiante impuissante face à vos subordonnés, en espérant que si vous vous montriez assez gentille pendant assez longtemps, ces hommes qui ont déjà leur place chez Cousins finiraient par vous accepter.

Alice s'agita, mal à l'aise. Elle aurait voulu détourner les yeux, mais Mme Watson avait vrillé son regard dans le sien et ne le lâchait pas.

— S'il n'y avait eu aucun problème chez Cousins, vous auriez peut-être gagné cette acceptation avec le temps. Peut-être. Je n'en jurerais pas. À nous autres femmes, on enseigne depuis la naissance que la vertu est notre plus grand atout. Je n'ai rien contre les vertus, et j'aime à penser que j'en cultive un certain nombre avec assiduité, mais le pouvoir ne cède pas devant la vertu. Le pouvoir ne cède que devant le pouvoir.

» Avec le temps, votre vertu vous aurait peut-être valu assez de soutiens pour qu'elle se convertisse en pouvoir, mais vous n'avez pas de temps devant vous. Aujourd'hui, quand vous entrerez chez Cousins, ce ne sera pas pour convaincre qui que ce soit de vos capacités à exercer le pouvoir, mais pour assumer le pouvoir que vous possédez déjà en tant que légitime propriétaire des Industries Cousins.

» Par conséquent, vous ne vous soucierez pas un instant de votre apparence. Vous êtes parfaite. Cela n'a pas la moindre importance que vos yeux soient rougis. Cela n'aurait même pas la moindre importance que vous entriez le visage ruisselant de larmes. Comprenez-vous bien, madame Treadles ?

Alice avait le souffle court et son estomac était noué. Mme Watson avait beau tenir un discours musclé et faire des déclarations affirmatives, c'était elle qui devrait affronter ces hommes qui l'avaient méprisée pendant des mois.

— Il… il me semble.

— Cela ne suffit pas, ma chère. Comprenez-vous bien qu'aujourd'hui, vous n'allez pas demander le pouvoir mais l'exercer ?

Les mains d'Alice se mirent à trembler. Voilà qu'elle recommençait à écraser le mouchoir de Mme Watson. Oui, elle avait peur d'exercer ce pouvoir, mais elle avait également peur du pouvoir en lui-même. *Le pouvoir*. À entendre Mme Watson le décrire de façon aussi simple, aussi directe, il lui semblait qu'elle-même, une femme très ordinaire, n'aurait pas dû le vouloir, et encore moins l'avoir.

« La plupart d'entre nous doivent fournir un effort de volonté pour ne pas laisser des forces extérieures prendre le pas sur leur propre jugement. »

Était-ce ce qui s'était passé ? Avait-elle intégré le verdict des gens, à tel point qu'à présent c'était celui-ci qui parlait avec sa propre voix ?

Elle carra les épaules. Les mains toujours tremblantes, elle répondit :

— Oui, madame Watson, je comprends. Je suis la propriétaire des Industries Cousins. Il est temps que je me comporte en tant que telle.

Alice transpirait.

Il faisait chaud dans la salle. Des flammes crépitaient dans les deux grandes cheminées et la pièce était pleine de monde – même les plus modestes contremaîtres, apparemment, étaient venus. La vaste table pouvait accueillir seize personnes, mais il devait y avoir deux fois plus d'hommes présents que d'habitude.

Et deux fois plus de femmes.

Tous les yeux convergèrent vers Mme Watson quand elle entra. Si elle n'était plus une jeune femme, elle était toujours une beauté au charme presque magnétique. Sa robe d'une nuance rouille était dénuée de tout ornement, mais l'étoffe était luxueuse et la coupe sublime. Sans sourire, elle parcourut d'un regard paisible les hommes rassemblés, comme pour prendre leurs mesures.

Alice lui avait brossé un rapide tableau de la situation. Ses opposants ne formaient pas une meute unifiée mais deux factions de tailles inégales. La première, autrefois menée par M. Sullivan, était essentiellement constituée d'hommes qui avaient rejoint la société après l'arrivée de son frère. L'autre, moins nombreuse, rassemblait la vieille garde, ceux qui avaient travaillé pour son père. Il y avait également le groupe de ceux qui n'avaient ouvertement rallié aucun des deux clans. Celui-ci manquait trop de cohésion pour être considéré comme une coterie mais, de par sa taille, il ne pouvait être totalement ignoré.

Alice prit le siège au bout de la table. En face se tenait M. White, le premier lieutenant de M. Sullivan. Elle était habituée à le voir à cette place. Quand M. Sullivan feignait d'être son ami, il s'asseyait vers le milieu de la table, façon de lui faire croire que son pire opposant était M. White.

Ce qu'il serait effectivement aujourd'hui.

Mme Watson était assise à sa droite, la place autrefois réservée à M. Longstead. Derrière Mme Watson se tenaient deux hommes au physique imposant. Ils étaient convenablement habillés, mais ils donnaient tout de même l'impression d'avoir participé à un match de boxe la veille, voire à quelque activité illicite.

Mme Watson lui adressa un hochement de tête. Alice prit une profonde inspiration.

— Merci d'être venus.

Sa voix était étranglée mais elle s'obligea à poursuivre :

— Madame Watson, je vous présente mes chefs de service et contremaîtres. Messieurs, voici Mme Watson, qui sera ma conseillère aujourd'hui.

Toujours sans sourire mais aborant un air poli, Mme Watson salua d'un hochement de tête l'assemblée masculine, qui répondit de même.

— Une immense tragédie s'est abattue sur Cousins, continua Alice en priant pour que ses mains, posées sur la table l'une sur l'autre, ne tremblent pas. M. Longstead et M. Sullivan ne sont plus. Nombre d'entre vous ont travaillé avec M. Sullivan pendant des années, d'autres avec M. Longstead plus longtemps encore. Nous avons tous beaucoup perdu avec la disparition de ces hommes brillants, mais les Industries Cousins doivent aller de l'avant.

» Notre priorité sera de mener une étude complète des finances et du fonctionnement de l'entreprise. Il n'y en a eu aucune depuis six ans, ce qui constitue un grave manquement à la politique de l'entreprise, qui est d'en effectuer une tous les quatre ans. L'acquisition d'usines à l'époque de mon regretté frère, bien qu'elle ait remarquablement augmenté notre capacité de production, nous a laissés...

— Madame Treadles !

L'interruption de M. White arriva exactement au moment où elle s'y attendait.

Ça commence.

— Oui, monsieur White ? demanda-t-elle d'un ton glacial, la gorge sèche.

— J'avoue que je ne peux pas croire ce que j'entends, madame Treadles. M. Sullivan et M. Longstead ont été assassinés *par votre mari*, et vous êtes assise là comme s'il ne s'était rien passé ?

Il y eut un hoquet général de stupeur, y compris de sa part. Les visages se tournèrent vers M. White, puis de nouveau vers Alice.

Elle ressentit l'impact de ces paroles dans son plexus solaire, mais elle n'avait pas l'intention que l'homme décèle le moindre changement dans ses inflexions.

L'image du pouvoir comptait presque autant que le pouvoir en lui-même. Mme Watson, bien qu'elle ait dit à Alice de ne pas se soucier de son apparence, l'avait ensuite aidée à avoir une aussi bonne mine que possible, étant donné les circonstances.

— Monsieur White, rectifia-t-elle, l'inspecteur Treadles est temporairement retenu à Scotland Yard pour être interrogé. L'enquête est toujours en cours et je vous conseille de ne pas l'accuser prématurément, d'autant qu'il pourrait être libéré d'un instant à l'autre.

On aurait dit que M. White avait envie de jeter quelque chose. Sur elle.

— On l'a pris avec l'arme du crime à la main !

Son agressivité parut exciter les membres de sa meute. D'autres s'agitèrent inconfortablement.

— Les apparences sont parfois trompeuses. Des hommes pris avec l'arme d'un crime à la main se sont peut-être juste trouvés au mauvais endroit au mauvais moment. De la même façon que des hommes qui se montrent serviables et amicaux ne le sont peut-être pas du tout.

L'allusion à M. Sullivan était dénuée de toute subtilité. Elle disait du mal d'un homme dont le cadavre avait à peine refroidi. Certes, il avait été méprisable, mais jamais elle n'aurait imaginé énoncer cette vérité devant ses troupes.

Un muscle tressaillit sur la mâchoire de M. White. Lui non plus ne s'était pas attendu à une pique aussi directe.

— Quoi qu'il en soit, madame Treadles, je pensais plutôt que vous alliez nous annoncer votre retrait de chez Cousins.

Elle posa la paume sur le carnet qu'elle avait apporté. Mme Watson lui avait conseillé d'avoir un ou deux accessoires pour s'occuper les mains.

— Et pour quel motif, je vous prie ?

— Parce que votre mari a été arrêté pour soupçon de meurtre sur deux des meilleurs d'entre nous !

Elle aussi avait envie de crier. Au lieu de cela, elle s'obligea à répondre de façon encore plus douce et plus calme :

— Et cela devrait faire des Industries Cousins une question moins importante pour moi ? Cela fait-il que l'entreprise m'appartienne moins ?

White rougit de colère.

— N'avez-vous donc aucun sens des convenances, madame, pour être dehors à un tel moment ?

La main d'Alice s'approcha du stylo à plume posé près du carnet. Ce dernier provenait de la réserve de papeterie de son bureau, mais le stylo était un cadeau de Robert, la veille de son départ pour « la campagne du Kent ».

Ce jour-là, elle et lui n'avaient pas parlé ouvertement de la distance qui les séparait. Elle n'avait pas osé mettre en péril le fragile bonheur de leur récente réconciliation en exhumant la douleur et la méfiance d'un passé à peine moins récent. Peut-être avait-il eu la même crainte. Ce qui faisait de ce stylo, gravé des armes des Cousins et des initiales d'Alice, un cadeau encore plus poignant.

« J'ai une arme de service gravée, lui avait-il dit. Vous devez avoir quelque chose de similaire. »

Il n'avait pas échappé à Alice que par ces paroles, Robert plaçait son travail au même niveau que le sien.

Elle passa le pouce sur la gravure.

— Mon sens des convenances est dicté par mon sens du devoir, monsieur White. Là où mon devoir m'appelle, ma présence est convenable. Et en tant que responsable des destinées de Cousins, ma place est ici.

— C'est une insulte à la mémoire de M. Sullivan de tolérer la femme de son meurtrier ici.

Une goutte de sueur roula le long de son dos, mais elle se composa une voix glaciale.

— Veuillez noter, *monsieur White*, que vous vous adressez à l'employeuse de feu M. Sullivan, qui est également votre employeuse, au cas où vous l'auriez oublié.

Dans un grincement sonore de pieds de chaise, White se leva.

— C'est une comédie ! M. Sullivan a plus fait pour cette société que n'importe qui, à part ses fondateurs. Et il était un parent de M. Longstead. C'est une injustice que la compagnie ne lui ait pas appartenu !

Une autre goutte de transpiration descendit le long de son dos. Dans ses bottines, ses orteils se crispèrent. Et son cœur battait comme si elle était Philippidès courant de Marathon jusqu'à Athènes.

Du bout du doigt, elle lissa le bord du carnet.

— M. Longstead avait vendu ses parts de la société à mon père quand il est parti. Il avait choisi de ne pas en faire hériter son neveu. Quelle que soit votre opinion personnelle sur cette décision, monsieur White, M. Sullivan n'était pas un actionnaire mais un salarié. En tant que tel, il était très bien payé et il n'y a rien de remarquable dans le fait qu'il soit resté employé tandis que la compagnie demeurait entre les mains de ma famille.

M. White serra les dents.

— J'espère que ce que je vais dire ne vous surprendra pas, mais vous ne méritez pas d'être ici.

Malgré tout – tout ce que Mme Watson lui avait dit, tous les encouragements du cher M. Longstead, et tout ce qu'elle savait être vrai –, elle était presque d'accord avec lui.

Mais il y avait un tel mépris sur le visage de cet homme, un tel rejet !

— Pour la dernière fois, monsieur White, je vous rappelle que vous vous adressez à votre employeuse. C'est vous qui êtes ici à ma discrétion, monsieur, et non l'inverse.

Il éclata d'un rire plein de dérision et d'agacement.

— Et que feriez-vous sans moi ? Je suis indispensable dans cette entreprise. Vous n'êtes qu'une femme qui ne sait pas où est sa place.

Voilà si longtemps qu'elle avait redouté cela, cette hostilité déclarée, cette confrontation ouverte, cette irréversible rupture ! Pourtant, à présent que ce moment arrivait enfin, elle n'en avait plus peur. Et même, elle le voulait.

— Vous faites erreur, monsieur White. Je sais très bien où est ma place. Elle est ici, à la tête de cette table. Quant à la vôtre, elle n'est plus chez Cousins.

Il y eut un silence abasourdi, puis une éruption de murmures stupéfaits tandis que tous ces messieurs se regardaient les uns les autres, comme pour s'assurer que leurs oreilles ne les avaient pas trompés.

Alice se tourna légèrement vers sa voisine.

— Madame Watson, je vous prie, veuillez demander à votre escorte de raccompagner M. White.

Elle n'avait pas eu besoin de hausser la voix pour que tout le monde l'entende et se taise.

M. White frappa la table de son poing massif.

— Vous n'avez pas le droit, mégère !

Après ce qu'elle avait enduré de la part de l'inspecteur Brighton, cette insulte l'effleura à peine. Elle le regarda froidement.

— Permettez-moi de le répéter : vous êtes ici à ma discrétion, monsieur White. Et j'ai décidé qu'avec votre insubordination et autres manquements à vos devoirs – parmi lesquels l'absence de toute étude financière de la société en six ans – vous avez démontré n'avoir aucun souci de mes intérêts ni de ceux de Cousins. Vous êtes licencié. Les hommes de Mme Watson vont vous raccompagner.

— S'il s'en va, moi aussi ! rugit un homme du nom de Kingford en se levant.

C'était l'un des ingénieurs en chef de Cousins et un pilier de la bande de Sullivan.

— Madame Treadles, ce n'est pas ainsi que nous nous comportons ici ! s'écria M. Pollard, le meneur de la vieille garde.

Enfin, le vieux renard sortait de son trou, trop heureux de voir son rival mis à la porte et pressé d'en profiter pour rafler quelques avantages personnels.

— En effet, monsieur Pollard, ce n'est pas ainsi que nous nous comportons ici. Depuis quand est-il normal qu'un simple chef de service se montre ouvertement hostile et méprisant envers le propriétaire de l'entreprise et s'imagine conserver tranquillement son poste ? Depuis quand est-il normal qu'un employé ne fasse pas son travail, se réfugie derrière toutes sortes de prétextes et dissimule des preuves de la piètre qualité de ses prestations ? Et depuis quand est-il normal que ceux à qui on a confié la bonne marche de l'entreprise tolèrent ce genre de comportement et protestent quand l'un de leurs pires collaborateurs est congédié ?

M. Pollard, qui ne s'était pas attendu à une riposte aussi virulente, ouvrit et ferma les lèvres.

— Enfin, madame Treadles, jamais votre père ne se serait comporté ainsi !

— Et *avec* mon père, quelqu'un se serait-il comporté comme vous l'avez fait ?

— Voyons, c'était parce que votre père n'aurait pas voulu de vous ici, rétorqua le vieux renard.

Cette réponse insidieuse lui transperça le cœur. Cela ferait toujours mal, au moins un peu, de savoir que son père l'avait exclue de Cousins et qu'elle n'en aurait jamais hérité si Barnaby n'était pas décédé sans enfant... Mais cette question devait rester entre elle et la mémoire de son géniteur.

— À mon avis, mon père aurait surtout été furieux qu'on me traite de la sorte, répondit-elle d'un ton ferme. Toutefois, comme il n'est plus là pour régler ce différend, c'est *moi* qui décide de la façon dont on se comporte dans cette société.

Elle fit passer son regard autour de la table en fixant chacun dans les yeux.

— Messieurs, c'est le bon moment pour vous joindre à l'exode. Pendant trop longtemps, j'ai toléré les mauvaises conduites à l'intérieur comme à l'extérieur de cette salle. C'est terminé. Si votre loyauté va à M. White ou à M. Kingford plutôt qu'à Cousins, je ne vous retiens pas. Je ne tolérerai plus les gens qui ne savent pas rester à leur place.

Un silence de mort tomba.

M. Pollard cligna des yeux. Deux hommes, M. Ferguson, le chef comptable, et M. Adams, responsable de la trésorerie, se levèrent en reculant leur chaise. M. Hadley, un autre ingénieur en chef, faillit se lever mais n'alla pas plus loin.

Alice se carra dans son siège.

— N'hésitez pas, messieurs. Suivez vos convictions. Si vous choisissez de rester, j'en déduis que vous avez compris que le seul poste garanti par la loi ici, c'est le mien.

— Madame Treadles, protesta M. Pollard qui semblait commencer à prendre peur, ce n'est pas ainsi qu'on parle aux hommes. Vous allez entraîner une catastrophique hémorragie de talents.

Elle avait les tripes nouées par exactement la même peur, mais elle ne pouvait plus faire marche arrière.

— Le talent, monsieur Pollard, cela se remplace. Un homme est irremplaçable pour ses proches, mais sur le champ de bataille la guerre continue même quand un haut gradé tombe. Quelqu'un d'autre prend la relève. Quelqu'un d'autre assumera la mission, souvent avec une compétence surprenante. Et cette nouvelle personne se montrera reconnaissante qu'une telle chance lui ait été donnée.

Elle parcourut de nouveau l'assemblée du regard.

— D'autres départs ?

Il n'y eut pas un mot, pas un geste.

Alice se tourna vers les hommes que Mme Watson avait amenés.

— Messieurs, vous pouvez raccompagner MM. White, Kingford, Ferguson et Adams qui quitteront les lieux immédiatement.

— Pas de façon aussi précipitée ! gémit M. Pollard.

Alice le toisa.

— Ces messieurs toucheront leur salaire, et leurs affaires personnelles leur seront envoyées. Une fois de plus, monsieur Pollard, je note que vous n'avez pas eu le moindre égard pour *ma* dignité quand elle était foulée aux pieds, mais qu'à présent vous vous souciez de la dignité de ceux qui m'ont le plus malmenée. Comptez-vous continuer à l'avenir de faire preuve d'une répartition aussi peu équitable de votre sollicitude ?

— Je... vraiment... C'est... Non, madame Treadles. Je ne le ferai pas.

— Ce sera tout, monsieur Pollard, conclut-elle froidement.

Sous les yeux de l'assistance médusée, les quatre hommes quittèrent la salle. À la porte, M. White se retourna et gronda en direction d'Alice :

— Votre mari sera pendu et vous ne pourrez plus jamais vous montrer ici !

Les doigts d'Alice se serrèrent autour du stylo et son pouce passa sur la gravure.

— Mon mari sera acquitté et je présiderai cette entreprise jusqu'à la fin de mes jours.

Les hommes partirent. Le silence retomba sur la salle, un silence étrange et bienvenu. Alice était recrue de fatigue, mais elle se redressa.

— Et maintenant, messieurs, nous avons du travail à accomplir.

11

— Olivia, pourquoi ne cessez-vous de vous tordre les mains ? Ce n'est pas du tout élégant, marmonna lady Holmes. Cessez donc !

Livia, qui étirait ses doigts pour les assouplir, pinça les lèvres mais obtempéra. Ou plutôt elle fit semblant, laissant retomber ses mains sur ses genoux de sorte que sa mère, assise en face d'elle à table, ne les voie plus.

C'était seulement l'heure du thé, mais le crépuscule tombait déjà. En ces jours les plus sombres de l'année, à peine le soleil s'était-il levé dans le ciel qu'il semblait s'enfuir derrière l'horizon. Livia souffrait souvent de mélancolie et de léthargie quand elle était trop longtemps privée de la lumière du jour. Cette année, la déprime ne s'était pas encore installée car elle avait passé quinze merveilleuses journées en France avec Charlotte. Et depuis son retour, elle recopiait son manuscrit avec une résolution farouche.

Elle s'était levée tôt et, de nouveau, avait passé de longues heures à son bureau, raison pour laquelle elle avait besoin de plier sa main d'un côté et de l'autre pour soulager les crampes dans ses doigts. Au rythme où elle avançait, toutefois, elle aurait achevé sa tâche d'ici un jour, deux tout au plus. Alors que faire ensuite ? À quoi s'occuper ?

— Bonté divine, le monde et tout ce qu'il contient se détériorent à vue d'œil ! s'exclama lady Holmes avec dégoût avant de jeter le journal qu'elle lisait. Regardez vous-même, Olivia. Un inspecteur de police de Scotland Yard a assassiné deux collègues de son épouse.

Livia aurait préféré fuir sa mère pendant la grossière absence de son père mais lady Holmes, qui s'ennuyait et ne tenait pas en place, avait besoin d'une oreille compatissante à l'heure du thé. Si elle avait d'abord envisagé de prétendre qu'elle était souffrante, elle n'était pas assez cruelle pour refuser une demi-heure de son temps à sa mère, même si elles ne s'entendaient pas.

En comparaison, la compagnie de M. Marbleton avait été si merveilleusement agréable ! Avec Charlotte, Livia avait l'impression qu'être elle-même était suffisant. Avec M. Marbleton, être elle-même avait été *fabuleux*.

Un indéfinissable chagrin assombrit son cœur.

Non. Elle avait décrété qu'elle ne penserait plus à lui. Ils ne se fréquentaient plus. Il était sans doute sous le ciel tiède et lumineux de l'Andalousie, en train de boire du vin d'Espagne. Ou peut-être sur la Côte d'Azur, marchant le long d'une plage de sable fin, les pieds dans une paisible eau turquoise. Pendant qu'elle était coincée sur une île humide et froide dans l'Atlantique Nord, sans espoir de soleil dans un proche avenir…

Elle prit le journal – peut-être le dernier scandale londonien la distrairait-il ? – et faillit pousser un hoquet de stupeur. Le policier assassin n'était autre que ce détestable inspecteur Treadles ! Eh bien, elle n'aurait pu rêver d'une chute plus appropriée si elle s'était tenue derrière le trône céleste du Tout-Puissant pour lui murmurer des suggestions de vengeance.

Toutefois, quand elle eut fini de lire l'article, elle fronça les sourcils. Charlotte n'allait pas se mêler de cette affaire, n'est-ce pas ?

— Quoi ! s'exclama alors lady Holmes. Qu'est-ce donc que *ceci* ?

Quelle nouvelle pouvait être plus surprenante que la sensationnelle disgrâce de l'inspecteur Treadles ?

Les yeux écarquillés de stupeur, lady Holmes se tourna vers Livia.

— Il y a un chèque de cinquante livres pour moi au courrier. De la part de *Charlotte*.

Quand Charlotte parvint à la maison de Mme Treadles peu après l'heure du thé, lord Ingram l'attendait devant l'entrée, un parapluie à la main, le visage spectaculairement souligné par le jeu d'ombre et de lumière projeté par un réverbère.

— Comment allez-vous, milord ? demanda-t-elle tandis qu'il l'aidait à descendre de voiture.

Il tendit son parapluie au-dessus d'elle. Celui-ci était assez grand pour qu'ils puissent maintenir une distance respectueuse, mais le simple fait de partager l'espace en dessous donnait tout de même une impression d'intimité, presque comme s'ils étaient dans un douillet cocon.

— J'essaie de me souvenir de la dernière fois que j'ai parlé avec autant de gens à la suite, dit-il avec un humour pince-sans-rire. Je peux me féliciter que la fête de Mlle Longstead ait été une soirée dansante plutôt qu'un grand bal.

Après être partie de chez les Longstead, elle avait également rendu visite à certains invités, mais il avait une liste plus longue que la sienne.

— Avez-vous appris des détails intéressants ?

— Il y a quelque chose qui ne colle pas, mais cela ne signifie peut-être pas grand-chose. Une certaine Mlle Yates, une amie de Mlle Longstead, a affirmé que pendant la fête elle avait discuté avec un cousin de celle-ci, M. Proctor. Mais quand je suis allé le voir, il était certain qu'elle ne lui avait pas adressé la parole. Il a déclaré qu'il avait passé presque toute la soirée à chercher le courage d'aller parler à une autre jeune femme.

Ils étaient arrivés sous le porche de la maison. Quand il referma le parapluie d'un geste fluide, elle réprima une folle envie de refermer la main sur son avant-bras pour savourer le jeu de ses muscles tandis qu'il achevait ce geste, pourtant fort banal.

Au lieu de cela, elle rajusta le ruban de son chapeau.

— Merci de m'avoir rejointe pour cette visite.

Il se tourna vers elle, un sourire aux lèvres.

— Ai-je besoin de vous dire, Holmes, que tout le plaisir est pour moi ?

Il était différent. Plus décontracté. Elle l'avait vu au repos, mais jamais vraiment relaxé. Jusqu'à présent il avait toujours été tendu, en homme qui fait de son mieux pour se conformer à une norme à laquelle il n'adhère pas totalement. Maintenant qu'il avait fait son choix...

Maintenant que c'était *elle* qui freinait par excès de prudence...

Elle détourna les yeux et sonna à la porte.

L'adresse de Mme Cousins avait suggéré à Charlotte que cette maison n'avait pas été son foyer du temps de son mariage avec un rejeton de l'industrie. Maintenant qu'elle voyait l'intérieur, Charlotte n'avait plus de doute sur ce point.

Une grande attention avait été consacrée à donner l'impression que l'endroit était spacieux – grands miroirs, chaises à dossier ajouré, portes de placards et de commodes à claire-voie –, mais rien ne pouvait cacher le fait que la maison était de taille modeste.

Au demeurant, avec son mobilier délicat et ses murs tendus de papier peint vert céladon et vieil or, le salon était très élégant. Et Mme Cousins était encore plus élégante. La tenue de deuil noyait certaines femmes et les faisait presque disparaître. Mme Cousins, en revanche, évoquait un portrait de maître hollandais montrant un visage saisissant, brillamment éclairé devant un fond obscur.

— En quoi puis-je vous aider ? demanda-t-elle simplement.

Charlotte fut gagnée par un embarras inaccoutumé.

Elle savait que l'inspecteur Treadles avait toujours considéré Barnaby et Eleanor Cousins comme des snobs – assurément, ils ne l'auraient pas choisi, lui qui était issu de la classe laborieuse, comme beau-frère. Elle avait donc saisi ce maigre prétexte pour demander à lord Ingram de l'accompagner à cette entrevue, au cas où, de par sa haute naissance, il pourrait désarmer Mme Cousins et l'inciter à se montrer plus coopérative.

Mais celle-ci ne semblait pas du tout récalcitrante. Ce qui ne faisait que démontrer, du moins à Charlotte, qu'elle avait simplement eu envie que lord Ingram l'accompagne.

Elle ne le regardait pas, sauf en jetant des coups d'œil dans un miroir sur le mur d'en face. Dans la glace, le reflet de son compagnon souriait légèrement, comme pour lui-même. Amusé. Et content.

Charlotte toussa pour éclaircir sa voix.

— Merci, madame Cousins. J'ai cru, sans doute à tort, que l'inspecteur Treadles et vous n'étiez pas en bons termes.

— Nous ne sommes pas en bons termes et ne risquons pas de le devenir. En revanche, ma belle-sœur est une personne exceptionnelle. Je ne l'ai pas toujours appréciée à sa valeur et j'ai été bien sotte. Elle s'est révélée une véritable amie, la sœur que je n'ai jamais eue, et je ferai tout ce qui est en mon pouvoir pour l'aider.

Charlotte avait déjà déduit tout cela de la confiance que Mme Treadles lui avait témoignée l'autre soir – une relation sincère s'était visiblement développée entre les deux femmes. Hélas, Charlotte avait relaté ses observations à lord Ingram, de sorte qu'il en savait autant qu'elle. Et pourtant, il avait acquiescé avec le plus grand sérieux quand elle avait prétendu qu'elle pourrait avoir besoin de lui.

Cette fois, elle ne trouva pas le courage de regarder son reflet dans le miroir.

Elle prit une profonde inspiration et mordit dans un biscuit qu'elle avait choisi au hasard parmi tout un assortiment.

— Dans ce cas, je vais commencer. Connaissiez-vous les deux victimes ?

— Oui, mais je ne pourrai pas vous en dire beaucoup sur M. Longstead. Mon défunt beau-père et lui étaient de grands amis, presque des âmes sœurs. Par contre, je crains qu'il n'ait été déçu par mon mari qui ne l'a pas très bien pris, et nous ne le voyions pas souvent, voire pas du tout. Il est tout de même venu me présenter ses condoléances, ce qui m'a grandement surprise. En fait…

Des cris stridents s'élevèrent alors dans la rue, accompagnés de hennissements furieux et du crissement métallique de freins. Mme Cousins bondit, la main sur le cœur. Lord Ingram se leva à son tour, s'approcha de la fenêtre et regarda dehors.

— Tout va bien, dit-il. C'est un enfant qui s'est échappé et a couru sur la chaussée, mais l'attelage s'est arrêté à temps.

Mme Cousins s'approcha prudemment de la vitre pour s'assurer par elle-même qu'il n'était rien arrivé de tragique.

— Dieu soit loué !

Elle retourna s'asseoir, le souffle court.

— Je suis désolée. Quand j'étais enfant, ma famille s'est trouvée prise dans un terrible accident et mon frère a été gravement blessé. Je crains qu'aujourd'hui encore, les mêmes sons me fassent perdre mon sang-froid.

— C'est tout à fait compréhensible, la rassura lord Ingram. Voulez-vous que nous demandions qu'on refasse du thé ?

— Oui, s'il vous plaît. Merci, répondit-elle avec un faible sourire.

On apporta une nouvelle théière. Après s'être servi une tasse, Mme Cousins se ressaisit, présenta ses excuses et dit :

— Nous discutions de M. Longstead, n'est-ce pas ? Mme Treadles parlait souvent de lui. Elle lui était extrêmement reconnaissante de la bonté qu'il lui témoignait. C'était la seule personne chez Cousins qu'on pouvait qualifier de « bienveillante ». Je suis désolée qu'il ne soit plus là.

Charlotte attendit pour voir si elle avait plus à en dire, mais Mme Cousins se contenta de regarder ses mains, l'une serrée dans ses jupes, l'autre s'ouvrant et se fermant avec nervosité.

Elle passa au sujet qui avait motivé sa venue :

— J'étais chez Mme Treadles l'autre soir, quand l'inspecteur Brighton l'a interrogée. De votre échange, j'ai compris que vous étiez informée de son dilemme au sujet de M. Sullivan. Quand vous en avait-elle parlé ?

Mme Cousins parut plus surprise d'apprendre que Charlotte était informée du problème de M. Sullivan que de découvrir qu'elle s'était trouvée chez Mme Treadles.

— Que savez-vous au juste, mademoiselle Holmes ? demanda-t-elle d'un ton méfiant.

Avant ce rendez-vous, Charlotte avait fait un détour par chez elle et croisé Mme Watson, qui revenait de chez Cousins chargée de dossiers comptables et lui avait fait le compte rendu des confessions de Mme Treadles.

— Je sais tout, dit-elle. Je sais que M. Sullivan l'avait menacée. Je sais ce qu'elle a vécu au numéro 33, le soir de la fête.

— Dans ce cas, très bien. Si elle vous l'a dit, je suppose que je peux parler de M. Sullivan.

Toutefois, Mme Cousins jeta un regard hésitant en direction de lord Ingram.

— Alice... Mme Treadles m'a parlé de M. Sullivan environ une semaine avant les meurtres. Elle ne voulait pas me faire porter le poids de ces aveux mais, avec le temps, le fardeau était devenu trop lourd pour elle seule. Sans compter que je l'avais avertie à propos de M. Sullivan et qu'elle ne m'avait pas écoutée.

Un sourire de dérision étira ses lèvres, mais Charlotte eut l'impression qu'elle se l'adressait plutôt à elle-même.

— Je ne lui reproche rien - depuis que nous nous connaissions, je n'avais sans doute pas fait preuve d'un grand discernement -, mais même une horloge arrêtée donne l'heure juste deux fois par jour. Et j'avais vu juste à propos de M. Sullivan.

— Puis-je vous demander comment vous aviez découvert les travers de M. Sullivan, madame Cousins ?

Celle-ci regarda de nouveau lord Ingram, hésitante.

— Veuillez m'excuser, milord, mais je me sentirais plus à l'aise de discuter de ce point uniquement avec Mlle Holmes.

Il se leva immédiatement.

— J'attendrai dans la voiture. Bonsoir, madame Cousins.

Si Charlotte avait pu rougir, elle l'aurait fait. Elle lui avait demandé de l'accompagner non seulement sous un prétexte éminemment fallacieux, mais sans songer qu'ils devraient interroger leur témoin sur un sujet très sensible.

D'un autre côté, il avait une partie de campagne à organiser après Noël et devrait bientôt quitter Londres. Ensuite, elle ignorait quand elle le reverrait.

Après qu'il eut refermé la porte derrière lui, Charlotte se ressaisit et déclara :

— Madame Cousins, je me dois de vous informer que lord Ingram participe totalement à cette enquête. Ce que vous me direz aujourd'hui lui sera très probablement répété, du moins dans les grandes lignes.

— Je comprends, dit Mme Cousins tout en lissant ses jupes. Dans la mesure où vous êtes une émissaire de M. Sherlock Holmes, je ne m'attends pas à ce qu'aucune oreille masculine n'entende mon histoire. L'impression que nous sommes seules me suffit.

— Merci, madame Cousins.

Celle-ci pencha la tête. Soudain, elle sauta sur ses pieds, marcha jusqu'à la fenêtre, puis vers le mur d'en face, et de nouveau vers la fenêtre. Une main sur le front, elle gémit :

— Je suis désolée. Depuis que j'ai appris l'arrestation de l'inspecteur Treadles, je ne tiens pas en place.

Elle continua d'arpenter fiévreusement la pièce pendant une bonne minute avant de faire halte derrière son propre fauteuil, les mains agrippées au dossier.

— Je suis tellement furieuse contre lui ! J'ai failli me ruer à Scotland Yard pour lui donner une bonne gifle. J'ai très peur pour elle. Et je suis effrayée à l'idée qu'elle doive assister à sa pendaison.

Charlotte regarda autour d'elle, s'approcha du buffet et versa deux doigts d'un liquide rouge clair qui se trouvait dans un flacon – du brandy à la cerise, si elle en jugeait à ses arômes capiteux. Puis elle rejoignit Mme Cousins.

— Tenez. Buvez un peu.

— Merci, dit Mme Cousins d'une voix enrouée.

Elle en prit une bonne gorgée, puis une seconde.

— Il y a un mois, j'aurais peut-être dit « Bon débarras ! », mais depuis que l'inspecteur Treadles est revenu de Stern Hollow, elle semblait… dangereusement heureuse. Comprenez-vous de quoi je parle, mademoiselle Holmes ?

Charlotte secoua la tête.

— Il y avait tant de peur dans son bonheur, la peur qu'en un instant tout s'effondre ! Pourtant, même moi qui ne crois plus à l'amour, je commençais à espérer qu'ils avaient redressé le navire et que désormais ils pourraient affronter ensemble les tempêtes et arriver à bon port.

Elle lança un regard implorant à Charlotte.

— Va-t-il s'en sortir ? *Vont-ils* s'en sortir ?

— Je crains de ne pas avoir la réponse à cette question pour l'instant, madame Cousins.

Charlotte avait bien quelques théories, mais les théories avaient peu de poids quand la police surprenait un homme avec deux cadavres, l'arme du crime à la main.

De sa main libre, Mme Cousins serra le poing.

— Alors je ferais mieux de vous dire tout ce que je sais sur M. Sullivan, au cas où cela pourrait vous aider en quoi que ce soit.

Elle posa son verre et se remit à faire les cent pas tout en se massant les tempes.

— Mon mari me parlait très peu des Industries Cousins et de ses subordonnés ; il estimait que les femmes n'avaient pas à s'occuper de ce sujet. Mais comme M. Sullivan était le neveu de M. Longstead, il pouvait se targuer d'une certaine proximité avec les Cousins.

» Ces dernières années, nous avons dîné à plusieurs reprises avec son épouse et lui. La première fois, après leur départ, mon mari a fait une réflexion qui disait, en gros : « Ce type est un flagorneur, mais un flagorneur plutôt plaisant. » Et c'était aussi mon avis sur lui, jusqu'au début de cette année.

» Mon époux et moi n'avons jamais été très proches l'un de l'autre. Il voulait une femme belle et de bonne naissance, je voulais un mari fortuné. Cela semblait un socle suffisant pour un mariage.

Une ombre passa sur son visage. Elle s'immobilisa au beau milieu de la pièce tandis que sa main retombait de son front.

— Et cela aurait pu l'être, si je n'avais pas fait des fausses couches à répétition.

— Je suis désolée, murmura Charlotte.

— Tout comme je l'ai été, dit Mme Cousins avec calme. M. Cousins, en revanche, était fâché de ce qu'il considérait comme ma responsabilité. Et moi qui étais déjà malheureuse, j'ai été furieuse d'être ainsi accusée. Nous n'avions pas atteint le stade où chacun déteste l'autre, mais rétrospectivement je vois bien que cela n'aurait pas tardé.

Elle se remit à marcher.

— M. Sullivan est arrivé pendant cette période de tension croissante. C'est au mois de mars, pendant un dîner, qu'il a commencé à me parler avec une certaine familiarité. Il semblait informé de mon tourment intime. Vous n'imaginez pas ma stupeur en entendant ses allusions, bien que détournées, à mon drame secret. Il débordait de compréhension, de sympathie et de complicité. Bien sûr que rien n'était de ma faute, murmurait-il. Il suffisait de regarder mon mari pour deviner que c'était lui, le problème. Et dire que je devais subir son mécontentement et ses reproches, que je n'avais personne pour me défendre contre un mari si cruel !

Elle s'arrêta devant un petit piano droit, l'air perdue, comme si elle était de nouveau abasourdie par l'audace de Sullivan.

— Avec M. Cousins, nous abordions à peine le sujet. Cela a été un choc d'entendre M. Sullivan en parler. Pourtant, même si j'étais choquée par son aplomb, et pas moins mortifiée, je ne pouvais m'empêcher de ressentir un plaisir mauvais en entendant mon mari ainsi ridiculisé.

Elle secoua la tête.

— Quand il a vu que je ne prenais pas la défense de M. Cousins et que je n'exigeais pas qu'il s'arrête, M. Sullivan s'est enhardi. La fois suivante, il a recommencé à dire du mal de mon époux, et de nouveau cela m'a plu. Certains poisons sont agréables au palais, n'est-ce pas ? La troisième fois, il...

Elle se mordit les lèvres.

— La troisième fois, il a élargi son répertoire en me faisant des propositions. N'avais-je pas envie de punir mon mari ? Alors, que je lui permette d'être l'instrument de ma vengeance !

Charlotte n'était pas choquée, seulement triste de la solitude de Mme Cousins qui l'avait rendue aussi vulnérable.

Celle-ci émit un rire sans joie.

— Finalement, cela m'a assez choquée pour que je mette un terme à ma complaisance. Si je n'étais pas éprise de mon époux, je connaissais mes obligations envers lui. J'ai catégoriquement refusé les avances de M. Sullivan. Il est devenu méchant. Il m'a traitée de toutes sortes de noms. Et ensuite, il est allé directement parler à mon mari. J'ai presque fait une attaque en pensant à ce qu'il pourrait lui raconter.

» Pour ce que j'en sais, il n'a rien dit. Puis mon mari est décédé et ses notaires m'ont annoncé qu'il ne m'avait laissé qu'un très modeste douaire. Il ne voulait pas que je touche une forte somme… et ensuite, que j'aille épouser un autre homme.

Elle souleva et rabattit le couvercle du piano, puis recommença, tandis que sur son visage le chagrin cédait la place à l'incompréhension, puis à la résignation. Elle revint ensuite vers son fauteuil à pas lents et s'assit.

— Après la lecture du testament de M. Cousins, j'ai reçu un message anonyme tapé à la machine qui disait : « Ne regrettez-vous pas de ne pas l'avoir fait cocu quand je vous en donnais la possibilité ? Vous êtes aussi risibles l'un que l'autre. »

Ses yeux étincelèrent de colère.

— Je l'ai haï pour cela, pour ce plaisir jubilatoire devant ma douleur. Quand j'ai pris conscience que Mme Treadles devrait travailler avec lui, je l'ai suppliée de s'en méfier. Mais nous n'étions pas encore très proches. Et cet épisode était si personnel et si humiliant que je n'ai pu me résoudre à en avouer les détails. Elle aurait peut-être été plus prudente si je lui avais tout dit, mais vous voyez déjà comment il s'y serait pris, n'est-ce pas ? Il aurait prétendu qu'il comprenait ses difficultés pour gagner sa confiance, dans le seul but de profiter d'elle.

Elle vida son brandy à la cerise et poussa un soupir tremblant.

— Je ne devrais pas dire ça, mais je n'ai aucun regret que M. Sullivan soit mort. Celui qui l'a tué nous a rendu service à tous.

Quand Charlotte sortit de chez Mme Cousins, lord Ingram descendit de la voiture.

Elle ne rougit pas et ne réagit en aucune façon, mais l'embarras lui brûlait la gorge et la poitrine. Le sourire qu'il affichait ne l'aidait assurément pas, et le rebord de son chapeau jetait sur son visage une ombre qui rendait plus séduisante encore la courbe de ses lèvres.

Elle n'était pas habituée à un sourire aussi franc et spontané de sa part, ni à cette expression de plaisir non dissimulée sur son visage.

Peut-être la chaleur qui la consumait et semblait gagner toute sa personne n'était-elle pas que de l'embarras.

Quand il l'aida à monter, sa main retint la sienne un instant de plus que nécessaire.

Pour deux êtres qui avaient été amants et s'étaient embrassés la veille avec passion, ce contact légèrement prolongé entre deux mains gantées n'aurait pas dû signifier grand-chose. Pourtant, une délicieuse brûlure picota les doigts de Charlotte et remonta jusqu'à son épaule.

— Je suis navrée de vous avoir fait perdre votre temps, s'empressa-t-elle de dire sans même attendre qu'il se soit assis en face d'elle.

— Je suis allé chez l'un des invités de la fête, pas très loin d'ici, répondit-il avant de toquer sur le toit du véhicule pour donner au cocher le signal du départ. Et comme la maison de Mme Cousins se trouve sur le chemin de celle où je dois maintenant me rendre, ce n'est absolument pas un problème.

— Tout de même...

— Et je suis ravi de vous voir.

Ce n'étaient pas tant ses paroles qui la troublaient – il lui avait déjà dit ce genre de choses – que l'insouciance dans sa voix, cette candeur sans réserve.

Elle ne savait que dire – ni que ressentir – en réponse à cela. Il ne lui imposait rien, mais il avait changé. Et ce changement… Elle se sentait comme une graine qui, après avoir connu bien des hivers, se retrouvait soudain dans un sol tiède et généreusement arrosé. Quelque chose croissait et fleurissait en elle, et cela exerçait sur elle comme une pression.

Elle lui relata ce que Mme Treadles avait avoué ce matin à Mme Watson, ainsi que ce qu'elle venait d'apprendre de Mme Cousins.

Il l'écouta dans un silence empreint de gravité.

— J'ai déjà rencontré ce genre d'hommes, mais de par ma position dans la société, je suis relativement immunisé contre les pires dégâts qu'ils peuvent commettre. Ce n'est pas le cas de Mmes Cousins et Treadles. Et cela me désole de penser à toutes les autres qui ont encore moins de fortune qu'elles, et à tous les Sullivan qu'elles doivent affronter.

Elle l'observa. Pour lui, le pouvoir n'était pas synonyme d'emprise sur les autres, mais de protection et de responsabilité. Il veillait sur ses proches, parfois à son propre détriment.

— Vous ne pensez pas que Mme Cousins ait encouragé M. Sullivan ? demanda-t-elle.

Il secoua la tête avec fermeté.

— Elle est humaine, et donc sujette à la faiblesse, cependant la faiblesse n'est pas la même chose que la mauvaise volonté. Je pourrais lui reprocher d'avoir fait certains choix discutables, peut-être, mais certainement pas arguer de son erreur pour justifier l'odieux comportement de Sullivan.

— Je suis heureuse que vous le voyiez ainsi.

Il jeta un regard par la vitre de la voiture, pensif, puis posa de nouveau les yeux sur elle.

— Je vous l'ai déjà dit : c'est vous qui m'avez fait remettre en question bien des choses que, sinon, je me serais contenté d'accepter comme des évidences. Ce que je ne vous ai pas dit, c'est que j'en suis heureux. Sans vous, j'aurais été un homme différent, un homme de moindre valeur.

Il fallut un moment à Charlotte pour cerner l'émotion étrange, vertigineuse mais quelque peu inconfortable, qui envahissait son cœur. *L'humilité*.

Elle soutint son regard. L'attelage tourna. La lumière des lanternes dansa. Quelque part dans la rue, un colporteur vantait d'une voix sonore ses couronnes de Noël fraîches et aromatiques.

Elle avait l'impression qu'elle devait dire quelque chose, mais que répondait-on à une confession d'une telle magnitude ? Elle humecta ses lèvres, ouvrit la bouche et s'entendit déclarer :

— Je... me demande quel genre de femme est Mme Sullivan.

Mme Sullivan était une petite femme replète qui donnait l'impression d'être sans cesse sur le qui-vive, avec ses grands yeux inquiets et sa manie de nouer et dénouer son chapeau.

Sa tenue de deuil l'ensevelissait entièrement. Dans son fauteuil capitonné et richement orné, elle ressemblait moins à une veuve qu'à un paquet de linge oublié.

En vérité, c'était tout le salon qui l'ensevelissait sous sa profusion grandiose. Les murs disparaissaient derrière les tableaux, petits ou grands, qu'on avait assemblés telles les pièces d'une ambitieuse mosaïque. Les boiseries des meubles n'étaient guère plus visibles sous l'assaut de leurs incrustations d'ivoire et motifs en chrysocale et des caryatides couvertes de dorures qui s'accumulaient sur toutes les surfaces disponibles.

Charlotte avait déjà vu une maison à l'ameublement encore plus extravagant, que Livia avait décrite comme « un lupanar *et* un cirque ». Toutefois, le salon de Mme Sullivan n'évoquait pas une maison close, mais plutôt l'entrepôt d'une galerie de ventes aux enchères, rempli jusqu'au plafond d'objets en tout genre.

Charlotte trouvait un certain charme à cette pièce, dont même le crêpe de deuil noir qui masquait fenêtres et miroirs ne parvenait pas à atténuer le mauvais goût tapageur. Et elle ne pouvait s'empêcher de songer au sourire qui aurait éclairé le visage de lord Ingram s'il avait été là et deviné le plaisir que lui procurait un tel décor.

Hélas, au lieu de l'accompagner pour cette visite, il s'était rendu chez les prochains invités avec qui il devait s'entretenir, mais il lui avait promis de la retrouver dans Cold Street où elle irait pour son dernier rendez-vous de la journée.

— Merci de me recevoir, madame Sullivan. Je suis désolée de prendre de votre temps et de troubler votre deuil.

— Je vous en prie, répondit Mme Sullivan.

Elle devait approcher la trentaine mais elle avait la voix d'une adolescente, presque d'une enfant.

— On ne laisse pas les jeunes veuves faire grand-chose. Ma sœur s'occupe de mes enfants, ma mère des visiteurs, et les cousins de M. Sullivan des funérailles. À part pleurer mon époux et faire des essayages pour d'autres tenues noires, je n'ai pas d'obligations en ces heures de chagrin.

Charlotte arqua un sourcil, un peu surprise.

— Je vois, dit-elle.

Mme Sullivan se pencha en avant.

— Que puis-je faire pour vous, mademoiselle Holmes ?

— Hum... eh bien, je viens de la part M. Sherlock Holmes, mon frère, qui a accepté d'aider Mme Treadles à découvrir la vérité dans cette affaire.

— Oui, je sais cela. M. Holmes l'a expliqué dans son message. J'espère que vous ferez mieux votre travail que la police. Le sergent Howe, quand il est venu, n'a pratiquement posé aucune question à qui que ce soit dans la maison, et encore moins à moi puisque je n'avais pas assisté à la soirée.

Comme Charlotte s'y était attendue, cette femme avait besoin d'attention. Et étant donné l'intérêt de son mari pour les épouses des autres, il était raisonnable de supposer qu'il ne s'était pas occupé de la sienne comme elle l'aurait voulu.

— Peut-être le sergent Howe a-t-il craint d'être indélicat dans un moment tel que celui-ci.

— Pfff ! fit Mme Sullivan avec un geste agacé. Il n'était pas délicat : il était indifférent. Et il a posé des questions auxquelles je n'avais pas de réponse – quand M. Sullivan était parti ce soir-là ou s'il connaissait l'inspecteur Treadles...

Intéressant.

— Vous ignorez à quelle heure M. Sullivan est parti ce soir-là pour la fête ?

— Il n'est pas repassé par la maison. Il a dû s'y rendre directement après son travail.

— Cela arrivait-il régulièrement ?

Mme Sullivan haussa les épaules.

— Ce n'était pas rare qu'il sorte sans moi. Il me trouvait trop maladroite, je suppose, pas assez bien pour les cercles qu'il avait envie de fréquenter.

« Maladroite » n'était pas le terme que Charlotte aurait utilisé pour décrire cette femme, mais elle devinait que Sullivan avait négligé son épouse, pas assez jolie pour attirer les regards.

— Madame Sullivan, vous affirmez que vous ne saviez pas si M. Sullivan avait déjà rencontré l'inspecteur Treadles ?

— Il n'a jamais dit qu'il le connaissait, mais mon mari ne me disait pas grand-chose, répondit la jeune femme d'un ton plaintif. Puisque je suis déjà maladroite, il aurait pu vouloir que je sois moins ignorante, non ?

Charlotte se demandait comment répondre à cela quand Mme Sullivan poussa un gros soupir.

— D'un autre côté, peut-être que si le sergent Howe n'a pas posé beaucoup de questions, c'est parce qu'il est parfaitement évident que mon mari a été assassiné pour avoir convoité l'épouse d'un autre.

Charlotte s'était composé diverses expressions de surprise ou de désarroi devant les remarques de Mme Sullivan. Cette fois, elle choisit de la regarder, bouche bée.

Il n'était pas si facile de capter l'attention des autres. Si Mme Sullivan tentait d'y parvenir par des confessions personnelles, alors elle devait révéler des détails privés. Toutefois, Charlotte était un peu étonnée de les voir arriver aussi vite.

Elle émit un hoquet choqué, façon de montrer à son interlocutrice que ses déclarations avaient produit l'effet escompté.

— Tout de même... Tout de même, M. Sullivan ne vous a pas déclaré qu'il « convoitait l'épouse d'un autre » !

— Oh si, il l'a fait, répliqua Mme Sullivan sans s'émouvoir, de la même façon qu'une autre aurait confirmé que oui, son mari lui avait offert un bouquet de fleurs.

Elle prit un cerceau à broder et piqua une aiguille dans le mouchoir blanc qui y était tendu.

— Mon époux était un pécheur impénitent. Et en plus, il était extraordinairement fier de son immoralité.

Charlotte tira sur la broche ornée d'un camée qui fermait son col et toussa pour éclaircir sa voix.

— Par « l'épouse d'un autre », nous parlons bien de Mme Treadles, n'est-ce pas ?

— C'est exact. Mais comme elle l'a éconduit, il l'a menacée de faire des déclarations mensongères à son mari.

Depuis le dessous du mouchoir, Mme Sullivan piqua son aiguille vers le haut.

— Je lui ai dit cent fois que s'il ne se tenait pas tranquille, un de ces jours il finirait par se faire assassiner. Il ne respectait pas le sacrement du mariage – ni le sien, ni celui des autres. Je lui répétais que le Seigneur lui enverrait un mari vengeur pour le punir.

Si cette scène était poignante, Charlotte avait du mal à croire que, dans les relations du couple, Mme Sullivan ait été réduite au rôle d'une malheureuse assistant, impuissante, aux frasques d'un époux volage et cupide. Comment était-il possible que la vitalité et l'estime de soi de Mme Sullivan n'aient pas été anéanties par cet homme si talentueux pour abuser de la vulnérabilité d'autrui ?

Elle toussa de nouveau pour éclaircir sa voix.

— N'avez-vous pas pensé, madame Sullivan, que vous auriez peut-être dû prévenir Mme Treadles que votre époux ne lui voulait pas de bien ?

— Mais il ne voulait de bien à personne. Fallait-il que je prévienne le monde entier ?

Charlotte écarquilla les yeux si fort qu'elle devait avoir l'air ridicule.

Satisfaite, Mme Sullivan poursuivit :

— Sans parler qu'il mentait tout le temps. Chaque fois qu'il croisait une jolie femme mariée, il me disait qu'il allait la séduire. Il m'a fallu des années pour comprendre qu'il prenait grand plaisir à voir ma réaction. Quelquefois il essayait de séduire cette femme, d'autres fois non. En général, il se faisait éconduire. Alors, qui aurais-je dû prévenir avant de savoir moi-même avec certitude s'il faisait le mal en actes ou seulement en paroles ?

Charlotte avait déjà vu son lot de mariages calamiteux mais aucun qui soit, même de loin, aussi sordide – et fascinant – que celui des Sullivan.

Elle se composa des inflexions hésitantes.

— Madame Sullivan, ne craignez-vous pas que vos affirmations… n'entachent la réputation de votre mari ?

Mme Sullivan ricana. Son aiguille transperça le tissu.

— Mon mari n'avait pas une excellente réputation. J'ai presque éclaté de rire en lisant ce qu'on disait de lui dans les journaux. Beau et influent ? Ah ! Il a peut-être été beau autrefois, quand il était étudiant. Et s'il était influent, c'est surtout parce qu'on le craignait et que personne n'osait le défier ouvertement. Mais tout le monde le détestait.

Charlotte fit une nouvelle grimace, mais les muscles de ses joues commençaient à fatiguer.

— Si je puis poser la question, madame Sullivan, est-ce uniquement à cause de votre prétendue maladresse que votre mari n'a pas voulu que vous assistiez à cette soirée ?

— Il a dit que Mme Treadles viendrait sans son mari et que ma présence l'empêcherait de semer la discorde dans leur couple.

Une bordure géométrique noire apparaissait sur l'étoffe blanche dans le cerceau. Mme Sullivan brodait un mouchoir de deuil.

— Quand vous êtes-vous aperçue qu'il n'était pas rentré à la maison ?

— Sans laudanum, je ne dors pas bien. Et avec, un peu trop. Je n'avais pas grand-chose à faire ce soir-là. Il était dehors, les enfants avaient pris leur bain et étaient couchés. J'ai fait monter mon dîner dans ma chambre, j'ai lu un peu et pris mon laudanum. Inutile de veiller toute la nuit pendant ce genre de soirée en me torturant à l'idée de ce qu'il pouvait faire ou non. Il me le dirait bien assez tôt, quand il reviendrait.

» J'ai été réveillée par ma bonne qui frappait très fort à la porte de ma chambre parce que la police était là et demandait à me parler.

— Avez-vous dit aux policiers ce que vous m'avez confié ?

Charlotte aurait adoré voir l'expression du sergent Howe si elle l'avait fait. Cela dit, en agent expérimenté, peut-être aurait-il à peine cillé.

— Seulement que mon mari n'aimait pas Mme Treadles, ce qui était tout ce dont j'étais sûre. Il ne l'appréciait pas et disait qu'elle n'aurait pas dû venir chez Cousins et essayer de commander.

Pendant que Mme Sullivan expliquait cela, une expression calculatrice passa sur son visage. M. Sullivan avait peut-être trouvé son épouse maladroite, mais elle savait s'adapter à son audience.

Charlotte arriva à une question qui commençait à éveiller grandement sa curiosité :

— Madame Sullivan, êtes-vous peinée par le décès de votre mari ?

Une lueur passa dans le regard de la jeune veuve.

— Je ne ressens aucune tristesse qu'il soit parti. Le chagrin viendra peut-être plus tard ; pour l'instant je suis seulement choquée. Je croyais que les mauvais hommes comme lui vivaient toujours jusqu'à un âge avancé. Comme si la méchanceté leur servait de talisman dans la vie. Alors s'il a été cueilli dans sa jeunesse… Peut-être le Seigneur l'avait-il remarqué, après tout. Peut-être tous les pécheurs devraient-ils avoir peur.

12

Le rendez-vous suivant de Charlotte – le dernier de la journée, heureusement – était au 31 Cold Street, afin d'évaluer la vision de Mlle Longstead. Toutefois, comme elle avait du temps devant elle quand elle quitta la maison de Mme Sullivan, elle se rendit chez Mme Treadles.

Celle-ci n'était pas chez elle mais Mme Graycott, la gouvernante, lui montra un parc voisin, ou plus exactement un square enclos par une grille de fer forgé. À cette heure tardive, et avec la pluie qui tombait par intermittence, Mme Treadles était la seule personne présente. Vêtue d'un imperméable, elle marchait le long d'une petite allée. Cockerill, son garçon d'écurie et cocher, se tenait près de l'une des entrées pour veiller à sa sécurité.

— Mademoiselle Holmes ! s'exclama-t-elle d'un ton surpris en apercevant Charlotte. Est-ce que tout va bien ?

— Autant que possible, répondit Charlotte en s'avançant vers elle.

Cela lui faisait un bien fou de bouger, après cette journée où elle avait passé tant de temps assise dans des voitures ou des salons.

— Félicitations pour votre coup d'éclat aujourd'hui chez Cousins.

La lumière qui tombait des réverbères suffisait tout juste à éclairer le sourire tremblant de Mme Treadles.

— Je ne nie pas que cela a été un soulagement d'affirmer enfin mon autorité. Je ne vous remercierai jamais assez d'avoir placé Mme Watson sur mon chemin. C'est d'ailleurs elle qui m'a conseillé d'aller marcher d'un bon pas, une fois que je serais rentrée à la maison. Elle a dit que mon corps aurait besoin d'exercice pour évacuer la tension de la journée.

— Mme Watson est effectivement une alliée inestimable, répondit Charlotte avec conviction. Quand je l'ai quittée cet après-midi, elle avait déjà commencé à parcourir les livres de comptes de Cousins qu'elle a rapportés chez elle.

Mme Treadles accéléra l'allure, comme saisie d'une vive agitation.

— Aura-t-elle le temps ? L'inspecteur Brighton m'a dit que… qu'il envisageait d'inculper officiellement mon mari avant Noël.

— Nous travaillons aussi vite que nous le pouvons.

Charlotte posa brièvement la main sur le bras de Mme Treadles.

— Pourriez-vous me montrer certains objets dans votre maison ?

Mme Treadles prit quelques longues inspirations.

— Allons-y, dit-elle.

Elles quittèrent le square, Cockerill à distance respectueuse dans leur sillage.

— Il faut aussi que je vous pose d'autres questions sur la soirée de la fête, poursuivit Charlotte. Je sais que ce n'est pas un sujet agréable, mais pourriez-vous me dire ce qui vous a aidée à vous échapper du numéro 33, exactement, après que M. Sullivan vous a agressée ?

Mme Treadles toussa, puis jeta un regard en arrière vers Cockerill. Il était trop loin pour l'entendre mais elle baissa tout de même la voix :

— Il y a eu un bruit très fort, qui a fait sursauter M. Sullivan. C'est ce qui m'a permis de m'en aller.

— Quel genre de bruit ? Pourriez-vous être plus précise ?

— Eh bien, si je dois faire une supposition... S'il vous plaît, souvenez-vous qu'à ce moment-là j'étais très choquée, mais si je dois faire une supposition, je dirais que cela ressemblait beaucoup à une porte qui claquait dans les étages. La maison a presque tremblé.

— Vous en êtes certaine ?

— Autant que je peux l'être, vu les circonstances.

Mme Treadles fronça les sourcils et ajouta :

— Je me suis demandé plus d'une fois ce qui a pu causer ce vacarme, ou *qui*. Je me dis que c'était peut-être mon mari, puisque si j'étais entrée dans la maison c'était à cause de lui, mais je... je...

— Mais vous ne voulez pas que ce soit lui, parce que cela accréditerait la thèse de l'inspecteur Brighton selon laquelle il a tué M. Sullivan dans un accès de rage.

Mme Treadles resserra les pans de son imperméable sur elle comme si elle avait froid, mais elle répondit d'une voix ferme :

— En fin de compte, je ne crois pas que c'était lui. Sinon, et s'il avait su que j'étais là, il serait venu me trouver chez M. Longstead pour s'assurer que j'allais bien.

Cette femme était capable d'une admirable foi.

Tout comme lord Ingram.

Charlotte n'en avait pas encore pris conscience, parce qu'elle n'était pas habituée à réfléchir en ces termes, mais il avait placé toute sa foi en elle – elle qui ne saisissait pas toujours le spectre complet des émotions humaines.

— Je garde cela à l'esprit, promit-elle. Est-ce la dernière fois que vous avez vu M. Sullivan ?

— Oui.

Le soulagement dans sa voix était manifeste, même si de toute façon M. Sullivan ne pourrait plus jamais la harceler.

— Et M. Longstead, quand l'avez-vous vu pour la dernière fois ?

— Après être retournée chez lui, je l'ai croisé. Il était en train de parler avec Mme Coltrane, sa gouvernante. Ils se trouvaient près du vestiaire où je me suis cachée pendant un certain temps.

— Était-ce avant ou après vous être cachée ?

— Avant. Je me souviens d'avoir pensé que je ne voulais pas qu'ils me voient, et ils ne m'ont pas vue. Du moins, pas M. Longstead.

Un silence tomba. On n'entendait que le claquement de leurs bottines sur le trottoir mouillé. Une rafale secoua les branches nues tout le long de la rue. Lorsqu'elles passèrent devant une maison avec un superbe arbre de Noël près d'une fenêtre, quelqu'un à l'intérieur commença à jouer *Douce Nuit* au piano et les notes s'élevèrent, faibles mais cristallines.

Mme Treadles se mordit les lèvres.

— Puis-je savoir où vous voulez en venir avec ces questions, mademoiselle Holmes ?

— Je me demande s'il est possible que le responsable de ce bruit très fort soit M. Longstead. Si c'était le cas, je pourrais envisager que M. Sullivan et lui se soient vivement querellés après votre départ.

— *Pardon ?* s'exclama Mme Treadles, oubliant toute discrétion.

Elle jeta un regard gêné autour d'elle avant de demander dans un murmure véhément :

— Vous n'êtes tout de même pas en train de dire que M. Sullivan aurait ensuite tué M. Longstead avec l'arme de service de mon mari ?

— Si ce n'est pas l'inspecteur Treadles qui les a assassinés et comme il n'y a aucun indice que ce soit quelqu'un d'autre, nous devons envisager cette possibilité, répondit Charlotte.

Certes, il y avait le bout de tissu retrouvé accroché à la grille du 33 Cold Street, que le meurtrier aurait pu laisser dans sa fuite, mais il serait difficile de convaincre Scotland Yard de cette hypothèse.

— Alors comment M. Sullivan serait-il mort ? demanda Mme Treadles, le regard assombri par le doute et l'incompréhension.

— Il pourrait avoir retourné l'arme contre lui.

— Non, pas lui, répliqua fermement Mme Treadles. S'il avait tué M. Longstead, il aurait tout fait pour s'en sortir indemne ; il ne se serait pas donné la mort. Il était trop malveillant et vaniteux pour se suicider dans un moment de panique.

En dépit des suppositions de Charlotte, les faits semblaient plutôt donner raison à Mme Treadles. Le tir qui avait tué M. Sullivan n'avait pas été à bout portant, ce qui allait dans le sens d'un homicide.

Elles étaient à présent derrière la maison de Mme Treadles. Celle-ci ouvrit la porte située sur l'arrière et demanda à voix basse, d'un ton anxieux :

— Avez-vous d'autres théories, mademoiselle Holmes ?

Charlotte secoua la tête.

— Aucune qui vaille d'être mentionnée, j'en ai peur.

Mme Treadles sourit vaillamment.

— Ma foi, nous avons encore du temps. Il reste trois jours avant Noël.

Elle conduisit Charlotte dans le dressing-room de l'inspecteur Treadles, un endroit propre et bien organisé, pour lui montrer où son revolver de service était habituellement rangé.

Holmes inspecta le tiroir. Il ne s'y trouvait qu'une boîte de balles qui n'avait pas encore été ouverte ; les bords du papier d'emballage étaient collés l'un contre l'autre.

— Mme Graycott m'a dit qu'elle vous a parlé des questions de l'inspecteur Treadles concernant des objets manquants dans la maison, déclara Mme Treadles. Tout comme elle, je crois que son revolver avait déjà disparu avant qu'il parte pour ce dernier déplacement. Comme vous pouvez le voir, il n'a pris aucune munition. Un homme décidé à utiliser une arme aurait emporté de quoi la charger.

Il y avait des accents implorants dans sa voix, même si elle devait se douter que Scotland Yard se contenterait de répondre qu'il s'était procuré les balles ailleurs.

Charlotte referma le tiroir.

— Puis-je voir les lettres qu'il vous a envoyées récemment ?

Quand Mme Treadles comprit que Charlotte ne ferait aucun commentaire sur l'arme et les balles, son regard se ternit mais sa voix demeura égale.

— L'inspecteur Brighton les a prises. En revanche, je peux vous montrer les enveloppes. Je les avais gardées pour éviter que la police s'aperçoive que les lieux indiqués par les cachets de la poste ne correspondent pas à ceux qu'il évoque dans les lettres elles-mêmes.

Charlotte était près de la porte, en train de remettre son manteau – elle devait partir rapidement pour le 31 Cold Street, si elle voulait arriver à l'heure à son rendez-vous –, quand Mme Treadles la rejoignit avec les enveloppes. Elle les glissa dans sa poche.

— Madame Treadles, quand j'ai parlé avec votre mari ce matin à Scotland Yard, il a dit que Sherlock Holmes pourrait l'aider en faisant « ce que Sherlock Holmes fait typiquement ». Par hasard, sauriez-vous ce qu'il entendait par là ?

Mme Treadles eut l'air perplexe.

— Non… Sans doute que le génie de M. Holmes prévaudrait une fois de plus ?

Elles se dirent au revoir. La main sur la porte, Charlotte se retourna pour la regarder dans les yeux.

— Je sais que la situation semble désespérée et que le temps presse, madame Treadles, mais il peut se passer bien des choses en quelques jours. Auriez-vous imaginé hier, ou même ce matin en vous levant, qu'avant la fin de ce jour vous auriez repris les rênes chez Cousins ?

» De la même façon, les preuves permettant de disculper votre mari sont peut-être rares pour l'instant, mais elles pourraient très bien être sur le point de se préciser. Si je n'ai pas de théorie solide aujourd'hui, cela ne signifie pas que je n'en aurai pas demain. Alors je vous demande de ne pas vous tourmenter avec les scénarios du pire, et de placer votre foi en ceux d'entre nous qui travaillent pour laver le nom de l'inspecteur Treadles. Je ne promets jamais de résultats à l'avance mais ces résultats, je les obtiens toujours.

Elle inclina la tête.

— Bonne soirée à vous, madame Treadles.

Livia ferma la porte de sa chambre et s'y adossa, le souffle court.

Après s'être remise de sa stupeur de recevoir cinquante livres sterling de Charlotte – *Charlotte !* –, lady

Holmes avait arpenté le salon pendant une bonne demi-heure en s'arrachant les cheveux, persuadée que sa fille avait trouvé un protecteur et, péché abominable, échangeait son corps contre de l'argent de poche.

Toutefois, son dilemme moral ne dura pas plus longtemps. Son esprit se tourna ensuite avec résolution vers la meilleure façon de dépenser cet argent. Des dizaines d'idées jaillirent de ses lèvres, dont certaines sidérèrent Livia.

Passer l'hiver à Nice ? Lady Holmes avait-elle seulement idée de ce que cela coûterait ? Livia l'ignorait elle-même, c'était certain, mais elle aurait été surprise que cinquante livres, dans ce paradis doré pour aristocrates, durent plus longtemps que deux shillings dans leur petit village.

Elle n'avait rien répondu – ce n'était pas une bonne idée de détruire trop tôt les douces rêveries maternelles – mais finalement lady Holmes s'était assise lourdement dans son fauteuil. Ses folles chimères étaient retombées d'elles-mêmes.

— De toute façon, je ne peux aller nulle part, n'est-ce pas ? Vous êtes toujours célibataire et toujours à la maison. Par conséquent, en mère responsable que je suis, me voilà coincée ici avec vous.

Livia avait bondi sur ses pieds. Une longue tirade contre elle se préparait, n'attendant pour exploser que le moment où le ressentiment de lady Holmes se transformerait en colère.

— Je n'ai toujours pas écrit de carte de Noël aux Openshaw ! s'était-elle alors exclamée. Je ferais mieux de m'en occuper maintenant.

Et elle avait pris la fuite.

Toujours adossée à la porte de sa chambre, la tête entre les mains, elle poussa un soupir. Elle s'en était sortie… pour l'instant. Mais demain, l'ire maternelle s'abattrait tout de même sur elle.

Peut-être devrait-elle écrire à Charlotte, mais elle n'avait pas envie de lui parler de la zizanie familiale qu'avait semée son cadeau bien intentionné.

Ne sachant que faire d'autre, elle traversa sa chambre et ouvrit sa cachette pour en sortir le cahier qui contenait le dernier quart de son récit. Alors qu'elle le soulevait, une photographie tomba d'entre les pages.

C'était un portrait d'elle… qu'elle n'avait jamais vu. Elle était assise à une table devant deux verres de vin et un panier rempli de tranches de pain, le visage tourné de côté. L'éclairage, bien que faible, révélait son expression radieuse.

Son cœur se serra.

Une semaine auparavant, à Paris, M. Marbleton et elle avaient volé quelques heures en tête à tête pour explorer le jardin des Tuileries et la basilique du Sacré-Cœur en construction. Il avait emporté son appareil photographique de voyage, qui ressemblait à un petit livre épais, et s'en était servi pour prendre des clichés d'elle.

Par la suite, ils avaient fait halte dans un bistro où flottaient des senteurs d'aromates et de plats mitonnant doucement sur le feu. Elle avait regardé dehors, observé les passants qui vaquaient à leurs affaires d'un pas pressé et imaginé le boulevard une fois l'été venu, avec sa longue rangée de grands ormes dans toute la gloire de leur feuillage verdoyant.

Quand M. Marbleton était à ses côtés, la vie débordait de possibilités.

Hélas, il n'était plus là.

Il avait traversé sa vie comme une de ces comètes légendaires qui éclairent tout le ciel. Mais les comètes, aussi éclatantes et magnifiques soient-elles, ne sont que de passage. Elles arrivent de quelque mystérieuse région des cieux et y retournent, ne laissant dans leur sillage que d'éblouissants souvenirs.

Oui, elle aurait dû se noyer dans le chagrin et le regret de ce qui ne lui avait été donné que brièvement. Pourtant, en regardant son portrait et en se rappelant le rire espiègle de son compagnon après qu'il avait pris cette photographie, elle n'éprouvait pas de tristesse mais une terreur froide qui se diffusait depuis son cœur.

Pourquoi aurait-elle dû s'inquiéter pour lui ? Il n'était qu'une comète, bonté divine !

Elle mit la photographie de côté et s'assit à son bureau, mais il lui fallut un quart d'heure avant de se ressaisir suffisamment pour se remettre à son travail de copie.

Quand Mlle Longstead reçut Charlotte, elle portait ses lunettes à monture en écaille de tortue. Toutefois, elle les remit vite dans sa poche, car Charlotte était venue pour tester sa vision dans des conditions similaires à celles du soir de la fête.

Au numéro 31, qu'on avait totalement fermé pour cause de deuil, toutes les fenêtres des deux étages du bas étaient à présent illuminées, rideaux grands ouverts. Drapée d'une grande cape noire, Mlle Longstead se tenait dans le jardin, à l'endroit où elle pensait s'être trouvée le soir de la fête.

À plusieurs reprises, Charlotte lui demanda de fermer les yeux. Chaque fois qu'elle les rouvrait, Charlotte lui avait préparé un test. Parfois, elle avait posté un valet devant la porte noire du numéro 33, d'autres fois une bonne, ou personne, ou encore deux domestiques. Mlle Longstead plissait les yeux, mais elle identifia correctement le genre de la ou des personnes devant la porte noire – sauf une fois, quand une bonne et un valet se placèrent en ligne et qu'elle ne vit que la bonne, parce que sa robe lui faisait une silhouette plus large. Elle répondit juste aussi dans les cas où personne n'avait été posté devant la porte.

Une fois certaine de pouvoir se fier à ce que Mlle Longstead avait vu ce soir-là – une femme s'introduisant au numéro 33 par l'entrée de derrière, Charlotte libéra les domestiques. Mme Coltrane, qui avait assisté à la séance, raccompagna ceux-ci à la maison tandis que Charlotte rejoignait Mlle Longstead pour la remercier.

— Non, mademoiselle Holmes, protesta celle-ci. C'est moi qui devrais vous remercier d'être aussi consciencieuse.

Puis, baissant la voix alors que personne ne pouvait les entendre, elle demanda :

— Avez-vous progressé ?

Impossible de se méprendre sur l'angoisse qui teintait sa question.

— Vous vous inquiétez pour l'inspecteur Treadles.

La jeune femme hocha la tête avec force.

— Mme Treadles est une femme charmante ; je n'ai vraiment pas envie que le meurtrier soit son mari. Et l'inspecteur a été très gentil, lui aussi. Quand nous avons dîné ensemble, il a pris le temps de m'interroger sur mes expériences avec beaucoup d'attention.

Si l'inspecteur Treadles était pendu pour le meurtre de M. Longstead, les deux femmes pourraient-elles jamais se revoir ?

— J'ai découvert certains éléments, expliqua Charlotte, mais je ne vois pas très bien comment les relier. Vous pourriez m'aider. Avez-vous le temps de faire un tour au jardin ?

Mlle Longstead pressa les mains sur son cœur.

— Oh, j'espérais que vous diriez ça ! Cela a été affreux de rester entre les quatre murs de ma chambre.

J'ignore pourquoi on doit s'enfermer chez soi quand on est frappé par un deuil, mais Mme Coltrane a dit qu'il ne serait pas convenable que je sorte si tôt après le décès de mon oncle, même si c'est juste pour faire quelques pas.

Charlotte songea que ce devait en effet être difficile pour la jeune femme, d'autant que son laboratoire, où elle avait jusqu'à présent passé de nombreuses heures chaque jour, avait été détruit. Étonnamment, Charlotte elle-même avait eu assez de thé et de biscuits ; elle avait besoin d'un peu d'exercice afin de pouvoir s'autoriser à prendre du dessert au dîner.

Le jardin s'assombrit – les rideaux du numéro 31 avaient de nouveau été fermés, et les lumières des pièces inoccupées s'éteignaient les unes après les autres.

— Mademoiselle Longstead, d'après vous, est-il possible que votre oncle ait été tué à cause de son ralliement à Mme Treadles ? demanda Charlotte tandis que sa compagne l'entraînait le long d'une allée.

Celle-ci glissa une main dans sa poche, en sortit ses lunettes et les remit sur son nez.

— Je peux imaginer M. Sullivan assassiné pour une telle raison, peut-être, mais mon oncle ne participait pas à ce genre de magouille.

— Je ne parle pas de stratégie. Il pourrait avoir été assassiné pour son soutien sincère à Mme Treadles.

Elles passèrent devant une maison brillamment éclairée, dont la lumière se refléta sur les verres des lunettes de Mlle Longstead.

— Je... je ne crois pas.

— Pourquoi ?

— Je ne doute pas de l'immense sympathie qu'il éprouvait pour la détresse de Mme Treadles. Et je ne doute pas non plus de son caractère intègre – jamais il n'aurait fait semblant de la soutenir avant de la poignarder dans le dos. Mais...

Elle poussa un soupir.

— Si j'étais Mme Treadles, j'aurais trouvé son soutien...

Mlle Longstead ralentit le pas. Ses mains gantées, qu'elle tenait sur son plexus solaire, se nouèrent d'un geste nerveux.

— Je ne sais comment dire ça sans donner l'impression de désapprouver cet homme merveilleux qui m'a élevée avec tous les soins et le dévouement que j'aurais pu attendre d'un père, mais voyez-vous, mon oncle était un homme qui avait réussi. Il avait travaillé dur et en avait reçu la récompense. La vie s'était montrée juste envers lui, aussi croyait-il qu'elle l'était pour tout le monde. Que si on faisait comme lui, on obtiendrait les mêmes résultats. « Continuez, disait-il à Mme Treadles. Soyez patiente. Le vent tournera en votre faveur. » Il oubliait qu'à l'époque où il avait travaillé dur, il avait eu pour associé M. Cousins, le vieux M. Cousins qui avait été un homme des plus honorables, toujours très attentif à ce que mon oncle reçoive sa part des profits. Mme Treadles, au contraire, devait travailler avec M. Sullivan et ses suiveurs.

Elle avait prononcé ces derniers mots du ton que quelqu'un d'autre aurait pris pour dire : « Mme Treadles, au contraire, était tombée dans un nid de vipères. » Charlotte était déjà d'avis que Mlle Longstead n'appréciait guère son cousin, mais apparemment la jeune femme ne le trouvait pas seulement antipathique. Elle le trouvait méprisable.

— Donc, d'après vous, le fait que M. Longstead ait soutenu Mme Treadles, même avec sincérité, était insuffisant ?

— Oui, mais ce n'était pas volontaire.

Mlle Longstead arrangea sa cape sur ses épaules, comme si elle la trouvait soudain inconfortable.

— Il ne mesurait pas le pouvoir dont il disposait lui-même, le respect dont il jouissait non seulement chez Cousins mais aussi en dehors. Mme Treadles ne voulait pas congédier tous ces hommes qui s'opposaient à elle, par crainte des conséquences pour la compagnie, d'autant qu'elle est une femme. S'il s'était tenu à ses côtés et avait procédé avec elle aux licenciements, elle aurait été protégée de la plupart des conséquences.

» S'il ne l'a pas fait, c'est parce qu'il ne voyait en lui-même qu'un vieux retraité qui ne possédait plus de parts dans la société, quelqu'un qui ne devait pas faire de vagues. Il était sincèrement généreux envers Mme Treadles, mais il ne lui a jamais offert le genre de soutien qui aurait pu le faire assassiner.

Elle s'efforçait manifestement de conserver une voix égale, mais Charlotte percevait sa frustration. Elle songea que les Longstead avaient dîné avec les Treadles à deux reprises le mois précédent. À ce qu'il semblait, quand les dames s'étaient retirées au salon après le dîner comme le voulait la coutume, pour laisser ces messieurs prendre un verre de porto, la discussion entre les deux femmes avait tourné autour de la situation de Mme Treadles.

L'allée contournait un bosquet.

— Tenez, dit Mlle Longstead. C'était l'endroit préféré de mon oncle au jardin.

Charlotte vit vaguement que le sol s'élevait pour former une petite butte.

— Vous ne le voyez sans doute pas, expliqua sa compagne, mais il y a un banc tout en haut. L'été, il aimait s'y asseoir. Certains voisins étaient tout aussi désireux que lui d'en profiter, si bien qu'un jour ils ont organisé une réunion pour se répartir équitablement l'accès au banc.

» C'était il y a quelques années. Par la suite, j'ai appelé cette réunion le « conclave du banc ». Mon oncle aimait tellement cette expression qu'il l'avait adoptée, et nous avons fini par nous référer à cet événement comme à une ligne de partage du temps. Quand je lui demandais : « Vous rappelez-vous quand ceci est arrivé ? » sur un sujet ou un autre, il répondait : « Oh, c'était une bonne quinzaine d'années avant le conclave du banc. »

Elle rit doucement, comme pour elle-même, mais son rire s'acheva en sanglot.

Charlotte regarda droit devant elle et attendit le virage suivant.

— Mme Treadles m'a dit que M. Sullivan s'était montré faussement amical. Il feignait d'avoir de la sympathie pour elle alors qu'en réalité il sapait activement tous ses efforts pour prendre le contrôle de son entreprise. Pensez-vous qu'il soit possible que votre oncle l'ait appris et ait demandé des explications à M. Sullivan ?

— Et que M. Sullivan l'ait *tué* ?

— Mettons de côté pour l'instant la question de savoir qui a tué qui. Nous essayons juste de trouver un motif logique aux meurtres de votre oncle et de son neveu. Aviez-vous connaissance de tensions entre M. Sullivan et M. Longstead, anciennes ou récentes ?

— Mon oncle ne s'intéressait pas à M. Sullivan, répondit Mlle Longstead, qui semblait toujours intriguée par la direction que prenaient les questions de Charlotte. Je crois que M. Sullivan lui en voulait, mais c'était ainsi depuis longtemps.

— Pourquoi M. Longstead ne l'appréciait-il pas ?

— M. Sullivan, quand il était jeune, avait tenté de le flatter. Cela ne plaisait pas à mon oncle. Il estimait que la flagornerie était fille de la tromperie.

Charlotte insista alors :

— Puisque votre oncle n'aimait déjà pas beaucoup M. Sullivan, qu'est-ce qui aurait pu empêcher ce manque d'affection de se transformer en aversion, s'il avait appris ce qui se passait entre M. Sullivan et Mme Treadles ?

Mlle Longstead fit halte.

— Mme Treadles avait dit quelque chose à mon oncle ?

— Non, elle a affirmé qu'elle n'en a jamais parlé à personne jusqu'à ce que la police commence à poser des questions. Mais votre oncle aurait pu s'en douter, non ?

Mlle Longstead secoua vigoureusement la tête.

— Oncle John était un homme simple ; c'était sa grande vertu... et sa grande faiblesse. Il était si bon et la vie avait été si bonne avec lui que bien souvent il ne se doutait pas de certaines choses, même si elles étaient d'une clarté aveuglante pour les autres.

— Par exemple ?

Mlle Longstead se remit à marcher, mais elle ne répondit pas tout de suite à la question de Charlotte. Elles parcoururent presque la moitié de la longueur du jardin avant que la jeune femme reprenne la parole.

— Je pense... je pense que je peux vous faire confiance, mademoiselle Holmes. Je ne vous connais pas très bien, mais je sens que vous n'êtes pas une personne sujette aux... préjugés.

Charlotte aimait le croire également, mais jamais elle n'avait été ainsi évaluée par quelqu'un qu'elle interrogeait dans le cadre d'une enquête.

— Merci.

Sa réponse sonnait plus comme une question que comme une simple politesse.

Mlle Longstead prit une inspiration sonore.

— Vous m'avez demandé ce que mon oncle ne voyait pas. Chaque fois que nous venions en ville, nous allions dîner chez M. Sullivan et son épouse. Pendant toutes ces années, il n'a jamais remarqué que la présence de M. Sullivan m'était insupportable. Il maintenait un lien avec ce neveu pour qui il n'avait aucune affection uniquement parce que celui-ci était le fils de sa sœur préférée et que les convenances le dictaient.

Charlotte commençait à comprendre pourquoi Mlle Longstead avait si longtemps hésité.

— Mon père était le plus jeune frère de mon oncle. Quant à ma mère, elle était la fille d'un missionnaire anglais et d'une créole de la Sierra Leone. Elle est née à Freetown, mais elle a passé presque toute sa vie à Londres. C'est ici qu'elle a rencontré mon père, qu'ils se sont mariés et qu'ils ont été enterrés.

» C'était une grande lectrice de livres d'histoire. Elle est décédée quand j'étais très jeune, mais je me souviens qu'elle me disait que je devais connaître l'histoire – mon histoire personnelle, celle de ma famille, de mon pays, et si possible celle du monde entier.

» En grandissant, j'ai donc consciencieusement lu des livres d'histoire. Celle des Noirs n'a pas été heureuse durant les siècles récents, alors je me suis tournée vers les récits de l'abolition de l'esclavage dans l'empire britannique. L'événement était si merveilleusement réjouissant, c'était un tel triomphe de la justice et de l'humanité ! Presque une fin de conte de fées.

» Mais la vie n'est pas un conte de fées, n'est-ce pas ? Au lieu de cela, il y a eu un retour de balancier, qui a pris de la force au fil des années. D'abord, il y a eu cet essai de Thomas Carlyle, qui discutait de la capacité des personnes d'origine africaine à assumer leur liberté. Puis ce déconcertant et massif soutien, ici en Grande-Bretagne, pour les sudistes dans la guerre de Sécession en Amérique. Et depuis quelques années, ces hordes de conférenciers qui sillonnent le pays pour exprimer des points de vue qui auraient été jugés inacceptables dans la période après l'abolition.

Auparavant, pendant qu'elle discutait avec Charlotte, Mlle Longstead avait souvent jeté des regards dans sa direction. Désormais, elle parlait les yeux droits devant elle, comme si elle n'était pas totalement sûre de son choix de lui faire confiance.

Ou peut-être était-ce une façon de contenir la peine que ses paroles réveillaient en elle.

— C'est en partie pour cette raison que je me suis résolument tournée vers les sciences, poursuivit-elle. Les molécules et les forces de l'univers se moquent bien de mes racines et ne débattent pas sur la place publique pour savoir si j'ai assez de cervelle pour les comprendre.

Charlotte avait souvent été l'objet de tels débats parce qu'elle était une femme, mais jamais à cause de son ascendance. Si elle avait eu les mêmes ancêtres que Mlle Longstead, aurait-elle réussi à convaincre le public que son invisible frère était un génie, et qu'elle-même était capable d'assumer toutes sortes d'investigations à sa place ?

Quand Mlle Longstead se tourna de nouveau vers elle, son beau visage était sérieux mais inquiet.

— Je n'essaie pas de vous faire croire que ma vie a été malheureuse. Je mène une existence privilégiée, et je me réveille chaque matin pleine de gratitude pour avoir tant reçu et été si aimée, mais il m'est impossible de me détacher totalement des courants de l'histoire. Impossible de ne pas ressentir, même si ma vie est confortable et protégée, une certaine anxiété sur la tournure que pourraient prendre les choses. Je ne crois pas à un rétablissement de l'esclavage, mais je n'exclus pas de voir émerger d'autres façons de désigner comme inférieures les personnes telles que moi, soit de mon vivant, soit de celui de mes enfants.

Ses inflexions demeuraient calmes, mais sa détresse était palpable. Charlotte, qui n'était pourtant pas sujette aux émotions fortes, ressentit une vive impression d'horreur. Elle non plus n'aurait pu affirmer avec une complète assurance que les craintes de Mlle Longstead ne se vérifieraient pas.

— M. Sullivan semblait résolu à ne jamais s'asseoir à notre table sans évoquer les dernières théories sur l'infériorité africaine. Il ne les présentait pas comme des avis personnels, mais toujours comme ceux de quelqu'un d'autre. « Au fait, mon oncle, avez-vous entendu parler de cette conférence à Birmingham où M. Untel, professeur de ceci ou cela, a affirmé que les preuves montrent un lien plus étroit entre les Africains et les animaux qu'entre les Africains et les Européens ? »

» Peut-être abordait-il le même sujet dans tous ses dîners en ville, mais je n'en suis pas convaincue. Même s'il présentait tout cela comme un débat intellectuel avec mon oncle, je n'ai jamais douté que sa véritable intention était de me provoquer et de m'humilier.

» Mon oncle réfutait toujours immédiatement les thèses que M. Sullivan proposait. Celui-ci avançait d'autres « preuves » que son « expert » du moment avait citées, et mon oncle les écartait également en lui conseillant d'exercer plus de discernement dans ses opinions. Il ne prêtait aucune attention aux théories farfelues de chaque charlatan qui prenait la parole.

» Mais il ne remarquait pas que je serrais les poings, déchirée entre l'envie de jeter mon verre à la figure de M. Sullivan et celle de courir me réfugier dans ma chambre.

Sa voix s'était faite très douce. Entre les claquements de sa cape dans le vent qui se levait et le cliquetis des roues des voitures sur les rues pavées, Charlotte devait tendre l'oreille pour l'entendre.

— Un jour, j'ai demandé à mon oncle pourquoi à son avis M. Sullivan s'intéressait tellement à ce sujet. « Ma foi, il nous intéresse tous, non ? m'a-t-il répondu d'un ton surpris. Cette question est d'une importance monumentale. L'asservissement des Africains a déjà causé trop de souffrance et d'injustice ; il est temps qu'une vision juste l'emporte. »

» De ce jour, je n'ai plus jamais abordé la question. Mon oncle ne comprenait pas que chaque fois qu'il laissait M. Sullivan répéter les affirmations de je ne sais quel prétendu savant, selon lesquelles mes ancêtres auraient été des sous-humains, je me sentais salie jusque dans mon âme. Il ne voyait pas que M. Sullivan n'était pas animé par la curiosité ou l'inquiétude, mais par la malveillance.

» M. Sullivan méprisait mon oncle parce que celui-ci ne s'intéressait pas à lui. Il me méprisait parce que je vivais comme une dame alors qu'il devait travailler pour gagner sa vie – même s'il avait un très bon salaire. Il ne pouvait rien contre mon oncle mais il avait du pouvoir sur moi, et il ne se privait pas d'en jouer pour me dénigrer puisque mon oncle n'a jamais mis un terme à ses élucubrations.

Elle se tourna de nouveau vers Charlotte d'un air implorant.

— S'il vous plaît, n'en déduisez pas que mon oncle était indifférent à la façon dont les gens me traitaient. Il y était profondément sensible. Le moindre domestique qui se montrait irrespectueux envers moi était immédiatement congédié. Et un jour, il a ouvertement snobé une famille qui faisait des remarques désobligeantes sur ma présence dans une partie de campagne.

» Mais, comme je l'ai dit, sa compréhension avait ses limites. Certaines personnes malveillantes sont tout aussi perfides que d'autres mais plus discrètes et celles-là, il ne les remarquait pas.

» Alors non, je ne crois pas qu'il ait été conscient des difficultés de Mme Treadles. S'il ne voyait pas ce que M. Sullivan m'infligeait sous ses yeux, il n'aurait pas pu voir que celui-ci menaçait en secret de détruire le mariage des Treadles.

13

Charlotte ne donna pas immédiatement le signal du départ au cocher.

Les paroles de Mlle Longstead pesaient encore sur elle. Les meurtres sont des choses affreuses, et même ceux que l'on finissait par résoudre révélaient souvent des années de cruauté et de malfaisance. Mais le meurtre, le fait de tuer des individus un par un, n'était pas la chose la plus affreuse au monde.

Le mal existait aussi à une bien plus grande échelle, si grande qu'il pouvait infiltrer un empire du haut jusqu'en bas et imprégner la trame même de la société. Si grande que même quand sa pire incarnation avait été éradiquée, son empreinte demeurait plus d'un demi-siècle plus tard.

Et un écho de cette empreinte avait été assez puissant pour créer une faille entre Mlle Longstead et son oncle.

On frappa à la portière. Elle sursauta.

— Vous n'imaginez pas le nombre de voitures qu'il y a dans les rues ! s'exclama joyeusement lord Ingram en montant.

Il s'assit et, de sa canne, donna un léger coup sur le toit de l'habitacle.

— Je suis descendu de mon fiacre à un demi-mile d'ici et j'ai marché. J'espérais ne pas vous avoir manquée.

Son expression changea quand il posa les yeux sur elle.

— Allez-vous bien, Holmes ?

Elle lui rapporta tout ce qu'elle avait appris de Mlle Longstead.

Il garda le silence un moment. Son père biologique était juif. Songeait-il que lui aussi avait été dénigré en raison de cet héritage ?

Elle attendit qu'il parle, mais il se contenta de se pencher en avant pour prendre ses mains.

Ils portaient tous deux des gants, mais après quelques instants elle sentit la chaleur de ses paumes. Sa chaleur. Sa force. Son courage. Elle s'arracha à la contemplation de leurs mains et regarda son visage – moitié éclairé, moitié dans l'ombre, mais beau dans sa totalité.

Avant qu'elle ait pu dire un mot, il la libéra.

— N'est-ce pas Mlle Redmayne ?

Elle se tourna à demi. En effet, c'était Pénélope Redmayne qui courait derrière l'attelage, tenant ses jupes d'une main.

Il demanda au cocher de s'arrêter, puis descendit pour aider la jeune femme à monter.

— Je croyais que c'était la voiture de tante Jo ! s'exclama-t-elle joyeusement, le souffle court.

— Nous sommes ravis de pouvoir vous ramener à la maison, répondit lord Ingram, surtout après ce que vous avez accompli aujourd'hui.

Mlle Redmayne s'était portée volontaire pour distribuer des cartes de visite de Sherlock Holmes dans toutes les demeures qui entouraient le jardin, ainsi que dans la rangée qui faisait face au 33 Cold Street.

Aux maîtres *et* aux domestiques.

La jeune femme poussa un soupir.

— Au moins, c'est fait.

— Merci, dit Charlotte avec sincérité.

Mlle Redmayne lui adressa un sourire ravi.

— Je crois en effet avoir mérité des remerciements mais, avant de vous dire ce que j'ai appris, permettez-moi de vous poser une question à tous les deux. Sommes-nous déjà parvenus à une conclusion sur le nombre de personnes qui sont entrées et sorties du numéro 33 cette nuit-là, avant que la police découvre l'inspecteur Treadles enfermé dans une chambre avec les deux victimes ?

Tous les regards convergèrent sur Charlotte, qui s'adressa à lord Ingram :

— Qu'en pensez-vous, milord ?

Elle avait envie d'entendre sa voix.

Lord Ingram arqua un sourcil.

— J'avoue que, pour ma part, je suis également intrigué par la question de savoir *comment* chacun est entré au numéro 33. À part M. Longstead, bien sûr, puisqu'il y avait libre accès. Pour les autres, nous devons supposer soit que les portes du numéro 33 avaient été laissées ouvertes, par inadvertance ou intentionnellement, soit qu'ils avaient les clés.

Charlotte s'était fait la même réflexion, en particulier au sujet du trousseau de M. Longstead. Elle avait eu l'intention de demander à Mlle Longstead si elle savait où il se trouvait, mais après les touchantes révélations de la jeune femme elle n'y avait plus pensé.

— Quant au nombre de personnes qui se sont rendues au numéro 33 ce soir-là, poursuivit lord Ingram, il y a l'inspecteur Treadles, M. Longstead et M. Sullivan. Mme Treadles également, de son propre aveu. Nous sommes sûrs de ces quatre-là.

» Mlle Longstead a vu une femme entrer au numéro 33 par le jardin. Notre problème avec son récit est que même si nous pouvons nous fier à sa vision, elle n'a pas pu nous dire avec précision à quelle heure elle l'a aperçue. Si ce n'était pas Mme Treadles, nous avons une cinquième personne dans l'équation.

Lord Ingram se tut, jeta un regard à Charlotte, puis il se tourna vers Mlle Redmayne.

— Que savez-vous de ce qu'a fait Mme Treadles ce soir-là ? demanda-t-il prudemment.

— Je suis passée à la maison cet après-midi et j'ai vu ma tante, qui m'a informée de ce que Mme Treadles lui avait dit ce matin, répondit Pénélope avec détachement.

— Dans ce cas, vous savez que nous devons également tenir compte de la personne qui a claqué une porte et surpris M. Sullivan, au point qu'il a lâché Mme Treadles. Holmes, pensez-vous qu'il s'agissait soit de l'inspecteur Treadles, soit de M. Longstead ?

— Cela me semblait assez probable, répondit Charlotte, mais j'ai discuté avec Mme Treadles tout à l'heure avant de venir à Cold Street et, pour sa part, elle croit que ce n'était ni l'un ni l'autre. Et maintenant, je ne sais plus que penser.

Lord Ingram attendit qu'elle poursuive. Comme elle ne disait rien, il reprit :

— De plus, il y a la personne qui a sauté par une fenêtre et laissé un bout de sa veste accroché à un fleuron de la grille de fer forgé. Ce morceau de tissu est à présent conservé par la police. Et, dernier point mais assurément pas le moindre, la personne qui a ramassé le peigne orné de bijoux de Mme Treadles.

Pénélope Redmayne compta sur ses doigts.

— Ce qui ferait quatre personnes, en plus des deux victimes et du couple Treadles.

Lord Ingram fit passer le bout de son pouce sur son menton.

— Mais puisque nous ignorons quand ont eu lieu la plupart de ces événements, il est possible que la femme que Mlle Longstead a vue entrer dans la maison soit partie avec le bijou de Mme Treadles. Il est même possible, bien que relativement improbable, que cette même femme ait aussi claqué la porte et sauté de la fenêtre.

Dans la lumière dansante des lanternes de la voiture, les yeux de Mlle Redmayne étincelèrent.

— Qu'en pensez-vous, mademoiselle Holmes ?

Lord Ingram se pencha en avant, comme pour mieux entendre la réponse de Charlotte. Une douce tiédeur gagna celle-ci. Depuis le tout début, il l'avait écoutée, et même avec attention.

— D'après Mme Treadles, la personne qui a claqué la porte se trouvait dans les étages du numéro 33. À ce moment-là, Mme Treadles et son peigne orné de bijoux étaient dans la salle à manger du rez-de-chaussée. Elle s'est enfuie en courant, mais nous ne savons pas ce qu'a fait M. Sullivan. S'il s'est élancé à sa poursuite, notre « claqueur » ou « claqueuse » de porte a très bien pu descendre voir ce qui se passait et découvrir le peigne.

» En revanche, si M. Sullivan est monté pour voir d'où venait le bruit, obligeant celui ou celle qui avait claqué la porte à sauter par la fenêtre… Cette façon de s'en aller semble si désespérée que je trouve peu probable que la personne soit revenue dans la maison, et encore moins probable qu'elle ait aperçu le peigne de Mme Treadles dans le noir.

— Eh bien, dit Mlle Redmayne avec excitation, voici un élément qui pourrait vous intéresser, mademoiselle Holmes. De l'autre côté de la rue, à deux maisons du numéro 33, habite une vieille dame qui s'appelle Mme Styles, une femme énergique et assez condescendante. Elle m'a déclaré qu'elle aurait de meilleures relations avec ses voisins si elle ne les trouvait pas aussi insipides.

Pénélope Redmayne secoua la tête, comme si elle était encore amusée par l'attitude dédaigneuse de Mme Styles.

— Quoi qu'il en soit, il semble que sa santé ne soit pas aussi solide qu'il y paraît, car elle doit prendre un remède quatre fois par jour sans exception. Elle se couche à 21 heures. Sa dose de la nuit, à 23 heures, lui est administrée par son petit-fils, M. Bosworth, qui vit chez elle et est, d'après elle, un jeune homme aux vertus incontestables.

» Le soir de la fête, M. Bosworth l'a réveillée pour sa prise de 23 heures. Puis il a déposé un baiser sur son front, éteint la lumière et quitté la pièce. D'habitude Mme Styles se rendort assez facilement, mais pas cette nuit-là. Elle s'est levée pour aller aux toilettes. En revenant dans sa chambre, elle s'est aperçue qu'il y avait une fête dans le voisinage. Des invités chez M. Longstead avaient ouvert une fenêtre pour aérer et, pendant quelques instants, on a pu entendre la musique jusque chez elle. Elle a tiré ses rideaux pour regarder et s'est souvenue avec émotion des bals de sa jeunesse.

» Puis, alors qu'elle refermait les rideaux, un mouvement a attiré son regard. Elle a cru voir quelqu'un sauter du numéro 33.

Lord Ingram émit un hoquet de stupeur. Même Charlotte se redressa. Satisfaite de son petit effet, Mlle Redmayne poursuivit son récit :

— Ce spectacle a tellement surpris Mme Styles qu'après avoir fermé les rideaux elle est restée là un moment, avant de les rouvrir pour s'assurer que son imagination ne lui avait pas joué un tour. Mais bien sûr, à ce moment-là, la rue était de nouveau déserte.

Lord Ingram fronça les sourcils.

— Elle est certaine que c'est arrivé peu après 23 heures ?

— Elle a affirmé que son petit-fils est d'une ponctualité infaillible pour sa prise du soir. Il agite toujours un petit réveil devant elle quand il vient lui donner son remède, et il n'y a pas eu d'exception cette nuit-là. Elle ne doute pas d'avoir vu l'homme sauter de la maison un quart d'heure plus tard.

Charlotte se souvint que le cocher de Mme Treadles avait déclaré avoir garé l'attelage à quelques rues de là. Elle se tourna vers lord Ingram.

— Milord, quand vous avez discuté avec les invités, avez-vous aussi parlé à leurs cochers ?

— Oui, mais comme on leur avait demandé de garer leurs voitures dans Cascade Lane, aucun d'entre eux ne se trouvait dans Cold Street à cette heure-là pour corroborer le récit de Mme Styles.

Charlotte se tourna vers Pénélope.

— Mme Styles a-t-elle remarqué quoi que ce soit à propos de cet homme ?

— Elle a dit qu'il ressemblait à un voyou, répondit Mlle Redmayne avant de glousser de rire. Il me semble qu'elle ne l'a vu qu'une fraction de seconde. Et il me semble également que Mme Styles est du genre à considérer une bonne part de la population masculine comme des voyous.

— À minuit et demi, M. Sullivan et M. Longstead étaient encore parfaitement en vie, dit lord Ingram en appuyant son menton contre son poing. J'étais sûr que celui qui a sauté par la fenêtre était le meurtrier, mais s'il est parti plus d'une heure avant que les deux hommes soient tués, alors…

Il frappa sa banquette de la main et ajouta :

— J'étais tellement persuadé que la personne dont la veste s'était accrochée au fleuron était le meurtrier que j'ai oublié de me demander pourquoi l'inspecteur Treadles s'est volontairement enfermé dans une chambre avec deux cadavres. Il a dû se sentir en danger – la manche de son manteau avait été déchirée par un objet tranchant. Auquel cas il est possible, voire hautement probable, que la personne qui l'a blessé se trouvait aussi dans la maison.

Il y eut un silence. La pluie tombait de nouveau. Les rues semblaient plus paisibles et moins fréquentées. Leur voiture passa devant une maison où on livrait un sapin de Noël, à la grande joie des enfants rassemblés à la porte. Au carrefour suivant, Charlotte huma avec délice le parfum reconnaissable entre tous de biscuits au gingembre tout juste sortis du four.

— Ce pauvre inspecteur Treadles, murmura Mlle Redmayne. Je me demande bien ce qu'il faisait dans cette maison, pour commencer.

Lord Ingram quitta les dames pour aller coucher ses enfants. Quand ce fut fait et qu'il fut de retour chez Mme Watson, il retrouva Holmes et Pénélope qui rentraient de Fleet Street, où chacune s'était rendue dans les bureaux de trois journaux.

Leur objectif avait été double : se renseigner sur l'identité de la personne qui avait fait paraître le message affirmant « Les roses sont rouges et les violettes sont bleues », et faire publier elles-mêmes des petites annonces. Le second volet avait été facile à mener à bien mais, hélas, l'auteur du message malveillant n'était pas venu en personne. Le texte avait été envoyé par la poste et le paiement effectué par mandat postal.

Ils trouvèrent Mme Watson dans la salle à manger, en train de ranger les dossiers de comptabilité de

Cousins afin de faire de la place sur la table pour le dîner.

Une fois tous les plats servis à la française et M. Mears parti prendre son repas dans la salle du personnel, Pénélope demanda :

— Avez-vous découvert d'abominables supercheries, tante Jo ?

— Rien de si visible, malheureusement, répondit Mme Watson avant de froncer les sourcils… puis de se ressaisir et de lisser son front.

Depuis que lord Ingram connaissait Mme Watson, elle menait un combat – peut-être pas totalement sérieux mais pas non plus tout à fait détaché – contre les rides. Et si elle ne s'interdisait jamais de rire, il arrivait qu'elle interrompe un froncement de sourcils.

Pénélope tendit une main vers elle et feignit de lui déchiffonner le front.

— Là. C'est guéri.

— Merci, ma chère.

Mme Watson éclata de rire avant de reprendre d'un ton plus grave :

— Il n'y a rien de manifestement alarmant chez Cousins, mais si j'étais Mme Treadles et que je regardais ces comptes, il n'y a rien non plus qui me semblerait particulièrement rassurant. En vérité, je dois dire que Mme Treadles possède un très bon jugement sur ces questions ; elle a pratiquement tout compris de la situation financière de sa société.

» Toutefois, pour une entreprise créée il y a une génération, à la destinée de laquelle les fondateurs ne président plus et qui a été dirigée plusieurs années par un héritier qui n'avait ni leur talent ni leur dévouement… ce que nous voyons ici est-il un déclin naturel ?

» La réputation des produits manufacturés par les Industries Cousins semble avoir baissé depuis le décès du vieux M. Cousins. Les ventes et les revenus ont commencé à stagner, alors qu'il faut rembourser les intérêts des lourds emprunts contractés pour rénover et moderniser certaines des usines les plus anciennes de la société. La situation n'est donc pas particulièrement florissante mais – pour l'instant – pas problématique au point de mettre en péril la prospérité de l'entreprise.

Lord Ingram ne s'était pas attendu à ce que Mme Watson décèle des fraudes flagrantes en seulement quelques heures, mais il était déçu.

— Les comptes vous semblent-ils transparents ?

— Je ne suis pas la meilleure juge sur ce point, mais l'âge des documents a l'air exact. Les papiers qui datent d'il y a dix ans sont plus jaunis et friables que les plus récents, et l'encre est un peu décolorée. Et les livres reliés, à force d'être consultés, présentent un dos qui paraît avoir été usé de façon naturelle.

— Alors pourquoi, si tout semble en ordre, Mme Treadles a-t-elle eu tant de mal à obtenir l'accès à ces informations ? demanda Mlle Redmayne.

— Pourquoi, en effet ? murmura Holmes en coupant son feuilleté aux huîtres. Son frère n'était ni compétent ni attentif. Les chefs de service auraient pu lui faire endosser la responsabilité de la situation.

— Mais puisque tout le monde savait que l'héritier était incompétent, le blâme ne serait-il pas retombé sur ceux qui auraient dû prendre des mesures ? intervint lord Ingram.

— Vous voulez dire qu'ils auraient tenté de cacher la situation à Mme Treadles parce qu'ils avaient peur qu'elle ait une mauvaise opinion d'eux ? réfléchit Pénélope à voix haute.

— Je n'affirme pas que ce soit le cas, répondit lord Ingram, mais j'ai vu des hommes faire bien pire pour épargner leur fierté.

Mme Watson et Mlle Redmayne hochèrent la tête, pensives. Holmes le regarda depuis le côté opposé de la table. Les deux femmes ne le connaissaient pas aussi bien qu'elle-même. Elles croyaient qu'il faisait simplement allusion à ce qu'il avait observé parmi ses congénères masculins. Elles ne songeaient pas que lui aussi avait ressenti le besoin de paraître infaillible et invulnérable, que lui aussi avait fait des choses tout à fait stupides pour préserver son orgueil.

Mais Holmes savait. Et elle l'aimait tout de même, à sa façon.

Il lui sourit.

Elle piqua de sa fourchette une bouchée de feuilleté aux huîtres et la glissa dans sa bouche. Bientôt, ses lèvres s'étirèrent.

Le cœur de lord Ingram s'envola.

Comme l'état de santé des Industries Cousins n'était pas un débat qu'une simple conversation pouvait trancher, la discussion se déplaça vers d'autres aspects de l'enquête. Après que la table eut été débarrassée, on sortit de nouveau les livres de comptes et tout le monde participa à la recherche d'éventuelles irrégularités.

En tant qu'expert en archéologie, lord Ingram avait eu accès à un certain nombre de manuscrits dont certains avaient soi-disant été rédigés par de grandes figures de l'histoire telles que Charlemagne ou Shakespeare.

Il avait une connaissance approfondie de l'écriture, savait utiliser diverses graphies et pouvait, sans avoir besoin d'un long entraînement, imiter l'écriture des autres de façon tout à fait crédible. Par curiosité, il s'était également intéressé à la fabrication du papier à travers l'histoire.

Il écarta l'un des nombreux dossiers qu'il avait parcourus. Mme Watson se massa les tempes et gémit :

— Ma pauvre tête. Et mes pauvres vieux yeux ! Pas d'heureuse trouvaille de votre côté, milord ?

Il secoua la tête.

— Avec un examen plus attentif, j'en viendrais peut-être à une conclusion différente, mais au premier regard je ne vois rien qui révèle une fraude.

Ni même rien qui semble particulièrement douteux.

Holmes, à l'autre bout de la table, n'étudiait plus les comptes mais les enveloppes qu'elle avait rapportées de chez Mme Treadles, celles dont les cachets de la poste contredisaient les localisations indiquées dans les lettres.

On avait apporté une bouilloire et un brûleur à alcool. Pendant que l'eau chauffait, elle examina attentivement les enveloppes. Puis, quand la vapeur commença à se former, elle tint les enveloppes au-dessus du versoir de la bouilloire afin de dissoudre la colle qui les maintenait en forme. Elle ôta les timbres de la même façon.

Hélas, les enveloppes une fois dépliées et aplaties ne révélèrent aucun message secret le long des rabats. Il n'y avait pas d'inscriptions au dos des timbres. Et ceux-ci étaient parfaitement ordinaires – le modèle à un penny figurant le profil sévère de la reine.

Mme Watson poussa un soupir.

— La journée a été longue pour tout le monde. Je propose que nous allions nous coucher, prenions une bonne nuit de sommeil et nous remettions au travail demain.

Tout le monde se leva.

— Je vous raccompagne, milord, dit Holmes.

Il s'interrompit alors qu'il rassemblait les papiers devant lui. La veille, elle ne l'avait pas escorté jusqu'à la porte, et il n'avait aucune idée de ce qu'elle voulait lui dire.

— Certainement, répondit-il. Merci.

Holmes ne se contenta pas de le raccompagner dehors. Elle monta dans un fiacre avec lui et indiqua une adresse dans Cold Street.

À leur arrivée, elle dut sonner plusieurs fois avant qu'un jeune homme au visage rond, chaussé de lunettes, vienne leur ouvrir.

— Monsieur Bosworth ? demanda-t-elle.

Il les regarda avec un mélange de curiosité et d'inquiétude.

— Oui ?

— Je suis Mlle Holmes, et voici lord Ingram Ashburton. Ma collègue Mlle Hudson a rendu visite à Mme Styles cet après-midi.

Quand Mme Watson se faisait passer pour la logeuse ou la femme de ménage de Sherlock Holmes, elle se présentait sous le nom de Mme Hudson. De même, Mlle Redmayne se faisait appeler Mlle Hudson quand elle était en mission sherlockienne.

— Ah oui, ma grand-mère en a parlé au dîner. Les... événements à côté. Mlle Hudson enquêtait au nom de Sherlock Holmes, le détective.

— Oui, mon frère.

— Je suis ravi de faire votre connaissance à tous les deux, mais ma grand-mère est déjà couchée.

— Ce n'est pas elle mais vous que nous venons voir, monsieur Bosworth. Pouvons-nous entrer une minute ?

Il hésita.

— Oh... oui, bien sûr. Veuillez m'excuser.

Il se dirigea vers l'escalier qui devait mener à un salon, mais Holmes l'interrompit :

— Votre bureau sera bien suffisant.

Il se retourna, l'air surpris.

— Il n'y a pas assez de sièges pour nous trois.

— Ce n'est pas un problème, le rassura-t-elle. Nous n'en avons pas pour longtemps.

M. Bosworth lui jeta un regard perplexe, puis se tourna vers lord Ingram, comme s'il espérait une clarification.

— Je ne suis ici qu'en tant qu'assistant de Mlle Holmes, expliqua celui-ci d'un ton réjoui.

M. Bosworth dut conclure qu'il valait mieux ne pas discuter avec des inconnus qui se présentaient chez lui à une heure aussi indue.

— Dans ce cas, par ici.

— Vous êtes avocat, dit Holmes après un regard dans le bureau, dont les lumières étaient déjà allumées. Et très occupé.

Nul besoin d'être un génie pour l'avoir déduit – même lord Ingram aurait pu le faire. Des ouvrages de droit remplissaient les rayonnages. La table de travail était chargée de papiers et d'autres manuels, et l'encrier était ouvert. Une assiette de biscuits dont il restait la moitié et une tasse de thé presque vide se trouvaient sur l'étagère la plus proche de la table.

— Je vois que même les assistants du fameux Sherlock Holmes sont d'habiles adeptes de la déduction, commenta poliment M. Bosworth. Je vous offrirais volontiers une tasse de thé, mais le personnel s'est retiré pour la nuit et on m'a strictement interdit d'allumer moi-même ne serait-ce qu'un cigare : il paraît que je suis un risque d'incendie permanent.

Holmes émit un petit rire.

— Je vous en prie, nous ne sommes pas venus prendre le thé.

— Dans ce cas, je crains de ne pas avoir grand-chose à vous dire. Je n'ai entendu parler de l'affaire qu'en rentrant à la maison le lendemain soir, quand j'ai entendu un vendeur de journaux qui parlaient des meurtres de Cold Street.

— Je ne suis pas venue pour vous interroger sur la nuit de la fête des Longstead, monsieur Bosworth, répondit Holmes avec gravité, mais pour voir vos deux réveils.

M. Bosworth cligna des yeux. Lord Ingram également. Il lui revint en mémoire que, d'après Mlle Redmayne, M. Bosworth avait agité un réveil devant les yeux de sa grand-mère pour lui indiquer que c'était l'heure de son remède.

Sur l'étagère au-dessus de la tasse de thé et de l'assiette de biscuits, il y avait en effet deux petits réveils, l'un tourné vers la pièce, l'autre vers le mur. Celui qui était visible indiquait 22 h 40, soit plus ou moins l'heure exacte.

— Puis-je voir l'autre ? demanda Holmes.

M. Bosworth hésita.

— Sauf erreur de ma part, ajouta Holmes, les aiguilles indiquent 11 heures, ou plus exactement 23 heures. En permanence. Pour la bonne raison qu'il n'est pas remonté régulièrement, et même jamais.

M. Bosworth hésita de nouveau, avant de leur tendre le second réveil. Lord Ingram le prit. Comme Holmes l'avait dit, il indiquait 11 heures. Il le porta à son oreille. Pas le moindre tic-tac.

M. Bosworth toussa pour éclaircir sa voix.

— Normalement, comme je vais me coucher un peu après 23 heures, il est assez simple de réveiller ma grand-mère pour son remède avant de me préparer à aller au lit, mais ces derniers temps j'ai travaillé tard le soir.

» Ce n'est pas que je ne veuille pas être ponctuel. Le premier soir où j'ai su que je veillerais tard, j'ai réglé le réveil pour qu'il sonne à 23 heures, mais une fois que j'ai appuyé dessus pour l'arrêter, résolu à cesser de travailler dans la minute, mon attention a de nouveau été absorbée et quand j'ai de nouveau levé les yeux, il était minuit moins le quart.

Il les regarda tout en jouant nerveusement avec l'autre réveil.

— C'est tout à fait compréhensible, énonça Holmes d'un ton bienveillant. Il nous arrive à tous de perdre le fil du temps quand nous sommes très concentrés.

— J'étais donc en retard pour m'occuper d'elle. Elle demande toujours l'heure quand je la réveille. D'habitude, je lui montrais l'heure sur le réveil de sa table de chevet. Ce soir-là, j'avais honte de mon retard et je ne voulais pas qu'elle le sache. Alors, au lieu de lui montrer son réveil, j'ai modifié l'heure sur le mien, et c'est celui-là que je lui ai montré.

» Le lendemain, j'ai emprunté son réveil, afin d'avoir deux rappels, mais j'étais tellement pris dans mon travail qu'après avoir éteint les deux j'ai tout de même eu une heure de retard en fin de compte. Cette fois encore, j'ai triché en lui montrant un réveil qui indiquait 11 heures.

Il les regardait de nouveau comme s'il implorait leur absolution, mais Holmes se contenta de déclarer :

— Puisque Mme Styles n'a pas grand usage de son réveil, vous avez décidé de le garder. Vous avez cessé de le remonter et l'avez réglé sur 11 heures une fois que le mécanisme s'est totalement arrêté.

— Exact, avoua M. Bosworth.

Il s'exprimait d'une voix hésitante et frottait de la pointe de ses souliers l'épais tapis qui couvrait presque toute la pièce.

— Et maintenant le réveil – celui qui donne l'heure exacte – ne sonne que pour vous rappeler que la prochaine fois que vous vous en souviendrez, il faudra aller donner son remède à votre grand-mère.

M. Bosworth fit passer le réveil d'une paume à l'autre, et inversement.

— C'est... tout aussi exact.

Il devait avoir quelques années de plus que Holmes. Pourtant, en le regardant s'agiter nerveusement, lord Ingram eut l'impression de voir un petit garçon fautif se défendre devant une sœur plus âgée.

— Vous souvenez-vous, monsieur Bosworth, à quelle heure vous avez donné son remède à votre grand-mère, la nuit en question ?

— Pas précisément, j'en ai peur, mais c'était après minuit. Et comme en ce moment je vais généralement me coucher vers 2 heures, ce devait être entre les deux.

Ce qui rendait de nouveau plausible l'hypothèse que la personne qui avait sauté de la fenêtre soit le meurtrier.

Lord Ingram poussa un soupir.

M. Bosworth continua de dévisager Holmes avec un mélange d'appréhension et d'admiration. Lord Ingram, qui regardait souvent Holmes exactement de la même manière, fut parcouru d'un vif plaisir – le ravissement de voir un maître à l'œuvre.

Holmes inclina la tête.

— Merci, monsieur Bosworth. Vous avez affirmé tout à l'heure n'avoir pas vu grand-chose lors de la fête de Mlle Longstead. J'aimerais toutefois vous demander de rassembler vos souvenirs concernant cette soirée. Nous ne recherchons pas quelque chose d'aussi extraordinaire que le spectacle de quelqu'un qui saute d'une fenêtre, mais si vous avez remarqué quoi que ce soit d'inhabituel, nous serions heureux de l'entendre.

— Rien ne me ferait plus plaisir que de vous aider, répondit M. Bosworth. Laissez-moi réfléchir...

De nouveau, il évoqua à lord Ingram un petit frère, essayant cette fois de se montrer sous un meilleur jour devant sa sœur.

— Ah ! Maintenant que j'y pense, je me souviens d'avoir été particulièrement contrarié contre moi-même ce soir-là, parce que quelque part entre 23 heures et minuit je me suis levé de mon bureau et me suis tenu devant cette fenêtre pendant une minute ou deux.

La fenêtre en question, derrière Holmes et lord Ingram, donnait sur la rue.

— Alors que j'étais là, un coupé s'est arrêté à côté du portail du jardin, poursuivit M. Bosworth. Un véhicule qui n'était pas banal, avec ses rayures noires et blanches. Je ne suis pas resté pour attendre de voir qui allait en descendre, car une idée m'est venue pour mon dossier en cours et je me suis dépêché de me rasseoir à mon bureau.

» L'horloge comtoise du vestibule sonne à minuit. Je ne l'entends pas toujours sur le moment, mais par la suite je me souviens qu'elle a sonné. En général, c'est le moment où je bondis de mon fauteuil pour aller donner son remède à ma grand-mère.

» Comme je l'ai dit, ce soir-là j'ai eu particulièrement honte de moi, parce que si je ne m'étais jamais levé de mon bureau après avoir entendu le réveil, cela aurait été une chose, mais je m'étais bel et bien levé ! J'étais allé jusqu'à la fenêtre et j'étais retourné à mon bureau, avant de m'aviser que minuit avait sonné et était déjà passé.

» Quoi qu'il en soit, avant de me mettre au lit, je me suis tenu devant la fenêtre de ma chambre, toujours pour réfléchir à mon dossier. C'est alors que le coupé est revenu. Le brouillard était épais à ce moment-là et la rue était à peine éclairée, mais il est difficile de ne pas voir une voiture à rayures horizontales. J'ai pensé qu'il venait récupérer les invités qu'il avait déposés plus tôt, mais il ne s'est pas arrêté. Et quelques minutes plus tard, il est revenu, depuis la direction opposée.

Lord Ingram et Holmes échangèrent un regard. Une voiture facile à identifier même en pleine nuit ? Ils pouvaient la retrouver !

— De quelles couleurs étaient les rayures, disiez-vous ?

— Noires et blanches, répéta M. Bosworth en regardant Holmes avec espoir. Cela peut-il vous aider, même un peu ?

— Nous ne le saurons que lorsque nous l'aurons inspectée, répondit Holmes, mais nous vous sommes très reconnaissants, monsieur Bosworth, pour cette nouvelle piste d'investigation.

Il sourit d'un air soulagé.

— C'est merveilleux !

— Merci, dit Holmes.

Puis elle darda sur lui un dernier regard de grande sœur.

— J'espère que vous allez faire ce qu'il faut.

M. Bosworth rougit.

— Vous avez ma parole, mademoiselle Holmes. Je promets de me lever dès l'instant où le réveil sonnera tout à l'heure. Et demain, je présenterai des excuses à ma grand-mère pour ne pas m'être acquitté correctement de mon devoir, ces derniers temps.

Dès que leur fiacre, qui les avait attendus, se mit en route, lord Ingram se tourna vers Charlotte… et l'embrassa.

— En quel honneur ? demanda-t-elle quelques minutes plus tard, le souffle court.

— Aucun. Il se trouve seulement que j'ai passé une bonne part de la journée en votre compagnie et que j'en suis heureux. Et que vous étiez ravissante quand vous avez exigé que M. Bosworth montre ses deux réveils.

Elle sentit un sourire se former sur ses lèvres. Elle était assez vaniteuse pour être follement heureuse qu'on la trouve ravissante.

— À présent que j'y pense, poursuivit-il, je vous ai toujours trouvée particulièrement adorable dans de tels moments. Vous souvenez-vous du jour où vous êtes arrivée à la villa romaine, chez mon oncle, la toute première fois ?

— Bien sûr.

C'était à cette occasion qu'elle l'avait fait chanter pour qu'il l'embrasse.

— Quand j'ai voulu savoir comment vous aviez trouvé ce site pourtant isolé, vous m'avez expliqué que vous aviez comparé les débris sur mes bottes en caoutchouc, qui avaient été déposées près d'une entrée latérale du manoir, aux résultats d'une étude géologique qui avait été réalisée sur la propriété.

Elle s'en souvenait, et même très bien. Elle avait « emprunté » le rapport détaillé dans le bureau du régisseur. Avec ces éléments en main, il avait été facile de déterminer le seul trajet qu'il avait pu effectuer, en tenant compte à la fois de l'argile rouge en bas de ses bottes et du fait que ces mêmes bottes étaient entrées dans une eau presque assez profonde pour les submerger.

— Je vous avais déjà remarquée avant, bien sûr. Vous étiez la fille qui me regardait tout le temps. Et sans la moindre discrétion, murmura-t-il en faisant courir son doigt ganté sur la lèvre inférieure de la jeune femme. Mais sur le moment… sur le moment j'ai été un peu surpris, et pas seulement par votre impeccable logique.

Le cœur de Charlotte battit un peu plus fort. Sa main gantée se glissa derrière la nuque de lord Ingram.

— Seriez-vous en train de me dire, Ash, que vous ne m'avez pas embrassée uniquement parce que je menaçais de faire déferler une horde de gamins turbulents sur votre chantier ?

Il se pencha vers elle. Son souffle sur son oreille fit courir des ondes de plaisir dans tout son être.

— Voyons, Holmes. Je réalisais ces fouilles avec la bénédiction de mon oncle. J'étais son neveu préféré et vous, une invitée plutôt insignifiante. Si j'avais eu seulement peur pour la protection de mon site, je vous aurais dénoncée et il vous aurait mise à la porte de sa propriété.

Le sourire qui s'était peu à peu formé sur ses lèvres fleurit enfin.

— Bonté divine !

Elle l'attira à elle et l'embrassa.

14

À force d'arpenter la pièce, l'inspecteur Treadles avait dû parcourir des miles.

Dans l'étroit espace entre le bureau et les étagères, il avait marché sans s'arrêter et tourné si souvent pour ne pas se cogner dans un mur ou l'autre qu'il était saisi d'un léger vertige.

Un unique mot lui martelait l'esprit.

Alice. Alice. Alice.

S'il se fiait à la brutalité avec laquelle il avait été interrogé – et touché là où il était le plus sensible et le plus impuissant – il ne pouvait qu'imaginer les accusations qu'elle avait dû subir.

Il souffrait à cause de la détresse de son épouse, mais c'était la cuisante sensation de culpabilité qui le faisait voler d'un mur à l'autre tel un jouet mécanique devenu fou.

Il y avait tant de choses qu'il ignorait, tant de choses qu'elle ne lui avait jamais dites, parce qu'elle le comprenait mieux qu'il ne se comprenait lui-même.

Il avait toujours voulu tout lui offrir, mais c'était un « tout » qui tournait autour de lui. Il n'avait jamais su ce qu'elle désirait. Et comment l'aurait-il pu, lui qui était persuadé d'en savoir assez pour eux deux ?

Une clé tourna alors dans la porte. Il se figea, le cœur battant. Il espérait qu'on allait le ramener à sa cellule. Il préférait affronter une journée de railleries de la part des ivrognes et des délinquants des cellules voisines – et leur effroyable puanteur – plutôt qu'une seule heure nez à nez avec l'inspecteur Brighton, l'estomac soulevé par le parfum de carvi de son savon à barbe.

La porte s'ouvrit.

— Alice !

Elle était émaciée. Des ombres s'étendaient sous ses yeux comme si elle n'avait pas dormi depuis des jours. Pourtant, elle n'avait pas l'air aussi anéantie que la veille au matin. À peine avait-elle refermé le battant qu'il se rua vers elle pour la prendre dans ses bras.

Il était sûr qu'on pouvait le voir et l'entendre dans cette pièce, même la porte close. La première fois qu'elle lui avait rendu visite, il avait gardé ses distances, mais il n'en avait plus le courage. Il enfouit le visage au creux de son épaule. Il avait besoin d'elle, du réconfort de cette étreinte.

Elle tremblait, mais elle avait le dos droit et ses bras autour de lui étaient solides.

— Robert, allez-vous bien ?

— Oui. Vous… semblez aller mieux.

Il y avait un sourire dans sa voix quand elle répondit :

— J'ai congédié quatre des plus solides alliés de M. Sullivan hier. Louée soit Mme Watson, qui m'en a donné la force !

Mme Watson ? La Mme Watson de Charlotte Holmes ? Cette femme qui avait été actrice de théâtre et Dieu seul savait quoi encore ?

Toutefois, ces quelques instants de consternation furent bientôt noyés sous une avalanche de soulagement. Quiconque viendrait en aide à Alice aurait droit à son éternelle gratitude.

Il s'écarta pour la regarder.

Elle posa la paume sur sa joue.

— À présent, j'ai enfin les comptes de Cousins. Mlle Holmes dit qu'ils sont importants, parce que si ce n'est pas vous qui avez fait cela, alors l'affaire est probablement liée à quelque chose chez Cousins et…

Tremblant de la tête aux pieds, il la fit taire d'un baiser.

Elle devait avoir senti les frissons qui le parcouraient, car elle se débattit en essayant de se reculer pour voir son visage.

— Robert, que…

— Alice, écoutez-moi, lui chuchota-t-il à l'oreille.

Sa voix était un murmure impérieux, et il pria pour que personne ne l'entende.

— Soyez très, très prudente dans vos recherches chez Cousins. Ou plutôt, ne faites rien du tout. Ne posez pas la moindre question.

Il y eut un silence.

Puis il la libéra.

— Pourquoi ? demanda-t-elle d'un mouvement de lèvres silencieux, les yeux écarquillés de peur.

Il secoua la tête. Il n'osait pas le lui dire. Il n'osait pas souffler un seul mot de ses raisons. Il ne put que prendre sa main et la poser sur son propre cœur qui battait follement.

— Je vous en supplie, Alice, faites-moi confiance. Je vous en conjure, n'allez pas plus loin !

— Je pense que je n'aurai pas besoin de maquillage pour me vieillir de dix ans aujourd'hui, marmonna Charlotte par-dessus sa troisième tasse de thé.

Si Livia était capable de rester éveillée – et alerte – pendant deux jours d'affilée, Charlotte était presque aussi attachée à son repos réparateur qu'aux cakes aux fruits confits. À son retour la veille au soir, après avoir vu M. Bosworth, au lieu de rentrer dans une maison ensommeillée, elle avait trouvé Mme Watson et Mlle Redmayne toujours penchées sur le butin rapporté de chez Cousins.

Apparemment, pendant son absence, Mme Watson s'était avisée qu'il n'y avait pas de résumé correct du coût de rénovation et de modernisation de chaque usine. Malgré l'heure tardive, elle avait entrepris de trier les centaines de factures et reçus, puis de vérifier tous les comptes pour les entrées correspondantes, afin de réaliser sa propre estimation.

À 1 heure du matin, Mlle Redmayne avait envoyé sa tante se coucher, car Mme Watson devait prendre un train très tôt pour se rendre à Reading. Les deux jeunes femmes s'étaient attelées à la tâche et Charlotte n'avait pas quitté son poste avant 4 heures du matin et même plus, ayant voulu peaufiner un résumé accompagné de documents annexes.

Et à présent, Mlle Redmayne et elle étaient occupées à passer en revue, à un rythme quelque peu ralenti, les notes que « Mlle Hudson » avait prises quand elle avait interrogé les voisins des Longstead.

— Mlle Hendricks, pour Mme Hudson, annonça alors M. Mears après avoir toussé pour éclaircir sa voix.

Charlotte et Pénélope échangèrent un regard.

La veille, elles n'avaient pas seulement fait paraître des petites annonces dans la presse invitant quiconque possédait des informations sur les événements du 33 Cold Street à écrire à Sherlock Holmes. Elles avaient également fait insérer une annonce promettant une bonne récompense à la personne qui rapporterait un peigne orné de joyaux portant l'inscription : *À ma bien-aimée R.*

La visiteuse, qui avait une quarantaine d'années, n'était pas venue seule. Elle était accompagnée de deux fillettes qui devaient avoir respectivement six et huit ans. Les petites examinaient le salon où on les avait fait entrer, une grande pièce à l'ameublement élégant que Mme Watson utilisait peu. La femme, quant à elle, semblait effarée.

— Mademoiselle Hendricks ? demanda Charlotte. Bonjour. Je suis Mme Hudson et voici ma belle-sœur, Mlle Hudson.

Quand Mlle Hendricks les vit entrer dans le salon, une expression de détresse absolue passa sur son visage, mais elle se ressaisit rapidement, salua les deux jeunes femmes avec politesse et présenta les enfants comme ses élèves, sans toutefois indiquer leurs noms.

L'attitude de Mlle Hendricks intriguait Charlotte, qui s'était habillée pour une nouvelle journée d'investigation en tant que sœur de Sherlock Holmes – robe marron sans élégance et même perruque brune que la veille. Une apparence bien terne, assurément, mais pas non plus repoussante.

— Quelle joie de recevoir de jeunes visiteuses à la maison ! s'exclama Mlle Redmayne d'un ton enthousiaste à l'adresse des petites. Je n'ai aucune idée de l'endroit où sont mes livres et mes jouets d'enfant, hélas, mais j'ai des bonbons que je viens de rapporter de Paris. Que diriez-vous, mesdemoiselles, d'en ouvrir une boîte et de les dévorer ? Avec la permission de votre préceptrice, naturellement.

Mlle Hendricks se tendit à la perspective d'être séparée de ses élèves, mais l'innocente proposition de Mlle Redmayne était difficile à refuser. Et Charlotte avait la nette impression que la jeune femme préférait lui parler en tête à tête.

Pénélope emmena donc les petites, et M. Mears apporta un plateau de thé. Quand il se fut retiré, Charlotte servit le thé et Mlle Hendricks sortit un mouchoir noué qui, une fois ouvert, révéla un étincelant peigne orné.

Charlotte examina le bijou. Seule la moitié de l'inscription avait été indiquée dans la petite annonce. Celle qui était gravée sur le peigne disait : *À ma bien-aimée R, de votre fidèle M.*

Rebecca et Mortimer Cousins. Les parents de Mme Treadles.

— Est-ce l'objet que vous cherchez, madame Hudson ? s'enquit la jeune femme d'un air inquiet et malheureux.

Charlotte posa le bijou sur la table basse.

— Puis-je vous demander, mademoiselle Hendricks, où vous l'avez trouvé ?

— Au parc.

— Oh ? Lequel ?

— Un petit square dans notre voisinage, madame. Vous ne devez pas le connaître.

Entre les assiettes de biscuits et de tranches de cake, le peigne étincelait. Mlle Hendricks l'observa un long moment, mais sans une once de convoitise.

Puis elle leva le visage vers Charlotte, qu'elle regarda droit dans les yeux pour la première fois depuis que celle-ci l'avait rejointe au salon. Après une ou deux secondes, son expression de douleur poignante se teinta d'une nuance de perplexité.

— Cette maison est magnifique, dit-elle d'un ton timide. Et à une excellente adresse. Est-ce la vôtre, madame ?

— En effet.

Dans son regard, la confusion grandit.

— Ce... ce peigne vous appartient-il, madame ?

Charlotte prit tranquillement une gorgée de thé.

— Il se trouve que non. Je ne suis qu'une intermédiaire ; je le recherche au nom de sa propriétaire.

— Oh, fit Mlle Hendricks.

Elle parut s'apaiser légèrement, avant de se tendre de nouveau.

— Puis-je vous demander… vous demander…

Sa voix s'éteignit.

— Non. Bien sûr, je ne dois pas poser de questions sur sa propriétaire.

Charlotte posa sa tasse.

— *Moi*, en revanche, je dois vous poser quelques questions pour savoir quand le peigne a été retrouvé et à quel endroit exactement, car il a été perdu dans des circonstances assez inhabituelles.

Mlle Hendricks serra son mouchoir à présent vide.

— Il n'a tout de même pas été volé ?

— Je n'ai pas la liberté de divulguer cela. Et je dois avoir ces informations pour pouvoir vous donner la récompense.

Mlle Hendricks baissa les yeux vers ses genoux d'un air vaincu.

— Je l'ai trouvé dans un square sur Rosmere Road, pas très loin de là où nous habitons, mes élèves et moi. C'était il y a trois jours, alors que j'emmenais les filles pour leur promenade du matin.

Trois jours auparavant. Le matin. Le jour de la fête, mais *avant* que celle-ci ait eu lieu.

Charlotte avait apporté un plan de poche de Londres au salon. Elle l'ouvrit à une page déjà familière. Rosmere Road était à quatre rues vers l'est de Cold Street.

— Ce square ? demanda-t-elle en désignant une tache verte.

— Oui, celui-là.

Charlotte nota l'information sur une feuille de papier, comme si elle menait effectivement cette recherche pour une tierce personne.

— Y a-t-il quoi que ce soit d'autre que vous puissiez me dire sur les circonstances dans lesquelles vous avez trouvé ce peigne, mademoiselle Hendricks ?

Celle-ci secoua la tête.

Charlotte la regarda longuement, puis elle lui tendit les dix livres sterling promises par la petite annonce. Mlle Hendricks fixa le billet quelques instants. Sans convoitise, seulement d'un air affligé.

Puis elle murmura de discrets remerciements et souhaita une bonne journée à Charlotte.

Quand Mlle Redmayne revint au salon, Charlotte se tenait devant une fenêtre pour regarder Mlle Hendricks faire monter ses élèves dans un fiacre.

— Avez-vous obtenu l'adresse des enfants ?

— Oui, répondit Mlle Redmayne. Elles habitent Rengate Street.

Rengate Street était l'une des quatre rues qui fermaient le jardin privé auquel s'adossaient les 31 et 33 Cold Street. Les maisons de Rengate Street étaient du côté opposé du jardin par rapport à celles de Cold Street. Selon celle où résidait Mlle Hendricks, la jeune femme disposait peut-être d'une bonne vue sur le numéro 31 et le numéro 33, depuis l'autre côté du jardin.

Charlotte tendit le peigne orné de Mme Treadles à Pénélope, qui le fit tourner dans sa main.

— Mais que pourrait être allée faire cette Mlle Hendricks au numéro 33 ce soir-là ? Elle n'a pas l'air du genre à fuguer la nuit !

— M. Longstead et M. Sullivan sont morts dans une chambre, dit Charlotte. J'ai examiné le lit – ou plutôt le matelas. Manifestement, on s'y est livré à l'acte de chair, et de façon répétée.

— *Mlle Hendricks ?*

Pénélope rattrapa le peigne qui menaçait de lui glisser des doigts.

— Une préceptrice n'est-elle pas censée vivre dans la plus grande chasteté ? Si elle avait été surprise, n'aurait-elle pas été congédiée ?

— Oui, mais parfois cette menace ne présente pas une dissuasion suffisante, répondit Charlotte.

Charlotte... dont l'actuelle activité professionnelle dérivait directement du fait qu'elle-même avait été mise au ban de la bonne société après avoir été surprise dans une situation qui n'avait rien de chaste.

— Tout de même, c'est imprudent d'aller à un rendez-vous secret juste à côté d'une maison où il y a une fête !

— En effet, confirma Charlotte.

Mlle Redmayne éleva le peigne orné dans la lumière.

— Pourquoi croyez-vous qu'elle l'ait rapporté ? Dix livres sterling, c'est une belle somme, mais elle aurait pu en retirer bien plus auprès d'un prêteur sur gages.

Charlotte étira les bras au-dessus de sa tête. Après les heures passées voûtée au-dessus des livres de comptes la nuit précédente, elle avait les épaules douloureuses.

— Peut-être n'avait-elle pas rendez-vous avec son amant ce fameux soir. Imaginons que sa chambre donne directement sur le numéro 33 et que, par hasard, elle ait regardé par la fenêtre. Au moins quatre hommes, en comptant celui qui a sauté dans la rue depuis une fenêtre, sont entrés dans la maison cette nuit-là. Si elle avait surpris l'un d'eux ? Depuis l'arrière et à cette distance, n'est-il pas raisonnable de conclure qu'elle a cru reconnaître son amant ?

» Si c'était *votre* bien-aimé entrant dans *votre* lieu de rendez-vous sans *vous* avoir prévenue, que feriez-vous ? Vous retourneriez sagement vous coucher ?

Mlle Redmayne se mordit les lèvres.

— Alors la malheureuse est allée voir. Et alors qu'elle traversait la salle à manger dans l'obscurité, elle a marché sur le peigne, s'est baissée, a cherché à tâtons et a refermé la main sur un objet dont elle a immédiatement su, même dans le noir, que c'était un bijou féminin et qu'il ne lui appartenait pas…

— Avant de sortir en titubant et de rentrer chez elle, persuadée que son amant la trompait.

Charlotte ramena son bras droit sur sa poitrine. Ah, cela soulageait son omoplate…

— Si Mlle Hendricks est venue ce matin, ce n'était pas pour la récompense mais pour voir la rivale à qui appartenait ce peigne.

Elle effectua le même mouvement de son autre bras.

— Ce que je ne m'explique pas, c'est pourquoi elle n'a pas semblé un seul instant préoccupée par les meurtres.

— Je peux répondre à cette question ! s'exclama aussitôt Pénélope. Les enfants étaient parties à l'anniversaire d'un cousin à Cambridge. Elles ont quitté Londres le lendemain du meurtre au matin et ne sont rentrées qu'aujourd'hui. Elles ont dit que Mlle Hendricks avait acheté un journal en gare d'Oxford et lu les petites annonces pendant la fin du trajet. Et une fois à Londres, elle a pris un fiacre et les a emmenées non pas chez elles mais ici même.

— Alors elle ne sait pas encore ? murmura Charlotte. Dans ce cas, elle va avoir un choc.

Mlle Redmayne émit un long sifflement. Ce n'était pas une attitude digne d'une dame, et c'est précisément pour cette raison que cela plut à Charlotte.

— Pensez-vous que nous pourrons un jour obtenir de Mlle Hendricks qu'elle dise la vérité ? demanda Pénélope en lui rendant le bijou.

— Nous n'en aurons pas nécessairement besoin, répondit Charlotte en se levant. Nous en savons peut-être déjà assez pour découvrir l'identité de son amant. Cold Street m'attend. Je dois y aller.

Mlle Redmayne se leva à son tour.

— Et moi, il faut que j'aille au British Museum.

Elles devaient encore vérifier que M. Longstead avait passé autant de temps que le croyait son personnel dans la salle de lecture du musée, les jours et semaines ayant précédé son décès.

La sonnerie retentit alors, forte et insistante. Les deux femmes échangèrent un regard. Mlle Hendricks était-elle de retour ?

La personne que M. Mears fit entrer au salon s'avéra être Mme Treadles, encore plus effondrée que la veille au sortir de son interrogatoire avec l'inspecteur Brighton. Dès que M. Mears s'en fut allé et eut fermé la porte derrière lui, elle s'exclama :

— Je ne sais pas pourquoi, mademoiselle Holmes, car l'inspecteur Treadles n'en a pas donné la raison, mais il m'a suppliée de ne pas regarder trop en détail la comptabilité de Cousins. Il... Il est effrayé !

Charlotte servit un verre de cognac et le mit entre ses mains.

— Je n'en doute pas. C'est bien pour cela qu'il n'a rien voulu dire à personne.

— Mais...

— De toute façon, poursuivit calmement Charlotte, il est trop tard. Mme Watson et lord Ingram sont déjà en train d'éplucher les comptes.

15

Livia escalada un échalier en prenant bien soin d'éviter une flaque d'eau quand elle posa son pied chaussé d'une botte en caoutchouc. Il ne pleuvait plus mais le sol était encore boueux par endroits. Elle traversa le pâturage vide en inspirant l'air froid et pur.

Le ciel était bleu pâle et il faisait grand soleil. D'habitude ce spectacle la mettait de bonne humeur, mais aujourd'hui elle avait le moral au plus bas et le cœur affreusement lourd.

La nuit dernière, elle avait rêvé de M. Marbleton, sans jamais réussir à voir son visage. Il s'en allait, marchant indéfiniment dans un brouillard qui noyait tout. Dans le rêve, elle courait après lui en l'appelant mais elle avait l'impression de progresser dans une cuve remplie de mélasse, et même sa voix restait bloquée dans sa gorge, incapable de sortir, réduite au silence.

Elle secoua la tête. Ce n'était qu'un rêve. Il allait bien, elle ne devait pas en douter.

Elle passa par-dessus un autre échalier. À présent, elle se trouvait sur une allée non loin de la maison familiale… et lady Holmes s'approchait d'un pas lourd.

Livia avait quitté la maison quand elle avait entendu sa mère se lever, dans l'intention expresse de l'éviter aussi longtemps que possible. L'expérience lui avait enseigné que, ayant été privée de cible pour sa colère hier, lady Holmes ne la laisserait pas s'échapper aussi facilement aujourd'hui.

Submergée par la panique, elle ralentit le pas. Elle aurait bien voulu faire demi-tour et s'enfuir dans la direction opposée – elle n'aurait aucune difficulté à distancer sa mère –, mais où irait-elle ensuite, dans son vieux manteau et ses bottes pleines de boue, sans même une pièce en poche pour s'offrir un thé au pub du village ?

Pétrifiée, elle regarda lady Holmes la rejoindre, le visage déformé par la colère.

— Où étiez-vous passée, Olivia Holmes ? glapit celle-ci. Ce n'est pas assez que je sois coincée dans ce village perdu ? Maintenant, il faut que je sorte par un jour glacé pour voir ma propre fille ?

Ce n'était que l'ouverture de la grande tirade d'opéra qui allait suivre. Non, même pas : c'était juste l'orchestre qui commençait à s'échauffer.

De ses trois filles à qui lady Holmes daignait adresser la parole, Henrietta, l'aînée, avait été assez maligne pour la flatter et se trouver un mari, une bonne douzaine d'années auparavant, afin de fuir la maison. Charlotte, la plus jeune, possédait assez de force de caractère et de détachement émotionnel pour ne pas se laisser intimider par ses remontrances.

Livia, elle, avait toujours été trop fière pour s'entendre avec sa mère, et trop sensible pour ne pas être blessée par son attitude.

— Maman, s'entendit-elle répondre, je suis terriblement désolée pour l'épreuve que vous traversez. Vraiment.

Sa mère s'arrêta en clignant des yeux.

Une lady Holmes désorientée, cela valait déjà mieux qu'une lady Holmes furieuse.

— Je veux dire que je vois combien vous vous ennuyez ici, s'empressa d'ajouter Livia. Et il y a tant de souvenirs douloureux ! Comment pourriez-vous ne pas souhaiter partir loin, n'importe où ? Et je suis désolée d'être toujours là comme un fardeau pour vous, telle une épine dans votre pied.

Une trace d'authentique compassion s'était invitée dans ses paroles. De fait, Livia comprenait la détresse de sa mère. Elle voyait bien ce que cela signifiait de vivre avec un homme qui n'avait que mépris pour les femmes de sa propre famille. Elles auraient pu faire front ensemble, lady Holmes, Livia, Charlotte – et quelle formidable alliée aurait été cette dernière ! Hélas, comme lady Holmes avait aussi peu d'estime pour ses filles que sir Henry, elle les avait écrasées afin de se sentir plus puissante, et maintenant elle en était aussi peu aimée que l'était son mari.

Elle battait toujours des paupières, sourcils froncés.

Soudain, Livia comprit pourquoi Charlotte avait envoyé cinquante livres sterling à lady Holmes le lendemain du jour où sir Henry, ayant reçu ses cent livres, avait pris la poudre d'escampette. Ce n'était pas seulement par esprit d'équité envers leur mère. C'était pour lui offrir une opportunité *à elle*.

Une opportunité qu'elle pouvait encore saisir.

Livia s'approcha de lady Holmes d'un pas résolu.

— Rien ne vous oblige à rester ici à vous ronger les sangs, maman. Vous pouvez aller où vous voulez... à condition de m'emmener.

Sa mère fit la grimace, manifestement peu enthousiaste à la perspective de partir en vacances avec elle.

Livia prit une profonde inspiration, saisit sa mère par le bras et la fit pivoter vers la maison avant de se mettre en marche, l'entraînant presque de force.

— Si je vous accompagne, personne ne mettra en doute vos qualités maternelles. Les mères et les filles voyagent tout le temps ensemble, c'est ce qu'il y a de plus convenable. Vous n'aurez même pas besoin de payer pour moi. Avec mes économies, je devrais pouvoir financer mon billet de train ainsi que mon gîte et mon couvert.

» Et une fois que nous serons parties d'ici, je ne vous demanderai pas de m'emmener quand vous sortirez ni de m'acheter quoi que ce soit. Vous n'aurez même pas besoin de me voir si vous ne le souhaitez pas. Je resterai dans ma chambre pour lire et prendre mes repas.

Elle regarda sa mère. Lady Holmes marchait lourdement, le souffle court, mais elle ne semblait pas contrariée. En réalité, son expression était... pensive. Elle était *tentée*.

Le cœur de Livia battit un peu plus vite.

— Réfléchissez, maman. Entre l'impossibilité de faire quoi que ce soit et la possibilité de faire tout ce qui vous plaît, que choisiriez-vous ?

Bonté divine, si on lui avait dit qu'elle était capable de se montrer aussi convaincante ! Et avec sa mère, en plus !

Lady Holmes fronça de nouveau les sourcils, comme si elle pressentait que la proposition de sa fille était trop belle pour être vraie.

Livia n'attendit pas que le doute fasse son œuvre.

— Il y a des endroits très respectables à Londres qui n'accueillent que des dames en déplacement. J'en ai une liste dans un magazine, dans ma chambre.

Bénie soit Charlotte d'avoir rassemblé un tel trésor d'informations à l'époque où elle espérait encore étudier pour devenir directrice d'une école pour jeunes filles !

— Si vous voulez partir vite, disons demain – et pourquoi voudriez-vous rester ici un instant de plus que nécessaire ? –, vous n'avez qu'à envoyer un câble à quelques-uns de ces établissements afin que nous ayons leurs réponses avant la fin de la journée, ou au plus tard avec la première distribution du courrier demain matin.

— Londres ? répéta lady Holmes.

C'était la première fois qu'elle reprenait la parole depuis que Livia avait entrepris de tisser sa toile de persuasion. Elle semblait toujours indécise, comme souvent quand elle était confrontée à une idée qui n'émanait pas d'elle.

— Je sais qu'à vos yeux Londres n'est pas une destination originale, ni même particulièrement agréable, mais c'est l'endroit idéal pour se changer les idées. Et faire les magasins, bien sûr. Imaginez tout ce que vous pourrez trouver dans Bond Street ! Sans parler du fait que depuis Londres, vous pouvez aller n'importe où en un clin d'œil. Être à Paris du jour au lendemain. Ou à Édimbourg. Les possibilités sont infinies. Et vous n'auriez pas besoin de m'emmener dans *ces* voyages. Si je reste ici, tout le monde saura que vous avez pris le train toute seule et on jasera, mais si vous me laissez à Londres, qui le saura ?

Sa mère écarquilla les yeux, comme gagnée par une euphorie qu'elle n'avait pas connue depuis longtemps. Puis elle se rembrunit et pinça les lèvres.

— Abbotts saura.

Abbotts était sa bonne, et lady Holmes n'aurait pas envisagé de se déplacer sans elle. Non seulement elle avait besoin d'Abbotts pour faire les choses à sa place, mais elle n'aurait pas eu l'impression d'être une baronne digne de ce nom sans une domestique dans son sillage.

— Vous n'aurez qu'à lui dire que je suis allée passer quelques jours chez Henrietta.

Jamais Henrietta n'avait invité ses cadettes à séjourner chez elle, mais comme elle était sa préférée, lady Holmes n'avait pas songé à le lui reprocher.

— Hum, fit celle-ci tout en accélérant le pas, comme piquée par l'excitation.

— Et que voulez-vous que fasse Abbotts ? ajouta Livia, battant le fer tant qu'il était chaud. Qu'elle remette en question votre parole ? Qu'elle écrive à Henrietta pour s'assurer que je suis effectivement chez elle ?

— Et moi, que vais-je faire ? Vous laisser à Londres toute seule, vraiment ?

— Je séjournerai dans un établissement pour dames des plus respectables, ne l'oubliez pas. Et personne n'en saura rien. C'est justement tout l'intérêt ! Une fois que nous serons loin de ce village où tout le monde se mêle des affaires des autres, personne ne saura ce que vous faites ni où je suis, et personne ne s'en souciera.

— Mais...

— Craignez-vous vraiment que je m'attire des ennuis, maman ? Je ne suis pas Charlotte ! Je fuis le monde et je ne fréquente pas les hommes. Et qu'ai-je fait d'autre dans ma vie que lire et effectuer de longues promenades ?

— Je... je dois y réfléchir.

Elles étaient presque à la maison. Livia poussa un soupir. Avec un peu de chance, sa mère et elle partiraient pour Londres, mais à tout le moins elle avait neutralisé la colère de lady Holmes et orienté ses pensées dans une autre direction. Ce n'était pas un mince exploit !

— La bonne société n'est plus à Londres en cette saison, réfléchit lady Holmes à voix haute alors qu'elles franchissaient la porte, mais je me demande si les Openshaw pourraient s'y trouver. Où disiez-vous qu'ils passeraient Noël ?

Livia se figea. Openshaw était le nom qu'avaient emprunté les Marbleton quand ils avaient rendu visite aux Holmes. Ou plutôt, quand ils étaient venus voir Livia de leurs propres yeux, parce que Stephen Marbleton avait été très épris d'elle.

Avant de couper tout lien avec elle, à peine quinze jours plus tard.

Malgré la chaleur qui régnait dans la maison, Livia eut soudain froid. Pas à cause de ce qu'avait fait M. Marbleton, mais parce que les questions qu'elle s'était interdit de poser remontaient à la surface.

Pourquoi lui avait-il menti ? Pour quelle véritable raison l'avait-il chassée de sa vie ? Que s'était-il passé pour qu'il prenne cette terrible décision ?

— M'entendez-vous, Livia ? demanda lady Holmes d'un ton agacé.

— Pardon, maman, répondit Livia avec un sourire forcé. Les Openshaw ? Oh, mais ils vont dans un endroit merveilleux !

Les Industries Cousins étaient surtout réputées pour les locomotives qu'elles produisaient. L'usine de Reading, toutefois, était spécialisée dans la production de chaudières à vapeur et de tubes de chaudière coniques. La première fois que Mme Treadles était venue visiter l'usine, le directeur l'avait éconduite en lui expliquant avec fermeté que ce n'était pas un endroit pour une dame et qu'elle devrait plutôt envoyer des représentants.

Aujourd'hui, Mme Treadles avait envoyé des représentants, à savoir lord Ingram, M. Bloom – un expert engagé par celui-ci – et Mme Watson. Encore une femme.

En dépit de sa tenue gris sombre, cette dernière n'avait rien perdu de la chaleur et de la vivacité qui la rendaient si séduisante. Le même directeur, un homme corpulent aux cheveux poivre et sel nommé Fogerty, se méfiait manifestement d'elle, mais les licenciements de MM. White, Kingford, Ferguson et Adams semblaient avoir tempéré son empressement à éloigner les femmes qui se mêlaient de ce qui ne les regardait pas. Il reçut ses trois visiteurs avec une politesse prudente et s'abstint de toute allusion au genre de Mme Watson.

Lord Ingram se serait amusé de sa circonspection si ce n'était pas pour cette même raison que Mme Treadles s'était vu barrer l'accès à sa propre entreprise.

Il aborda la question sans détour :

— Monsieur Fogerty, je crois savoir que par le passé, vous avez refusé à Mme Treadles le droit d'entrer ici.

Fogerty faillit s'étrangler avec son thé. Il toussa.

— C'était… un regrettable malentendu.

— Je vous en prie, expliquez-nous comment il est survenu, dit froidement lord Ingram.

— Nous… hum… nous avons agi ainsi par égard pour Mme Treadles, bien sûr.

Lord Ingram arqua un sourcil.

— Et qui désignez-vous exactement par « nous », monsieur Fogerty ?

— Je parle de M. Sullivan et de moi-même.

— En d'autres termes, M. Sullivan vous avait spécifiquement indiqué que, par égard pour elle, vous deviez interdire à Mme Treadles d'entrer ici ?

Les yeux de M. Fogerty semblaient fuir ceux de lord Ingram.

— Ou… oui. Ce n'est vraiment pas un endroit pour une dame, l'intérieur d'une usine, avec la graisse, la suie et des machines bruyantes partout.

Comme pour souligner cet argument, un vacarme assourdissant monta alors de l'atelier, tout juste atténué par les murs du bureau exigu de M. Fogerty.

Lord Ingram demeura imperturbable.

— Monsieur Fogerty, pourriez-vous jurer devant une cour de justice que vos échanges avec M. Sullivan se sont déroulés exactement de la façon dont vous l'affirmez ?

La tasse de thé de M. Fogerty s'immobilisa en chemin vers ses lèvres.

— Pourquoi devrais-je témoigner devant la justice ? Je ne suis pour rien dans le décès de M. Sullivan.

— L'inspecteur chargé de l'affaire pense que l'inspecteur Treadles a tué M. Sullivan à cause de Mme Treadles. Si l'enquête donnait lieu à un procès, la défense pourrait appeler à la barre quiconque a interagi soit avec M. Sullivan, soit avec Mme Treadles. Pourriez-vous vous tenir devant un juge, jurer devant Dieu, et faire le même témoignage ?

M. Fogerty s'agita nerveusement sur son siège.

— Hum...

— Alors, de grâce, n'essayez pas de vendre une pâle imitation de la vérité. Je veux bien accepter que vous ayez agi sur ordre de M. Sullivan, mais je ne crois pas un instant que l'un ou l'autre d'entre vous ait été motivé, même de loin, par une intention chevaleresque.

M. Fogerty se tassa sur lui-même.

— Milord, je vous en prie, comprenez bien que c'est M. Sullivan qui m'a placé à la tête de cette usine. Je suis qualifié et je fais du bon travail, mais il y en a beaucoup d'autres qui sont qualifiés et qui font du bon travail. S'il m'a mis ici, c'est parce que je lui étais loyal.

Malgré son souffle qui s'accélérait, lord Ingram conserva un ton glacial.

— M. Sullivan n'était pas le propriétaire de cette usine.

— Je comprends bien mais c'était lui qui la dirigeait, milord. Depuis que je travaille ici, je n'ai jamais travaillé avec le jeune M. Cousins, seulement avec M. Sullivan, M. White et leurs secrétaires. M. Sullivan disait que l'intérêt de Mme Treadles pour l'entreprise retomberait vite, surtout si nous placions quelques obstacles devant elle. Et ensuite, tout serait de nouveau comme avant et ma position serait assurée.

Lord Ingram et Mme Watson échangèrent un regard. Allaient-ils enfin apprendre quelque chose d'utile ?

— Pourquoi estimiez-vous que votre position serait en danger si Mme Treadles visitait l'usine ?

À présent, le front et le nez de M. Fogerty luisaient de transpiration.

— Ce n'est pas ce que vous croyez, milord. J'ai veillé sur cette usine comme sur mon propre enfant, mais je suis un homme de M. Sullivan, voyez-vous. Et M. Sullivan disait que s'il devait partir, il n'y aurait plus personne pour me protéger quand le couperet tomberait.

— Et pour quelle raison craignait-il qu'on le congédie ?

M. Fogerty jeta un regard gêné vers Mme Watson, qui l'observait avec un intérêt plein de gravité.

— Rassurez-vous, Madame ne va pas s'évanouir, le rassura lord Ingram avec une pointe d'impatience. Elle est enquêtrice pour le compte de Sherlock Holmes. Elle a vu des choses qui vous feraient défaillir.

M. Fogerty baissa tout de même les yeux vers le plancher, comme si, en ne voyant plus Mme Watson, il pouvait s'imaginer qu'elle n'était pas là.

— Eh bien, M. Sullivan m'avait confié que Mme Treadles était éprise de lui. Seulement, ce n'était pas réciproque et elle le prenait très mal – rien de pire que le courroux d'une femme dédaignée, comme on dit. D'après lui, elle cherchait un prétexte pour se débarrasser de lui et je ne devais lui en donner aucun.

Lord Ingram était abasourdi par l'indécence monumentale de Sullivan.

— Et vous l'avez cru ?

— Il... ne m'est pas venu à l'esprit de mettre en doute les affirmations de M. Sullivan, mais je dois admettre qu'après avoir vu Mme Treadles de mes yeux, ma foi... Je n'aime pas dire du mal des morts, mais M. Sullivan ne m'avait pas paru particulièrement exigeant dans ses fréquentations – je parle de ses fréquentations féminines. Je ne peux pas imaginer qu'il aurait éconduit Mme Treadles si elle s'était effectivement éprise de lui, si vous voyez ce que je veux dire...

— Je vois fort bien.

— Cela dit, M. Sullivan affirmait qu'elle allait se mêler de ce qui ne la regardait pas, vouloir tout réorganiser et donner des ordres, et sur ce point il disait vrai. Elle semblait vraiment décidée à tout changer.

Lord Ingram contint un mouvement d'humeur.

— Cette entreprise lui appartient, monsieur Fogerty.

— Tout de même, milord...

Comme personne n'approuvait ses propos, M. Fogerty se mit à boire son thé avec une grande application.

Lord Ingram ravala un soupir, puis se tourna vers les deux personnes qui l'accompagnaient.

— Madame Watson, monsieur Bloom, si vous vous êtes suffisamment restaurés, je crois que M. Fogerty peut nous faire visiter les lieux.

L'usine s'étendait sur un hectare, mais l'essentiel de la production était concentré dans un grand hangar de brique et de fer de trois cents pieds de long sur deux cent cinquante de large, couvert d'un toit haut partiellement vitré. À l'intérieur, plusieurs fourneaux rugissaient. L'été, ils devaient faire régner une chaleur intolérable mais au cœur de l'hiver, par une journée où les températures étaient proches du gel, la chaleur et l'odeur d'huile brûlée et de métal en fusion étaient tout au plus suffocantes.

En revanche, le vacarme avait de quoi rendre fou, avec les grincements, les claquements, les crissements et, par-dessus tout, le martèlement fracassant des tôles qu'on rivait à la fois manuellement et par des riveteuses à vapeur. Des ouvriers en sueur, le visage noirci de suie, formaient comme des essaims d'abeilles autour de grandes chaudières en cours de montage. Ils levèrent les yeux quand lord Ingram, M. Bloom et Mme Watson passèrent, escortés par M. Fogerty, mais ils reportèrent bientôt leur attention sur leur tâche.

Le père naturel de lord Ingram avait été l'un des plus riches banquiers du pays, et l'un des plus heureux en affaires. Sa banque avait accordé – et continuait de le faire – de nombreux prêts à l'industrie, destinés à la construction et à la modernisation des usines. Par conséquent, sa banque comptait parmi son personnel des gens capables d'évaluer si un bon usage était fait des sommes empruntées.

M. Bloom, un homme très mince à l'imposante moustache, était l'un de ces individus tenus en très haute estime. Lord Ingram remarqua qu'alors que son attention et celle de Mme Watson étaient attirées vers l'activité de ruche qui régnait ici, M. Bloom s'intéressait plutôt aux équipements, depuis le bâtiment en lui-même jusqu'à la vertigineuse structure pyramidale qui entourait chaque riveteuse à vapeur.

Pendant l'inspection, ses quelques questions révélèrent rapidement l'ignorance de M. Fogerty sur l'état antérieur de l'usine ; le désarroi de ce dernier ne fit que s'accroître quand M. Bloom demanda ensuite des documents et photographies des lieux.

— Je crains qu'on ne m'ait jamais rien donné de la sorte, répondit le directeur en s'épongeant le front avec un grand mouchoir. Quand M. Sullivan m'a confié cette usine, elle était flambant neuve. Nickel chrome. Je n'ai jamais eu l'idée de demander comment elle était avant.

M. Bloom s'abstint de tout commentaire. Il ne dit pas un mot jusqu'à ce qu'ils soient remontés en voiture et se soient mis en route. Il demanda alors à voir l'estimation approximative, que Mme Watson avait apportée, du coût de la rénovation et de la modernisation de cette usine.

Il étudia le résumé rédigé de la main de Holmes, qui tenait sur une page, pendant de longues minutes. Si longues que lord Ingram et Mme Watson s'interrogèrent plusieurs fois du regard – Mme Watson d'un air un peu plus tendu à mesure que le temps passait.

— Quel est le degré de précision de cette estimation d'après vous, madame Watson ? demanda enfin M. Bloom d'une voix si calme que c'en était alarmant.

Elle déglutit péniblement.

— Je dois reconnaître qu'aucune des trois personnes qui l'ont réalisée n'est comptable de profession, mais nous avons une trace de tous les paiements importants qui permettent d'arriver à ce montant. En vérité, je dirais que nous avons été plutôt modérés dans notre estimation.

M. Bloom garda le silence. Lord Ingram et Mme Watson échangèrent de nouveaux regards, mais ne posèrent aucune question.

Ils prirent un déjeuner rapide à l'auberge en face de la gare. C'est seulement quand on eut débarrassé leurs assiettes que M. Bloom reprit la parole :

— Je me dois d'être prudent avant de prononcer mon verdict. Pourrai-je examiner les comptes moi-même quand nous serons de retour à Londres ?

Lord Ingram crut que son cœur s'arrêtait de battre. Un *verdict* ?

— Il faudra l'autorisation de Mme Treadles, mais je crois qu'elle vous l'accordera volontiers. Je vais lui envoyer un câble dès maintenant afin que vous puissiez consulter la comptabilité au plus vite.

Avant que l'expert puisse se lever, Mme Watson demanda, les traits tirés :

— Monsieur Bloom, je sais que vous ne voulez pas sauter aux conclusions, mais vous avez sûrement quelques idées à présent. Quelques idées précises.

Sous la table, les ongles de lord Ingram s'enfoncèrent dans sa paume.

— En effet, répondit M. Bloom en fronçant les sourcils. Et si je devais me prononcer maintenant, je dirais que tout au plus deux tiers de l'argent soi-disant investi dans cette usine l'ont vraiment été. Peut-être seulement la moitié.

— Non, déclara Mme Coltrane d'un ton définitif. Les serrures des portes extérieures du numéro 33 ont été changées après le départ des précédents locataires. Ils étaient restés là pendant des années et il était impossible de savoir combien de copies de la clé pouvaient circuler. Il était plus prudent de changer les serrures.

Elles se tenaient dans son petit bureau du sous-sol au numéro 31, où Charlotte venait de se saisir de l'objet qu'elle était officiellement venue voir : le carnet de rendez-vous de M. Longstead, tout juste restitué par Scotland Yard.

— Et l'agent immobilier ? Je présume que vous en aviez un pour trouver les locataires pour le numéro 33 ?

— Nous en avions un. Après le départ des derniers locataires, des travaux d'entretien ont été effectués – un ramonage complet, la pose de nouveaux papiers peints, et ainsi de suite. C'est à cette époque que Mlle Longstead a découvert le grenier et qu'elle est tombée sous le charme des lieux.

» Quand les travaux ont été pratiquement terminés, elle a supplié M. Longstead de l'autoriser à l'occuper avant l'installation des prochains locataires. Il a accepté immédiatement. On a prié l'agent immobilier de prévenir avec suffisamment d'avance pour que Mlle Longstead ait le temps de retirer ses affaires du numéro 33 quand il ferait visiter la maison à des personnes intéressées.

» Puis M. Longstead a remarqué combien elle aimait son nouvel espace et m'a demandé de m'entretenir avec M. Cornwall, notre agent immobilier. Il voulait que Mlle Longstead ait l'usage de l'atelier aussi longtemps que nous resterions à Londres. Il a donc décidé de ne pas mettre la maison en location avant notre départ pour la campagne. À cette même époque, nous avons demandé qu'on nous rende les clés. M. Cornwall est un homme de confiance, mais nous préférions ne prendre aucun risque.

Mme Coltrane se pencha en avant d'un air grave.

— Voyez-vous, mademoiselle Holmes, nous avons toutes les clés ici.

Vraiment ?

— Mlle Longstead a en effet son trousseau, concéda Charlotte, mais nous n'avons toujours pas retrouvé celui de M. Longstead.

— Je suis sûre qu'il est quelque part dans son bureau. En attendant, je peux vous montrer les clés que je conserve.

Elle se leva et ouvrit un petit placard fixé au mur et fermé à clé. À l'intérieur, parmi tout un assortiment de clés étiquetées avec soin, se trouvaient les deux trousseaux du numéro 33, un grand et un petit.

— Vous est-il arrivé de vous séparer de ces clés ?

Mme Coltrane commença à secouer négativement la tête, puis s'immobilisa.

— Maintenant que j'y pense... En septembre, Mme Norwich, qui habite Rengate Street, est arrivée en courant pour voir M. Longstead. C'est une veuve, voyez-vous. Une bonne personne mais un peu pingre, car elle n'a que sa maison et sa rente annuelle.

» Elle avait commandé du charbon mais le livreur venait d'arriver et on s'était aperçu que la trappe à charbon refusait de s'ouvrir. La société de charbon estimait qu'elle devait payer les frais de livraison ce jour-là, et verser la même somme quand la trappe à charbon aurait été réparée, parce qu'ils avaient effectué la livraison et que ce n'était pas leur faute si sa trappe refusait de s'ouvrir.

» Comme je l'ai dit, Mme Norwich est un peu grippe-sou. Elle a demandé à M. Longstead s'il accepterait de prendre livraison de ce charbon. Sauf que nous venions d'être livrés et que la cave était déjà pleine. Mme Norwich a alors demandé ce qu'il en était de la cave du numéro 33, qui était vide, donc finalement nous avons pris son charbon. Et nous l'avons payé, puisque dès lors il était à nous.

» Ce jour-là, j'étais fiévreuse et j'ai dû m'aliter. Mlle Longstead est venue me demander la clé du placard à clés, puisqu'il fallait le grand trousseau pour atteindre la trappe à charbon. Je pensais qu'elle irait elle-même ouvrir les portes à Mme Norwich mais par la suite, quand elle est venue me rapporter la clé du placard et me faire savoir que tout était de nouveau à sa place, elle m'a dit qu'au lieu de cela elle avait confié les clés à Mme Norwich, et que celle-ci avait laissé son majordome s'occuper de tout régler.

Le cœur de Charlotte fit un bond.

— Combien de temps Mme Norwich a-t-elle eu ces clés en main ?

— Environ une heure, je dirais, répondit Mme Coltrane qui semblait soudain un peu mal à l'aise. Mais elle n'aurait rien pu en faire, n'est-ce pas ?

— Non, je suppose qu'elle n'aurait pas pu..., répondit Charlotte.

Mais qu'en était-il de son majordome ?

Charlotte aurait vraiment aimé s'entretenir avec Mlle Longstead mais sa tante, la dernière survivante parmi les frères et sœurs de M. Longstead, était arrivée à Londres et Mlle Longstead était partie lui rendre visite. Charlotte regagna la voiture de Mme Watson. Là, après avoir compulsé les notes que Mlle Redmayne avait prises au cours de ses nombreux entretiens de la veille, elle demanda à Lawson, le cocher, de la conduire dans une rue voisine. Puis elle rédigea un message qu'elle demanda à Lawson de délivrer.

Cher monsieur Woodhollow,

J'ai des raisons de croire que vous vous trouviez au 33 Cold Street la nuit de la mort de M. Longstead. Merci de venir discuter de cette question avec mon émissaire dans la voiture garée devant le 48 Miniver Lane.

Bien à vous,

Sherlock Holmes

Pendant qu'elle attendait, Charlotte ferma tous les rideaux de l'habitacle, sortit de son sac à main une tranche de cake aux fruits confits et en prit une bouchée méditative. Elle était parfaitement capable de réfléchir sans cake, mais le seul fait d'en avoir une part dans la main était comme jeter du kérosène dans le feu. Et après la nuit passée où elle n'avait même pas eu quatre heures de sommeil, quelques jets de kérosène ne seraient pas de trop pour alimenter la flamme.

Elle avait terminé sa première part et se demandait si une seconde serait utile dès maintenant – ou s'il valait mieux la garder pour plus tard – quand elle entendit des pas s'arrêter à l'extérieur de la voiture.

Une minute entière passa avant qu'on frappe deux coups rapides et nerveux à la portière.

— Entrez.

L'homme qui ouvrit avait entre trente et quarante ans. Grand, bien bâti et d'une remarquable beauté, il portait la tenue noire d'un majordome, impeccable et bien repassée. Si ses vêtements avaient été plus à la mode, on aurait pu au premier regard le prendre pour un gentleman, mais il ne possédait pas l'assurance tranquille des gens habitués à être traités avec déférence. Avec ses yeux qui clignaient et ses épaules voûtées, il transpirait la peur et l'humilité.

— Vous… vous n'êtes pas Mlle Hudson.

Il n'avait pas oublié Mlle Redmayne qui, sous le nom de Mlle Hudson, s'était rendue la veille dans les maisons voisines pour interroger maîtres et valets.

— Non, en effet. Je suis Mlle Holmes, la sœur de Sherlock Holmes. Je vous en prie, montez et fermez la portière, monsieur Woodhollow.

Il jeta autour de lui un regard méfiant puis, avec une rapidité surprenante, obtempéra.

— J'ignore pourquoi vous m'avez envoyé ce message, mademoiselle Holmes, mais je n'ai jamais…

— Mlle Hendricks, du 36 Rengate Street, s'est rendue au 33 Cold Street cette nuit-là parce qu'elle pensait vous avoir vu y entrer.

Il recula, comme si elle l'avait giflé.

— Jamais Mlle Hendricks n'aurait... Elle ne...

— En effet, elle ne discuterait pas de ces questions avec une étrangère. Mais quand elle est entrée au numéro 33, elle a découvert un objet sur le sol de la salle à manger. Un peigne orné de joyaux. Il pouvait exister des dizaines d'explications à la présence de ce bijou dans une maison vide, mais la seule conclusion à laquelle elle est parvenue est que vous y aviez retrouvé quelqu'un d'autre.

M. Woodhollow ouvrit des yeux ronds de stupeur.

— C'est absurde ! Mlle Hendricks est bienveillante, patiente et incroyablement cultivée. Le seul fait qu'elle daigne me consacrer de son temps... je n'ai même pas de mots pour exprimer ma gratitude. Comment a-t-elle pu s'imaginer que je retrouverais une autre qu'elle dans un endroit qui était à nous ?

Les mots avaient jailli avec force. Puis, comprenant ce qu'il venait d'avouer, il rougit.

— Peut-être Mlle Hendricks a-t-elle cru que vous fréquentiez quelqu'un d'autre parce qu'elle ne s'estime pas aussi jeune ou belle que vous.

— Et moi, je ne serai jamais aussi intelligent ni instruit qu'elle !

Il se mordit les lèvres.

— J'espère ne pas avoir placé Mlle Hendricks dans une situation délicate par mes aveux.

— Pas en ce qui me concerne. Je ne crois pas que Mlle Hendricks et vous ayez le moindre rapport avec les meurtres, et par conséquent je n'ai pas l'intention d'impliquer l'un ou l'autre dans l'enquête officielle. Toutefois, j'aimerais que vous me racontiez ce qui s'est passé cette nuit-là. Des éléments que vous considérez comme anodins pourraient très bien être ce dont j'ai besoin pour que mes investigations prennent la bonne direction.

D'une voix tremblante, le majordome demanda :

— J'ai votre parole que tout ceci restera entre nous ?

— Vous avez ma parole.

Il avait encore le souffle court mais, peu à peu, sa respiration s'apaisa.

— Très bien. J'avais du mal à trouver le sommeil ce soir-là, alors je suis sorti fumer une cigarette. Comme Mme Norwich n'aurait pas aimé qu'on me voie flâner devant chez elle, je suis sorti par la porte de service pour me tenir à quelques pas de là, dans le jardin. Soudain, j'ai vu une femme entrer au numéro 33.

— Une femme, dites-vous ?

Mme Treadles ?

— Oui, une femme. Il y avait trop de lumière derrière les fenêtres du numéro 31 pour que je me trompe sur sa silhouette.

— Quelle heure était-il ?

— Minuit moins cinq. J'ai consulté ma montre à ce moment-là.

Une bouffée d'excitation traversa Charlotte.

— Vous en êtes certain ?

M. Woodhollow hocha la tête.

— Mme Norwich est très exigeante sur la ponctualité, et ma montre est du même modèle que celles des chefs de gare.

Il sortit sa montre de gousset pour la montrer à Charlotte. Celle-ci compara l'heure qu'elle indiquait avec celle de sa propre montre, tandis que son esprit fusait dans toutes les directions à la fois.

Minuit moins cinq. La femme que M. Woodhollow avait vue ne pouvait pas être Mme Treadles, qui était entrée au 33 Cold Street à minuit et demi. Ni

Mlle Hendricks, qui n'y était venue qu'après le départ de Mme Treadles.

— Connaissez-vous l'identité de cette femme ?

M. Woodhollow remit sa montre dans une poche de son gilet.

— Elle était déjà à demi entrée quand je l'ai aperçue, aussi n'ai-je pas vu son visage, et elle allait trop vite pour que je distingue ses vêtements, mais ils étaient de couleur sombre, comme ceux que porte Mlle Hendricks en général.

» J'étais perplexe. Mlle Hendricks n'avait pas les clés de cette maison : moi seul les avais, une pour la porte arrière et une pour la chambre principale. Je ne comprenais pas non plus pourquoi elle venait sans m'avoir d'abord donné rendez-vous, mais qui d'autre aurait pu entrer dans cette maison à la nuit tombée ?

» J'ai voulu traverser le jardin pour aller vérifier mais à cet instant, M. Eldridge, du 60 Rengate Street, a décidé de faire un tour avec son ami. Cela leur arrive souvent de débattre de toutes sortes de sujets à n'importe quelle heure du jour ou de la nuit. Sauf que cette fois, au lieu de marcher, ils sont restés au beau milieu du jardin, de sorte que je n'aurais pas pu aller de chez moi jusqu'au numéro 33 sans me faire remarquer.

M. Woodhollow noua les doigts.

— J'ai toujours eu peur du jour où Mlle Hendricks comprendrait que je ne suis qu'un type de Camden qui s'est élevé dans le monde aussi haut qu'il le pourra jamais, et qui vivra le reste de sa vie dans le sous-sol de quelqu'un d'autre. J'ai cru ce jour venu. J'ai cru qu'elle avait déjà tourné la page.

» Alors que j'étais sur le point de renoncer et de rentrer, les philosophes sont enfin partis. Je me suis rué au numéro 33. La porte était fermée, mais pas à clé.

Je suis monté jusqu'à la chambre où Mlle Hendricks et moi avions l'habitude de nous retrouver. Et...

Il rougit de nouveau.

— Et je suis resté devant la porte pour écouter pendant quelques instants avant de la déverrouiller.

— Elle était fermée à clé ?

C'était la chambre principale, la scène du crime.

— Oui. Je m'assure toujours de la refermer à clé quand nous... quand nous l'avons utilisée. Quoi qu'il en soit, j'ai été tellement soulagé en trouvant la pièce vide que j'en ai eu le cœur qui s'emballait. Puis j'ai entendu des gens qui parlaient en bas, un homme et une femme. Je ne distinguais pas toutes leurs paroles, mais l'homme paraissait assez content de lui et la femme, affolée. Puis ils ont cessé de parler.

» Mlle Hendricks m'avait dit qu'autrefois elle avait eu ce genre de patron : un homme avec qui elle ne pouvait pas prendre le risque de se retrouver seule. Pendant toute une année sous son toit, elle s'était sentie comme une fugitive avec ce type toujours sur ses talons, l'attendant à chaque tournant.

Une expression de tristesse et de culpabilité passa sur ses traits, comme s'il s'en voulait de la détresse qu'avait connue Mlle Hendricks dans le passé.

— Je voulais faire quelque chose, mais je n'osais pas montrer mon visage. Alors j'ai eu l'idée de faire beaucoup de bruit. J'ai claqué la porte très fort. Quand je l'ai rouverte, aussi discrètement que possible, j'ai entendu la femme crier « Laissez-moi ! » puis il y a eu des bruits de pas qui s'éloignaient rapidement. J'ai d'abord été très soulagé, mais ensuite j'ai entendu quelqu'un monter l'escalier.

Il déglutit.

— Toutes les autres portes dans la maison étaient fermées à clé. Ma seule façon de ne pas être vu, c'était de sauter par une fenêtre. C'est ce que j'ai fait.

» Par chance, la façade offre de nombreuses prises et la rue était déserte. Ma veste s'est accrochée à un fleuron de la grille, mais heureusement je n'ai pas été blessé. Je me suis dégagé en tirant sur ma veste et j'ai descendu la rue en courant jusqu'au plus proche passage entre les maisons. Là, j'ai escaladé le portail pour entrer dans le jardin et je suis revenu dans la maison de Mme Norwich sans cesser de trembler.

Ses mains posées sur ses genoux étaient agitées de secousses, même s'il les serrait avec force.

Charlotte lui laissa le temps de se remettre de sa frayeur rétrospective.

— Je présume que vous n'avez rien dit à la police ?

Il fit non de la tête.

— Si j'avoue que j'étais au numéro 33 cette nuit-là, je perds ma place. C'est la seule que j'ai, et je dois encore économiser pendant dix ou douze ans avant d'avoir de quoi… hum. De toute façon, j'ai entendu les noms de ces deux personnes quand elles se parlaient. Le mari de Mme Treadles a déjà puni l'homme qui l'a agressée, n'est-ce pas ?

Voilà une réponse que l'inspecteur Treadles n'aurait pas eu envie d'entendre.

Quant à ce que Charlotte avait envie d'entendre, M. Woodhollow avait confirmé qu'il était à la fois la personne qui avait claqué la porte et celle qui avait sauté par la fenêtre et accroché sa veste au fleuron.

— Si je comprends bien, le problème de la trappe à charbon de Mme Norwich est survenu parce que vous aviez compris que le numéro 33 ne serait pas loué avant un bon moment, et que si vous pouviez mettre la main sur les clés, vous disposeriez d'un endroit pour retrouver Mlle Hendricks de façon relativement sûre.

M. Woodhollow s'agita sur sa banquette.

— Je vous en prie, mademoiselle Holmes, je sais que je n'ai pas bien agi, mais ne me prenez pas pour un criminel. Je suis domestique depuis que j'ai douze ans, j'ai commencé comme garçon à tout faire, et jamais je n'ai volé ne serait-ce qu'une petite cuiller à un patron.

Charlotte le regarda.

— Vous avez fait des doubles de clés qui ne vous appartenaient pas.

Il baissa les yeux.

— Quand je suis parti de chez moi, je voulais laisser derrière moi tout souvenir de mon foyer, mais je suppose que je n'ai pas oublié comment prendre des empreintes de clés ni où les faire dupliquer sans qu'on vous pose de questions.

— Avez-vous prêté ces clés à quelqu'un ?

— Certainement pas. Jamais.

— Les avez-vous toujours ?

— Je peux les rendre maintenant si vous voulez, dit-il d'un ton morose. De toute façon, je n'imagine pas que Mlle Hendricks ait jamais envie de retourner au numéro 33.

Charlotte poussa un soupir.

— Monsieur Woodhollow, je présume que vous n'avez pas parlé avec Mlle Hendricks depuis cette nuit-là. Vous avez quitté le numéro 33 avec la certitude qu'elle n'avait pas trahi votre confiance. Elle, en revanche…

— Mais j'économise pour avoir un jour assez d'argent pour la demander en mariage !

— Le sait-elle ?

Il noua les doigts.

— Je crains qu'elle refuse. Elle vient d'un milieu respectable. Il n'y a personne dans ma famille, homme ou femme, qui ait été assez respectable pour se voir confier l'éducation des enfants des autres.

— Tout de même, monsieur Woodhollow, vous comprenez pourquoi Mlle Hendricks pourrait également douter d'elle-même ?

— Elle ne devrait pas, répondit-il d'un ton têtu.

— C'est pourtant le cas. Très peu de gens ont d'eux-mêmes une meilleure image que celle que le monde leur renvoie. Vous vous sentez indigne parce que vous n'êtes pas un homme fortuné. Elle se sent indigne parce qu'elle n'est plus une jeune femme. Avouez-lui vos sentiments. Dites-lui que ce n'est pas seulement sa culture ou la nouveauté de votre liaison qui vous intéresse. Ne supposez pas que ce qui est évident à vos yeux le soit tout autant aux siens.

Il la dévisagea et déclara avec gravité :

— Je le lui dirai, mademoiselle Holmes. Merci.

Elle griffonna un message, qu'elle lui donna pour qu'il le transmette à Mlle Hendricks.

— Bonne chance, monsieur Woodhollow.

Le majordome partit en réitérant ses remerciements.

Charlotte soupira de nouveau. Elle avait été sincère en souhaitant bonne chance à cet homme. Elle devait s'attendrir avec l'âge… ou sous l'influence de lord Ingram.

En songeant à lui, elle esquissa un sourire.

16

Lord Ingram avait envoyé ses câbles. M. Bloom avait repris un train pour Londres. Et Mme Watson s'était enfin autorisée à murmurer :

— Tout au plus les deux tiers. Et peut-être seulement la moitié !

Lord Ingram et elle étaient à bord d'une voiture de location et s'éloignaient de la gare bondée de Reading. Des trains sifflaient. Des musiciens des rues jouaient inlassablement de l'accordéon. Des colporteurs rassemblés autour de braseros vantaient d'une voix forte leurs tourtes aux fruits secs et leurs marrons chauds.

Avec tout ce vacarme, leur cocher, perché à l'avant sur son banc, la tête couverte d'un épais chapeau de laine, ne pouvait pas entendre un seul des mots échangés à l'intérieur du véhicule.

Pourtant, Mme Watson n'osait pas parler à haute voix.

Lord Ingram changea de banquette pour s'asseoir près d'elle et passa un bras autour de ses épaules d'un geste protecteur. Rassurée par sa présence, elle se laissa aller à exprimer ses inquiétudes.

— Si nos chiffres sont justes et que M. Bloom ne se trompe pas dans son estimation – et j'ai l'horrible pressentiment qu'il pourrait fort bien avoir raison –, où est passé l'argent manquant ? Cela fait une somme *colossale*. Et il ne s'agit que d'une seule usine !

Sous la direction du jeune M. Cousins, la compagnie avait modernisé de nombreuses manufactures.

— Et si c'était pour cette raison que M. Sullivan a tout fait pour empêcher Mme Treadles de comprendre les rouages de la société ? Il se livrait à des détournements de fonds pour se garnir les poches, n'est-ce pas ? Mlle Holmes n'a-t-elle pas dit que son salon était rempli d'objets du sol au plafond ?

— Une abondance de meubles ne fait pas de lui un coupable, dit lord Ingram, pensif, mais pour le reste je suis de votre avis. Entre l'incompétence du jeune M. Cousins et le fait que M. Sullivan et sa clique se soient arrogé tout pouvoir de décision, je serais surpris que l'hostilité qu'il a dirigée contre Mme Treadles n'ait pas fait partie d'un effort concerté pour empêcher que ses crimes soient révélés.

Une horrible pensée traversa l'esprit de Mme Watson. Elle se tourna vers lord Ingram et lui agrippa le bras.

— Les rumeurs qui ont circulé… pour la plupart, elles présentaient l'inspecteur Treadles comme un mari jaloux. S'il avait enquêté sur cette question, plutôt ? S'il avait découvert que M. Sullivan avait volé des dizaines, peut-être des centaines de milliers de livres à la famille de son épouse ? Cela suffirait à mettre n'importe qui très en col…

Elle s'interrompit et, lâchant le bras de lord Ingram, plaqua la main sur sa bouche.

Ils essayaient de disculper l'inspecteur Treadles. Pas de lui trouver d'autres motifs d'avoir assassiné M. Sullivan.

Lord Ingram fronça les sourcils.

— Ce que je ne comprends pas, ce que je n'ai jamais compris depuis le début, c'est pourquoi M. Sullivan et M. Longstead ont été tués *ensemble.*

Une idée encore plus affreuse frappa Mme Watson.

— Et si…, commença-t-elle, la main toujours sur la bouche. Et si M. Longstead n'était pas l'homme que nous croyons ? Si, au lieu d'être reconnaissant au vieux M. Cousins d'avoir racheté ses parts, il l'avait détesté pendant toutes ces années ? S'il avait eu l'impression que M. Cousins l'avait privé du grand accomplissement de sa vie ? Souvenez-vous qu'il n'a jamais offert à Mme Treadles une aide bien tangible. Cela ne lui coûtait pas grand-chose de faire semblant d'être gentil envers elle, surtout s'il aidait son neveu à siphonner sa fortune. Un homme adorable avec sa nièce et bienveillant envers son personnel peut être un monstre avec les autres.

Lord Ingram parut peiné. Avec douceur, il retira la main de la bouche de Mme Watson et la prit dans la sienne.

— Malheureusement, cette théorie place toujours l'inspecteur Treadles au cœur de ces meurtres et lui donne même d'excellents motifs.

Mme Watson se laissa retomber contre le dossier de la banquette.

— Pauvre Mme Treadles ! À sa place, je serais probablement folle de rage. Moi qui ne suis pas elle, je sens tout de même la corde de la potence se resserrer.

À sa surprise, lord Ingram sourit.

— J'ai eu exactement la même impression il n'y a pas si longtemps, quand j'étais le principal suspect dans l'affaire de Stern Hollow. Vous ai-je dit ce que Mlle Charlotte m'a déclaré quand elle m'a rendu visite dans ma cellule ?

Non seulement Mme Watson se redressa, mais elle se pencha et prit l'autre main de lord Ingram.

— Je vous écoute.

— Quand je lui ai avoué que j'étais effrayé, elle a répondu : « N'oubliez pas, monsieur, que je suis une reine sur cet échiquier. Et je ne joue pas pour perdre. »

Il soutint le regard de Mme Watson, profond mais limpide.

— À l'époque, je l'avais dans mon camp. Aujourd'hui, l'inspecteur Treadles l'a dans son camp. Elle ne le laissera pas tomber.

Mme Watson sentit un petit sourire se former sur ses lèvres. Toutefois...

— Je croyais qu'à Stern Hollow, Mlle Charlotte avait depuis le début une solide idée sur l'identité de la personne qui avait laissé le corps dans la glacière. Ici elle doit être dans le noir, comme nous tous.

Lord Ingram arqua un sourcil avec une pointe d'espièglerie.

— *Nous* sommes dans le noir, c'est incontestable, ma chère. Mais Mlle Charlotte ? Selon toute probabilité, elle a une idée assez claire de ce qui s'est passé. Elle cherche seulement *pourquoi*.

Après que M. Woodhollow fut descendu de la voiture, Charlotte étudia avec soin le carnet de rendez-vous de M. Longstead qui indiquait, à partir de la dernière semaine de novembre, de nombreuses séances au British Museum, plusieurs réunions chez Cousins, deux déplacements « à l'officine » et une consultation chez le médecin.

Puisque Charlotte était déjà dans le quartier, elle demanda son chemin pour se rendre chez Sealy & Worcester, la plus proche officine de pharmacie. M. Sealy et M. Worcester connaissaient tous deux M. Longstead ; ils le considéraient comme un ami et un fidèle client et, quand il était en ville, ils pouvaient s'attendre à une visite hebdomadaire de sa part.

— Y avait-il des articles qu'il achetait régulièrement ? questionna Charlotte.

— Je crois que c'est pour ceci qu'il revenait, répondit M. Sealy en désignant une rangée de grands pots en verre remplis de bonbons aux couleurs vives. Ma sœur est une confiseuse de talent, et Mlle Longstead aime beaucoup nos boules de gomme. En général, on pouvait compter sur son oncle pour acheter un paquet de son parfum préféré, un autre de la dernière création de ma sœur, quelques articles que lui avait demandés sa gouvernante et une ou deux petites choses qui avaient simplement attiré son attention.

— M. Sealy a raison, déclara M. Worcester en sortant de la salle du fond pour rejoindre son associé au comptoir. C'était effectivement pour les bonbons qu'il venait, mais nous nous flattions de croire que peut-être, de temps en temps, il appréciait de pouvoir converser avec d'autres personnes de formation scientifique.

— Puis-je avoir un penny de ces boules de gomme au citron ? s'enquit Charlotte en montrant un pot en verre. Et puis-je vous demander quels sujets de discussion intéressaient M. Longstead ?

— Oh, il y en avait beaucoup, répondit M. Worcester. Quand sa nièce s'est prise de passion pour la réalisation d'huiles essentielles et d'absolues, il a consulté M. Sealy, qui a une grande expérience en matière de teintures médicinales.

— Nous en avons effectivement parlé pendant un certain temps, confirma M. Sealy tout en glissant des bonbons jaune vif dans un petit sachet de papier. Puis il y a eu l'époque où vous et lui avez discuté des remèdes contre le cancer.

— Que nous ne vendons pas, s'empressa de préciser M. Worcester. M. Longstead et moi étions d'avis qu'ils ne servent qu'à extorquer de l'argent aux personnes désespérées.

Charlotte demanda aussi un paquet de cannes à la menthe – après tout, c'était presque Noël.

— M. Longstead appréciait une pastille à la menthe de temps en temps, dit M. Sealy.

Il pesa les paquets et les ferma avec soin.

— Et M. Worcester et moi avions discuté avec lui du bon vieux temps d'avant les réglementations de 1868[1]. À l'époque, je fabriquais moi-même mes feux d'artifice. Hélas, Mlle Longstead ne pourra pas en faire autant.

Son associé lui tapota le bras.

— Par contre, vous avez donné à M. Longstead une recette au cas où sa nièce voudrait préparer sa propre émulsion photographique. La pratique de la chimie n'a pas perdu tout son charme malgré la réglementation sur les explosifs.

— C'est vrai, admit M. Sealy dans un petit rire. Je regrette sans doute plus ma jeunesse que la possibilité de faire des feux d'artifice.

Charlotte, qui appréciait leur camaraderie, les laissa évoquer encore quelques souvenirs avant de demander :

— Vous rappelez-vous la date du dernier passage de M. Longstead, messieurs ?

— Ce devait être le mardi d'avant son décès, répondit M. Worcester. M. Sealy ne se sentait pas bien ce jour-là, aussi j'étais seul à la pharmacie.

— Et la fois d'avant ?

1. Allusion aux *Queen's regulations* de 1868, dont l'alinéa 976 interdit les feux d'artifice.

— Avant, il était passé deux jours de suite, ce qui était assez inhabituel, répliqua M. Sealy. Il m'a dit que c'était parce que la première fois il était tellement occupé à discuter qu'il avait oublié de faire ses achats et ne s'en était aperçu qu'une fois rentré chez lui.

Son sourire céda vite la place à la tristesse.

De nouveau, M. Worcester lui tapota le bras.

— Et ces deux jours devaient être le lundi et le mardi de la semaine précédente, dit-il à Charlotte.

Pour remercier les pharmaciens, en plus des bonbons, Charlotte acheta un pain de savon à la rose et une petite boîte de baume pour les lèvres. Tout en réglant ses emplettes, elle demanda :

— Vous ne connaîtriez pas l'adresse du Dr Ralston, le médecin de M. Longstead, par hasard ?

Le Dr Ralston résidait non loin de là. Quelques minutes plus tard, elle frappait à sa porte.

Le médecin ne semblait pas au mieux de sa forme. Quand on fit entrer Charlotte dans son salon, il toussa dans un mouchoir brodé d'un monogramme et, d'une voix enrouée, lui demanda de l'excuser.

Après s'être enquise de sa santé – il avait pris froid quelques jours auparavant –, elle lui révéla le motif de sa visite.

— Je sais que M. Longstead est mort d'une blessure par balle et non d'une quelconque maladie, mais y a-t-il un éclairage que vous pourriez me donner sur sa santé ?

Le Dr Ralston ajouta deux cuillerées de miel et une goutte de citron dans son thé, et en but quelques gorgées. Quand il reprit la parole, sa voix était moins rauque.

— Le problème de M. Longstead, c'est qu'il cumulait de réels problèmes de santé et une inaptitude irrationnelle à se ménager. Chez un autre homme, des soucis tels que les siens n'auraient pas suffi à imposer une retraite anticipée, mais il était incapable de *ne pas* se surmener. Si une difficulté survenait, il ne mangeait rien et ne dormait pas tant qu'il ne l'avait pas résolue. Ce tempérament était formidable pour un homme qui devait régler de nombreux défis en ingénierie, mais catastrophique pour quelqu'un dont l'organisme requérait une alimentation correcte, un sommeil suffisant et des soins appropriés.

» Peut-être, s'il avait été marié, son épouse aurait-elle pu réguler son rythme de vie, mais il était resté un célibataire qui ne comprenait pas le mot « modération ». Voilà pourquoi il a failli se tuer à deux reprises à cause de son insouciance et de son surmenage avant que le vieux M. Cousins décide qu'il devait absolument s'arrêter.

— M. Mortimer Cousins ?

— Tout à fait. Un excellent homme, le vieux M. Cousins. Les innovations de M. Longstead étaient la force vitale de sa société, mais M. Cousins a renoncé à de colossaux profits potentiels pour préserver la santé de celui-ci. La première fois que M. Longstead a failli se tuer à la tâche, il a promis de prendre sa retraite, mais il avait conservé des parts dans la compagnie et ne pouvait s'empêcher de s'y impliquer. La deuxième fois, M. Cousins a racheté ses parts à un tarif extrêmement avantageux pour M. Longstead. Celui-ci a complètement pris ses distances avec la société et s'est retiré pendant quelques années à la campagne. Et, comme par hasard, il allait très bien. Certes, il n'a jamais été aussi robuste et vigoureux que moi quand je suis au mieux de ma forme, mais pour moi qui étais son médecin, son état de santé était parfaitement acceptable.

Charlotte n'avait jamais écarté la possibilité que le partenariat entre M. Longstead et le vieux M. Cousins n'ait pas été aussi solide et fondé sur une mutuelle affection que leur entourage avait voulu le croire, mais voilà qu'une personne de plus ajoutait sa voix au chœur de louanges et attestait de la force de leur amitié.

— M. Longstead avait-il eu des soucis de santé récemment ? demanda-t-elle.

— Pas à ma connaissance, et nous nous voyions régulièrement. D'ailleurs, j'aurais assisté à la fête de sa nièce ce soir-là si je n'avais pas attrapé ce satané rhume la veille.

Le Dr Ralston toussa de nouveau.

— Et cette tragédie ne m'aide pas à guérir.

Charlotte trouvait la pièce plutôt bien chauffée, mais elle vit le Dr Ralston lancer un regard pensif en direction d'un épais châle posé sur le dossier d'un fauteuil. Elle se leva pour aller le chercher et le lui tendit.

— Quand vous dites que vous le voyiez régulièrement, était-ce à titre professionnel ?

— Merci, mademoiselle Holmes, dit-il avec gratitude en étalant le châle sur ses genoux. M. Longstead et moi nous fréquentions plutôt comme deux vieux messieurs qui s'ennuient. Moi-même, je suis aux trois quarts retraité. Quand il était en ville nous assistions ensemble à des conférences, environ une fois par mois. Et chaque mois également, j'organise des parties de whist ; il était toujours le bienvenu.

» Quand il venait jouer aux cartes, soit avant, soit après, je redevenais son médecin pendant un quart d'heure. Je prenais son pouls, je l'examinais et je l'interrogeais sur sa santé. Parfois, je me disais que sa nièce était ce qui pouvait lui arriver de mieux dans ce domaine. Il tenait absolument à ne pas la laisser orpheline – du moins, pas avant qu'elle ait trouvé un bon mari.

Hélas, Mlle Longstead était de nouveau orpheline.

Le Dr Ralston se tut.

Charlotte sortit le carnet de rendez-vous de M. Longstead. Les dates de ses dernières visites aux pharmaciens telles qu'indiquées par MM. Sealy et Worcester ne correspondaient pas à celles qui y étaient inscrites. Elle ouvrit le carnet à la page où était noté le mot « médecin » et le montra au Dr Ralston.

— S'agit-il de la date et de l'heure de votre séance de jeu de cartes ?

— Oui, je les organise toujours le second jeudi du mois, l'après-midi.

— Est-il venu jouer ce jour-là ?

Le Dr Ralston glissa une pastille entre ses lèvres.

— M. Longstead n'a pas participé. Nous aurions dû être huit, mais deux d'entre nous se sont excusés au dernier moment. Nous aurions alors dû jouer à tour de rôle, mais M. Longstead s'est mis à discuter avec le Dr Motley et ils semblaient très absorbés par leur échange. Ils sont même allés faire un tour ensemble.

Charlotte avait déjà entendu ce nom dans une précédente affaire.

— Le Dr Motley… le médecin de famille de Mme Treadles ?

— Lui-même.

— Ils se connaissaient bien ?

— Ils avaient assurément entendu parler l'un de l'autre, mais je ne crois pas que leurs chemins s'étaient souvent croisés.

Charlotte posa de nouveau les yeux sur le mot « médecin » griffonné sur la page du carnet de rendez-vous.

— Avez-vous été surpris qu'ils s'entendent si bien ?

Le Dr Ralston prit une gorgée de son thé au miel et au citron, le regard pensif.

— La veille de l'après-midi de whist, j'ai croisé Mlle Longstead. Elle m'a confié ses appréhensions au sujet de sa soirée d'entrée dans le monde. Quand M. Longstead est venu le lendemain, il semblait d'une gravité inhabituelle. J'ai relié cette humeur sombre à ses inquiétudes pour sa nièce. Puis il s'est mis à discuter avec le Dr Motley, et il a paru fasciné par tout ce qu'il lui disait.

» J'ai peut-être été surpris également, mais en tant qu'hôte et ami j'ai surtout été soulagé de le voir aussi intéressé et animé. Ensuite, je me suis concentré sur le jeu.

Il passa une main sur son visage.

— Avec le recul, je me demande si je n'aurais pas dû faire plus attention.

Sur le chemin du retour, Charlotte parcourut une fois de plus le carnet de rendez-vous de M. Longstead en commençant par le 1er janvier, célébré par une sortie en traîneau avec sa nièce dans la neige fraîchement tombée.

Quand elle parvint chez Mme Watson, elle avait la nette impression qu'il manquait quelque chose dans les annotations de M. Longstead, et qu'elle aurait déjà dû comprendre de quoi il s'agissait. Hélas, le moment de lucidité se faisait attendre.

Elle mit sa lenteur d'esprit sur le compte du déjeuner qu'elle n'avait toujours pas pris – comment pouvait-elle réfléchir correctement si elle ne se nourrissait pas après une nuit où elle n'avait pas assez dormi ? – et se dirigea aussitôt vers la salle à manger.

Alors qu'elle attaquait un délicieux sandwich au rôti de bœuf, Mlle Redmayne apparut, rapportant une pile de lettres du bureau de poste central. Sherlock

Holmes avait demandé au public des informations sur les meurtres, et le public avait répondu.

Elle rejoignit Charlotte à table, sans manger puisqu'elle avait déjeuné à l'horaire habituel. Elles discutèrent de leurs trouvailles respectives et Charlotte apprit que, du moins d'après les registres d'entrées, M. Longstead n'avait pas mis les pieds dans la salle de lecture du British Museum ces dernières semaines, en dépit de ce qu'il avait affirmé à sa nièce et à sa gouvernante, et inscrit dans son carnet de rendez-vous.

— Le préposé à la salle de lecture s'est montré très serviable ; il a recherché toutes les visites de M. Longstead en remontant sur plusieurs mois, expliqua Pénélope avec un hochement de tête approbateur. Nous avons noté la liste de ses passages depuis le mois d'août, je vous la pose ici.

Elle quitta la salle à manger peu après, car lord Ingram avait envoyé un câble et elle devait effectuer quelques préparatifs pour l'arrivée imminente de M. Bloom, l'expert qui avait inspecté l'usine de Mme Treadles à Reading et souhaitait à présent étudier la comptabilité de Cousins.

Charlotte s'essuya les mains sur une serviette et parcourut la liste des passages de M. Longstead à la salle de lecture. Avant la dernière semaine de novembre, les dates correspondaient à celles inscrites dans son carnet de rendez-vous, mais plus ensuite.

Elle reprit son sandwich. Le même problème se reproduisait avec les excursions chez les pharmaciens signalées dans le carnet. Seule sa présence chez le Dr Ralston coïncidait avec la date qu'il avait notée.

Si elle demandait confirmation à Mme Treadles, découvrirait-elle que ses visites chez Cousins n'avaient jamais eu lieu ? Ou qu'elles s'étaient déroulées en d'autres occasions que celles indiquées ?

Charlotte s'arrêta de manger. Le sandwich au rôti de bœuf n'avait pas seulement rempli son estomac, il avait revitalisé son pauvre cerveau épuisé. Maintenant, elle savait exactement ce qui manquait dans le carnet de rendez-vous de M. Longstead.

Jamais il n'était fait mention d'une quelconque visite de condoléances à Mme Cousins.

17

Mme Cousins serra chaleureusement la main de Charlotte.

— Mademoiselle Holmes, je vous en prie, asseyez-vous. Et permettez-moi de vous remercier d'avoir présenté Mme Watson à ma belle-sœur. Quand je lui ai rendu visite hier soir, Alice était extrêmement soulagée que quelqu'un lui ait donné le courage de faire ce qu'elle aurait dû faire depuis longtemps.

— C'est Mme Treadles toute seule qui a eu ce courage, répondit Charlotte en prenant place.

— Tout à fait exact, mais parfois nous avons besoin d'un petit coup de pouce, voire d'un solide coup de pied, pour revenir sur le bon chemin.

Charlotte acquiesça.

— Nous ne faisons que ce pour quoi Mme Treadles nous a engagés.

Au demeurant elle n'aurait pas nié, si Mme Cousins avait un peu insisté, qu'elle avait été un peu plus dure que nécessaire avec Mme Treadles, afin que celle-ci soit disposée à coopérer quand elle rencontrerait Mme Watson.

— Auriez-vous la bonté de bien vouloir répondre à quelques questions supplémentaires, madame Cousins ?

poursuivit Charlotte. J'aurais dû être plus consciencieuse lors de notre première rencontre.

Mme Cousins servit le thé.

— Curieusement, après que vous m'avez quittée hier, j'ai conservé l'impression qu'il y avait quelque chose que j'aurais dû vous dire. Ma mère ne se porte pas très bien depuis quelque temps. Entre sa santé et les difficultés de ma belle-sœur, je n'ai pas réussi à réfléchir, et encore moins à réfléchir clairement, mais je serais très heureuse d'apporter mon aide si c'est possible.

Elle releva la tête. La veille, elle n'avait répondu aux questions que d'un ton contraint, parce que Charlotte était envoyée par Mme Treadles, mais à présent une lueur d'espoir et d'excitation brillait dans ses yeux.

Charlotte s'informa de la santé de sa mère, puis elle demanda :

— Vous pourriez commencer par me dire quand M. Longstead vous a rendu visite pour vous présenter ses condoléances.

Mme Cousins émit un hoquet de surprise.

— Mais, bien sûr ! Cela me revient, maintenant ! Je m'apprêtais à vous parler de sa venue quand cet attelage a failli renverser un enfant dans la rue, et j'ai été si choquée que j'ai oublié ce que je voulais dire.

Charlotte s'estimait tout aussi responsable de ce manque d'attention. Même si son intention était d'en apprendre plus sur M. Sullivan, elle aurait dû ne négliger aucun détail.

— Il est venu au début du mois de décembre, reprit Mme Cousins, et sa visite était tout à fait inattendue. Mlle Longstead et lui avaient fait livrer une superbe couronne et ils avaient assisté aux obsèques. Ils avaient également envoyé une lettre de condoléances. Ne pensez-vous pas, mademoiselle Holmes, que M. Longstead avait fait tout ce qu'exigeaient les convenances, et même plus, dans la mesure où il n'avait jamais été un ami de mon mari ?

— Si, je le pense, répondit Charlotte.

— Dans ce cas, vous pouvez imaginer ma surprise quand il est venu me présenter ses condoléances plus de quatre mois après le décès de M. Cousins.

Bien des choses avaient changé pour M. Longstead au cours des semaines qui avaient précédé son décès, et certaines de ces choses l'avaient amené à rendre visite à Mme Cousins, qu'il n'avait pratiquement jamais vue. Charlotte laissa échapper un long soupir maîtrisé.

— Je vous en prie, donnez-moi tous les détails dont vous vous souvenez.

— Eh bien, il n'est pas resté très longtemps, une vingtaine de minutes peut-être. Nous en avons consacré au moins cinq à parler de la pluie et du beau temps, et cinq autres de sa nièce. Il se désolait qu'elle n'ait toujours pas fait son entrée dans le monde comme il convient et s'en attribuait la responsabilité. J'ai dit que j'espérais que ce serait pour bientôt mais que si c'était le cas, je ne pourrais malheureusement pas y assister, puisque mon deuil était loin d'être terminé.

» Ensuite, la conversation s'est orientée vers mon mari. M. Longstead a dit qu'à l'époque où il était plus jeune, au lieu de s'enfermer en permanence dans son atelier pour bricoler des prototypes, il aurait dû avoir la sagesse d'aider mon beau-père à former mon mari quand il a atteint sa majorité. Il pensait que peut-être, s'il avait fait cela, nous aurions été de meilleurs amis et alliés dans les années qui ont suivi.

Elle soupira. Avec sa tenue de crêpe noir et le papier peint vert et or derrière elle, elle formait un tableau préraphaélite presque parfait.

— J'ai eu bien du mal à m'accommoder du tempérament de l'homme que j'avais épousé. Et pour je ne sais quelle raison, ces regrets de la part de M. Longstead, cette vision d'une réalité qui n'avait jamais existé… tout cela m'a touchée. Mon mari avait de nombreux défauts, mais en avais-je moins que lui ? Si j'avais su qu'il partirait si jeune, aurais-je été une meilleure épouse ? Aurions-nous connu un meilleur mariage ?

Elle s'absorba dans le silence, le visage tourné vers la fenêtre.

Dehors, le soleil se couchait. L'heure de l'inculpation officielle de l'inspecteur Treadles approchait.

Charlotte passa au point suivant.

— M. Longstead a-t-il par hasard évoqué les Industries Cousins ou M. Sullivan ?

— Non, mais alors que nous discutions de la pluie et du beau temps, il a parlé de l'inspecteur et de Mme Treadles. Ils avaient dîné ensemble peu de temps auparavant et devaient se retrouver quelques jours plus tard pour un autre souper. Comme j'étais toujours furieuse de l'attitude de l'inspecteur Treadles, je n'ai pas répondu grand-chose.

Charlotte passa alors à la question qui avait motivé sa visite :

— A-t-il emporté quoi que ce soit en quittant cette maison ?

Mme Cousins tressaillit.

— Comment le savez-vous ?

Le cœur de Charlotte parut se remettre en place d'un coup sec. Elle n'avait pas mesuré à quel point elle avait eu besoin que sa théorie se révèle exacte.

— J'ai trouvé une broche de deuil parmi ses affaires.

— En effet. Peu avant son départ, nous étions tous les deux assez émus. Il m'a demandé si j'avais un souvenir pour lui rappeler M. Cousins, un bijou de deuil par exemple. Alors je lui ai donné la broche.

Mme Cousins poussa un soupir et posa sa main fuselée sur son cou.

— J'ai entendu dire que certaines personnes peuvent pressentir leur fin imminente. Je me demande si M. Longstead n'en faisait pas partie. Une sorte de réconciliation avec mon mari défunt, une soirée d'entrée dans le monde pour sa nièce… On aurait dit qu'il mettait de l'ordre dans sa vie. Avait-il deviné que l'heure du repos éternel approchait ?

Le problème, quand on se rapprochait de son ancien et futur amant au beau milieu d'une enquête menée tambour battant, c'était qu'on n'avait pas le temps de passer à l'étape logique suivante.

Ou plutôt, c'était le problème de Charlotte. Elle doutait que même dans d'autres circonstances, lord Ingram aurait accepté « l'étape logique suivante ». Il avait des idées assez strictes sur les engagements d'un homme marié, et son divorce imminent n'assouplissait guère ses critères.

Voilà pourquoi, après quelques baisers délicieux et de plus en plus ardents la veille au soir, au lieu de rouler sur un douillet matelas de plumes pour savourer leur jeunesse et leur passion, ils étaient partis faire la tournée des bureaux des grands quotidiens de Londres. Il était déjà très tard, mais c'était sans importance puisque la plupart des éditions du matin ne finalisaient leur composition qu'aux petites heures du jour.

Leur but était de faire paraître une nouvelle annonce qui, rédigée dans un simple code César, disait une fois déchiffrée : *Le propriétaire de la sublime voiture de ville à rayures noires et blanches accepterait-il de rencontrer un sincère admirateur devant le Dog & Duck à Bywater ce soir à 17 h 30 ?*

Mlle Redmayne et Charlotte, conduites par cette dernière, arrivèrent au lieu de rendez-vous peu après 17 heures. Charlotte tourna dans le quartier pendant quelques minutes avant de garer la voiture de Mme Watson dans la ruelle étroite située presque en face du Dog & Duck, un pub très fréquenté. À 17 h 15, Mlle Redmayne descendit du véhicule, grimée en homme.

Sa morphologie se prêtait plus facilement au jeu que celle de Charlotte, aucune fausse bedaine n'étant nécessaire pour masquer une généreuse poitrine. Elle offrait au contraire une silhouette mince et désinvolte tandis qu'elle s'éloignait sur le trottoir d'un pas nonchalant.

Trois minutes avant l'heure du rendez-vous, elle réapparut, cette fois tout près de l'entrée du Dog & Duck, et, avec un petit air délicieusement débauché, elle alluma un cigarillo. Charlotte aurait dû s'y attendre de la part d'une étudiante parisienne, bien que jamais elle n'ait senti l'odeur du tabac sur les vêtements ou les cheveux de Pénélope. Elle esquissa un sourire. Même dotée d'une mère aussi progressiste que Mme Watson, la jeune femme préférait garder secrets certains de ses vices.

La rue était de plus en plus bondée. Certaines de ces voitures transportaient-elles des passagers désireux de jeter un coup d'œil sur le « sincère admirateur » ? Plusieurs ralentirent en passant devant le Dog & Duck, mais aucune n'arborait de rayures horizontales aux couleurs contrastées.

Puis un attelage freina, un fiacre ordinaire. Quelqu'un en descendit – une femme tout emmitouflée, le visage caché sous un grand capuchon bordé de fourrure. Après une imperceptible hésitation, elle se dirigea vers Mlle Redmayne et lui dit quelque chose, mais d'une voix trop basse pour que Charlotte l'entende.

Mlle Redmayne tapota le bout de son cigarillo pour en faire tomber la cendre et cria :

— Veuillez m'excuser, madame, mais je n'entends pas très bien. Pourriez-vous répéter ?

Charlotte approuva d'un hochement de tête. Mlle Redmayne, qui ne souffrait d'aucun problème d'audition, avait eu la présence d'esprit de ruser.

— Je disais, monsieur, répéta la femme en haussant le ton, pourriez-vous m'indiquer le chemin de St Barnabus ?

Cette voix !

Les mains de Charlotte se crispèrent sur les rênes.

— Certainement, madame ! brailla Mlle Redmayne. Continuez sur trois rues vers l'est, puis un peu vers le sud, et vous y serez.

La femme remercia. Lorsqu'elle pivota pour remonter dans son fiacre, Charlotte aperçut brièvement son visage.

Mme Sullivan.

La voiture de location de Mme Sullivan la déposa deux rues avant sa maison. Tandis qu'elle marchait d'un pas lourd en resserrant sur elle les pans de son manteau doublé de fourrure, elle faillit se prendre le pied dans une fissure du trottoir.

Charlotte, qui l'avait suivie à prudente distance, gara son propre attelage quelques maisons avant la résidence des Sullivan. Deux minutes plus tard, un fiacre fit halte à sa hauteur et Mlle Redmayne en sortit. Charlotte descendit du siège du cocher où elle se trouvait depuis bien trop longtemps et donna son lourd manteau à Mlle Redmayne.

Elle lui tendit également la bouillotte vulcanisée qui l'avait maintenue au chaud.

Pénélope laissa échapper un joyeux éclat de rire.

— J'aime de plus en plus ces housses pour bouillotte que vous fabriquez.

Charlotte aussi adorait ses « couvre-bouillotte ». Celle-ci se voulait à l'image d'un *Christmas pudding* : brun chiné dans la partie inférieure pour représenter le gâteau en lui-même, elle était d'un blanc crémeux sur l'arrondi supérieur pour la sauce au brandy et était couronnée à son sommet d'un brin de houx vert et rouge, le tout d'apparence très sculpturale car l'ensemble avait été crocheté en plusieurs couches formant de minuscules écailles.

Elle faillit évoquer la housse pour bouillotte d'inspiration anatomique qu'elle préparait comme cadeau de Noël pour Pénélope, mais n'en fit rien.

— Je vais me changer, maintenant.

Tandis que Mlle Redmayne se couvrait de l'immense manteau et montait sur le siège du cocher, Charlotte entra dans la voiture et s'assura que tous les rideaux étaient fermés. Malgré les deux chaufferettes qui diffusaient leur chaleur au niveau du plancher, elle tremblait quand elle ôta sa veste et son pantalon de grossier lainage.

Lorsqu'elle sortit de la voiture, elle était de nouveau vêtue comme la sœur de Sherlock Holmes.

Presque engloutie par son salon dégoulinant de dorures, Mme Sullivan semblait partagée entre l'inquiétude et l'excitation quand Charlotte entra. C'est l'excitation qui prit le dessus.

— Mademoiselle Holmes, en voilà une surprise ! Quel bon vent vous amène ?

— Notre enquête nous a permis de découvrir assez d'informations pour qu'il me semble utile de m'entretenir de nouveau avec vous.

— Oh ?

Les yeux de Mme Sullivan brillèrent. N'avait-elle pas tremblé également ?

— Tout à fait. Madame Sullivan, quand je suis venue vous voir hier, vous avez affirmé que, le soir de la fête de Mlle Longstead, votre mari n'était pas repassé par la maison avant de se rendre dans Cold Street. Vous avez dit qu'il y était sans doute allé tout de suite après le travail. Mon résumé est-il exact ?

— Ou... oui, répondit Mme Sullivan avec une pointe de méfiance.

— Pourtant, cela a dû être fort peu commode de s'y rendre directement depuis chez Cousins, non ? Il fallait que M. Sullivan emporte une tenue de soirée dès le matin en allant travailler, qu'il veille à ce qu'elle ne se froisse pas pendant la journée, et enfin qu'il laisse ses autres affaires dans son bureau en partant le soir.

Tout en énumérant ces points, Charlotte avait compté sur ses doigts d'un geste théâtral. Puis elle regarda Mme Sullivan.

— Ce n'est pas la méthode la plus logique, n'est-ce pas, alors qu'il aurait été tellement plus facile de repasser par la maison ?

— Eh bien...

Mme Sullivan lissa ses jupes d'une main nerveuse.

— Je ne l'ai pas vu s'en aller le matin, aussi je ne saurais vous dire s'il a emporté une tenue de soirée.

Charlotte pencha la tête de côté.

— Je pense qu'il est beaucoup plus probable que M. Sullivan ait disposé d'une seconde résidence en ville. Vous l'avez qualifié de « pécheur impénitent, fier de son immoralité ». J'ai été bien négligente de ne pas envisager qu'il ait entretenu une maîtresse.

Mme Sullivan pinça les lèvres, puis leva les yeux au plafond d'un air de contrariété résignée.

— Cela n'a rien d'exceptionnel.

Comme Charlotte l'avait supposé, Mme Sullivan n'ignorait pas l'existence de cette seconde résidence.

— Donc vous êtes d'accord pour admettre que, selon toute probabilité, ce n'est pas à son travail qu'il s'est changé mais chez sa maîtresse, où il avait déjà une tenue de soirée toute prête, et où il a pu prendre un bain, se raser et se rendre présentable ?

Le ton de Mme Sullivan se fit plus acide.

— Comme je l'ai dit, je ne l'ai pas vu le matin et j'ignore où il s'est changé au juste. Son lieu de travail me semblait un endroit aussi approprié qu'un autre.

Charlotte l'observa. Au début, Mme Sullivan lui rendit son regard avec défiance, mais bientôt elle détourna les yeux.

— Madame Sullivan, vous n'avez pas été très honnête avec nous, dit-elle avec sévérité.

Les commissures des lèvres de la femme se mirent à trembler, comme si elle était sincèrement blessée par ce reproche.

— Comment pouvez-vous dire cela, mademoiselle Holmes ? J'ai été d'une franchise presque choquante !

— Vous avez également omis bien des choses. Si je me fie à ce que vous avez affirmé hier, à savoir que vous avez été réveillée le lendemain matin du bal par l'arrivée de la police, je dois conclure qu'aucune voiture appartenant à cette maison n'est partie chercher M. Sullivan à la soirée, car sinon vous auriez su plus tôt que quelque chose n'allait pas. Comment comptait-il rentrer ici après la soirée ? En hélant un cabriolet à 2 heures du matin dans une rue résidentielle ?

— Il s'est toujours très bien débrouillé les soirs où il ne m'emmenait pas.

— Et vous n'aviez pas de raisons de vous inquiéter parce que vous saviez qu'il avait une maîtresse, installée dans une maison dotée de sa propre voiture.

C'est cette voiture qu'il a utilisée pour aller à la fête, et c'est cette même voiture qu'il aurait dû prendre pour rentrer chez sa maîtresse.

Mme Sullivan redressa la tête d'un air vertueux.

— Vous n'espériez tout de même pas que j'allais vous parler de *cela*.

— Pourquoi pas ? Vous m'avez dit qu'il convoitait les épouses des autres hommes.

Mme Sullivan émit un hoquet indigné.

— Permettez-moi de formuler une hypothèse, reprit Charlotte. Si vous n'avez pas mentionné la maîtresse, sa maison ni sa voiture, c'est parce que vous vouliez les effacer du récit. Vous préfériez avoir le beau rôle en parlant des épouvantables péchés de votre mari, et cacher aux enquêteurs celui que vous avez joué cette nuit-là.

Mme Sullivan sursauta. Ses doigts s'enfoncèrent dans les accoudoirs de son fauteuil.

— Un rôle ? Je n'ai absolument rien fait. Je suis restée ici toute la nuit.

Charlotte esquissa un léger sourire.

— Il ne me sera pas difficile de découvrir où habite cette maîtresse. Le notaire de M. Sullivan le saura nécessairement, lui qui a dû s'occuper des dépenses liées à cette seconde résidence. Dès que j'aurai son adresse, je pourrai interroger son cocher. Et que pensez-vous qu'il me répondra si je lui demande ce qu'il a fait cette nuit-là ?

Les yeux écarquillés, le visage livide, Mme Sullivan demeura muette.

— Il me répondra alors qu'après avoir déposé M. Sullivan, au lieu de l'attendre toute la soirée non loin de là, il a empoché un pourboire en venant ici – en toute discrétion, naturellement, pas en se présentant à la porte principale – pour vous emmener dans Cold Street.

Mme Sullivan empoigna un cerceau à broder sur un guéridon près de son fauteuil. Le mouchoir de deuil que Charlotte avait vu la veille s'y trouvait toujours.

— Et que serais-je allée faire là-bas ?

— Espionner votre époux, bien sûr. Sauf que vous vous êtes vite aperçue que presque toutes les pièces du numéro 33, à part la salle à manger et le vestibule au rez-de-chaussée, étaient fermées à clé et que vous n'aviez aucun point de vue sur le numéro 31, puisque la soirée se déroulait au premier étage.

— C'est... ridicule !

— Peut-être le pensez-vous vraiment, mais cela ne vous a pas empêchée de le faire. Une voiture très reconnaissable a été vue dans Cold Street entre 23 heures et minuit ce soir-là. Vous a-t-elle déposée ? Combien de temps êtes-vous restée ?

Mme Sullivan agrippa son cerceau à broder comme s'il s'agissait d'un bouclier.

— Je refuse de répondre à des questions aussi absurdes.

Charlotte noua sagement les mains sur ses genoux.

— Ce qui m'intrigue, madame Sullivan, c'est ce que vous avez fait ensuite. Êtes-vous directement rentrée chez vous ? Ou êtes-vous allée ailleurs avec cette voiture ?

— Votre imagination vous égare, mademoiselle Holmes !

— Vraiment ? Pourtant, elle n'a pas trouvé de réponses à des questions telles que : comment êtes-vous entrée au numéro 33 ? Aviez-vous pour habitude de vous rendre là où votre mari ne voulait pas de votre compagnie ? Était-il informé de vos agissements ?

Mme Sullivan écarta le cerceau à broder d'un geste sec.

— Mademoiselle Holmes, je pense…

Charlotte se leva.

— En effet, madame Sullivan, vous seriez bien inspirée de penser très soigneusement. Pendant… disons vingt-quatre heures ? Après quoi, mon frère m'enverra présenter nos déductions à l'inspecteur Brighton et lui demander de faire examiner la seconde résidence de M. Sullivan.

18

Comme Charlotte s'y était attendue, Mme Sullivan quitta bientôt la maison. Elle se faufila par la porte en jetant des regards autour d'elle, telle une bonne négligeant ses devoirs pour rejoindre un amant, et non la seule figure d'autorité dans cette demeure, libre d'aller et venir comme elle l'entendait.

Mlle Redmayne, à présent dans le rôle du cocher, suivit son fiacre. Contrairement à Charlotte qui avait appris à conduire un attelage à la campagne, Pénélope s'était entraînée en ville. « Avec le phaéton de tante Jo, d'abord dans les parcs, puis surtout dans les quartiers tranquilles », avait-elle expliqué.

Son relatif manque d'expérience sur les voies principales ne dérangea pas Charlotte, dont l'attention était tournée vers la direction qu'elles avaient prise : un quartier beaucoup plus élégant, avec des jardins luxuriants et de vastes demeures.

Allaient-elles le traverser, ou approchaient-elles de la destination de Mme Sullivan ?

C'était bien ici qu'elle se rendait.

Mme Sullivan descendit de voiture devant une maison plus vaste et opulente que la sienne.

Charlotte hésita. Ce n'était pas dans ce genre d'endroit qu'on installait une maîtresse. Les femmes entretenues habitaient généralement de petites maisons à l'aspect raffiné. Peut-être Mme Sullivan rendait-elle visite à une personne de classe sociale supérieure ?

Hum. Bien après l'heure appropriée pour les visites ? Dans une voiture de location ?

Elle décida de tenter sa chance. Tout d'abord, la bonne qui ouvrit la porte montra quelque réticence à la laisser voir la maîtresse des lieux, mais quand Charlotte eut déclaré qu'elle était l'*autre* protégée de M. Sullivan et qu'elle venait discuter de certains arrangements, elle fut promptement, bien qu'un peu sèchement, escortée jusqu'au salon.

La pièce, elle aussi surchargée de dorures, aurait pu passer pour élégante dans certains cercles – des cercles de nouveaux riches. Autre point en sa faveur, elle ne disparaissait pas sous une abondance de mobilier, de sorte que chaque meuble bénéficiait de suffisamment d'espace pour que son style et sa disposition soient mis en valeur. Charlotte passa devant de grands pots de fougères qui apportaient d'apaisantes notes de verdure et compta mentalement les vases de fleurs fraîches qui ornaient chaque surface libre.

Mme Sullivan bondit du canapé blanc et or où elle avait pris place.

— Mademoiselle Holmes ! Vous... vous...

— Rebonjour, madame Sullivan. Si vous faisiez les présentations ? murmura Charlotte tout en désignant d'un coup de menton l'autre femme qui se tenait dans la pièce.

Celle-ci semblait avoir une petite trentaine d'années. Jolie mais sans beauté particulière, elle portait une élégante tenue de thé dont la robe du dessus vert émeraude s'ouvrait sur une ample robe de dessous blanche.

Charlotte aspirait à posséder une de ces tenues de thé qui avaient la sulfureuse réputation d'être ce que portaient les dames mariées quand elles recevaient leur amant l'après-midi. À présent que lord Ingram était enfin consentant, peut-être le moment était-il venu d'envisager un tel investissement ?

— Puis-je vous présenter Mme Portwine, mademoiselle Holmes ? grommela Mme Sullivan. Madame Portwine, voici Mlle Holmes, qui enquête sur les meurtres pour le compte de Sherlock Holmes, le détective privé.

Mme Portwine, manifestement une femme du monde, ne parut ni surprise ni décontenancée. Elle se leva et tendit la main à Charlotte.

— Mademoiselle Holmes, je puis vous assurer que je n'ai rien à voir avec ces crimes. Le décès de mon protecteur met en danger mes moyens d'existence – et je les protège jalousement.

— Je vous crois, madame Portwine, répliqua Charlotte. Si je suis ici, c'est uniquement parce que Mme Sullivan a refusé de répondre à quelques questions sur ses déplacements pendant cette fameuse nuit. J'ai donc résolu de vous les poser.

— Vous avez promis de me laisser vingt-quatre heures pour réfléchir ! gémit Mme Sullivan.

— Et vous pouvez toujours choisir de m'en dire plus au terme de ces vingt-quatre heures, assura Charlotte. En revanche, je n'ai pris aucun engagement sur l'usage que je ferais moi-même de ces vingt-quatre heures.

Mme Sullivan fit la moue.

— Je n'avais pas l'intention de l'amener chez vous, dit-elle d'un ton plaintif à la femme avec qui elle avait partagé son époux.

— Et pourtant, nous voici réunies ! Autant nous asseoir et prendre une tasse de thé en personnes civilisées, déclara Mme Portwine en s'adressant à Mme Sullivan, qui n'avait que quelques années de moins qu'elle, comme à une nièce indisciplinée.

Le plateau de thé, qui avait dû être commandé à l'arrivée de Mme Sullivan, apparut alors, apporté par la même bonne qui semblait toujours aussi perplexe.

Charlotte choisit un petit cake glacé au sucre.

— Votre maison est charmante, madame Portwine.

Mme Sullivan fit la grimace, mais s'abstint de tout commentaire sur le fait que ce n'était pas pour elle que son mari avait acheté cette demeure.

— Merci, répondit Mme Portwine. Elle n'est pas à moi, naturellement, et j'ignore combien de temps je pourrai y rester maintenant que M. Sullivan n'est plus.

— Son départ vous a-t-il attristée ?

Un sourire ironique étira les lèvres de Mme Portwine.

— Lui et moi, c'était un arrangement d'affaires. Je crois que Mme Sullivan a été bien plus affectée. Elle avait pour son mari un... intérêt que je n'aurais jamais pu avoir.

Mme Sullivan, si loquace pendant son premier entretien avec Charlotte, ne commenta pas.

— Oh ? s'étonna Charlotte. Voulez-vous m'en dire plus, madame Sullivan ?

Celle-ci baissa les yeux vers ses genoux.

— Vous pouvez aussi bien le demander à Mme Portwine. Après tout, nous sommes dans son salon.

— Provisoirement, rectifia Mme Portwine avec tact. Il n'a toujours été que provisoirement le mien.

Charlotte appréciait l'ironie mordante, mais non dénuée de bonté, de Mme Portwine.

— Je vous en prie, poursuivez. Dites-m'en plus sur l'intérêt que portait Mme Sullivan à son mari.

Pendant un moment, Mme Portwine regarda Charlotte avec l'air de se demander comment cette dame manifestement respectable pouvait être aussi à son aise dans le salon d'une femme perdue.

— M. Sullivan a acheté cette maison il n'y a pas si longtemps. Une nouvelle maîtresse semblait une bonne façon d'inaugurer cette nouvelle résidence. Il se trouve que je suis très amie avec Mme Calloway, son ancienne protégée. Celle-ci souhaitait se séparer de M. Sullivan et j'étais entre deux bienfaiteurs. Elle m'a demandé mon aide et j'ai pris la relève, pour ainsi dire.

— Mme Calloway n'avait pas envie de s'en aller, protesta Mme Sullivan avec le plus grand sérieux. C'est M. Sullivan qui s'est lassé d'elle.

Un petit sourire aux lèvres, Mme Portwine prit une gorgée de thé puis, au lieu de répondre à Mme Sullivan, continua à l'intention de Charlotte :

— Quand je me suis installée ici, M. Sullivan m'a dit de m'attendre à une visite de Mme Sullivan et de lui fermer la porte au nez, comme l'avaient fait Mme Calloway et ses autres maîtresses au fil des années.

» Toutefois, j'avoue que j'étais curieuse à son sujet. Mme Sullivan semblait… tenace, pour dire le moins, et j'avais envie de la voir de mes yeux. Quand je l'ai finalement rencontrée, j'ai compris que pour elle M. Sullivan était une obsession. Pas de celles qui naissent d'une affection exagérée, il me semble, mais plutôt comme si… comme si elle ne se sentait vivante que lorsqu'il faisait attention à elle.

Mme Sullivan déglutit. Elle ouvrit la bouche, mais la referma bientôt.

Mme Portwine jeta un regard dans sa direction, non pas avec mépris mais plutôt comme un taxinomiste perplexe devant une sous-espèce inconnue.

— M. Sullivan ne lui retournait aucunement ses sentiments, mais il n'était pas indifférent à l'obsession qu'elle avait développée envers lui. Et même, une part de lui en *dépendait*. Ce n'était pas un homme qui inspirait en général la dévotion. Au travail, il faisait marcher ses hommes à la baguette parce qu'il avait l'oreille de M. Barnaby Cousins et se montrait intraitable avec ses subordonnés. Et pour ce qui est des femmes, il pouvait en acheter, comme Mme Calloway ou moi-même. Mais je ne crois pas qu'il ait jamais remporté un grand succès auprès des dames.

» Alors l'attachement sincère de son épouse comptait pour lui, même s'il détestait qu'elle soit la seule à le trouver intéressant ou important.

Sans regarder personne, Mme Sullivan tournait la tête d'un côté et de l'autre, comme si son col la gênait.

— Ce que je viens de vous rapporter, mademoiselle Holmes, est essentiellement ce que m'a dit Mme Sullivan peu après notre rencontre, poursuivit Mme Portwine. Cela dit, vous savez comment les mères peuvent se plaindre amèrement de leur progéniture, mais monter sur leurs ergots dès que quelqu'un d'autre ose critiquer ces mêmes petits chéris. Mme Sullivan se comportait de la même façon envers son mari. Elle avait le droit de décréter que sa morale était corrompue et ses mœurs dépravées, mais moi je pouvais juste l'écouter et certainement pas formuler une opinion similaire.

Quels étaient les véritables sentiments de Mme Sullivan envers feu son époux ? Étaient-ils trop complexes pour être résumés par une unique émotion ?

— À vous entendre, vous avez rencontré Mme Sullivan plus d'une fois, fit remarquer Charlotte.

Avec un petit sourire amusé, Mme Portwine rajusta les pans de sa tenue.

— Mme Sullivan est devenue une visiteuse régulière.

— Vous me faisiez payer ! protesta cette dernière.

— Je faisais payer votre mari pour le temps que je vous consacrais, rectifia patiemment Mme Portwine. Je n'avais aucune raison de vous l'accorder gratis. Au-delà de la curiosité initiale, je n'étais pas *follement* intéressée par l'intimité de votre ménage. Vous vouliez quelqu'un qui vous écoute, et j'étais disposée à le faire moyennant finance.

Cette « amitié » entre les deux femmes ne surprenait pas particulièrement Charlotte. Après tout, du vivant de M. Sullivan, à qui d'autre Mme Sullivan aurait-elle pu parler de son mari en toute franchise ?

— M. Sullivan savait-il que vous vous voyiez ?

— Il a fini par le découvrir, répondit Mme Portwine. Un jour, alors que Mme Sullivan partait, mon cocher Whitmer l'a vue par hasard. C'est moi qui ai engagé le personnel intérieur, mais Whitmer a toujours été l'homme de M. Sullivan. Il le lui a dit, et M. Sullivan a été mécontent. Pas à cause des visites de son épouse – dans la mesure où je les tolérais, elles ne lui posaient pas de problème –, mais parce que je ne lui en avais pas parlé. « Cette femme fourre son nez partout, m'a-t-il dit. Je ne peux rien garder d'important à la maison parce qu'elle mettrait la main dessus. Et voilà que vous m'annoncez qu'elle vient régulièrement ici ! »

» Il est vrai que Mme Sullivan est curieuse. Extrêmement curieuse. La première fois qu'elle est venue, elle a inspecté toute la maison, y compris le quartier des domestiques. Et par la suite, elle voulait voir chaque fois s'il y avait eu des ajouts ou des changements depuis son précédent passage.

» Comme sa curiosité ne me dérangeait pas, la réaction de M. Sullivan m'a paru disproportionnée, mais il a crié que Mme Sullivan trouvait toujours le moyen d'ouvrir les serrures, qu'elles soient sur des portes ou des tiroirs, qu'il avait cru cette maison hors de son atteinte et que maintenant il n'avait plus aucun endroit sûr.

Charlotte fit tourner son petit cake glacé sur son assiette en réfléchissant à ces paroles.

— M. Sullivan a-t-il interdit à Mme Sullivan de revenir ici ?

Mme Portwine jeta un regard en direction de la veuve.

— Peut-être, mais Mme Sullivan possède ses propres pouvoirs de persuasion. Tout ce que je sais, c'est qu'en fin de compte non seulement il ne l'a pas empêchée de venir dans cette maison, mais elle avait le droit de nous regarder derrière un miroir sans tain quand nous étions dans la chambre, M. Sullivan et moi. Je présume que lorsqu'ils se retrouvaient ensuite, les choses étaient… assez intéressantes pour que M. Sullivan trouve son bénéfice dans cet arrangement.

Mme Sullivan ne rougit pas ; elle se tenait juste le dos droit, dans un silence buté.

Charlotte fut saisie d'une envie de rire qui ne lui ressemblait pas. Même elle, elle n'aurait jamais imaginé tous les détails salaces qui se révélaient ce soir.

— Cela était-il fréquent ?

— Cela arrivait surtout les jours où M. Sullivan assistait seul à une soirée. Whitmer allait prendre Mme Sullivan à la porte de service chez elle, ils faisaient parfois un détour par le lieu de réception pour qu'elle aperçoive son mari de l'extérieur, si c'était possible, avant de venir ici. Puis Whitmer retournait chercher M. Sullivan quand sa soirée était finie.

— M. Sullivan ne s'inquiétait plus de la présence de son épouse sous ce toit ?

— Il m'avait demandé de la garder à l'œil. Et de ne pas la laisser approcher du bureau, qu'il gardait fermé à clé en permanence.

— Et qu'en était-il des moments où vous et M. Sullivan vous livriez à... l'activité qu'il vous réservait ?

L'ombre d'un sourire passa sur les lèvres de Mme Portwine.

— C'est amusant que vous posiez la question. Un jour, alors que nous avions terminé depuis quelques minutes, M. Sullivan a poussé un juron et s'est levé d'un bond. Je l'ai suivi et l'ai trouvé en bas, devant la porte du bureau. Mme Sullivan était là également. D'après leur échange, j'ai compris qu'il l'avait surprise en train d'essayer de crocheter la serrure avec une épingle à cheveux.

Charlotte se tourna vers Mme Sullivan.

— Vous savez faire ça ?

Elle redressa le menton.

— J'ai réussi une ou deux fois.

Charlotte reporta son attention sur Mme Portwine.

— Tout de même, ce devait être pénible de bondir chaque fois, *post coïtum*, pour courir vérifier que sa femme n'était pas encore en train de crocheter les serrures.

Mme Portwine parut contenir un éclat de rire.

— C'est bien mon avis. Je me suis demandé ce qu'il ferait la prochaine fois qu'elle viendrait ici, mais ce jour-là il est resté tranquille. Et quand il est parti, je l'ai entendu dire à Mme Sullivan : « Encore en train d'essayer de crocheter cette porte avec votre épingle à cheveux, pauvre gourde ? Je rentre à la maison, venez-vous ou non ? »

Mme Sullivan était si immobile qu'on l'aurait crue taillée dans la pierre.

Charlotte ravala un soupir.

— Comment décririez-vous le ton sur lequel il lui parlait, madame Portwine ?

— Plus amusé qu'irrité, mais il y avait tout de même de l'agacement.

— Et ils sont partis ensemble ?

— Ils sont partis ensemble.

— Quand cet épisode a-t-il eu lieu ?

Mme Portwine réfléchit quelques instants.

— En août. Début août.

— Et le précédent incident de crochetage de serrure ?

— Un mois avant, je dirais.

Charlotte se leva.

— Avec votre permission, madame Portwine, j'aimerais m'entretenir avec votre cocher.

Mme Portwine voulut faire appeler Whitmer, mais Charlotte dit qu'elle préférait lui parler dans le hangar à voitures, où il se sentirait plus à l'aise.

Dès que la porte du bâtiment s'ouvrit, le véhicule à rayures horizontales apparut. En réalité elles étaient bleues et blanches, mais le bleu était sombre. Pas étonnant qu'au beau milieu de la nuit, M. Bosworth les ait crues noires et blanches.

Du bout des lèvres, Whitmer confirma à Charlotte que la nuit de la fête de Mlle Longstead, il avait conduit M. Sullivan au 31 Cold Street avant d'aller chercher Mme Sullivan pour la déposer à la même adresse.

— Et ensuite ?

Whitmer parut indécis.

— Vous pouvez répondre franchement à Mlle Holmes, assura Mme Portwine.

Après une dernière hésitation, il déclara :

— Mme Sullivan a essayé d'ouvrir la porte d'entrée du 33 Cold Street, puis elle a escaladé le portail du jardin entre le numéro 31 et le numéro 33.

« Tenace, pour dire le moins », avait affirmé Mme Portwine en parlant de Mme Sullivan. Et Mme Sullivan, que pensait-elle du temps et de l'énergie qu'elle avait dépensés pour son mari, un homme dont personne d'autre qu'elle ne se souciait ?

— Vous souvenez-vous de l'heure qu'il était ?

— Je n'en suis pas sûr. Minuit moins le quart, peut-être.

D'un petit geste de la main, Charlotte l'invita à poursuivre.

Whitmer se gratta le côté du cou.

— Une fois qu'elle est entrée, j'ai fait deux fois le tour du pâté de maisons. Quand je suis passé la seconde fois, elle est sortie du numéro 33 par la porte de devant.

Par laquelle elle n'avait pas réussi à entrer plus tôt.

— Elle m'a demandé de la ramener ici, continua Whitmer. C'est ce que j'ai fait.

Charlotte interrogea du regard Mme Portwine, qui confirma d'un coup de menton.

— Je ne me souviens pas à quelle heure Mme Sullivan est arrivée ici, mais il devait être 1 heure du matin.

— Je vous en prie, monsieur Whitmer, poursuivez, dit Charlotte.

Il se gratta le cou de l'autre côté.

— Je suis retourné à Cascade Lane, à quelques rues de Cold Street. Un peu avant 2 heures, quelqu'un de la maison est venu demander qu'on amène les attelages parce que le brouillard s'épaississait. J'y suis allé après tout le monde, pour pouvoir me garer plus loin dans la rue. Cela ne dérangeait pas M. Sullivan d'être vu de temps en temps dans cette voiture, mais il ne voulait pas non plus trop se faire remarquer.

» J'ai attendu. Tous les autres attelages étaient partis, et il ne sortait toujours pas de la maison. Je ne savais pas quoi faire. Je suis resté là jusqu'à ce que toutes les lumières s'éteignent au numéro 31, puis j'ai fait plusieurs fois le tour du pâté de maisons en le cherchant. Comme je ne le voyais toujours pas, je suis revenu ici en pensant qu'il était peut-être rentré chez lui dans la voiture de quelqu'un d'autre.

Il jeta de nouveau un regard à Mme Portwine.

— Vous pouvez continuer, dit-elle.

— Oui, m'dame. Quand j'ai tout raconté à Mme Portwine, elle a haussé les épaules mais Mme Sullivan avait l'air inquiète. Elle a dit qu'il fallait retourner à Cold Street. Mme Portwine a répondu que c'était stupide et que Mme Sullivan devait rentrer chez elle parce que si elle attendait, elle allait se perdre dans le brouillard.

» Quand Mme Sullivan est montée en voiture, elle voulait toujours aller à Cold Street. Moi aussi je m'inquiétais pour M. Sullivan, mais personne ne devait rester dehors avec cette purée de pois, alors j'ai répondu que je devais obéir à Mme Portwine et je l'ai ramenée chez elle. Et c'est tout ce que j'ai fait cette nuit-là.

« Je lui répétais que le Seigneur lui enverrait un mari vengeur pour le punir », avait dit Mme Sullivan à Charlotte lors de leur premier échange. Avait-elle vraiment cru qu'il lui arriverait quelque chose ? Avait-elle été surprise quand la police était venue frapper à sa porte le lendemain matin ?

Tandis que les deux femmes traversaient le jardin de derrière pour regagner la maison, Charlotte demanda en jetant un regard en arrière :

— Votre voiture est assez remarquable, madame Portwine. Est-ce vous qui avez choisi cette peinture ?

Mme Portwine émit un rire désabusé, mais c'est d'une voix presque dénuée d'émotion qu'elle répondit :

— M. Sullivan avait un certain penchant pour la cruauté. La voiture était peinte selon... ou plutôt devrais-je dire *contre* les préférences de sa maîtresse du moment. Si elle aimait montrer qu'elle était la protégée d'un homme fortuné, elle avait droit à une voiture noire passe-partout, sans même un soupçon de dorure. Si comme moi elle préférait qu'on ne remarque pas qu'elle était une femme entretenue, il choisissait un motif clinquant.

» De par mon amitié avec Mme Calloway, sa précédente maîtresse, j'étais informée de son goût pour les actes humiliants. Consciente que je ne pourrais pas complètement cacher mes réticences à afficher mon statut de femme déchue, je lui ai fait savoir que je détestais par-dessus tout les rayures bleues et blanches. Et naturellement, j'ai eu droit à une voiture à rayures bleues et blanches.

D'un coup de pied vigoureux, Mme Portwine écarta un caillou de son chemin.

— J'aime les rayures bleues. J'adore les rayures bleues et blanches. Pourtant, j'aurais tout donné pour pouvoir les effacer de cette voiture.

Quand elles retournèrent dans le salon de Mme Portwine, Mme Sullivan était toujours assise dans le même fauteuil, les épaules voûtées, tel un déprimant paquet de crêpe noir.

— Madame Sullivan, puis-je vous poser encore quelques questions ? demanda Charlotte.

— Je crois qu'on a besoin de ma présence en cuisine. Si vous voulez bien m'excuser quelques instants..., déclara Mme Portwine avec un admirable sens de la discrétion.

— Tout de même, mademoiselle Holmes, protesta Mme Sullivan d'un ton morose, votre curiosité lubrique devrait déjà être plus que satisfaite.

La robe de thé de Mme Portwine était taillée de sorte que le dos, très ample, flottait élégamment derrière elle. Charlotte suivit du regard le mouvement du vêtement en imaginant sa propre tenue de thé, qui serait éblouissante. La robe du dessus devrait être rouge ou violine. Ou mieux, rose. Elle serait très jolie en rose.

Ce n'est qu'après le départ de Mme Portwine qu'elle se tourna vers Mme Sullivan.

— Les points qui m'intriguent encore n'ont rien de salace. Par exemple, je serais curieuse de vous voir crocheter la serrure du bureau de cette maison.

— Vous... Pardon ?

— Votre mari n'est plus. Qui peut vous interdire d'essayer vos talents de cambrioleuse sur cette porte ?

Mme Sullivan se redressa avant de se tasser de nouveau.

— Il a déjà dû en retirer tout ce qu'il ne voulait pas que je trouve.

— Peut-être, mais vous pourriez découvrir d'autres choses.

Mme Sullivan cligna des yeux... et bondit de son fauteuil.

Le bureau était situé au rez-de-chaussée. Sa porte était dotée d'une solide poignée en laiton avec des motifs orientaux en relief et le trou de la serrure en dessous, le tout monté sur une plaque d'apparence massive. Toutefois, le battant était également fermé par un volumineux cadenas.

Mme Sullivan ôta quelques épingles de son chignon et se mit au travail.

— Vous avez une sacrée expérience, commenta Charlotte après quelques instants.

Elle s'était essayée de nombreuses heures à cette même activité avec de meilleurs outils et sous la direction d'un expert en la matière.

— Les livres qu'il m'autorisait à lire étaient affreusement ennuyeux. C'était bien plus amusant d'essayer de trouver ce qu'il me cachait, marmonna Mme Sullivan en aplatissant quelque peu les syllabes, deux épingles à cheveux entre les lèvres. Mais peut-être que si j'avais lu ces livres, son âme ne serait pas partie directement vers... eh bien, vous savez où.

Charlotte ne s'intéressait guère au destin de M. Sullivan après son décès, en admettant qu'il en ait un.

— Qu'aimez-vous lire ?

Mme Sullivan haussa les épaules.

— Beaucoup de choses. À un moment, nous avions tous les volumes de la neuvième édition de l'*Encyclopædia Britannica*. Et un jour, il les a tous retirés de la maison alors que j'étais en train de lire la notice sur Louise d'Épinay.

L'attention de Charlotte se réveilla.

— Pourquoi a-t-il fait cela, à votre avis ?

— Il a déclaré que trop d'éducation n'était pas bon pour une femme.

Mme Sullivan émit un petit soupir de dédain.

— Je pense qu'il avait surtout envie de me contrarier, ajouta-t-elle. C'est pour la même raison qu'il posait des cadenas ici et là.

— Vous ne pensez pas qu'il avait quelque chose à cacher ?

Mme Sullivan se figea. Puis elle ôta de ses lèvres une épingle à cheveux d'un modèle différent et se remit à crocheter la serrure comme si de rien n'était.

— Bien sûr qu'il avait quelque chose à cacher. Je préférerais croire qu'il jouait avec moi à des jeux d'amoureux, mais je doute qu'il ait été assez attaché à moi pour déployer autant d'efforts dans le seul but de me provoquer.

— Si vous vous êtes mise à lire les petites annonces, c'était parce qu'il s'y intéressait ?

— C'est vous qui avez fait paraître celle sur l'attelage, n'est-ce pas ? rétorqua Mme Sullivan tout en posant l'oreille sur le cadenas. Elles ne présentent pas de grands défis, les petites annonces. Pratiquement personne n'a l'idée d'inventer de vrais codes. À force de déchiffrer ces codes César, ils deviennent aussi insipides que du pain rassis.

Le cadenas s'ouvrit dans un déclic.

— Bien joué, la félicita Charlotte.

Mme Sullivan se tourna, surprise – presque gênée – par le compliment. Elle toussa pour éclaircir sa voix.

— C'était la part facile. M. Sullivan adorait les cadenas. Je ne suis pas certaine de pouvoir crocheter la serrure de la porte elle-même.

— Vous n'en aurez pas besoin : Mme Portwine m'a généreusement permis d'emprunter quelque chose à la gouvernante, répondit Charlotte en sortant un trousseau de clés de sa sacoche.

Mme Sullivan le regarda comme si c'était le plus beau cadeau de Noël qu'elle ait jamais reçu.

À peine Charlotte avait-elle ouvert la porte que Mme Sullivan se rua à l'intérieur pour ouvrir les tiroirs du grand bureau d'acajou. Son visage se décomposa quand elle s'avisa qu'ils n'étaient pas verrouillés… et qu'ils étaient presque vides.

Charlotte saisit sur une étagère un volume relié de cuir dont les pages n'avaient pas encore été ouvertes avec un coupe-papier. Elle en prit un sur un autre rayonnage – il était dans le même état. Un troisième n'avait lui non plus jamais été consulté.

Entre-temps, Mme Sullivan avait découvert une boîte de cigares de Cuba encore fermée, ainsi qu'un revolver chargé et un emballage rempli de balles. Charlotte ouvrit la porte vitrée de la moitié supérieure d'un meuble vitrine pour examiner le flacon de whisky qu'on avait eu la prévenance d'y placer.

— M. Sullivan appréciait-il les cigares et le whisky ?

— Autant que n'importe quel homme, marmonna Mme Sullivan, qui était à présent à genoux pour examiner les tiroirs.

Charlotte palpa le dessous des rayonnages, inspecta les placards et regarda même le conduit de la cheminée. Une fois certaine que ces endroits ne recelaient aucun secret, elle s'approcha du bureau sur lequel étaient posés une écritoire en marbre, un support pour papier buvard et un exemplaire du *Paradis perdu* de John Milton.

Contrairement aux livres sur les étagères, les pages de celui-ci avaient été coupées jusqu'à la dernière.

— M. Sullivan s'intéressait à la poésie ? Ou à la métaphysique ?

— Un jour, je l'ai vu lire du Shakespeare, le *Premier Folio*[1], répondit Mme Sullivan tout en continuant de passer le bureau au peigne fin. Mais quand je lui ai demandé quelles étaient ses pièces préférées, il a répondu que Shakespeare lui donnait la migraine. Je l'ai même parfois trouvé une bible ouverte à la main, et cela ne l'a pas rapproché du Seigneur. Alors qui sait pourquoi il lisait Milton ?

Un mouvement derrière la fenêtre attira l'œil de Charlotte. Elle avait dit à Mlle Redmayne de rentrer à la maison parce qu'il faisait froid et qu'elle ne voulait pas que la jeune femme reste trop longtemps sur le siège du conducteur, mais voilà que l'attelage de Mme Watson était de retour, mené par Lawson, son cocher.

1. Première édition rassemblant les œuvres de Shakespeare, classées en comédies, histoires et tragédies, et parue sept ans après son décès.

Et il y avait un passager à l'intérieur.

Elle se tourna vers Mme Sullivan.

— Permettez ? demanda-t-elle.

Elle ôta tous les tiroirs pour les examiner de plus près. Aucun ne comportait de double fond. Elle alluma une lanterne de poche et approcha la lumière des espaces vides où se logeaient les tiroirs.

Sur le côté droit du bureau, tout à l'arrière, le fond semblait plus épais. Elle tendit la main. Sous ses doigts, elle sentit un morceau de bois d'un quart de pouce d'épaisseur, fixé le long du panneau arrière. Il mesurait à peine plus d'un pouce et était exactement aussi long que l'espace destiné aux tiroirs était large.

Elle essaya de le faire bouger, mais il demeura fermement en place. Quelques secondes plus tard, elle perçut un léger creux sur le dessus de cette petite planche. Elle y glissa deux doigts et tira.

Un claquement sonore s'éleva de l'autre côté du bureau. Une fois la planchette retirée, le panneau du fond avait glissé vers le bas.

Mme Sullivan bondit pour aller voir. Charlotte la suivit.

De l'autre côté du bureau, un tiroir secret s'était révélé. Mme Sullivan l'ouvrit.

Seul le côté gauche du tiroir était rempli ; il contenait quatre épaisses enveloppes. Mme Sullivan en ouvrit une et écarquilla les yeux.

— Ce doit être…

Charlotte lui prit l'enveloppe des mains et étala en éventail les billets flambant neufs.

— Un millier de livres.

L'enveloppe suivante contenait cinq mille dollars, soit environ mille livres. Et les deux autres enveloppes révélèrent également chacune un millier de livres, respectivement en francs et en marks.

— C'est... c'est à cause de cela qu'il ne voulait pas que j'entre ici ?

Sans répondre, Charlotte prit les mesures du tiroir secret à l'aide d'un mètre ruban.

— Que vais-je faire de tout cet argent ? murmura Mme Sullivan.

— Laissez sur le bureau ce que vous devez à Mme Portwine pour la visite d'aujourd'hui et prenez le reste, voyons. Je doute que cette somme figure dans le testament de M. Sullivan.

Mme Sullivan n'hésita qu'un instant avant de suivre la suggestion de Charlotte. Elle déposa une somme généreuse sur le bureau – probablement bien plus que les tarifs de Mme Portwine – et fourra les enveloppes dans son réticule.

Charlotte inspecta de nouveau le bureau. C'est seulement quand elle eut la certitude qu'il avait livré tous ses secrets que Mme Sullivan et elle le remirent dans son état initial.

Mme Sullivan regarda Charlotte avec une timidité qui ne lui était pas coutumière.

— Pourriez-vous me raccompagner chez moi, mademoiselle Holmes ? Je crois que je ne serai pas tranquille si je traverse Londres avec tout cet argent.

— Ma voiture est dehors. Je vais vous ramener, mais d'abord il me reste quelques questions.

Mme Sullivan poussa un soupir vaincu.

— Je vais vous dire ce que j'ai fait cette nuit-là. M. Sullivan m'avait affirmé que la soirée d'entrée dans le monde de Mlle Longstead tournerait au chaos. Il a dit qu'il avait envoyé un message à l'inspecteur Treadles, qui allait foncer au numéro 33 pour voir comment sa femme se comportait dans son dos et se mettre dans une rage folle. Mais ça ne s'arrêterait pas là. M. Sullivan avait prévu qu'ensuite, l'inspecteur Treadles s'inviterait à la fête, ferait une scène épouvantable, gâcherait la soirée de Mlle Longstead et briserait définitivement les relations non seulement entre sa femme et lui, mais aussi celles entre elle et M. Longstead.

» M. Sullivan mentait comme il respirait, et je ne l'ai jamais vraiment cru, mais voilà ce qui passait pour de l'excitation dans ma vie.

Mme Sullivan plissa les lèvres d'un air de désespoir résigné.

— Sans compter qu'il n'avait jamais fait ce genre de promesse jusqu'à présent : un authentique scandale. Je suis allée à Cold Street avec un pantalon ample sous ma jupe afin de pouvoir escalader le portail du jardin s'il le fallait.

» Et c'est ce que j'ai fait, puisque la porte de devant du numéro 33 était fermée à clé. Celle de derrière, par contre, était ouverte. Il faisait sombre dans la maison. J'ai avancé à tâtons d'un étage à l'autre en espérant trouver une chambre ouverte dont les fenêtres m'offriraient un bon point de vue.

» Toutes les portes étaient verrouillées. Je suis revenue au rez-de-chaussée. Les fenêtres ne donnaient pas directement sur le numéro 31 mais, malgré la vue en oblique, j'ai compris que M. Sullivan m'avait menti une fois de plus. Il avait prétendu que Mme Treadles avait un faible pour lui, mais chaque fois qu'il s'approchait elle se dépêchait de s'en aller.

La pointe de sa bottine s'enfonça dans le tapis d'Aubusson qui couvrait presque tout le bureau, et sa voix se fit à peine audible.

— C'était un homme méchant, mais j'avais besoin de quelqu'un auprès de moi, quelqu'un à aimer. Au moins un peu.

De ses doigts, elle tira sur le crêpe noir de son réticule de deuil.

— Je suis partie par la porte de devant car je n'avais pas envie d'escalader de nouveau le portail, et Whitmer m'a ramenée ici. Plus tard, bien après 2 heures du matin, quand il est revenu seul de Cold Street, je me suis demandé si M. Sullivan n'avait pas dit *une part* de vérité, après tout. Et s'il avait effectivement fait venir l'inspecteur Treadles ? Et si, au lieu de tourner sa rage contre son épouse ou contre M. Longstead, l'inspecteur s'en était pris au vrai coupable ?

» J'ai voulu retourner dans Cold Street mais Whitmer a dit qu'il y avait trop de brouillard et m'a raccompagnée à la maison. J'étais très nerveuse et je ne tenais pas en place. Je n'ai pas imaginé un instant que mon mari était mort. Je le voyais plutôt gisant sur un trottoir, blessé après avoir été roué de coups par l'inspecteur Treadles, mais comme je ne pouvais pas aller le chercher seule dans le brouillard, j'ai pris du laudanum et je me suis mise au lit. Le reste... eh bien, vous le savez.

Elle rejeta la tête en arrière d'un geste qu'elle espérait sans doute désinvolte, mais qui ne fit que lui donner l'air d'une adolescente bravache.

— En quittant le numéro 33, avez-vous fermé la porte derrière vous ou l'avez-vous laissée ouverte ? demanda Charlotte.

— Je l'ai fermée. J'ai pris soin de bien la refermer.

Elle tira de nouveau sur l'étoffe de son réticule.

— Pouvons-nous y aller, maintenant ? Ou avez-vous encore des questions ?

Charlotte l'observa quelques instants.

— Allez-vous bien, madame Sullivan ?

Celle-ci éclata de rire tandis que ses yeux s'emplissaient de larmes.

— Je ne sais pas. Malgré tous ses mensonges et sa cruauté, peut-être même à cause d'eux, il était le centre de gravité de ma vie. Je tournais autour de lui comme la Lune autour de la Terre. Qu'arrivera-t-il à la Lune quand la Terre disparaîtra ?

Charlotte franchit la distance qui les séparait et referma les liens du réticule de Mme Sullivan en un nœud bien serré.

— Ma connaissance des lois de la physique est assez rudimentaire, mais j'imagine que la Lune poursuivra sa course à travers l'espace jusqu'à ce qu'elle établisse sa propre orbite autour du Soleil. Et maintenant, si nous allions trouver notre hôtesse pour lui souhaiter le bonsoir ? Il est temps de rentrer chez vous, madame Sullivan.

19

Charlotte avait beau s'être attendue à voir lord Ingram, son cœur bondit quand elle le découvrit debout près de la voiture de Mme Watson, la posture droite et parfaite, un léger sourire aux lèvres. Et même s'il ne laissa pas ses doigts s'attarder sur les siens quand il l'aida à monter à bord, une bouffée de chaleur traversa la main gantée de Charlotte.

Cela ne faisait pas vingt-quatre heures qu'ils s'étaient quittés, aussi n'avait-elle aucune raison de réagir de façon aussi extravagante, mais pourquoi s'en serait-elle souciée puisque cette extravagante réaction était si agréable ?

Exception faite des présentations entre Mme Sullivan et lord Ingram et des murmures de condoléances de ce dernier, le trajet se déroula en silence.

Une fois déposée devant la porte de sa maison, Mme Sullivan se retourna pour saluer d'un geste de la main Charlotte, qui était dans la voiture, et lord Ingram, qui se tenait près de la portière après l'avoir aidée à descendre. Tous deux répondirent d'un hochement de tête.

Quand il remonta, il ne s'approcha pas immédiatement de Charlotte. Après tout, les rideaux de la voiture étaient encore ouverts.

Le véhicule s'éloigna du trottoir. Lord Ingram ferma un rideau. Le cœur de Charlotte bondit de nouveau.

Toutefois, elle se contrôla.

— Comment a été la vie conjugale, pour vous ?

Il se figea. Manifestement, il ne s'était pas attendu à cette question.

— Ne l'avez-vous pas vu ?

— J'ai fait mes propres observations, en effet, mais je n'ai jamais entendu vos réflexions sur le sujet – sauf une fois, peu de temps après votre lune de miel.

— Ah, quand j'étais encore tellement envoûté par la merveilleuse nouveauté de tout cela que je vous ai recommandé de vous marier, à *vous* !

Il avait tendu la main vers l'autre rideau, mais il la laissa retomber sur sa banquette.

— Pourquoi cette question maintenant ?

Aujourd'hui, elle avait plongé profondément dans l'intimité du mariage de Mme Sullivan. Alors qu'en ce qui concernait celui de lord Ingram, elle avait souvent eu l'impression de se trouver dans la rue devant une maison aux volets clos, sans rien voir de l'intérieur à part lors de très rares occasions où une fenêtre était laissée ouverte par inadvertance.

— Il y a...

Elle s'interrompit, surprise de sa réticence à faire cette confession.

— Il y a longtemps que j'ai envie de le savoir, mais vous ne vous êtes ouvert que récemment...

Il arqua un sourcil, comme s'il était aussi surpris qu'elle par son aveu. Il fit passer son pouce d'avant en arrière sur le velours sombre de la banquette.

C'était une question indiscrète et il aurait été dans son droit de ne pas y répondre. Pourtant, alors que les secondes passaient lentement, elle sentait son estomac se nouer à la perspective qu'il se taise.

— Pendant les années où mon épouse et moi avons été en froid, je n'ai pas beaucoup pensé à notre mariage, dit-il paisiblement. À quoi bon ? L'erreur avait été commise et elle était irréparable. Mon principal souci, c'était de protéger les enfants contre les pires aspects d'une union qui s'était révélée malheureuse.

» Après le départ de lady Ingram, toutefois, quand j'ai découvert l'étendue de ce qu'elle avait fait pendant que nous vivions sous le même toit…

Il chercha son regard.

— Vous pouvez probablement deviner quelle direction ont prise mes pensées.

Elle expira longuement, soulagée qu'il ait choisi de lui faire confiance. Et elle savait effectivement quelle direction avaient prise ses pensées.

— Votre propre culpabilité dans l'affaire.

— Toutes les souffrances que je lui avais infligées malgré moi.

Il tourna le visage vers la fenêtre.

— Pendant longtemps, poursuivit-il, je me suis vu comme son sauveur, mais étant donné que ses parents ne lui avaient pas laissé d'autre choix que d'épouser un homme fortuné, pour elle je n'étais que son *acheteur*, et tout ce qui s'était passé entre nous, une transaction. Même après le naufrage de notre union, quand j'ai renoncé à espérer son affection, elle a continué de dépendre de mon soutien. Elle était parfaitement consciente que j'étais considéré comme un saint, et elle comme une opportuniste sans cœur.

Il y eut un silence, mais dans ce silence Charlotte entendit autre chose. Une hésitation qui n'était pas loin de la panique.

— Qu'y a-t-il ? demanda-t-elle.

Il tourna son visage vers Charlotte, mais son regard demeura quelque part vers les genoux de la jeune femme. Puis il leva les yeux lentement, comme au prix d'un effort.

— Vous ai-je... Vous ai-je infligé des souffrances ?

Elle écarquilla les yeux. Voilà une question qu'elle n'avait pas anticipée. Lui avait-il infligé des souffrances ?

— Non, répondit-elle. Vous avez été une leçon d'humanité, pas une source de souffrance.

Il cligna des yeux avant d'éclater de rire.

— J'ai été... *Pardon* ?

— J'ai toujours pensé qu'un des aspects essentiels de l'existence humaine – peut-être le plus essentiel – réside dans notre réaction face à ce que nous voulons mais ne pouvons pas avoir. Pendant des années, j'ai cru que je ne rencontrerais pas ce problème, parce que je ne désirais rien d'autre que l'indépendance et que je voyais aisément comment l'obtenir.

» Puis vous avez demandé la main de lady Ingram et l'avez épousée. Et je suis devenue humaine. Désormais, moi aussi je voulais quelque chose que je ne pouvais pas avoir. Cela a été... un apprentissage de la douleur. Mais ce n'était que la douleur d'être vivante, d'être humaine.

Ils passèrent devant un réverbère dont la lumière éclaira brièvement l'émerveillement et la compassion sur le visage de son compagnon. Elle s'avisa que jamais elle n'avait abordé ce sujet avec quiconque, et surtout pas avec lui.

Elle regarda par la fenêtre tandis qu'ils approchaient du lampadaire suivant.

— Je devrais vous poser la même question. J'aurais peut-être dû la poser depuis longtemps... Vous ai-je infligé des souffrances ?

Il rit doucement.

— Je l'ai cru. J'avais une peur terrible de me tromper, en particulier devant les autres. Et plus que quiconque, vous avez pointé mes erreurs. Il m'a fallu des années pour apprendre que la brûlure que je ressentais n'était pas l'anéantissement de mon âme, mais juste l'abrasion de mon orgueil démesuré.

Il y eut un silence. Le silence pur et cristallin de la neige tombant du ciel.

Elle rabattit les rideaux et tapota la place à côté d'elle.

Il posa une main sur son cœur.

— Incroyable. Un miracle de Noël.

Et il vint s'asseoir près d'elle.

Alors que Charlotte descendait de voiture devant le numéro 31, quelqu'un poussa le portail du jardin et sortit sur le trottoir.

Mlle Hendricks.

Dès qu'elle reconnut Charlotte, elle s'immobilisa.

Charlotte fit signe à lord Ingram de l'attendre et s'approcha de Mlle Hendricks, qui jeta un regard inquiet à celui-ci alors qu'il s'était éloigné d'une bonne quinzaine de pas.

— Mademoiselle Hendricks, la salua Charlotte à mi-voix, vous n'avez pas à craindre que nous mettions votre réputation ou votre emploi en danger. Notre seul objectif est de découvrir ce qui est arrivé à M. Longstead, pas de briser la vie de qui que ce soit.

— Merci, répondit Mlle Hendricks d'une petite voix.

— J'espère qu'un certain malentendu a été clarifié entre vous et une certaine personne.

À ces mots, la femme se mordit les lèvres, comme pour contenir un sourire.

— Oui, merci beaucoup. En fait… En fait, je me rendais à la boîte aux lettres du coin de la rue. Je vous ai écrit une lettre. Je vais vous la remettre directement.

Une fois qu'elle fut repartie vers le jardin, probablement pour rentrer chez ses patrons, Charlotte ouvrit l'enveloppe et la lut à la lumière de la lanterne accrochée à la voiture de Mme Watson.

Chère mademoiselle Holmes,

Je vous écris sur la demande d'un ami pour vous donner des informations dont j'espère qu'elles vous seront utiles.

Cette fameuse nuit, je suis effectivement entrée dans la maison en question. Peut-être avais-je été réveillée par le bruit de feux d'artifice, un problème récurrent dans le quartier ces derniers temps. Peut-être étais-je simplement nerveuse. Je devais emmener mes élèves à l'anniversaire de leur cousin loin de Londres et je n'ai jamais été une voyageuse sûre de moi.

Quoi qu'il en soit, quand je me suis levée pour prendre un verre d'eau et regarder dehors – ma chambre donne sur le jardin – il était 1 h 30. Mes yeux se sont posés sur une certaine maison diagonalement opposée. À ma stupeur, j'ai vu quelqu'un y entrer.

Vous êtes assez informée de ma situation personnelle pour deviner mon désarroi. Je ne sais pas exactement ce qui m'a décidée à aller voir par moi-même, en dépit du danger que représentait la fête qui battait son plein dans la maison voisine. Pourtant je me suis habillée, je suis sortie discrètement et j'ai traversé le jardin.

En arrivant, j'ai trouvé la porte ouverte. Je me trouvais vers le milieu de la salle à manger quand mon pied a buté contre un objet. Je me suis agenouillée pour le chercher à tâtons. J'ai immédiatement reconnu la forme d'un peigne, orné de ce que j'ai pris sur le moment pour du simple strass.

Inutile de vous décrire tout ce qui m'est passé par la tête. Je suis restée là une ou deux minutes, atterrée. Puis je suis partie aussi vite que j'ai pu.

Grâce à votre intercession, j'ai appris cet après-midi que la réalité n'était pas la catastrophe que j'avais redoutée. Notre connaissance mutuelle m'a demandé de vous dire ce que je pouvais sur cette nuit-là, récit que j'ai fait ci-dessus.

Je crains que ces renseignements ne soient bien maigres, mais la découverte du peigne orné a été un tel choc qu'à part cela je n'ai rien remarqué d'inhabituel dans la maison. Mais peut-être vous serait-il utile d'être informée – même si je suis presque certaine que vous l'avez déjà appris par d'autres sources – de l'intérêt de M. Sullivan pour le numéro 33.

Mon défunt père avait servi sous les ordres du gouverneur en chef de l'Afrique occidentale britannique. Je suis née à Freetown et j'y ai vécu jusqu'à ce que je me retrouve orpheline ici, dans cette Angleterre froide et humide, recueillie par de lointaines relations.

Peu de temps après mon arrivée dans mon emploi actuel, j'ai fait la connaissance de Mlle Longstead, qui était assise sur un banc au jardin et lisait un récit de voyage sur l'Afrique de l'Ouest. Nous avons commencé à discuter et, à notre surprise, nous nous sommes aperçues que j'avais autrefois connu sa mère, une fille de missionnaire qui avait également passé son enfance à Freetown.

De ce fait, je suis plus proche de Mlle Longstead qu'une modeste préceptrice ne devrait l'être d'une jeune lady du voisinage. C'est pour cette raison que mon attention a été alertée un dimanche après-midi de la fin juillet ou du début août de l'été dernier, alors que je franchissais le portail du jardin et que j'ai vu les Sullivan sortir de la maison des Longstead.

J'ai dû me débrouiller seule depuis mes dix-sept ans, aussi ai-je développé de solides réflexes de protection. Je ne connaissais pas M. Sullivan, mais j'ai tout de suite compris qu'il était le genre d'homme qui aurait tenté de profiter de moi si j'avais été plus jeune.

Plus tard ce jour-là, j'ai croisé Mlle Longstead dans le jardin commun et lui ai posé des questions sur lui, car les Longstead ne recevaient pas souvent et avaient peu de visiteurs. Elle m'a dit que c'était un cousin mais que, par chance, elle ne devait le voir que quelques fois seulement dans l'année.

J'ai été rassurée que la compagnie de cet homme ne lui soit pas trop souvent infligée. Mais j'ai été alarmée le lendemain, quand je l'ai vu entrer dans le jardin depuis la porte arrière du numéro 33 en compagnie de quelqu'un qui ressemblait à un agent immobilier.

Cet après-midi-là, Mlle Longstead était partie assister à une conférence. Quand je l'ai revue, elle m'a dit que son oncle ne mettrait plus le numéro 33 en location. J'en ai été soulagée, et j'ai décidé de ne pas lui parler de ce que j'avais vu. Tant que M. Sullivan ne s'installait pas dans la maison d'à côté, cela me suffisait.

J'ignore s'il existe un rapport entre la visite de M. Sullivan au numéro 33 et, par la suite, son décès à cette même adresse. Le lien semble ténu mais la coïncidence est fort étrange.

En espérant que cela pourra vous être utile,

Bien à vous,

Ada Hendricks

P.-S. Quand j'ai commencé cette lettre, j'étais résolue à l'écrire anonymement et à me référer dans les termes les plus vagues à tout ce que j'y évoque, mais cela a manifestement changé en cours de rédaction. Tant d'éléments permettent de m'identifier qu'il serait absurde de ne pas signer de mon nom. S'il vous plaît, brûlez cette lettre après l'avoir lue.

P.-P.-S. Je tremble encore en songeant combien mon ami et moi sommes passés près du danger cette nuit-là.

P.-P.-P.-S. J'espère que vous trouverez le vrai coupable. M. Longstead était un homme bon.

Mlle Longstead et Charlotte se tinrent les mains pendant quelques instants. Parfois, l'amitié demandait des années pour s'établir, parfois le lien se formait dans un instant de totale confiance, comme cela avait été le cas la veille au soir entre les deux jeunes femmes. Puis Mlle Longstead se tourna vers lord Ingram, qu'elle accueillit de façon plus formelle.

Charlotte expliqua que son compagnon devait partir rapidement et demanda qu'il soit autorisé à emporter la broche de deuil qui se trouvait dans le bureau de M. Longstead. Mlle Longstead parut surprise par cette requête, mais elle accepta. Elle conduisit Charlotte, qui savait exactement à quel emplacement se trouvait l'objet, dans le bureau. Quelques minutes plus tard, elles étaient de retour au salon.

Lord Ingram, la broche à la main, regarda Charlotte qui hocha la tête. L'enquête était entrée dans des eaux dangereuses, mais ils devaient avancer à pleine vitesse… en évitant à la fois Charybde et Scylla. Il répondit à son coup de menton, souhaita le bonsoir à Mlle Longstead et s'en alla.

Celle-ci regarda quelques instants la porte par laquelle il était parti, comme abasourdie par la vitesse à laquelle la broche de deuil avait été trouvée et confiée, avant de reporter son attention sur Charlotte.

— Mademoiselle Holmes, s'il vous plaît, ne me dites pas que vous travaillez depuis que Mme Coltrane vous a vue ce matin ?

Charlotte poussa un soupir.

— Ma journée avait commencé bien avant, et je crains que le travail ne soit pas encore terminé.

Les heures avaient passé trop vite. Elle n'avait toujours pas mis la main sur la preuve qui pourrait changer le destin de l'inspecteur Treadles, mais elle espérait y arriver. Et très bientôt.

— Vous devez être affamée et épuisée, dit Mlle Longstead.

Derrière ses lunettes, ses yeux verts étaient rougis mais pleins de bonté.

— Permettez-moi de vous faire apporter une assiette de sandwichs. Et je vous en prie, asseyez-vous.

Charlotte prit un siège, mais pas Mlle Longstead.

— Je viens de me rappeler une chose que je voulais vous montrer. Je vais la chercher.

Elle revint en même temps qu'on apportait la collation qu'elle avait demandée. Sans écouter son estomac qui gargouillait presque à la vue des sandwichs, Charlotte prit le courrier que Mlle Longstead lui tendait.

— Hier soir, en trouvant une lettre de condoléances de mon amie Mlle Yates, je me suis souvenue que j'avais parlé avec elle exactement quatre danses après être retournée à la maison, expliqua Mlle Longstead. Comme j'étais désolée de ne pas pouvoir vous donner au moins une petite idée de l'heure où j'ai vu la femme entrer au numéro 33, et que Mlle Yates semble toujours savoir exactement quand les choses arrivent, je lui ai écrit pour lui demander si elle se rappelait ce moment. Voici sa réponse.

Ma chère Louise,

Je vous en prie. En fait, je me souviens du moment où nous avons parlé car quelqu'un derrière moi venait de demander l'heure. Il était 1 heure moins cinq. J'espère que cela pourra vous être utile.

Je crains d'avoir pleuré quand j'ai lu le passage de votre lettre où vous décrivez la découverte du cadeau de Noël de votre oncle parmi les débris dans l'atelier du numéro 33. Cela m'a rappelé que, pendant la fête, je lui ai demandé en plaisantant s'il avait déjà caché son cadeau pour cette année. Il a répondu avec une lueur dans les yeux que, bien sûr, c'était fait.

J'ai voulu savoir si c'était une bonne cachette. Il a eu un petit rire et a répondu que ce serait soit le dernier endroit où vous chercheriez, soit le premier, mais que je ne devais pas vous en souffler un mot. J'ai ensuite demandé si un message codé vous attendrait quand vous trouveriez finalement votre présent, et il a déclaré d'un air navré que, hélas, il avait renoncé à vous faire aimer la cryptographie autant qu'il l'aimait lui-même, et que par conséquent il ne vous donnerait que des cadeaux qui vous procurent un plaisir sans mélange.

De nouveau, je suis désolée qu'un événement aussi horrible soit arrivé, et que vous ayez été privée de la joie de découvrir votre cadeau en d'autres circonstances. Souvenez-vous toujours de son amour pour vous et du bonheur de votre compagnie mutuelle toutes ces années.

Bien à vous,

Eliza

— C'est effectivement utile, dit Charlotte.

Même si cela ne l'était peut-être pas pour les raisons que Mlle Longstead avait espérées au départ, à savoir établir l'heure où elle avait vu la femme – Mme Treadles – pénétrer au numéro 33.

Charlotte rendit la lettre à Mlle Longstead et prit un petit sandwich aux crevettes.

— Je crois que vous avez parlé à votre oncle de l'intrus *après* avoir discuté avec Mlle Yates ?

— En effet.

Le sandwich était revigorant et légèrement piquant. Charlotte s'accorda quelques instants pour savourer ce délicieux en-cas.

— Mademoiselle Longstead, connaissez-vous Mlle Hendricks, qui habite et travaille au 36 Rengate Street ?

Les yeux de la jeune femme s'éclairèrent de surprise et de joie.

— Vous l'avez rencontrée ? Une femme charmante ! Ma mère et elle se sont connues quand elles étaient jeunes filles à Freetown, en Sierra Leone.

— Elle m'a appris qu'elle avait vu M. Sullivan visiter le numéro 33 en compagnie d'un agent immobilier vers la fin de l'été dernier, au lendemain d'une visite des Sullivan ici. Avant qu'elle puisse vous en parler, vous l'avez informée que la maison ne serait pas remise en location, aussi n'a-t-elle pas mentionné ce fait devant vous, sachant combien vous détestiez parler de M. Sullivan.

La stupeur sur le visage de Mlle Longstead tourna au malaise.

— C'est étrange. Jamais il n'a manifesté le moindre intérêt pour le numéro 33. Mlle Hendricks est-elle sûre que c'était bien lui ?

Charlotte hocha la tête et choisit un autre petit sandwich, garni celui-ci d'une onctueuse terrine de poulet.

— Veuillez m'excuser un instant, dit Mlle Longstead en s'éloignant.

Elle revint peu de temps après avec un cahier, qu'elle feuilleta.

— Je ne tiens pas mon journal avec une grande régularité, mais…

Elle cessa de tourner les pages.

— Je vois que j'ai inscrit une entrée vers la toute fin de juillet. Ah, je me souviens maintenant ! Mon oncle avait lancé une invitation à tous ses neveux et nièces qui se trouvaient à Londres à l'époque. Ce n'était pas longtemps après le décès du jeune M. Cousins, et je crois qu'il avait été plus affecté qu'il ne l'aurait cru en voyant le fils unique de son meilleur ami cueilli dans la fleur de l'âge.

Elle fit descendre son index le long de la page.

— Oui, le sujet a été abordé. Mme Sullivan a mentionné avoir entendu dire que nos locataires avaient déménagé. Elle voulait savoir si nous allions de nouveau louer la maison. Mon oncle a répondu non, qu'il y avait renoncé et s'apprêtait d'ailleurs à demander à son notaire de transmettre sa décision à l'agent immobilier.

Elle leva les yeux.

— Et Mlle Hendricks a dit que M. Sullivan était venu le lendemain ?

— Elle en est tout à fait certaine. Savait-il combien vous aimiez l'atelier du grenier, par hasard ?

— Il me semble que non. Ni mon oncle ni moi n'avons évoqué ce sujet devant lui.

D'un geste lent, Mlle Longstead referma son journal.

— Qu'aurait-il donc voulu faire dans cette maison ?

— Pas s'y installer, nous pouvons en être sûres, répondit Charlotte. Auriez-vous la bonté de me montrer de nouveau le bureau de M. Longstead ? Je n'ai toujours pas retrouvé ses clés.

La montagne d'objets variés qui s'était trouvée sur la table de travail de M. Longstead était étalée sur de vieux journaux à même le plancher.

Mlle Longstead se tapota la tempe du bout du doigt.

— Autrefois je savais où il gardait toutes ses affaires, mais il y a des années que je n'ai plus fouillé son bureau en quête de trésors inattendus. Laissez-moi réfléchir… Non, il ne laissait jamais ses clés sur sa table de travail. En général, elles étaient…

Elle se dirigea en louvoyant au milieu du désordre vers la bibliothèque et en sortit avec soin un vase vide qui avait dû marquer la fin d'une rangée de livres mais disparaissait presque sous les ouvrages qui l'entouraient, évoquant à Charlotte un fossile à moitié dégagé d'une plaque de schiste marin. Mlle Longstead le secoua. Il ne produisit aucun son. Prenant soin de ne pas marcher sur la strate archéologique qui s'étendait sur le plancher, elle longea la bibliothèque sur la pointe des pieds et en exhuma un autre vase. Vide également.

Le cinquième vase qu'elle trouva émit un cliquetis quand elle le saisit. Elle le renversa, et un trousseau de clés glissa dans sa paume.

— Les voici.

Elle se fraya un chemin vers Charlotte et les lui tendit. Celle-ci examina les quatre clés, en particulier les deux en laiton avec une longue tige et une tête ornée de motifs. Toutes deux portaient des traces d'une poudre blanche. Elle les huma. Menthe poivrée ?

M. Sealy, le pharmacien, avait dit que M. Longstead appréciait de temps en temps une pastille à la menthe. Et quand Charlotte avait examiné les pièces à conviction rassemblées par Scotland Yard, une poche de sa veste de soirée contenait des résidus qui dégageaient une odeur de menthe.

— Vous souvenez-vous si votre oncle avait ces clés sur lui le soir de la fête ?

Mlle Longstead ôta ses lunettes pour essuyer les verres avec un mouchoir.

— Il est passé me voir quand je me préparais. Mme Coltrane était avec moi. Elle avait à peine posé les yeux sur lui qu'elle s'est exclamée : « Bonté divine, monsieur Longstead, qu'avez-vous donc dans votre poche ? Cela déforme votre veste ! » Il a éclaté de rire et répondu qu'il allait immédiatement s'en délester.

Elles sonnèrent Mme Coltrane. Quand la gouvernante les retrouva devant la porte du bureau, elle confirma les déclarations de Mlle Longstead.

— Oui, c'est bien cela, mais je ne saurais vous dire ce qu'il y avait dans sa poche. Il se tenait à moitié dans le couloir, qui n'était pas aussi bien éclairé que la chambre de Mlle Longstead.

Quand Mme Coltrane fut retournée vaquer à ses occupations, Charlotte demanda à son hôtesse :

— J'ai une dernière requête à vous soumettre, mademoiselle Longstead. Pourriez-vous me montrer tous les endroits de cette maison où M. Longstead et vous avez caché des cadeaux de Noël, par le passé ?

Derrière les lunettes qu'elle venait de remettre, Mlle Longstead écarquilla les yeux.

— Tous ? Pourquoi donc ?

— Il est possible que votre oncle ait dissimulé quelque chose. Puisqu'il savait que vous alliez fouiller les lieux de fond en comble à la recherche de votre cadeau, quels sont les endroits où vous *n'auriez pas* cherché ?

— Ceux que nous avions déjà utilisés ! Nous devions trouver un nouvel emplacement chaque année, et il a toujours respecté la règle.

Le regard de Mlle Longstead s'éclaira. Puis, tout aussi vite, l'excitation disparut de son beau visage, remplacée par la peur et le désarroi.

— Qu'aurait-il pu cacher ? Pensez-vous… Croyez-vous…

— Heureusement – ou malheureusement –, je crois que l'objet qu'il a dissimulé est en lien avec son assassinat. En quoi les deux sont liés, je l'ignore, mais si nous le retrouvons, j'aimerais le prendre pour une étude plus approfondie.

Mlle Longstead s'appuya d'une main contre le mur, mais elle se ressaisit bientôt. Ouvrant son journal sur une page blanche, tout à la fin, elle sortit un crayon de sa poche et inscrivit rapidement quelques mots.

— Nous avons passé trois Noëls en ville. Nous avons donc utilisé six cachettes, dit-elle d'une voix tendue avant d'arracher la liste qu'elle venait de griffonner.

Elles commencèrent par le bureau lui-même, fouillant l'un des placards bas, puis se rendirent à la nurserie qui n'était jamais utilisée. Là, Mlle Longstead chercha sous un lit d'enfant, puis dans un bureau de la petite salle de classe. Ensuite, elles gagnèrent l'étage de Mlle Longstead. Dans son salon, celle-ci se baissa pour ouvrir la porte d'un bureau d'appoint, révélant un casier rempli de cahiers et de boîtes diverses.

— Je crains de collectionner les babioles, moi aussi, dit Mlle Longstead dont les yeux s'étaient de nouveau voilés de chagrin. Sauf que je les conserve dans des boîtes, pas en tas.

Charlotte s'agenouilla pour regarder à l'intérieur. Son cœur se mit à battre plus fort.

— Cette boîte, vers le fond... la reconnaissez-vous ? Celle avec les incrustations d'ivoire.

Mlle Longstead regarda de nouveau.

— Bonté divine ! s'exclama-t-elle en la sortant. Elle ressemble à n'importe laquelle des miennes, mais elle n'est pas de la même taille.

C'était l'épaisseur de la boîte – ou plutôt son aspect relativement plat – qui avait attiré l'attention de Charlotte. Un trou de serrure était visible, mais quand Mlle Longstead souleva le couvercle avec précaution, il s'avéra que la boîte n'était pas fermée à clé.

Mlle Longstead, laissant le couvercle à peine entrouvert, regarda Charlotte.

Celle-ci acquiesça d'un coup de menton.

Mlle Longstead se mordit les lèvres, puis elle ouvrit en grand la boîte. Elle contenait une collection de petits carnets. Elle en feuilleta un. Sur les pages étaient collés des coupures de journaux et des télégrammes.

Elle se tourna de nouveau vers Charlotte, le regard effaré.

— Mais... tout est codé ! protesta-t-elle à mi-voix.

Charlotte laissa échapper un long soupir saccadé.

— Comme je vous l'ai dit tout à l'heure, mademoiselle Longstead, je vais vous demander la permission d'emporter cette boîte et son contenu pour une étude approfondie. Très approfondie.

20

Il était presque 21 heures quand Charlotte rentra chez Mme Watson. Le 31 Cold Street n'avait pas été sa dernière étape de la soirée.

— Lord Ingram nous a envoyé un message pour nous prévenir que vous arriveriez tard, aussi avons-nous décidé de reporter le dîner jusqu'à votre retour, annonça Mlle Redmayne tout en lui tendant une tasse de chocolat chaud. M. Bloom, l'expert de lord Ingram, est parti il n'y a pas un quart d'heure. Il a étudié les comptes des Industries Cousins pendant cinq bonnes heures. Et... il est entré et sorti par la porte de derrière. Il a dit que c'était lord Ingram qui le lui avait demandé.

Charlotte tourna son regard vers Mme Watson, assise sur le canapé, un whisky entre les mains.

— Nous avons roulé dans Reading tout l'après-midi à la recherche de quelqu'un qui pourrait nous dire quelque chose sur la rénovation et la modernisation de l'usine Cousins, expliqua-t-elle d'une voix spectrale. Le principal entrepreneur, un certain M. Fox, avait indiqué une adresse dans un quartier industriel. Quand nous y sommes arrivés, nous n'avons trouvé qu'un endroit où l'on vendait des pierres concassées. Nous nous sommes renseignés auprès du propriétaire des lieux et dans le quartier… et avons découvert que le bureau de M. Fox n'avait été que temporaire, le temps des travaux de rénovation.

» Cela, en soi, n'est pas inhabituel, mais apparemment ce M. Fox n'avait engagé aucun ouvrier des environs, et ce n'est pas passé inaperçu. À ce qu'il semble, presque personne dans son équipe ne parlait anglais. Certaines personnes que nous avons interrogées aujourd'hui pensent qu'ils étaient allemands, d'autres polonais. Ils sont arrivés, ont effectué les travaux, puis ils sont repartis.

Mme Watson prit une solide gorgée de whisky.

— L'efficacité et la précision de l'opération ne me rassurent pas du tout. Cette usine était la première des trois qui ont été achetées et rénovées à l'époque du jeune M. Cousins. Les travaux n'ont pas été confiés aux entreprises avec qui Cousins avait travaillé auparavant. Et ce M. Fox, qu'ils ont choisi à la place, était aussi rapide qu'un assassin. Normalement cela devrait être une bonne chose, mais le résultat qu'il a livré, d'après M. Bloom, est loin de ce qu'il aurait dû être.

— Et M. Fox était chargé de superviser la modernisation de ces trois usines ? demanda Charlotte.

— Oui. Comme l'équipe a travaillé très vite, il y a eu un nombre élevé de blessés sur le site. Nous avons discuté avec un médecin qui s'est occupé de certains de ces ouvriers. Il a étudié la médecine à Zurich et estime parler couramment l'allemand. Il a dit que l'un des hommes, qui est décédé après avoir été atteint de délire pendant toute une journée, répétait en allemand avec un accent qu'il n'identifiait pas : « Encore deux, puis Sheffield, et on rentre à la maison. »

Mme Watson fronça les sourcils… et cette fois, elle ne se lissa pas le front.

Mlle Redmayne s'approcha de la console pour ajouter un trait de rhum dans son propre chocolat chaud. D'un geste interrogateur elle tendit la bouteille vers Charlotte, qui se tenait toujours sur le seuil du petit salon. Celle-ci la rejoignit devant la console. Elle n'ajouta pas d'alcool dans sa tasse, mais versa un peu de rhum dans un petit verre, qu'elle vida d'un trait.

— Dans les endroits où vous vous êtes rendus, madame Watson, avez-vous essayé de savoir si quelqu'un était déjà venu poser les mêmes questions ?

— Vous vous demandez si l'inspecteur Treadles aurait pu venir à Reading avant nous ? Nous y avons pensé également, répondit Mme Watson, les sourcils toujours froncés. Mais non, personne n'a semble-t-il été interrogé sur ces sujets. Du moins, personne avec qui nous nous sommes entretenus...

Un silence oppressant tomba.

Mme Watson avait le regard perdu dans son whisky. Charlotte était appuyée contre la console. Elle aurait dû dire quelques mots pour réconforter son amie, mais elle était lasse. Et la nuit – en termes de travail encore à accomplir – ne faisait que commencer.

Mlle Redmayne fut la première à reprendre la parole :

— Je vais demander qu'on serve le dîner. Nous avons toutes besoin de nous restaurer. L'estomac plein, les choses semblent moins sombres.

Charlotte sourit malgré elle. Il y avait une solide détermination chez cette jeune femme, ainsi que de l'énergie et du bon sens.

Voyant que Pénélope prenait la situation en main, Mme Watson se redressa dans un gémissement et posa son verre de côté.

— Dans ce cas, je vais enlever tout ce courrier adressé à Sherlock Holmes.

Dans l'après-midi, Charlotte avait vu Mlle Redmayne rapporter une quantité considérable de lettres à la maison. Le public avait répondu à la demande d'informations de Sherlock Holmes sur les meurtres de MM. Longstead et Sullivan. Et la quantité d'enveloppes avait doublé au cours des dernières heures. La pile qui couvrait la table basse devant le canapé était un glissement de terrain épistolaire en puissance.

— Quelque chose d'intéressant ? demanda-t-elle.

— Pas encore, répondit Mme Watson dans un soupir. Impressionnant, non ? Voilà un moment que nous n'avions pas fait cela.

Vers la fin de l'automne, elles avaient quitté Londres pour un séjour à la campagne. Avant leur départ, elles avaient fait savoir par voie de presse que Sherlock Holmes serait indisponible jusqu'à nouvel ordre.

Depuis, elles avaient enquêté à Stern Hollow et séjourné plusieurs semaines en France. Les petites annonces parues dans les journaux de ce matin étaient le premier signe du retour de Sherlock Holmes dans la capitale anglaise.

— Un peu étrange, après tout ce temps, de revenir à ce que nous faisions presque chaque jour, ajouta Mme Watson.

Le pouls de Charlotte s'accéléra.

— Madame Watson, avez-vous conservé tout le courrier arrivé pour Sherlock Holmes depuis le début ?

— Oui, pourquoi... ?

Charlotte avait déjà quitté le petit salon.

Le bureau avait autrefois été le domaine du Dr Watson. Jusqu'à ce jour, personne ne l'avait régulièrement occupé et ses livres médicaux occupaient toujours l'essentiel des rayonnages. Toutefois, pour les enquêtes de Sherlock Holmes, détective privé, et le volumineux courrier qu'elles recevaient à son nom, Mme Watson avait commandé de nouveaux meubles classeurs.

Même si Sherlock avait officiellement pris des congés, quelques lettres avaient continué d'arriver. Charlotte ouvrit les tiroirs et en sortit tout ce qui avait été reçu après l'affaire de Stern Hollow.

Jusqu'à la fin de cette enquête, l'inspecteur Treadles n'avait posé aucune question à son épouse sur son travail et s'était montré parfaitement indifférent à ce qui se passait chez Cousins. Ensuite, cela avait changé.

Les lettres avaient toutes été ouvertes et lues, très probablement par Mme Watson, peut-être par Livia qui avait passé un peu de temps dans cette maison pendant cette période.

Debout devant le meuble classeur, Charlotte parcourut d'abord rapidement chaque lettre, puis compara le lieu qu'elles indiquaient au cachet de la poste. À sa déception, tout correspondait.

Toutefois, deux courriers retinrent son attention.

L'écriture n'était pas la même. Le premier avait été rédigé en majuscules d'imprimerie, le second dans une cursive terriblement maladroite. Celle d'une personne tout juste capable de tenir un stylo... ou d'un droitier écrivant de la main gauche.

Ils n'avaient pas été portés à l'attention de Charlotte, non pas en raison de leur graphie en elle-même mais parce que leur contenu était d'un manque d'originalité flagrant. Celui qui avait manifestement été rédigé de la main gauche était signé d'un jeune homme demandant de l'aide pour déchiffrer des indices laissés par sa bien-aimée au sujet de ce qu'elle désirait comme cadeau d'anniversaire. Celui en capitales d'imprimerie était encore plus cousu de fil blanc. L'auteur prétendait être la cadette de trois sœurs d'un certain âge qui vivaient sous le même toit et dont la tranquillité était régulièrement troublée par des bruits en provenance du grenier.

Le premier client officiel de Sherlock Holmes avait été un jeune homme essayant de découvrir ce que sa bonne amie voulait pour son anniversaire. La plus célèbre affaire de Sherlock Holmes sans lien avec un meurtre avait révélé qu'un trio de sœurs septuagénaires hébergeait dans son grenier non pas des esprits frappeurs communiquant en morse, mais des insectes produisant des tapotements.

Les deux cas avaient été mentionnés l'été dernier dans un article de presse dont l'auteur se demandait ce que faisait donc le grand détective depuis sa tonitruante entrée en scène et émettait la supposition facétieuse, pour ne pas dire sournoise, que désormais il consacrait son temps à rassurer des vieilles dames victimes d'insectes xylophages.

Charlotte ne s'était pas offusquée un seul instant de cet article de presse. Il lui avait fourni une excellente publicité et avait rappelé au public que Sherlock Holmes était ravi de résoudre de petites affaires domestiques, et pas uniquement des crimes qui choquaient la ville entière. Les dames de son entourage, en revanche, en avaient été peinées. Par la suite, Mme Watson et Livia avaient donc probablement supposé que les auteurs de ces deux lettres voulaient se moquer de Sherlock Holmes.

Alors que...

Si ces lettres étaient l'œuvre de l'inspecteur Treadles et qu'il avait craint d'être surveillé, ceci pouvait être sa façon de s'assurer qu'on les considérerait comme une farce.

Quelle terrible information avait pu l'inciter à prendre tant de précautions afin qu'elle parvienne à Charlotte sans que nul ne s'en avise à part elle-même ?

Devait-elle décoller à la vapeur les rabats des enveloppes ? Ou les timbres ? Ou peut-être passer un fer à repasser très chaud sur le papier, au cas où l'auteur aurait écrit avec du lait ou toute autre substance qui fonçait avec la chaleur ?

Au lieu de cela, elle regarda de nouveau les lettres et se dirigea vers l'étagère des atlas.

Charlotte sortit du bureau au moment où lord Ingram arrivait. Comme elle l'interrogeait du regard, il hocha la tête avec gravité. Il avait accompli la mission qu'elle lui avait confiée.

Le petit groupe prit place autour d'un dîner tardif. Il fallut à Charlotte le temps de manger une assiette de soupe au curry fumante, plusieurs croquettes de pommes de terre au bœuf et une petite tranche de mouton bouilli à la sauce aux câpres, pour donner une version condensée de ce qu'elle avait découvert ce jour-là.

— Je ne saurais dire, mademoiselle Holmes, si vous avez appris beaucoup ou rien du tout, déclara Mlle Redmayne qui semblait perplexe. Cette affaire ressemble à un monstre sous-marin de *Vingt Mille Lieues sous les mers,* plein de tentacules qui se tordent et frappent l'eau en tous sens.

Mme Watson frémit.

— Je dois reconnaître que la dissection du mariage des Sullivan m'a donné l'impression d'avoir été moi-même enlacée par un céphalopode géant.

Elle joua avec une croquette dans son assiette.

— Nous avons tous rencontré l'une ou l'autre de ces excroissances mouvantes, aujourd'hui. En fin de compte, cela nous a-t-il aidés ?

— Pour un expert en biologie marine, fit remarquer lord Ingram, la vue d'un seul tentacule suffit à déterminer quel type de monstre rôde sous la surface.

Comme si une chose lui revenait à l'esprit, Mme Watson se pencha en avant.

— Mademoiselle Holmes, lord Ingram est d'avis que vous savez déjà, avec une relative certitude, ce qui s'est passé la nuit des meurtres. A-t-il raison ?

Charlotte se tourna vers lui, flattée par la confiance qu'il plaçait en elle… mais son attention fut détournée par la bûche de Noël qu'on avait déposée près de lui, une superbe pâtisserie dont le glaçage à la crème au beurre avait été strié afin de ressembler à de l'écorce, puis orné de petits champignons en meringue et de feuilles de houx. Quand son regard atteignit enfin lord Ingram, il l'observait avec l'air de contenir un éclat de rire.

Hélas ! Malgré la convoitise qu'éveillait en elle le dernier chef-d'œuvre de Mme Gascoigne, Charlotte devait consommer plus de légumes.

— J'ai bien une hypothèse qui ne contredit aucun des faits connus…, commença-t-elle.

Elle piqua sa fourchette dans un chou de Bruxelles, en regrettant que les légumes n'aient pas la saveur du cake.

— Je crois qu'elle a ses mérites, poursuivit-elle, mais je n'ai pas suffisamment de preuves à présenter à la police et je ne suis pas sûre d'en trouver.

— Nous rassemblons des preuves chaque jour qui passe, dit Mlle Redmayne. Écoutons donc votre théorie.

Charlotte mangea ses choux de Bruxelles dont le goût était grandement amélioré par une sauce au beurre, citron et persil.

— J'ai mené quelques investigations sur la fiabilité du carnet de rendez-vous de M. Longstead. Il est évident que, pendant les dernières semaines de sa vie, il préparait quelque chose. Je fais la supposition non seulement que tout cela était en relation avec les activités douteuses qui se déroulaient chez Cousins, mais également que l'inspecteur Treadles l'assistait dans ses démarches.

— Mais Mme Treadles a dit qu'ils ne s'étaient rencontrés que deux fois ! s'étonna Pénélope.

— À sa connaissance, précisa Mme Watson à la place de Charlotte. Ces derniers temps, Mme Treadles n'a pas été très informée des activités de son époux.

Charlotte inclina la tête à l'intention de Mme Watson.

— Précisément. Et puisque Mme Treadles n'en sait rien et que l'inspecteur refuse d'en parler, nous ne pouvons pas dire avec une certitude absolue ce qu'il faisait au numéro 33. Était-il venu en réaction à la petite annonce provocatrice qui mettait en doute la fidélité de son épouse, ou avait-il un autre objectif ?

» Quelles que soient ses raisons, le fait est qu'il est entré directement dans la maison, comme un certain nombre d'autres individus cette nuit-là. En temps normal, cette demeure était fermée avec soin car deux jeunes femmes y passaient de longs moments toutes seules.

» Quatre personnes avaient officiellement les clés de la porte de derrière du numéro 33. Mlle Longstead n'y est pas allée ce jour-là. Mme Coltrane s'y est rendue à 18 h 30, mais seulement pour s'assurer que toutes les portes étaient bien fermées. Un majordome d'une maison voisine disposait également d'une clé, mais il m'a assuré que la porte était déjà ouverte quand il est entré. Reste donc M. Longstead.

Mlle Redmayne émit un sifflement assourdi. Mme Watson l'aurait peut-être réprimandée en d'autres circonstances, mais elle était trop occupée à poser ses couverts et à rapprocher son siège de la table.

Charlotte calcula qu'elle devait ingérer au moins quatre choux de Bruxelles supplémentaires avant de pouvoir s'estimer assez vertueuse pour la bûche de Noël. Par chance, en tant qu'adulte, elle trouvait les légumes de plus en plus supportables, parfois même agréables. Sauf les choux de Bruxelles, hélas.

— La veste de soirée de M. Longstead avait des poches passepoilées dont l'une contenait des résidus qui sentaient la menthe, poursuivit-elle. Il se rendait régulièrement dans une officine de pharmacie qui vend d'excellentes confiseries, notamment des pastilles à la menthe. Ses clés étaient couvertes d'une poudre similaire, et sa nièce a rapporté que quand il est passé la voir pendant qu'elle se préparait, quelque chose faisait une bosse dans sa poche, au grand dam de sa gouvernante.

» À ce point, il serait déraisonnable de ne pas conclure que c'est bien M. Longstead qui a ouvert la porte arrière du numéro 33. Je fais même le postulat qu'il est allé la déverrouiller avant que la soirée commence, afin que cela n'interfère pas dans ses devoirs d'hôte. Pour qui l'a-t-il ouverte ? Les personnes à qui nous avons parlé sont venues sans son autorisation. Par conséquent, il n'a pu ouvrir la porte que pour M. Sullivan ou l'inspecteur Treadles.

» J'ai demandé avec insistance s'il aurait pu être de mèche avec M. Sullivan, et ses proches m'ont répondu avec la même insistance qu'il n'était pas ce genre de personne. Je penchais déjà en faveur de l'hypothèse qu'il avait ouvert la porte pour l'inspecteur quand Mme Treadles est arrivée ici ce matin, bouleversée, en disant que son mari l'avait avertie de la façon la plus claire de ne pas fouiller dans la comptabilité de Cousins.

» Pourquoi tenter de l'en dissuader… sauf s'il l'avait déjà fait lui-même ? Et pour commencer, pourquoi aurait-il examiné les comptes de l'entreprise alors que pendant très longtemps il ne l'a même pas interrogée sur son travail ?

» La raison la plus simple pour expliquer qu'il s'y soit intéressé ? M. Longstead. Seulement M. Longstead était un ingénieur, pas un comptable. Son implication chez Cousins, quand il y est retourné, est demeurée très limitée. Alors pourquoi, du jour au lendemain, a-t-il développé un intérêt pour les finances de Cousins ?

Charlotte porta bravement à ses lèvres un autre chou de Bruxelles. Au demeurant, plus personne ne mangeait. Tous les yeux étaient rivés sur elle. Elle se sentit obligée de mâcher plus vigoureusement, puis elle prit une gorgée d'eau pour faire descendre le tout.

Elle émit une petite toux et se tapota le sternum.

— Je crois qu'il a découvert quelque chose par hasard. Je crois qu'il a découvert ceci.

De sa sacoche, qu'elle avait gardée avec elle, elle sortit la boîte en bois de rose incrustée d'ivoire trouvée chez Mlle Longstead et la tendit à Mme Watson.

Mlle Redmayne et lord Ingram se levèrent pour s'approcher. Mme Watson hésita, une main sur le couvercle, comme si elle tenait la boîte de Pandore et risquait en l'ouvrant de libérer de grands malheurs dans le monde.

— Il n'y a que des carnets à l'intérieur, précisa Charlotte.

Carnets que la boîte de Pandore aurait fort bien pu renfermer également.

Mme Watson souleva le couvercle. Avec précaution, presque avec réticence, comme si elle approchait la main d'un serpent endormi, elle prit un petit carnet. Mlle Redmayne et lord Ingram l'imitèrent.

— Notez que le contenu est codé, indiqua Charlotte. Chaque notice collée dans ces carnets est accompagnée d'une date inscrite à la main. Les petites annonces les plus anciennes remontent à six ans.

D'un geste lent, lord Ingram reposa le carnet qu'il tenait à la main, et chacun alla se rasseoir.

— Quand vous nous avez parlé des Sullivan et de leur arrangement avec Mme Portwine, vous avez dit que M. Sullivan était entré dans une vive agitation en apprenant que sa femme tentait de crocheter la serrure du bureau chez Mme Portwine. Alors que plus tard, quand l'incident s'est reproduit, il ne s'en souciait plus.

Charlotte coupa un chou de Bruxelles en deux et imbiba l'une des moitiés de sauce au beurre.

— En effet. Quand Mme Sullivan et moi avons découvert ce soir un tiroir secret dans le bureau, la moitié du tiroir était vide. Or les dimensions de cet espace vide correspondent presque exactement à celles de cette boîte. Je crois que lorsque M. Sullivan a appris que les Longstead ne remettraient pas leur seconde maison en location, il a eu l'idée de déplacer la boîte au numéro 33.

» Il ignorait que Mlle Longstead adorait l'atelier et que c'est pour cette raison que la maison ne serait plus louée. Dans son esprit, le numéro 33 correspondait parfaitement à ses besoins. La maison allait rester inoccupée au moins pendant des mois, personne n'y viendrait et il pourrait toujours retirer sa boîte plus tard lorsque les Longstead auraient quitté Londres, en réservant une autre visite auprès de l'agent immobilier.

Mme Watson fronça les sourcils.

— Cela n'a pas dû être très facile de cacher une boîte alors que l'agent immobilier était avec lui. Elle n'est pas grande, mais la sortir et la mettre quelque part sans être vu… ?

Le demi-chou de Bruxelles imprégné de sauce au beurre descendit tout seul.

— Cela pourrait expliquer qu'elle se soit retrouvée au grenier. L'atelier est l'unique endroit très large de la maison, et il est constitué de deux parties reliées par un passage étroit. S'il a pu se rendre dans une partie en laissant l'agent immobilier dans l'autre, cela lui a donné le temps d'ouvrir la porte du cagibi et de placer cette petite boîte dans l'un des casiers de magazines que les précédents locataires avaient laissés.

— Le jeu ! s'exclama Mlle Redmayne. Le jeu des Longstead, qui cachaient leurs cadeaux de Noël !

Charlotte leva son verre à sa santé.

— Les secrets de M. Sullivan seraient sans doute restés en sécurité si M. Longstead n'avait pas cherché un endroit où dissimuler son cadeau. Et quelle meilleure cachette que le cagibi de l'atelier, tout près de l'endroit où Mlle Redmayne venait tous les jours ?

» Aucune preuve ne permet d'affirmer tout cela, mais je crois que M. Longstead, quand il a trouvé cette boîte, a cru qu'elle contenait le cadeau de Mlle Longstead pour lui. Il est possible qu'il l'ait apportée à un serrurier pour la faire ouvrir. Et il est très possible qu'après en avoir découvert le contenu, il se soit persuadé que ce n'était pas un simple cadeau, mais un immense cadeau.

» Il avait tenté de l'intéresser à la cryptographie, qu'elle n'avait jamais aimée autant que lui, mais l'espoir ne tarit jamais. Il n'est pas difficile d'imaginer que M. Longstead, en découvrant cette boîte pleine de codes, ait joyeusement supposé qu'à son insu, sa nièce s'était entraînée toute seule à la cryptographie et lui avait préparé cette magnifique surprise.

— Pauvre M. Longstead, murmura Pénélope.

— Le malheureux, renchérit Mme Watson presque en même temps en secouant la tête.

— J'ignore quand le ravissement de M. Longstead a cédé la place à une tout autre émotion, dit Charlotte, mais s'il vous en faut plus pour être convaincus que la terrible situation où se trouve actuellement l'inspecteur Treadles est en rapport avec ce qui se trame chez Cousins, voici : vous souvenez-vous qu'il m'a dit que ce que faisait typiquement Sherlock Holmes pourrait l'aider ?

Autour de la table, tout le monde hocha la tête avec des degrés variés d'impatience et de crainte. L'expression la plus grave était celle de lord Ingram, qui en savait plus que les deux dames.

— Typiquement, Sherlock Holmes lit le courrier qu'on lui adresse, reprit Charlotte tout en sortant les deux lettres qui avaient attiré son attention avant de les tendre à ses compagnons.

Mme Watson les parcourut.

— Mais ce sont… ce sont… Que… ? bafouilla-t-elle, abasourdie.

Charlotte lui sourit.

— Je vous suis plus reconnaissante que jamais, madame, de votre politique de ne jamais rien jeter concernant Sherlock Holmes. Je crois que ces lettres sont de l'inspecteur Treadles, et qu'il a choisi les cas de ces clients parce qu'ils avaient été cités dans un article de presse. Et si vous regardez d'où elles ont été postées…

Mme Watson examina les adresses indiquées sur les feuillets et les cachets de la poste apposés sur les enveloppes.

— Je ne vois pas de différence.

— Il n'y en a pas, mais regardez les localités elles-mêmes, je vous prie.

Lord Ingram leva une enveloppe.

— Headingley. N'est-ce pas près de Leeds ?

Charlotte hocha la tête.

— C'est probablement devenu un quartier de Leeds à présent, mais la localité doit avoir conservé un bureau de tri postal avec son propre cachet.

Mlle Redmayne prit l'autre enveloppe.

— Et celle-ci porte le tampon de Sharrow. Où est Sharrow ?

— Sharrow... c'est dans Sheffield ! s'exclama Mme Watson en bondissant de son siège. Et l'inspecteur Treadles était à Sheffield.

Dans son compte rendu de ce que lord Ingram et elle avaient appris à Reading, le nom de cette ville avait franchi les lèvres d'un ouvrier allemand qui délirait dans son agonie.

« Encore deux, puis Sheffield, et on rentre à la maison. »

Mlle Redmayne posa doucement la main sur le bras de Mme Watson, et lord Ingram lui servit un verre de vin. Pendant qu'ils la réconfortaient, Charlotte finit les choux de Bruxelles dans son assiette.

La sauce au beurre les avait rendus bien plus savoureux, mais pouvait-elle encore se trouver vertueuse alors qu'elle avait consommé presque autant de beurre que de choux de Bruxelles ?

Mme Watson se rassit et but le verre que lord Ingram avait posé devant elle. L'alcool rendit quelque couleur à ses joues, mais les fines lignes autour de ses yeux se creusèrent quand elle fronça les sourcils.

— Je crois très volontiers que M. Longstead et l'inspecteur Treadles ont uni leurs forces pour examiner des irrégularités chez Cousins. Sans parler du fait que l'inspecteur, qui s'était récemment réconcilié avec son épouse, était sans doute désireux de lui rendre un service afin de se faire pardonner des mois de négligence. Mais pourquoi n'ont-ils rien dit à Mme Treadles ?

Lord Ingram se servit un verre de vin.

— Un réflexe bien masculin, je le crains. Ils ont probablement cru chevaleresque de ne pas l'impliquer dans une aventure qui pouvait s'avérer dangereuse.

Hélas ! L'ignorance dans laquelle on l'avait tenue n'avait fait que lui compliquer dramatiquement la vie quand tout était allé de travers la nuit de la fête.

— Moi aussi, déclara Mlle Redmayne, je crois volontiers le postulat selon lequel M. Longstead et l'inspecteur Treadles œuvraient de concert, et que c'est M. Longstead qui a ouvert la porte de derrière du numéro 33 cette nuit-là. Mais s'il attendait l'inspecteur Treadles, comment se fait-il qu'il ait été assassiné en même temps que M. Sullivan ? Et d'abord, que faisait M. Sullivan là-bas ?

Charlotte louchait sur la bûche de Noël. Lord Ingram la poussa directement vers elle. Elle sourit au gâteau, alors que c'était à lui qu'elle avait envie de faire les yeux doux.

Il se tourna vers Pénélope.

— Pendant que Mlle Charlotte est occupée avec son véritable grand amour, je peux proposer une réponse à votre question.

Mlle Redmayne éclata de rire. Mme Watson gloussa. Charlotte se coupa une part de bûche. Un vrai délice !

Lord Ingram l'observa quelques instants d'un air amusé et plein d'affection. Puis il se tourna vers les deux autres dames et son visage perdit sa joyeuse insouciance.

— Quand nous avons commencé cette enquête, nous pensions Mme Treadles dans une situation désespérée, mais l'essentiel de son épreuve réside dans l'arrestation de son mari. Sachant ce que nous savons à présent, si nous revenons au début de cette soirée avant que quiconque perde la vie, nous voyons que c'était *M. Sullivan* qui était dans une situation intenable, M. Sullivan qui avait délibérément fait un dangereux usage de son autorité.

» Ses crimes étaient conséquents. Ils n'avaient pas été révélés parce qu'il supervisait tous les rapports et que le jeune M. Cousins s'était montré paresseux et dénué de curiosité, mais quand Mme Treadles a pris les rênes de la société, elle a voulu tout savoir de ses rouages. Elle est intelligente et tenace, et elle était entièrement dans son bon droit en posant toutes ces questions.

» Cela a dû le terrifier. Il a exploité les hésitations et l'hostilité de ses collègues à l'idée qu'une femme les dirige, mais cela lui a seulement permis de faire obstruction pendant un certain temps. Elle était tout de même propriétaire de la société. Même menacer son mariage n'était pas une garantie à long terme. Il devait faire quelque chose d'autre. Et je suppose...

Il jeta un regard à Charlotte.

— Peut-être M. Sullivan n'a-t-il pas menti à son épouse sur toute la ligne. Peut-être avait-il effectivement l'intention de semer le trouble pendant la fête – ou même de la gâcher complètement – afin de choquer Mlle Longstead, de faire enrager son oncle et de créer un conflit entre M. Longstead et Mme Treadles.

Charlotte, la bouche pleine d'une génoise aérienne et d'une crème si fondante que c'en était décadent, ne put que hocher la tête en signe d'agrément.

— Hu-hum, fit-elle.

— Mais, pour semer la zizanie dans la soirée, M. Sullivan n'avait-il pas besoin de la présence de l'inspecteur Treadles ? demanda Pénélope. Comment pouvait-il être certain, même s'il avait fait paraître cette petite annonce provocatrice dans les journaux, que l'inspecteur se rendrait effectivement sur les lieux ? Et en admettant que celui-ci vienne, comment pouvait-il prévoir ce qu'il allait faire ?

Elle émit un hoquet de stupeur.

— Oh ! C'est pour cela qu'il a fait voler l'arme de service de l'inspecteur Treadles !

— Précisément, dit lord Ingram. Il n'avait pas besoin que l'inspecteur soit là en personne : il lui fallait juste un objet qui lui appartienne sans le moindre doute et permette de l'impliquer. Quant à son intention précise, je suppose qu'il voulait faire feu avec le revolver au numéro 31.

— Pardon ? s'écria Mme Watson.

— Pas pour blesser quelqu'un, du moins pas intentionnellement, mais pour déclencher une scène de panique. Il filerait aussitôt au numéro 33 en veillant à y laisser l'arme. Et mieux encore, une fois de retour au numéro 31, il organiserait une sortie avec quelques gentlemen intrépides pour aller voir ce qui se tramait à côté. Et quand son escouade de héros arriverait à la maison voisine, que trouveraient-ils ? Le revolver de l'inspecteur Treadles encore fumant !

— Cela les amènerait à la conclusion que l'inspecteur Treadles était l'auteur du tir et avait décampé. Un plan diabolique ! s'exclama Pénélope. Mais comment M. Sullivan comptait-il s'introduire au numéro 33, pour commencer ? Il n'avait aucune idée que la porte de derrière serait ouverte.

Lord Ingram se tourna vers Charlotte en arquant un sourcil interrogateur. Son minutage était parfait. Elle venait tout juste de terminer la petite part de bûche qu'elle s'était autorisée et dardait à présent un regard morne sur son assiette vide.

— Mon hypothèse est qu'il était prêt à faire feu sur la porte, dit-elle. Il aurait profité des explosions sporadiques de feux d'artifice dont il avait entendu parler dans la presse. Si tout se déroulait comme prévu, on mettrait également les dégâts de la porte sur le compte de l'inspecteur Treadles.

» Et comme il ne s'attendait pas réellement à la venue de l'inspecteur, il a dû se réjouir en voyant Mme Treadles se diriger vers le numéro 33. S'il pouvait la coincer et se permettre des familiarités, elle au moins serait encline à croire que c'était effectivement son mari qui avait fait feu au numéro 31 pour gâcher la fête de Mlle Longstead.

» Après tout, c'est bien *Mme Treadles* que M. Sullivan devait chasser de Cousins au plus vite. Dans son esprit, après un scandale d'une telle magnitude, elle aurait tellement honte qu'elle se terrerait chez elle. Et qui sait, il aurait pu réussir... Si Mme Treadles a réussi à reprendre les rênes chez Cousins, c'est en partie parce que M. Sullivan n'est plus là pour s'opposer à elle, mais imaginez qu'il soit encore de ce monde, maintenant que l'inspecteur Treadles a été arrêté et qu'on le voit comme un mari jaloux !

Un silence tomba dans la pièce.

— Est-ce terrible de se réjouir qu'un homme encore jeune soit mort ? demanda Mlle Redmayne dans un murmure.

— Oui, répondit Charlotte, mais le plus terrible, c'est que personne ne l'ait obligé à rendre des comptes de son vivant.

Cette fois, c'est Mme Watson qui posa doucement une main sur le bras de Mlle Redmayne. Celle-ci adressa un sourire radieux à sa tante – sa mère – et se tourna de nouveau vers Charlotte.

— Mais tout ne s'est pas déroulé selon le plan de M. Sullivan. Par exemple, il ne s'attendait pas à être interrompu alors qu'il agressait Mme Treadles. Et nous savons à présent qu'il n'a jamais rattrapé le majordome qui l'a dérangé. Qu'a-t-il fait ensuite ?

— Je crois qu'il est retourné à la fête, répondit Charlotte. Lord Ingram a interrogé un certain nombre d'invités. Mlle Yates, l'amie de Mlle Longstead, lui a dit que pendant la soirée elle avait discuté avec un cousin de Mlle Longstead appelé M. Proctor, mais quand lord Ingram a parlé à ce M. Proctor, celui-ci ne se souvenait pas d'avoir eu cette conversation.

» Après avoir quitté Mlle Longstead ce soir, je suis passée chez Mlle Yates. Je lui ai montré une photographie de M. Sullivan… en qui elle a immédiatement reconnu le prétendu M. Proctor, le cousin de Mlle Longstead.

Pénélope émit un hoquet indigné.

— Alors il s'est présenté à l'amie de Mlle Longstead sous une fausse identité ? Il était donc prêt à toutes les bassesses ?

— Pour protéger ses intérêts personnels ? Oui, manifestement, dit lord Ingram. Maintenant, si ma mémoire est bonne, Mlle Yates et ce « M. Proctor » ont parlé de l'atelier de Mlle Longstead, figurez-vous. Est-ce ainsi que…

Dans son excitation, Mlle Redmayne faillit renverser un verre.

— Bonté divine ! Bon sang mais c'est bien sûr ! Voilà sûrement comment M. Sullivan a compris que son secret n'était plus en sécurité !

Puis elle se ressaisit et adressa un sourire penaud à lord Ingram.

— Veuillez me pardonner pour l'interruption, milord. Je vous en prie, poursuivez.

Il chassa ses excuses d'un sourire.

— Vos suppositions sont parfaitement exactes. Mlle Yates m'a dit qu'elle avait bavardé avec M. Longstead au sujet du jeu de cache-cache des cadeaux de Noël. Et à peine M. Longstead était-il parti discuter avec un autre invité que le soi-disant M. Proctor est apparu près d'elle. Il a prétendu qu'il adorait cette tradition entre l'oncle et la nièce, et qu'il prenait grand plaisir à essayer de deviner où seraient dissimulés les présents de l'année. Il a demandé à Mlle Yates si elle avait une idée. Et celle-ci, qui ne soupçonnait ni mensonge ni tricherie, a répondu qu'à son avis il y avait de bonnes chances que M. Longstead ait caché son cadeau dans l'atelier du numéro 33, un nouvel endroit puisqu'il n'y avait pas eu accès les années précédentes.

» Ensuite, M. Sullivan est parti. Peu après, Mlle Longstead est allée s'asseoir quelques instants en compagnie de Mlle Yates. Je présume que c'est la discussion dont Mlle Yates a dit qu'elle avait eu lieu à 1 heure moins cinq ?

Charlotte hocha la tête.

— Cela indique que quelque part entre 1 heure moins le quart et 1 heure moins cinq, M. Sullivan s'est rendu au numéro 33 pour la seconde fois. Et M. Longstead peu après 1 heure, puisque Mlle Longstead lui a parlé après avoir discuté avec Mlle Yates.

— Est-ce M. Sullivan qui a fait feu sur la porte de l'atelier de Mlle Longstead et détruit tout ce qui s'y trouvait ? demanda Pénélope en se tenant au bras de Mme Watson.

— Comme il ne retrouvait pas sa précieuse boîte, il a fait passer sa rage sur les équipements de Mlle Longstead. Et je suppose qu'il venait de quitter l'atelier et redescendait au moment où M. Longstead est arrivé.

Mme Watson posa une main sur celle de Pénélope.

— Vous ne voulez pas dire que M. Sullivan a tué M. Longstead avant de se donner la mort ?

— Non, pas du tout. Je veux dire que M. Sullivan a mortellement blessé M. Longstead et que celui-ci, dans ses derniers moments, a trouvé la force de faire feu sur lui en retour.

Un silence tomba. Dans l'âtre, le feu produisait juste un doux sifflement de temps à autre. Le ciel nocturne derrière la fenêtre était dégagé et les étoiles bien visibles, petites et froides lumières piquetant l'immensité obscure. Charlotte sentait son corps s'abandonner sur son siège tandis que son esprit, suivant son exemple, dérivait vers une bienfaisante torpeur.

Elle se redressa en sursaut. Non ! Ce n'était pas encore le moment de s'assoupir.

— Étant donné la façon dont les deux hommes sont tombés, dit lord Ingram, je comprends que M. Sullivan a fait feu le premier. Puis M. Longstead a lancé sa canne vers lui. Il ne s'attendait probablement pas à ce qu'elle fasse tomber le revolver des mains de l'autre, mais l'arme a atterri près de lui. De là où il gisait sur le sol, il s'est jeté dessus, l'a saisie et a tiré sur M. Sullivan, qui tentait également de la récupérer. La balle a atteint Sullivan en plein milieu du front et l'a fait reculer en vacillant, puis se cogner l'arrière du crâne quand il est tombé contre le rebord de la fenêtre.

Mme Watson, qui avait porté ses mains à sa gorge, les abaissa lentement.

— Mais pourquoi ? La boîte contenait peut-être la preuve des exactions de M. Sullivan, mais même s'il pensait que M. Longstead l'avait démasqué, n'aurait-il pas plutôt tenté de le convaincre de ne rien dire à la police ?

— Et M. Longstead savait-il seulement que c'était lui ? ajouta Pénélope Redmayne. S'il l'avait su, l'aurait-il invité à la fête de Mlle Longstead ?

— Je crois que M. Longstead avait des doutes, mais rien de concret, répondit Charlotte. Après tout, le nom de M. Sullivan ne figurait pas sur la boîte ni à l'intérieur. Ou peut-être le soupçonnait-il, mais ne voulait-il pas l'alerter en rompant brusquement le contact. Quant à savoir pourquoi M. Sullivan n'a pas songé à négocier avec M. Longstead, peut-être savait-il que ce qu'il avait commis était impardonnable. Du moins, aux yeux de M. Longstead.

Son regard se posa sur la boîte qui se trouvait toujours devant Mme Watson, petit objet d'apparence banale et parfaitement inoffensive...

— Et pour ce qui est de l'inspecteur Treadles ? demanda Mlle Redmayne en prenant les mains de Mme Watson entre les siennes. Quand est-il arrivé ?

— Je n'en suis pas certaine. Nous avons inféré qu'il avait été assailli juste devant une entrée du jardin, où lord Ingram et moi avons retrouvé des boutons de son manteau. Cette agression a dû redoubler sa détermination de s'introduire dans le jardin et au numéro 33.

Elle imagina l'inspecteur traversant l'espace vert au pas de course en direction de ce qu'il prenait pour un lieu sûr, une maison dont il avait demandé que la porte de derrière soit laissée ouverte.

Par chance, elle l'était effectivement. Il la refermait de l'intérieur et s'adossait au battant, le souffle court. Alors que les battements de son cœur se calmaient, il serrait les dents à cause de la douleur à son bras. Le couteau avait entaillé trois épaisseurs de vêtements. L'odeur de son propre sang lui emplissait les narines.

Et il faisait sombre, si sombre ! Dehors, le brouillard s'épaississait. Les lumières du numéro 31 ne projetaient aucun éclairage dans la maison vide.

— Il a gravi l'escalier à tâtons. Il savait que Mlle Longstead réalisait des expériences au grenier.

Il espérait y trouver de l'alcool pour nettoyer sa blessure, peut-être du tissu pour la panser.

Le mélange d'odeurs envahissait l'escalier, un peu plus entêtant à chaque marche – florales, épicées, capiteuses, un vrai bombardement olfactif. Ses yeux avaient-ils pleuré ? Sa gorge l'avait-elle gratté ? Avait-il frissonné, saisi d'un sombre pressentiment, bientôt confirmé lorsqu'il avait marché sur du verre brisé ?

Mais quel était ce bruit, au rez-de-chaussée ? Quelqu'un entrait dans la maison !

— Il avait refermé à clé la porte de derrière, mais il ne pouvait pas deviner que Mme Sullivan était partie par la porte de devant sans la refermer. Son assaillant est entré. La porte du grenier était abîmée et impossible à barricader. Il est descendu d'un étage, puis d'un autre. La porte de la principale chambre à coucher était-elle ouverte ? Un faible rai de lumière de réverbère apparaissait-il, malgré le brouillard ? Peut-être.

Il se faufilait à l'intérieur et verrouillait la porte. Il distinguait vaguement les contours d'un grand lit. Il avançait, butait contre quelque chose, puis atterrissait dans une flaque visqueuse. Le saccage du grenier avait momentanément affecté son odorat, mais il n'avait pas besoin de l'âcre senteur du sang pour comprendre qu'un drame s'était produit ici.

— Je ne peux qu'imaginer combien la découverte a dû être effroyable, dit doucement Charlotte. Dans cette chambre, il n'était pas un enquêteur arrivant sereinement à la lumière du jour, mais un homme en état de choc butant sur des cadavres dans l'obscurité.

La lanterne de poche sur le rebord de la fenêtre, très probablement apportée par M. Sullivan, devait déjà s'être consumée. La main de l'inspecteur Treadles tremblait-elle quand il a frotté une allumette ? Des gémissements d'effroi et de chagrin sont-ils montés de sa gorge quand la faible lumière a révélé des flaques écarlates et des corps gisant au sol ?

A-t-il seulement compris ce qu'il voyait ? Ou était-il trop occupé à verrouiller la porte et à se réfugier derrière le lit ? Il a bien sûr reconnu son propre revolver de service, une découverte de très mauvais augure même s'il n'était pas en état d'en mesurer toutes les implications, surtout avec son assaillant qui approchait furtivement de la porte.

— Puis il s'est produit quelque chose à quoi il ne s'attendait pas. L'arrivée de la police. Mme Sullivan n'avait pas pu fermer à clé la porte de devant, mais elle l'avait rabattue. En revanche, l'assaillant a fort bien pu la laisser ouverte. Peut-être était-il encore dans la maison quand la police est entrée, et a-t-il réussi à s'esquiver pendant que les deux policiers s'occupaient de l'inspecteur Treadles.

Charlotte but une longue gorgée d'eau.

— Quant au reste, nous le savons. Ou du moins, nous en avons des récits de témoins oculaires.

— Pauvre inspecteur Treadles, murmura Mlle Redmayne.

Lord Ingram avait les yeux fixés sur un point de la table.

Mme Watson se tapota le visage avec un mouchoir, comme si elle avait des sueurs froides malgré l'agréable tiédeur qui régnait dans la salle à manger.

— Oui, pauvre inspecteur Treadles, renchérit Mme Watson. Mais qui était son assaillant ? Et que lui voulait-il ?

— Pour le savoir, je vais d'abord devoir m'occuper de la boîte de messages codés, répondit Charlotte en se massant les tempes. Ai-je déjà dit à l'un d'entre vous que je m'étais déjà lassée des messages codés quand j'avais seize ans ?

21

M. Mears apporta du café, mais cela ne suffirait pas pour aider Charlotte à survivre à une autre nuit blanche. Il lui fallait de la bûche. Beaucoup de bûche.

Elle prit une bouchée pour se donner des forces – génoise, crème fouettée, ganache au chocolat. Dans quelques heures, même ce divin cocktail pâlirait à côté de son besoin de sommeil, mais pour l'instant la perspective de veiller assez longtemps pour en mériter une ou deux tranches supplémentaires demeurait excitante.

Mme Watson, Mlle Redmayne et lord Ingram étaient déjà au travail, chacun devant l'un des carnets de la boîte. Les petites annonces utilisaient généralement des codes par substitution assez simples. Par précaution, lord Ingram avait donné aux dames quelques notions sur les codes par transposition, qui apparaissaient aussi régulièrement.

Charlotte s'autorisa une autre bouchée de bûche et ouvrit le carnet posé devant elle, celui dont les dates étaient les plus anciennes. Tout à l'heure, dans la voiture qui roulait d'une flaque de lumière de réverbère à la suivante, elle avait ressenti en survolant le contenu de la boîte une réticence à l'idée d'affronter de nouveaux codes qui seraient probablement complexes et retors. Pourtant, alors qu'elle feuilletait ce premier carnet où étaient collés avec soin des petites annonces codées et quelques télégrammes, elle fut gagnée par une étrange et effrayante impression de familiarité.

À cause des dates.

Les petites annonces étaient hebdomadaires, et ponctuelles. Dans ce carnet qui couvrait presque deux ans, une seule petite annonce était parue avec une journée de retard.

Elle avait déjà vu quelque chose du même genre.

Ou peut-être avait-elle déjà vu *exactement* la même chose ?

Lord Ingram leva les yeux.

— Holmes.

Sa voix était tendue, signe qu'il s'attendait à un choc… ou le ressentait déjà.

Il avait entre les mains le carnet le plus récent. Les petites annonces des premières pages étaient codées, mais pas les dix ou douze dernières. Celles-ci étaient en texte ordinaire… et c'étaient des versets bibliques.

Postés tous les dix jours.

— Qu'y a-t-il ? demanda Mme Watson, toujours sensible aux changements d'atmosphère dans une pièce.

Lord Ingram attendit l'autorisation de Charlotte. Elle crispa les doigts sur son crayon, mais hocha la tête. Il tendit son carnet à Mme Watson, qui émit un hoquet de stupeur dès qu'elle vit les petites annonces qu'il contenait.

— Ce sont… ce sont…

Elle s'interrompit, incapable de poursuivre.

C'étaient des petites annonces postées à l'intention des subalternes de Moriarty, chacune indiquant un unique mot dans un livre servant de clé pour tous les messages encodés pendant cette période, jusqu'à ce qu'une nouvelle clé soit donnée.

Mlle Redmayne prit le carnet des mains de sa tante et son visage d'ordinaire radieux s'assombrit.

— Moriarty. Donc, non content de se remplir les poches, M. Sullivan remplissait aussi celles de Moriarty ?

Tout en consignant méticuleusement ces archives !

À la réflexion, ce n'était pas très surprenant qu'il se soit donné cette peine. Les deux principaux traits de caractère de M. Sullivan avaient été l'aigreur et la malveillance. Sans doute estimait-il que les récompenses de sa loyauté envers Moriarty ne valaient pas les efforts qu'il avait déployés et les risques qu'il avait pris.

Il avait probablement espéré que ces archives lui donneraient une prise sur Moriarty. Ou, à tout le moins, il s'était convaincu que leur révélation contrarierait fort son maître, qu'il n'avait peut-être jamais rencontré en personne.

Charlotte se tourna vers lord Ingram.

— Pouvez-vous me dire ce que sait l'inspecteur Treadles sur Moriarty ?

L'inspecteur avait été impliqué dans plusieurs affaires derrière lesquelles, en filigrane, rôdait le spectre de Moriarty, mais il n'avait pas dû entendre son nom avant l'enquête à Stern Hollow.

Le carnet où étaient collés des versets bibliques était revenu entre les mains de lord Ingram. Il le feuilleta.

— Quand la police m'a rendu la liberté, avant de ramener les enfants à Stern Hollow j'ai eu un entretien avec l'inspecteur Treadles dans ce but précis. Il voulait en savoir plus sur Moriarty – en particulier, si Moriarty était en lien avec une enquête remontant à l'été dernier et impliquant le décès d'un dénommé de Lacy. Il était convaincu que le corps était celui d'un pauvre hère identifié comme de Lacy afin de pouvoir classer l'affaire.

Il referma le carnet et le poussa sur la table, comme s'il voulait ne plus jamais l'ouvrir.

— J'ai convenu avec l'inspecteur Treadles que de Lacy n'était pas mort. De Lacy n'était qu'un nom de guerre, porté par quiconque agissait en tant que lieutenant en chef de Moriarty en Angleterre. Je l'ai également averti de se montrer extrêmement prudent s'il avait de nouveau affaire à Moriarty ou à l'un de ses subalternes.

— Lui avez-vous parlé des petites annonces ? Lui avez-vous expliqué qu'elles désignaient des clés indispensables pour déchiffrer les codes utilisés par les gens de Moriarty ?

— Non. Il ne m'a jamais interrogé à leur sujet et je ne crois pas que son affaire de l'été ait eu un rapport avec elles.

— Alors, si l'inspecteur Treadles n'en avait pas entendu parler, M. Longstead a probablement réussi à déchiffrer tout seul au moins quelques-uns des télégrammes collés ici, dit Mlle Redmayne. Je me demande lesquels.

— Je parierais sur ceux qui ont été envoyés à la fin de l'été, répondit Charlotte. Les versets bibliques sont déjà en texte normal, et la clé de déchiffrement que désigne chaque verset est juste le titre du livre dont il est issu. Si M. Longstead a compris que les télégrammes de cette période étaient en code de Wheatstone[1], il n'a pas dû avoir trop de mal à les déchiffrer. Milord, voulez-vous expliquer à ces dames comment fonctionne le code de Wheatstone ?

1. Ou chiffre de Playfair : mode de cryptage inventé par Charles Wheatstone dans les années 1860.

Pendant qu'il s'exécutait et que les deux femmes prenaient des notes, Charlotte recopia les textes codés des télégrammes – il y en avait eu un certain nombre durant la seconde moitié de l'été. Après les avoir relus pour s'assurer qu'elle n'avait pas commis d'erreur, elle distribua un télégramme à chacun autour de la table, avec sa clé déjà inscrite sur la même feuille.

Les câbles une fois décodés disaient ceci, dans l'ordre chronologique :

Si rien d'autre ne le décourage, vous pouvez passer à l'action.

Le remède contre le cancer devrait être livré demain après-midi.

J'espère que vous avez un plan pour la sœur.

La situation est instable ici. Débrouillez-vous jusqu'à nouvel ordre.

— Je présume que « la sœur » fait référence à Mme Treadles ? demanda Mme Watson d'une voix basse et enrouée. Dans ce cas, faut-il comprendre que le sujet du premier câble est son frère, le jeune M. Cousins ? Savait-il quelque chose ?

Barnaby Cousins avait été un homme d'affaires fort peu inspiré. Avait-il au moins perçu que quelque chose n'allait pas chez Cousins ? Ou le lui avait-on *dit* ?

L'estomac de Charlotte se noua. Elle songea à son demi-frère, Myron Finch, qui avait été autrefois le cryptographe de Moriarty. M. Finch s'était trouvé à Londres à cette époque. Avait-il tenté d'alerter le propriétaire de Cousins que son entreprise était sapée de l'intérieur ?

Elle pianota sur la table. Voilà trop longtemps qu'elle n'avait pas eu de nouvelles de Myron Finch. Était-il toujours en sécurité ? Et sinon…

Lord Ingram l'observait. Il était rare qu'elle s'agite nerveusement. Sa façon de taper du bout des doigts devait lui sembler tout à fait inhabituelle. Ôtant sa main de la table, elle lui adressa un petit hochement de tête pour signifier que tout allait bien.

La voix de Mme Watson était toujours tendue.

— Il est facile pour nous de déduire l'identité des personnes à qui il est fait allusion ici, parce que nous savons déjà que c'était M. Sullivan qui recevait ces télégrammes et qu'il complotait quelque chose chez Cousins, mais comment M. Longstead aurait-il pu savoir de quoi parlaient ces câbles ?

— Grâce aux dates, ou du moins à certaines, répondit Charlotte. Mlle Longstead a déclaré que son oncle avait été plus affecté par le décès de M. Barnaby Cousins qu'il ne l'avait montré. Le jeune M. Cousins était le fils unique de son meilleur ami, et il est mort en un rien de temps. Et ce troisième câble, celui qui parle d'un plan pour la sœur, a été envoyé le jour de son décès.

— À quoi a servi le « remède contre le cancer » ? demanda Mlle Redmayne. De quoi est mort le jeune M. Cousins ?

En général, elle posait ses questions d'un ton plein de passion. À présent, elle était tassée sur elle-même et ne regardait personne, comme si elle connaissait déjà la réponse.

— Les journaux ont dit que c'était la malaria.

Charlotte était presque aussi réticente qu'elle à l'idée de déterrer autre chose. Elle prit une profonde inspiration et poursuivit :

— M. Longstead, à ce propos, avait demandé des renseignements sur les remèdes contre le cancer chez Sealy & Worcester, une pharmacie. Il s'était également entretenu avec le Dr Motley, le médecin de famille des Cousins, vers la même époque.

À présent, elle estimait que lorsque M. Longstead avait écrit « médecin » dans son carnet de rendez-vous, il ne s'agissait pas du Dr Ralston, son médecin personnel, mais du Dr Motley. Ce qu'il avait indiqué comme des réunions chez Cousins correspondait à sa visite de condoléances chez Mme Cousins et à ses tête-à-tête avec l'inspecteur Treadles, lui aussi inextricablement lié à la fois au clan Cousins et à l'entreprise. Toutes les séances à la « salle de lecture du British Museum » désignaient probablement les heures consacrées à déchiffrer les messages codés ou à travailler seul pour découvrir la vérité. Et ses visites à l'officine ne parlaient pas d'une officine de pharmacie, mais d'analyses chimiques.

Mme Watson se pinça l'arête du nez.

— Je commence seulement à comprendre. Nous savons comment s'assemblent presque tous les éléments, mais une bonne part de nos preuves se rapportent à Moriarty. Je n'oserais pas les présenter à la police, au risque que Moriarty découvre l'étendue de ce que nous savons. Et je n'exclus pas que la police, à l'exception de l'inspecteur Treadles, nous prenne pour des affabulateurs. Après tout, qui pourrait corroborer l'existence de Moriarty ? Les Marbleton et lady Ingram ont été les seuls à prononcer son nom en public, mais même s'ils se manifestaient, il ne faudrait pas espérer que leurs témoignages aient le moindre poids.

Cette fois, Mlle Redmayne leva les yeux vers Charlotte d'un air où se mêlaient l'appréhension et un timide espoir. L'expression de Mme Watson était plus retenue, comme si elle n'osait pas s'autoriser le moindre optimisme. Lord Ingram, en revanche, hocha la tête, autant en guise de promesse que d'encouragement.

Dites-moi votre intention et je vous aiderai à la réaliser.

— Reste-t-il du café ? demanda Charlotte en se résignant à une nouvelle nuit blanche. Quelqu'un est d'humeur à faire un pari ?

Après une très tardive visite chez Mme Treadles pour obtenir sa permission, les représentants de Sherlock Holmes se rendirent chacun dans les bureaux de l'un des principaux journaux londoniens. Il restait tout juste assez de temps pour que leur récit paraisse dans les éditions du matin.

Dans leur histoire, ils révélaient autant de détails qu'ils l'osaient : les scandaleuses malversations de M. Sullivan chez Cousins, les courageux efforts de M. Longstead pour trouver la vérité, puis l'enquête acharnée de l'inspecteur Treadles dont M. Longstead avait demandé l'aide.

M. Sullivan avait compris le péril qu'il courait avant que M. Longstead et l'inspecteur Treadles aient achevé leur mission. Il avait volé l'arme de service de l'inspecteur dans l'intention de faire feu dans une fête pleine de monde, puis d'abandonner le revolver au 33 Cold Street ; cette pièce à conviction ruinerait non seulement la réputation de l'inspecteur Treadles à Scotland Yard, mais aussi celle de Mme Treadles aux Industries Cousins.

À ce point du récit, les représentants de Sherlock Holmes s'étaient autorisé une licence artistique. Ils brossèrent un poignant tableau d'une confrontation dont nul n'avait été témoin, entre un M. Sullivan qui agitait l'arme à feu, écumant de rage, et un M. Longstead calme et héroïque. Le premier tirait et atteignait le second en pleine poitrine. Ce dernier, dans une tentative désespérée à l'ultime minute de sa louable existence, logeait une balle dans le front de son agresseur.

Et l'inspecteur Treadles, arrivé en retard à son rendez-vous secret avec M. Longstead – à cause des hommes de main de M. Sullivan, bien sûr –, tombait sur la scène du crime, infortuné témoin de la querelle tragique entre l'oncle et le neveu, entre les forces du Bien et celles du Mal.

Charlotte était toujours déguisée en Sherrinford Holmes – Mme Watson, Mlle Redmayne et elle s'étaient travesties en hommes pour leur mission de la nuit – quand lord Ingram et elle rendirent une visite indûment matinale à un ami de celui-ci, analyste en biologie de son état, à qui il avait confié l'échantillon que Charlotte lui avait remis la veille au soir.

Le regard las, le chimiste tendit une enveloppe à lord Ingram et déclara d'une voix enrouée :

— Je suis désolé.

Les doigts de lord Ingram se crispèrent sur le pli. Charlotte ferma brièvement les paupières. Ces trois mots leur disaient tout ce qu'ils avaient besoin de savoir.

Lord Ingram la ramena chez Mme Watson, puis il partit prendre un train du matin au départ de la gare d'Euston. Charlotte échangea un déguisement contre un autre – ses austères tailleurs-jupes monochromes n'étaient pas moins un costume de théâtre que la silhouette bedonnante qu'elle se composait pour jouer Sherrinford Holmes – et rendit de nouveau visite à Mme Treadles.

Elle l'avait prévenue qu'elle viendrait peut-être la voir dans la matinée, mais il était encore si tôt que Mme Treadles, bien que déjà levée, n'était pas encore habillée.

— S'il vous plaît, soyez prête à sortir aussi vite que possible, lui dit Charlotte en étouffant un bâillement.

La caféine devait avoir fini de faire son effet.

Quand elle reprit conscience, Mme Treadles était prête et la réveillait en la secouant doucement. Charlotte, les yeux mi-clos, quitta la pièce derrière elle d'un pas lourd.

— Vous ne m'avez toujours pas dit où nous allons, fit remarquer Mme Treadles alors qu'elles approchaient de l'attelage.

— Chez Mme Cousins, répondit Charlotte d'une voix ensommeillée.

Elle se hissa péniblement dans la voiture et se laissa tomber sur la banquette. Trente secondes plus tard à peine – du moins, c'est ce qu'il lui sembla –, Mme Treadles la réveillait de nouveau. Elles étaient arrivées.

Quand on les fit entrer dans le petit salon, Charlotte vit son reflet dans un miroir. Avec son visage chiffonné et ses yeux cernés, elle avait une mine épouvantable. Bonté divine, mais ses traits se distendaient, non ? Visiblement, elle avait passé l'âge des nuits blanches ! Sherlock Holmes, détective privé, n'accepterait plus que des affaires mineures sans risque ni fatigue, jusqu'à ce qu'elle ait retrouvé son habituel teint souple et radieux.

Mme Cousins arriva peu après, vêtue d'une robe de chambre noire passée sur une ample chemise de nuit et suivie par une bonne portant un plateau de thé.

— Alice, mademoiselle Holmes ! Est-ce que tout va bien ?

— Je vous présente toutes mes excuses pour vous déranger à une heure aussi matinale, dit Charlotte.

À présent elle était un peu réveillée, non seulement grâce à ses deux courtes siestes mais aussi en raison de la pénible tâche qui l'attendait.

Elle avait souvent annoncé des mauvaises nouvelles depuis qu'elle travaillait en tant que Sherlock Holmes. Elle possédait de meilleures dispositions en la matière que la plupart des gens, car son détachement naturel la protégeait du pire quand ses révélations faisaient voler en éclats les illusions d'un client et lui brisaient le cœur. Malgré tout, elle aurait préféré se trouver ailleurs… et en train de dormir.

— J'ai des nouvelles pour vous deux, et je crains qu'elles ne soient pas heureuses.

Mme Treadles pâlit comme un spectre.

— Vous ne voulez pas dire que l'inspecteur… que mon mari…

— Non, madame Treadles. Je suis plus que jamais convaincue de l'innocence de l'inspecteur Treadles.

Charlotte leur dressa un compte rendu abrégé de ce qui s'était passé pendant la nuit de la fête, en omettant toute allusion à M. Woodhollow et Mlle Hendricks. Mme Treadles l'écouta en serrant le bras de Mme Cousins. À un moment, celle-ci laissa tomber la cuiller à thé qu'elle tenait à la main, et ne parut même pas s'en apercevoir.

— Quand j'ai présenté cette version des événements à mes collègues hier soir, le tableau était encore incomplet. Madame Cousins, je crois savoir que votre époux est mort de la malaria ?

Il fallut quelques instants à Mme Cousins pour répondre à cette question qui semblait saugrenue.

— En effet.

— Ne prenait-il pas de quinine ?

Mme Cousins poussa un soupir.

— Ce n'était pas la première fois qu'il était malade. Il avait souffert d'une première attaque de paludisme après avoir visité l'Italie pendant son tour d'Europe. Malheureusement, il avait développé une solide détestation de la quinine à cette époque, car elle lui donnait de terribles bourdonnements d'oreilles. Sans parler du fait qu'il avait toujours été persuadé qu'il avait un cancer – ma belle-mère était morte d'une tumeur et il en avait été profondément marqué.

» Par la suite, le Dr Motley a conclu qu'il ne prenait probablement pas des doses suffisantes – peut-être, par exemple, recrachait-il le comprimé – parce qu'il détestait la quinine. Et parce qu'il était convaincu qu'il ne souffrait pas de la malaria mais du cancer.

Mme Treadles entoura de son bras les épaules de Mme Cousins, qui lui pressa la main en retour.

Charlotte rassembla son courage.

— J'ignore si M. Cousins prenait les doses prescrites, madame Cousins, mais ce que je sais, c'est que cela n'aurait de toute façon servi à rien.

— Que… ?

Mme Cousins se tourna vers Mme Treadles, dont l'expression d'incompréhension reflétait la sienne. Une incompréhension qui se transformait en effroi.

— Que voulez-vous dire, mademoiselle Holmes ?

— Que quelqu'un a profité de la peur du cancer de votre mari pour lui donner un prétendu remède contre cette maladie. Pendant sa dernière crise de paludisme, il l'a pris. Il n'existe pas de remède efficace contre le cancer, et certains contiennent même de petites quantités de substances nocives, mais celui-ci était bien pire. Essentiellement, c'était de l'arsenic.

Mme Cousins poussa un cri bref et aigu qui résonna dans le silence, puis sa bouche demeura ouverte sur un gémissement muet, comme si sa voix lui avait été ôtée.

— Non ! s'exclama Mme Treadles en se levant d'un bond. *Non !*

Charlotte sortit les résultats de l'analyse chimique.

— M. Longstead soupçonnait ce fait. C'est pour cette raison qu'il vous avait rendu visite, madame Cousins, et vous avait demandé un bijou de deuil. Parce que celui-ci contenait une mèche de cheveux de votre mari, et que le décès de M. Barnaby Cousins était assez récent pour qu'on puisse encore y détecter la présence d'arsenic.

Aucune des deux femmes ne s'approcha pour prendre l'enveloppe de la main de Charlotte. Elles la regardaient fixement, comme transformées en statues.

Charlotte poussa un soupir.

— Et je crains qu'il y ait pire que cela.

— Puis-je vous aider, mademoiselle ? demanda l'employé de la poste en levant un regard interrogateur vers Livia.

Celle-ci serra les mains sur son paquet. Sa gorge était sèche, son visage en feu, et son cœur battait à un rythme étrangement ralenti, comme si elle – ou l'organe lui-même – dormait encore.

— Ce colis, dit-elle d'une voix enrouée. Et des timbres à vingt pence, s'il vous plaît.

En fin de compte, lady Holmes avait préféré aller à Londres avec Livia plutôt que rester à la maison. Elles attendaient leur correspondance, et Livia avait décidé d'expédier son manuscrit depuis un petit bureau de poste situé juste en face de la gare.

Quand elle avait cessé de se mentir à elle-même, tout était devenu d'une clarté aveuglante.

Charlotte lui avait dit que M. Marbleton était probablement le fils de Moriarty. Livia n'avait pas voulu la croire, mais si M. Marbleton lui avait soudain fait ses adieux alors qu'ils venaient tout juste de cambrioler une place forte de Moriarty en France, ce ne pouvait pas être une coïncidence.

Quelque chose lui avait forcé la main.

Quelqu'un.

Moriarty.

Ce nom à lui seul lui glaçait la poitrine. Elle ignorait comment donner de ses nouvelles à M. Marbleton, mais il avait promis que quel que soit l'endroit où il se trouverait, il guetterait la parution de ses aventures de Sherlock Holmes.

Si son récit paraissait dans un magazine populaire, il serait imprimé et distribué dans le monde entier à des dizaines de milliers d'exemplaires, dont l'un aurait effectivement de bonnes chances de parvenir entre les mains de M. Marbleton. Et quand il reconnaîtrait ce roman qu'il avait lu à l'état de premier jet, il saurait qu'elle ne l'avait pas oublié.

— Autre chose, mademoiselle ? demanda l'employé en lui tendant ses timbres.

— Merci, ce sera tout pour l'instant, répondit-elle.

Pour l'instant.

— Alors joyeux Noël, mademoiselle.

Elle observa le visage banal mais sincère de l'employé de la poste, et s'imagina qu'il était le M. Marbleton de quelqu'un d'autre.

— À vous également, un très joyeux Noël.

Charlotte avait tenu à parler à Mme Treadles et à Mme Cousins dès que possible, avant qu'elles entendent des rumeurs. Quand elle quitta la maison de Mme Cousins, les vendeurs de journaux étaient déjà dans les rues. Une heure après que les éditions du matin avaient été distribuées en ville, un petit délinquant confessa avoir volé l'arme de service de l'inspecteur Treadles sur ordre de M. Sullivan.

Deux heures plus tard, un autre voyou se présenta pour reconnaître qu'il était entré cette nuit-là au 33 Cold Street – dont la porte de devant était ouverte – dans l'espoir de voler quelque chose, avant d'y trouver deux cadavres. Quand l'inspecteur Treadles était entré et avait affirmé être de la police, le gredin avait eu si peur d'être arrêté pour meurtres qu'il avait poussé l'inspecteur dans la chambre en criant que lui aussi, il allait le tuer ! Puis il s'était enfui après que l'inspecteur Treadles, de façon très logique, avait verrouillé la porte pour lui interdire l'accès.

La créativité de ce récit arracha un petit rire à Charlotte.

À midi, elle alla attendre lord Ingram à la gare d'Euston.

Puisque l'inspecteur Treadles avait indiqué de véritables adresses dans ses deux lettres aux airs de mauvaises farces adressées à Sherlock Holmes, lord Ingram avait décidé d'aller voir ces endroits par lui-même. Il rapporta que depuis l'adresse de Sheffield, il avait eu une vue imprenable sur une superbe et vaste usine moderne, laquelle portait une grande plaque déclarant fièrement : *Industries de Lacy*.

À Leeds, qui n'en était pas loin, l'adresse donnée par l'inspecteur Treadles avait amené lord Ingram devant une usine encore plus vaste et d'aspect encore plus moderne, également sous l'égide des Industries de Lacy. Moriarty ne s'était pas contenté de siphonner les fonds de Cousins, et sans doute d'autres entreprises. Il avait utilisé cet argent pour se bâtir de nouvelles sources de richesse.

Charlotte songea aux plaques photographiques qu'elle avait dérobées dans la place forte de Moriarty, non loin de Paris. Parmi ces images, il y avait des usines. Combien avaient-elles été construites ainsi, en drainant les forces vitales d'entreprises respectueuses de la loi ?

Comme elle n'avait pas envie de s'attarder sur cette question, elle se tourna vers lord Ingram pour l'embrasser, ce qui était une activité bien plus plaisante.

Leur voiture s'arrêta devant Scotland Yard. Lord Ingram allait informer l'inspecteur Treadles que Sherlock Holmes avait fait ce que Sherlock Holmes faisait typiquement. Ensuite, il s'occuperait de le faire libérer dans les plus brefs délais.

— Et plus tard dans l'après-midi, que faites-vous ? demanda-t-elle avec un certain optimisme.

Elle n'avait pas encore de robe de thé, mais il pouvait tout de même venir pour le thé… et pour ce qui valait à ladite robe de thé sa réputation sulfureuse.

— C'est le réveillon de Noël, Holmes. Je dois chercher des cadeaux pour mes enfants.

Quel argument aurait-elle pu opposer à cela ?

— Allez-vous me faire un cadeau de Noël, cette année ?

Il était rare qu'ils s'offrent des présents.

Il arqua un sourcil.

— Et vous ?

— Oui.

Il l'observa un moment.

— Dieu du ciel, je vais avoir une housse pour bouillotte, n'est-ce pas ? Celle que vous tricotiez devant moi à Paris !

Elle éclata de rire devant son expression faussement horrifiée et appuya une main sur sa propre joue d'un geste pensif.

— Par contre, je n'ai pas la moindre idée de ce que vous allez m'offrir.

— L'exact équivalent d'une housse pour bouillotte, l'avertit-il d'un air menaçant. L'exact équivalent, Holmes.

Elle souriait encore quand la voiture repartit.

Charlotte venait à peine d'entrer chez elle lorsqu'un message de lord Ingram la rattrapa. Le coup de grâce était arrivé : une avalanche de preuves des méfaits de M. Sullivan avait déferlé sur Scotland Yard, attestant non seulement de scandaleux détournements de fonds, non seulement de l'empoisonnement du jeune M. Cousins, mais aussi du meurtre de M. Mortimer Cousins deux ans et demi auparavant, avec de l'éthylène glycol versé dans son thé alors qu'il semblait se remettre d'une sévère pneumonie.

C'était ce que Charlotte avait pensé. Tandis que M. Sullivan accumulait des preuves afin de pouvoir un jour accuser Moriarty, les lieutenants de celui-ci, ayant sans doute décelé sa nature malveillante dès le premier regard, s'étaient également préparés en secret à le livrer aux autorités. Ils ne pouvaient pas se permettre de laisser une enquête remonter au-delà de M. Sullivan, ou les usines des Industries de Lacy risquaient d'être saisies par la justice.

Charlotte ne fut pas surprise par l'annonce du meurtre du vieux M. Cousins. Ce matin, après avoir informé Mme Treadles et Mme Cousins de la présence d'arsenic en abondance dans les cheveux de Barnaby Cousins, elle les avait averties que Mortimer Cousins avait peut-être connu un destin aussi tragique.

Elle ne fut pas surprise, mais elle en fut attristée. Elle songea au soir de la fête, à l'oncle et au neveu dans cette chambre, M. Sullivan braquant l'arme de service de l'inspecteur Treadles sur la poitrine de M. Longstead. Avait-il alors révélé toute l'affaire à son oncle, pour savourer sa douleur et sa colère avant de le tuer ? Et M. Longstead, ce vieux monsieur qui n'avait jamais eu une santé de fer, où avait-il trouvé la force de lancer sa canne sur M. Sullivan, de se jeter sur l'arme tombée sur le plancher et de faire feu alors qu'il avait une balle logée dans la poitrine ?

Peut-être l'avait-il puisée dans la découverte que M. Sullivan avait été responsable, du moins en partie, du décès de son cher ami et associé, lequel avait fait passer la santé de M. Longstead avant ses propres profits et l'avait aimé comme un frère.

Grâce à toutes ces révélations, l'inspecteur Treadles fut libéré juste avant le coucher du soleil, à l'occasion de ce que les éditions du soir qualifieraient de « miracle de Noël ». Lord Ingram et Sherrinford Holmes étaient là tous les deux pour l'accueillir, ainsi que sa belle et fidèle épouse.

— Merci, dit l'inspecteur à Charlotte. Je savais que si quelqu'un pouvait me sauver, c'était vous. Merci.

Elle lui serra la main.

— Je suis ravie que vous soyez de retour parmi nous, inspecteur. Excellent travail, au fait.

— Une louange de valeur, de la part d'une éminente collègue de Sherlock Holmes.

— C'est l'avis du grand détective lui-même. Il n'a jamais eu de raison de douter de vous.

L'inspecteur Treadles cligna des yeux, secoua la tête et répondit d'une voix étranglée :

— Merci encore. Ma gratitude éternelle.

Son épouse et lui partirent, bras dessus bras dessous, tels des nouveaux mariés s'élançant vers un avenir radieux. Arrivés à leur voiture, ils se retournèrent pour saluer tout le monde. Puis Mme Treadles posa une main sur la joue de son époux. Celui-ci, les yeux embués de larmes, prit sa main gantée pour déposer un baiser au creux de sa paume.

Charlotte songea à l'optimisme de lord Ingram à leur sujet.

Peut-être n'était-ce pas une vision romantique qui rendait optimiste. Peut-être, parfois, était-ce seulement une évaluation correcte.

Elle se tourna vers l'incorrigible romantique de sa vie.

— Comment s'est passée la chasse aux cadeaux cet après-midi, Ash ?

— Je dirais qu'elle a été fructueuse.

Elle fronça les sourcils.

— Je ne sais toujours pas ce que vous avez l'intention de m'offrir.

Il sourit.

— M'en voilà fort surpris.

— Toutefois, je sais que vous venez de vous acheter une bouillotte – non, au moins deux – afin de pouvoir utiliser mon cadeau.

— Et vous avez raison, répondit-il en riant. Comme toujours.

Épilogue

Robert Treadles était submergé de terreur. Il rêvait encore. Comme toutes les nuits dans sa cellule, il rêvait qu'il se réveillait dans son propre lit. Toutefois, il était suffisamment conscient pour savoir qu'il rêvait et que l'illusion de confort, de sécurité et de liberté se dissiperait dès l'instant où il ouvrirait les yeux.

Tandis que, dans son rêve, il serrait Alice un peu plus fort contre lui et enfouissait le visage dans ses cheveux, ses pensées revinrent au soir de leur second dîner chez les Longstead. Après que les dames s'étaient retirées au salon et que seuls les messieurs étaient restés à table, M. Longstead n'avait pas apporté uniquement un flacon de porto, mais aussi un cahier.

— J'ai trouvé ce carnet, ainsi que d'autres, dans l'atelier du numéro 33, avait-il expliqué d'un air grave. J'espère que ce que je m'apprête à vous dire ne vous semblera pas trop farfelu, mais je… je crois que le contenu de ce carnet est en relation avec Cousins.

C'est ainsi que tout avait commencé.

Au début, Robert avait écouté uniquement par politesse. Il avait été sceptique quand le vieil homme avait émis l'hypothèse que Barnaby Cousins, le défunt – et très peu regretté – beau-frère de Robert, avait été assassiné. Puis M. Longstead avait apporté des preuves, en l'occurrence le rapport non pas d'une seule mais de deux analyses chimiques, attestant la présence d'arsenic dans une mèche de cheveux de Barnaby Cousins, que M. Longstead avait obtenue de sa veuve.

Ensuite, Robert n'avait pas pu rester les bras croisés : celui qui avait fait cela à son beau-frère pouvait en faire autant à Alice.

À mesure que M. Longstead avait continué son exposé, Robert avait compris qu'Alice lui en avait très peu dit sur l'opposition qu'elle affrontait à son travail. Toutefois, les soupçons qu'elle nourrissait sur la santé financière de Cousins, tels que M. Longstead les relatait, avaient fourni à Robert le point de départ de son enquête.

Un voyage destiné à rassembler des informations, durant lequel il avait visité d'autres usines construites par l'entrepreneur qui avait rénové celles de Cousins, l'avait mené aux Industries de Lacy. Devant ce constat, son alarme intérieure s'était mise à mugir avec la force d'une corne de brume.

Il n'était pas absolument certain que ce de Lacy était bien le lieutenant de Moriarty pour la Grande-Bretagne, mais il avait pris certaines dispositions pour en avertir Sherlock Holmes, bien que de façon détournée : en envoyant deux lettres. Puis il s'était entretenu avec M. Longstead pour discuter des possibles dangers qu'ils affronteraient désormais.

Ils avaient décidé d'informer les dames de leurs vies après le 1er janvier, afin que les fêtes de Noël et du Nouvel An ne soient pas ternies par l'ombre de Moriarty. M. Longstead avait préparé en hâte l'entrée de sa nièce dans le monde tout en redoublant d'efforts pour déchiffrer les autres petites annonces et télégrammes dans les carnets, afin de rassembler autant de preuves que possible.

Robert était reparti pour un voyage de reconnaissance de deux autres sites également confiés au même entrepreneur. À Manchester, il avait trouvé une autre société appartenant aux Industries de Lacy, mais en Cornouailles... Il n'était pas encore certain de ce qu'il avait découvert en Cornouailles, sinon qu'il avait failli se faire capturer.

M. Longstead et lui avaient été d'avis qu'ils devaient se montrer plus prudents. Ils avaient estimé qu'un rendez-vous au 33 Cold Street le soir où Robert devait rentrer à Londres serait sûr et discret, même si M. Longstead devait s'éclipser quelques instants de la fête de sa nièce. Robert avait indiqué à Alice une date de retour à Londres plus tardive, pensant que ce serait une agréable surprise pour elle de le trouver à la maison quand elle reviendrait de la fête.

Toutefois, pendant son trajet de retour, il s'était aperçu qu'il était suivi. Il avait changé de train rapidement, prenant une correspondance au hasard. Cela avait reporté son arrivée de plusieurs heures, mais il pensait avoir semé son poursuivant.

Avant d'être agressé à un jet de pierre du numéro 33.

Et le cauchemar qui s'était ensuivi...

Il ouvrit les yeux. Après tout, inutile d'essayer de dormir plus longtemps. Mais au lieu des murs nus et des barres de fer, il vit un baldaquin aux tons crème et des rideaux de lit couleur de lin, tirés aux trois quarts. Loin d'empester le vomi et autres déjections humaines, l'air embaumait d'une douce fragrance d'eau de lavande et de plancher ciré, le parfum d'une maison propre et bien tenue.

Très délicatement, il tourna la tête. Ainsi, la chaleur près de lui n'était pas une illusion. Alice était réellement dans ses bras. Et il était bel et bien dans son lit, de nouveau un homme libre.

Grâce à Charlotte Holmes. Bénies soient cette femme et ses jupes surchargées de volants !

Au souvenir de sa libération de Scotland Yard, il crut rêver de nouveau. Ce merveilleux retour en voiture à la maison ! Les nouvelles larmes de chagrin pour le père et le frère d'Alice – surtout son père. L'interminable discussion pendant laquelle ils s'étaient avoué tout ce qu'ils avaient été trop effrayés, trop gênés ou trop nerveux pour se dire pendant les semaines, les mois et même les années passés.

Par la suite, il s'était senti allégé, nettoyé, mais comme mis à nu, et presque trop embarrassé pour la regarder dans les yeux. Il la soupçonnait de ressentir la même chose, ce qui expliquait peut-être qu'elle ait orienté la conversation vers Sherlock Holmes.

— Robert, pensez-vous… Je veux dire, vous êtes-vous jamais demandé s'il y avait une preuve, n'importe laquelle, qu'il y ait effectivement un homme indisposé dans cette chambre du 18 Upper Baker Street ?

Il avait ri et leur avait servi à chacun un verre de whisky.

— Je vais vous dire ce que je sais, ma très chère Alice, avait-il répondu.

À son côté, Alice s'étira. Quand elle ouvrit les yeux, il vit passer sur son visage bien des émotions qu'il venait lui-même de ressentir : d'abord un accablement presque automatique, puis le soulagement en se souvenant que sa captivité appartenait au passé et qu'ils étaient de nouveau réunis.

Elle se tourna vers lui.

— Joyeux Noël, Robert.

— À vous aussi, Alice. Un joyeux Noël.

Elle posa une main sur sa joue.

— Aujourd'hui est le premier jour de ce qu'il nous reste à vivre.

Elle avait prononcé ces mêmes paroles au lendemain matin de leur mariage. Il prit sa main, y déposa un baiser et lui répondit ce qu'il avait déjà dit à l'époque :

— Chaque jour est le premier de ce qu'il nous reste à vivre.

Sauf que cette fois, il ne l'oublierait pas.

Cette fois, il allait faire mieux.

Le matin de Noël apporta à la porte de Charlotte une charmante surprise en la personne de Livia.

Elle expliqua que leur mère avait pris un peu trop de laudanum et dormait toujours. Aussi, profitant de l'occasion, elle avait quitté leur pension de famille dès que les portes avaient été ouvertes.

Son arrivée fut saluée avec grand enthousiasme par Mme Watson et Mlle Redmayne. Les quatre femmes discutèrent avec animation tout en dévorant un solide petit déjeuner. Ou, plus exactement, trois d'entre elles discutèrent avec animation pendant que Charlotte dévorait un solide petit déjeuner.

La sonnette retentit de nouveau. Cette fois, c'était lord Ingram, accompagné de ses enfants. Mlle Lucinda annonça joyeusement à M. Mears qu'ils passaient déposer des cadeaux avant de se rendre à la gare.

Même si la respectabilité de Mme Watson était discutable, Mlle Redmayne était officiellement la demi-sœur de lord Ingram. Certains verraient peut-être cette visite d'un mauvais œil, mais la plupart des gens loueraient la bonté de lord Ingram. Un homme beau et riche bénéficiait d'une grande latitude dans sa propre conduite.

Toutefois, même lui serait vivement critiqué si on apprenait qu'il avait exposé sa progéniture, en particulier sa fille, à une femme déchue telle que Charlotte. Les enfants la connaissaient de vue et ils étaient trop jeunes pour qu'on leur confie un secret, aussi Charlotte sortit-elle du salon avant qu'ils apparaissent.

De même que Livia, qui ne voulait pas qu'on sache qu'elle se trouvait chez Mme Watson.

Elles passèrent un moment avec Bernardine, leur sœur aînée qui n'était pas capable de prendre soin d'elle-même et dont Charlotte assumait désormais la charge. Puis elles se réfugièrent dans le grand salon, à la décoration imposante.

Là, Charlotte attendit que Livia lui parle.

Ce que fit sa sœur, dans un profond soupir.

— Moriarty détient M. Marbleton, n'est-ce pas ?

Même s'il était animé des meilleures intentions, le mensonge de M. Marbleton n'aurait pas tenu indéfiniment et Livia aurait deviné la vérité toute seule.

— Je le crains, oui.

Livia enfouit les mains dans les plis de ses jupes. Il faisait froid dans le grand salon, où aucun feu n'avait été allumé.

— Que pouvons-nous faire pour le libérer ?

— Je n'ai pas encore de certitude, mais nous trouverons quelque chose.

Livia se balança d'avant en arrière dans son fauteuil.

— Est-ce que ça va prendre des années et des années ?

Charlotte s'approcha d'elle pour presser ses mains entre les siennes.

— C'est possible.

Les mains de Livia tremblèrent, et elles tremblaient encore quand, après un moment, elle déclara :

— Je suis prête.

Lord Ingram les retrouva quelques minutes plus tard, et ils échangèrent leurs cadeaux. Livia lui offrit des mouchoirs brodés à son monogramme, il lui donna un flacon d'encre bleu nuit gravé à ses initiales.

Livia prit son présent, puis s'absenta avec tact en déclarant qu'elle allait l'essayer immédiatement.

Lord Ingram ne perdit pas de temps pour embrasser Charlotte, qui ne perdit pas de temps pour trouver ses baisers délicieux.

Puis elle lui tendit non pas une, mais deux housses pour bouillotte.

— Vous voyez, je vous en ai fait une qui ressemble exactement à ma robe arbre de Noël – je sais combien vous l'adorez – mais puisque vous avez acheté une seconde bouillotte, je dois également vous donner celle que j'avais faite pour moi. N'est-ce pas le plus adorable *Christmas pudding* que vous ayez jamais vu ?

Il éclata d'un rire si joyeux qu'il en eut les larmes aux yeux.

— Je ne pourrai que penser à vous quand je serrerai mes bouillottes contre moi.

Elle lui adressa un sourire radieux.

— Exactement. Eh bien, que m'avez-vous acheté ?

Il sortit dans le couloir, et revint avec une boîte de grande taille qu'elle reconnut aussitôt comme un carton à vêtement.

Un gentleman qui n'était ni un proche parent ni son époux n'était pas censé lui offrir de vêtements.

Excellent.

À l'intérieur se trouvait une… une…

Elle secoua la tenue pour la déployer et l'inspecta sous tous les angles. Pas de doute possible. Une longue robe du dessus d'une nuance de rose qui n'existait que depuis l'invention des teintures d'aniline, et une robe du dessous blanche à l'étoffe délicate. C'était une robe de thé ! La robe de thé la plus chargée de dentelles, de volants, de plis et de ruchés qu'elle ait jamais vue.

— Comment saviez-vous que j'en voulais une ?

— Je l'ignorais. Mais vous souvenez-vous qu'à Stern Hollow vous m'avez fait des propositions ?

Elle avait étendu la robe du dessous sur le dossier d'un fauteuil rembourré. Quand il fit passer sa main sur le devant du vêtement, une vague de chaleur parcourut Charlotte au même endroit.

— À Stern Hollow, je ne me suis pas contentée de vous faire des propositions.

— Eh bien, *avant* que nous sachions que vous ne vous contenteriez pas de cela, vous m'avez invité à vous rendre visite à votre cottage pendant la sieste de Mme Watson. Depuis, j'ai souvent songé à cette invitation. Et même un type guindé comme moi sait que les dames portent des robes de thé en de telles occasions.

Était-il en train de soulever le bas de la robe pour glisser sa main dessous ? Une onde brûlante remonta le long de ses jambes jusqu'à…

Charlotte toussa pour éclaircir sa voix.

— Vous envisagez donc que de telles occasions se présentent dans le futur ?

— Bien entendu. Quand je reviendrai à Londres pour la saison en homme libre, j'espère vous voir en robe de thé très, très souvent.

Elle dut poser sa main sur la sienne pour l'empêcher d'effectuer sur la robe le moindre geste qui ne soit pas parfaitement chaste et respectable. Leurs regards se croisèrent. Une lueur espiègle fit étinceler les yeux de lord Ingram.

Puis les secondes passèrent, et son expression s'assombrit.

— Soyez prudente, Holmes. Moriarty doit vous considérer comme une ennemie acharnée, désormais. Ou, à tout le moins, comme une adversaire extrêmement gênante.

Elle lui offrit ses lèvres pour un autre baiser.

— Promis. Je serai très, très prudente. J'ai maintenant une robe de thé à étrenner avec vous, quand vous reviendrez au printemps.

14449

Composition
FACOMPO

Achevé d'imprimer en Italie
par GRAFICA VENETA
le 2 juin 2025

Dépôt légal : juillet 2025
EAN 9782290414057
OTP L21EPSN002687-643422

ÉDITIONS J'AI LU
82, rue Saint-Lazare, 75009 Paris

Diffusion France et étranger : Flammarion